AS ➡➡➡ VANTAGENS ✦ DE SER ✦ VOCÊ

"Ray Tavares desenha aqui um retrato fiel das ansiedades da Geração Z: todo mundo é melhor do que eu? Quando é que meus sonhos vão se realizar? Por que a minha vida continua parada enquanto a Olivia Rodrigo ganha um Grammy antes dos 20 anos? Longe da prepotência de oferecer respostas, *As vantagens de ser você* acolhe, sacode e celebra o caos e a beleza de amadurecer."

— Juan Jullian, autor de *Querido Ex,*

"Recheado do humor de Ray Tavares, *As vantagens de ser você* é uma história maravilhosa sobre crescer e abraçar quem a gente é. Vocês vão amar Ana e Bárbara!"

— Ana Rosa, autora de *Você por aqui?*

"Um romance sáfico digno de cinema, cheio do que a Ray faz de melhor: humor ácido, personagens reais e jornadas de autodescoberta que fazem a gente rir e chorar ao mesmo tempo!"

— Bia Crespo, roteirista e produtora audiovisual

AS VANTAGENS DE SER VOCÊ

RAY TAVARES

2ª edição

RIO DE JANEIRO
2022

REVISÃO
Jorge Luz

CAPA
Paula Cruz

DIAGRAMAÇÃO
Abreu's System

CIP-BRASIL. CATALOGAÇÃO NA PUBLICAÇÃO
SINDICATO NACIONAL DOS EDITORES DE LIVROS, RJ

T233v

Tavares, Ray
2. ed.   As vantagens de ser você / Ray Tavares. – 2. ed. – Rio de Janeiro: Galera Record, 2022.

ISBN 978-85-0111-953-7

1. Ficção brasileira. I. Título.

22-77536

CDD: 869.3
CDU: 82-3(81)

Meri Gleice Rodrigues de Souza – Bibliotecária – CRB-7/6439

Copyright © 2022 by Ray Tavares

Todos os direitos reservados.
Proibida a reprodução, no todo ou em parte, através de quaisquer meios.
Os direitos morais da autora foram assegurados.

Texto revisado segundo o novo Acordo Ortográfico da Língua Portuguesa.

Direitos exclusivos de publicação em língua portuguesa somente para o Brasil adquiridos pela
EDITORA GALERA RECORD LTDA.
Rua Argentina, 120 – Rio de Janeiro, RJ – 20921-380 – Tel.: (21) 2585-2000,
que se reserva a propriedade literária desta tradução.

Impresso no Brasil

ISBN 978-85-0111-953-7

Seja um leitor preferencial Record.
Cadastre-se e receba informações sobre nossos
lançamentos e nossas promoções.

Atendimento e venda direta ao leitor:
sac@record.com.br

Quem já perdeu um sonho aqui
Sabe o que é decepção
Só quem já perdeu tudo o que tinha
Pode entender
Palavras desfeitas, é consequência de quem já não é
A mesma pessoa, na qual um dia você acreditou
Desgasta ao refazer, o que se espera e não tem solução
Retornos e atalhos, pra quem só vive sem direção
Parece que vai ser sempre assim
Nada dá certo pra mim
Quem já perdeu um sonho aqui
Sabe o que é decepção
Só quem já perdeu tudo o que tinha
Pode (me) entender

"Quem já perdeu um sonho aqui?", Hateen

Dedico este livro a todos que já se sentiram
perdidos
desmotivados
sem perspectiva
fracassados
Por mais que o mundo queira que a gente se sinta assim, lembrem-se:
A vida não é uma competição
Você está fazendo o seu melhor
E dias melhores virão!

VOCÊ SÓ SERÁ F*DA QUANDO SE SENTIR F*DA
CAPÍTULO UM: O QUE É SER FODA?

Olá, querido leitor, e seja bem-vindo ao livro que vai mudar a sua vida! Duvida? Então vamos fazer o seguinte: escreva em um pedaço de papel, agora mesmo, se você se sentisse foda, o que faria? Se declararia para a pessoa que gosta? Conseguiria aquele emprego dos sonhos? Diria algumas verdades a alguém que te machucou?

Escreveu? E acha que nunca vai conseguir conquistar esse objetivo? Então deve ser porque você ainda não entendeu o que é ser foda. E é por isso que decidi iniciar a nossa jornada rumo à *FELICIDADE* e à *MUDANÇA DE MINDSET*, te ensinando de uma vez por todas o que é ser foda. Meu nome é Tony Diniz e eu serei o seu guia... Não, mais do que isto: serei o seu coach durante o tempo que passaremos juntos nesta aventura!

Ser foda nada mais é do que um estado de espírito. Ser foda é acordar de manhã, espreguiçar-se e pensar:

> "Meu Deus, eu sou muito foda!"

Ser foda é ter certeza de que o mundo é uma batalha, e você está pronto para vencê-la, todos os dias. Ser foda é gritar de felicidade ao se olhar no espelho simplesmente porque você é **FODA**.

Nunca se sentiu assim? Não se preocupe. Eu também não me sentia. Veja só, eu fui uma criança infeliz, um aluno medíocre, um profissional frustrado e passei muitos anos da minha vida buscando uma resposta externa para todos os meus problemas, tentando entender por que o mundo estava contra mim, sem perceber que o problema era justamente eu, e que as respostas estavam esse tempo todo dentro de mim; e, toda vez que eu não as encontrava num curso ou num copo de uísque, eu me sentia mais e mais perdido e frustrado... Mas então eu finalmente recebi o meu chamado, quando entendi que só seria feliz se deixasse todas as desculpas de lado e embarcasse de vez no trem que me levaria a uma vida melhor! Despi-me dos problemas e dos mimimis e me tornei a inspiração que gostaria de ver em alguém.

Se você, leitor, está se sentindo da mesma forma, não se preocupe, porque ao longo destas páginas eu vou te ensinar a ser foda. Vou te ensinar como pegar todas as desculpas que o seu corpo e a sua mente insistem em formular e jogá-las no lixo. Vou te ensinar a acordar cedo, a dormir melhor, a comer o suficiente e a alcançar os seus objetivos. Mas, mais do que isto, vou te ajudar a realizar os seus sonhos!

Eu vou te ensinar a se _sentir_ foda. Porque só aí você _será_ foda.

Vamos juntos?

Aqui está a verdade, apenas a verdade e nada além da verdade: quando o código de barras do livro que eu estava comprando fez "bip" ao ser passado pelo leitor ótico, algo quente e revigorante tomou conta de mim: *esperança.*

Esperança de que um livro de autoajuda de um coach-youtuber pudesse me tirar do fundo do poço. Esperança... Isso, ou a coriza acumulada nos seios da face, atestando o início de uma crise de sinusite, depois de passar o dia inteiro no ar-condicionado regulado *especialmente* para os homens com quem eu dividia o andar da empresa onde trabalhava.

E no simples ato de aproximar o cartão da máquina — meu cartão chique e tecnológico de aproximação, que eu guardava dentro da calcinha, com medo de ser assaltada e o ladrão sair por aí fazendo pequenas compras de cinquenta em cinquenta reais para não precisar colocar a senha; coitado, mal sabia o ladrão hipotético que na segunda compra já atingiria o limite —, percebi que havia me tornado quem eu mais detestava. Alguém que caia no marketing de um coach.

Se não isso, então eu havia me tornado uma senhora de cerca de 60 anos que viu seu ninho ficando vazio com a saída dos filhos de casa e partiu em busca de outros propósitos, já que viveu os últimos 30 anos da própria vida em função de crias ingratas, que agora visitam uma vez por mês, sempre para pedir dinheiro emprestado ao pai, grande herói, porque a mãe não valia de nada sem um PIX para transferir. Quem liga para o sacrifício que ela fez em função de uma maternidade idealizada?

Mas, da última vez que cheguei, eu não tinha filhos e não era uma dona de casa frustrada em busca de novos objetivos. Não. Na realidade, eu tinha 24 anos, estava com o livro *Você Só Será Foda Quando Se Sentir Foda* embaixo do braço e sacolejava no ônibus de volta para casa, sentindo-me uma fracassada.

Como é que eu só seria foda quando me sentisse foda se eu me sentia tudo, menos foda?

Eu não saberia responder. Mas esperava que aquelas 243 páginas de fonte grande e espaçamento duplo pudessem magicamente ter a resposta para essa e outras perguntas. Como, por exemplo, o porquê de eu saber exatamente o que queria fazer da vida, mas não conseguisse alcançar os meus objetivos mesmo assim. E também o porquê de eu ter aceitado um trabalho merda que me deixava extremamente infeliz, mesmo sabendo que aquilo iria me afastar mais ainda dos meus sonhos. Ou, ainda, o porquê eu parecer ser a única pessoa do meu Instagram que não morava sozinha, tinha um carro zero e viajava pelo menos uma vez por ano para a Disney.

O livro havia sido escrito por um tal de Tony Diniz, um cara de 30 e poucos anos conhecido na internet como o "coach da felicidade". Eu não sabia o que exatamente um "coach da felicidade" fazia, nem mesmo se era possível ensinar alguém a ser feliz, mas decidi que os únicos trinta reais que sobraram do meu salário no final do mês seriam investidos na possibilidade de que Tony Diniz fosse algum tipo de mago e pudesse fazer com que eu parasse de me sentir tão mal. Ou, quem sabe, até me sentir foda?

Era aquilo ou terapia, mas não sei que tipo de terapia trinta reais me comprariam.

— Esse livro é bom?

Olhei para baixo e encarei a senhora que estava sentada em um dos preciosos e concorridos assentos do ônibus. Ela tinha cerca de 60 anos, usava uma aliança na mão esquerda, tinha uma foto abraçada a três adultos parecidíssimos com ela na tela do celular e carregava sacolas de supermercado. Duas palavras que eu não sabia se levavam ou não hífen no meio: público-alvo.

— Acho que você vai gostar — assenti, mesmo que eu ainda não tivesse lido uma linha sequer da sabedoria de Tony Diniz. Mas a sinopse me PROMETIA um "livro elucidativo", de acordo com o padre Fábio de Melo e "me empoderou muito", segundo Geise Arruda.

— Não gosto muito dos palavrões na capa. — A mulher balançou a cabeça, como quem estava decepcionada com os rumos que a sociedade estava tomando. — É de muito mau gosto.

— É só pra chamar atenção. — Dei de ombros. — Os autores colocam palavrões na capa para que os leitores comprem sem nem ler a sinopse, porque você passa a impressão de ser uma pessoa legal e descolada se fala palavrão, sem se preocupar com julgamentos. Outra coisa que dá certo são palavras em inglês. *Mindset. Budget. Brainstorming.*

— Se você sabe de tudo isso, por que comprou então? — ela questionou.

Touché.

Abri a boca para responder, mas a fechei logo em seguida. Era uma boa pergunta, uma ótima pergunta, arriscaria dizer. Por que eu havia comprado aquele livro se sentia, no meu âmago, que ele não me acrescentaria em nada? O que eu esperava de um homem que se intitulava "coach da felicidade"? Como eu havia caído feito um patinho na indústria da autoajuda? O fundo do poço havia embaçado o meu julgamento? Eu não costumava ser uma millenial cética que zoava esse tipo de coisa em tweets de 280 caracteres?

Eu poderia passar horas refletindo sobre o questionamento ingênuo e cirúrgico daquela senhora, que deu um nó na minha cabeça sem nem ao menos ter essa intenção, porém avistei meu ponto passar voando pela janela e, exasperada, gritei para que o motorista "parasse aquele ônibus em nome do Senhor!!!".

Algumas pessoas riram, outras só me olharam como se eu fosse o anticristo por usar o nome de Deus em vão. Eu achava engraçado todo o negócio de "usar o nome de Deus em vão", porque, se a gente realmente parasse pra pensar, usar o nome Dele em qualquer contexto seria em vão, já que as nossas vidas eram descartáveis e todos nós iríamos morrer.

É. Pois é. Já disse que eu não estava em um bom momento da minha vida?

O motorista freou como se a sua vida dependesse daquilo e todos fomos jogados para a frente; agarrei-me na senhora para não dar de cara no "puta que pariu" e quebrar os dentes — eu não teria condições financeiras e emocionais para lidar com uma ida ao dentista —, e pedi desculpas quando percebi que fiquei com alguns fios do cabelo dela na mão.

Ah... A intimidade forçada do transporte público...

— Tudo bem. — Ela deu de ombros, e depois apontou com a cabeça para o livro. — Boa sorte. Espero que você se sinta — e, como se me contasse um segredo de Estado ou quisesse me vender cocaína, ela baixou a voz e inclinou a cabeça — *foda*.

Sorri sem graça e desci as escadas, parando no ponto por dois segundos para recuperar o fôlego e ajeitar a mochila no ombro. Nesse meio-tempo, minha mãe se materializou ao meu lado, carregando um saco de ração light para a nossa vira-lata. Ela estava suada da caminhada do petshop até em casa, e sorriu ao meu ver.

— Ana, chegou cedo! Estou quase terminando a janta — ela disse, animada.

— Estamos comendo ração agora, mãe? A crise tá braba mesmo...

— Para de graça e me ajuda com isso. — Ela jogou o saco nos meus braços como se eu fosse Jarbas, seu mordomo, e foi um milagre o meu novo livro não ter caído numa poça de água próxima aos meus pés; ou teria sido um sinal para que eu me desse conta do que estava fazendo e o jogasse fora antes que a lavagem cerebral começasse? Será que... Será que em breve eu seria membro de uma seita?!

A dona Lourdes abriu o portão do prédio em que morávamos e o barulho me despertou do devaneio. Nós entramos juntas, cumprimentando Jonas, o porteiro, que disfarçava muito mal a revistinha de palavras-cruzadas que levava no colo. Depois, entramos no elevador e nos apoiamos no espelho, lado a lado, eu equilibrando a minha mochila, o saco de ração e o livro de autoajuda, e a minha mãe plena, olhando distraída para o próprio celular com zoom de 200%. *"Eu não preciso de óculos para leitura, estou ótima"*, ela dizia, mas a fonte da letra contava outra história.

Comecei então a ficar ansiosa, como sempre ficava quando sabia que passaria mais do que cinco minutos em silêncio ao lado dela, porque sabia que aquilo era motivo para que a minha mãe começasse a falar sobre...

— Filha, eu vi no zap que abriu concurso para trabalhar no INSS! Cinco mil reais, mais benefícios — ela comentou, erguendo os olhos para mim com certa expectativa. — Estabilidade e um bom salário.

"Estabilidade e um Bom Salário" deveria estar escrito na bandeira do Brasil, ao invés de "Ordem e Progresso". O brasileiro médio não queria ordem e progresso, ele queria estabilidade e um bom salário. E picanha. E ganhar outra Copa do Mundo.

Olhei de relance para o painel do elevador, que nos avisava que ainda estávamos no oitavo andar, sendo que morávamos no décimo quinto.

Maldito elevador lento.

— Ah, é? Que legal — comentei, tentando transmitir um tom de desinteresse respeitoso.

— Por que você não tenta? A sua prima Rebeca passou em um concurso bacana desses no ano passado e trocou de carro no início do mês! — ela acrescentou, o sonho da classe média de trocar de carro todos os anos dançando entre nós duas.

"Porque eu não quero, mãe! Porque eu já te falei um milhão de vezes que quero ser escritora, que o meu sonho é escrever, mesmo que você e o pai não respeitem a carreira artística! Porque eu já tenho um trabalho merda para ter alguma dignidade, mas pelo menos é um trabalho merda que eu só precisei de uma entrevista para entrar, e não passei anos estudando para conseguir — e mesmo *esse* trabalho merda drena toda a minha energia criativa e eu não consigo escrever mais do que uma linha no final do dia. Agora, se eu aceitar prestar um concurso aleatório, isso vai ser o atestado de que sou mesmo um fracasso e vou precisar me contentar com qualquer emprego que pague as contas, e eu não quero viver uma vida apática e sem sentido, fazendo algo que detesto para pagar prestações que fiz para preencher o meu vazio existencial de não ter nenhum propósito ou objetivo. E também porque eu nunca passaria em um concurso público sem passar anos estudando, e só de pensar na possibilidade de ficar trancada em casa lendo sobre direito administrativo me dá vontade de vomitar! Eu sei que vocês têm medo de que eu seja uma acomodada e more com vocês para sempre sob a desculpa de que sou uma 'artista incompreendida', explorando sua mão de obra como cozinheira e faxineira e morando de graça sem pagar aluguel e sem produzir absolutamente nada de relevante para a sociedade, mas eu juro, eu *prometo* que vou dar um jeito de tomar as rédeas da minha vida, ganhar dinheiro fazendo o que eu amo, sair de casa para ser independente e vocês ainda vão sentir muito orgulho de mim! Eu só preciso de uma chance... Uma mínima chance. Um golpe de sorte. Uma oportunidade de mostrar a minha escrita para o mundo e, sinceramente, é a única coisa que eu sei fazer, sou boa fazendo e amo fazer. É só isso."

Eu deveria ter dito tudo aquilo. Deveria mesmo. Mas, ao invés disso, respondi:

— Legal, vou dar uma olhada.

A minha mãe sorriu com certo pesar, sabendo que eu não daria olhada coisa nenhuma, e eu me senti mais infeliz do que estava me sentindo dentro do ônibus, se é que era possível ficar mais triste do que estar socada feito uma peça de Tetris em uma aberração de ferro fundido andando a 200km/h.

Entramos em casa e fomos recebidas pela Berenice, a nossa vira-lata com sobrepeso. Ela veio até nós, arrastando a barriga no chão como um Uno rebaixado e abanando o rabinho, e eu me agachei, acariciando as suas orelhinhas.

— Quem é a bebezinha da mamãe? Quem é a coisinha mais linda desse mundo inteiro? Quem é o amorzinho da minha vida?

Berenice se contorceu no chão como um rolo compressor, soltando uivos e roncadas de prazer. Depois, como quem já havia cumprido com a sua função social de ser a única coisa que me alegrava naqueles dias, ela se colocou em quatro patas e foi trotando até a minha mãe, que enchia a sua vasilha de comida.

Berenice cheirou, cheirou e cheirou mais uma vez, olhando com mágoa para nós duas logo em seguida.

— O que foi, Berê? — minha mãe questionou, colocando as mãos na cintura. — É comida! Comida que o dr. Jorge indicou para acabar com os seus problemas de colesterol! E dá graças a Deus que você ainda não desenvolveu diabetes, viu? Com todo aquele sorvete que o seu pai te deu... É um irresponsável mesmo...

Eu tenho plena certeza de que se a minha cadela tivesse desenvolvido o poder da fala naquele exato momento, ela teria dito "e isto aqui por acaso é comida, dona Lourdes? Comida é bacon, é frango empanado, é arroz e feijão com caldinho de carne, é strogonoff de frango com batata palha! Isso aqui é veneno de cachorro! Vocês duas querem me matar! Mas aguardem só o Seu Manuel voltar, eu vou contar tudo pra ele!".

Mas como ela não podia falar, apenas enfiou o rabo entre as pernas e se afastou magoada, planejando a sua vingança.

— Era só o que me faltava — minha mãe resmungou —, uma cadela exigente.

Deixei aquele drama familiar para trás e entrei no quarto, que deveria ser um recanto de paz e tranquilidade para que eu pudesse escrever os meus best-sellers, com vista para uma mata preservada e estantes e mais estantes cheias de livros; mas, ao invés disso, não passava de um cubículo escuro com vista para um supermercado, caos de meias no chão e livros espalhados pelos cantos, já que eu não tinha dinheiro para comprar uma estante bonita.

Joguei-me na cama de tênis e tudo e saquei o celular de dentro da mochila, abrindo o Instagram; aquele era o meu momento de relaxar depois de um dia inteiro trabalhando como atendente de call center especializado em cobranças de dívidas. Sim, eu deveria estar PRO DU ZIN DO, mas quem é que queria escrever sobre os problemas do coração de uma sufragista que se apaixona pela filha da mulher que a acolhe em casa, depois que eu tinha passado o dia inteiro fritando os neurônios em ligações intermináveis e mais algumas horas enfiada no transporte público? Eu estava cansada. Se fosse tentar escrever, escreveria sobre como estava cansada, e o que eu gostaria de fazer para não me sentir mais tão cansada, ou ainda o que eu faria se não estivesse me sentindo tão cansada.

Era muito bonito no papel. "Tenha um emprego estável, um plano B, mas continue escrevendo. Uma hora você consegue largar tudo e seguir os seus sonhos!" Mas ninguém te contava que o plano B muitas vezes drenava toda a energia e disposição do plano A, até se tornar o único plano possível.

Conforme rolava o feed do Instagram, o que deveria ser algo prazeroso se tornou uma tortura. Ah, olha lá a minha amiga da faculdade trabalhando como publicitária na maior agência do Brasil! E aquela minha outra amiga do colégio que agora viaja o mundo com um programa de culinária? Nossa, olha só meu amigo de infância saindo de uma balada com o Neymar! Gente, que loucura, aquela garota que fez um semestre de inglês comigo mora em Singapura?

De repente, nada do que eu fazia parecia legal, glamoroso ou importante. A minha vida era um desperdício e o meu corpo, um saco de ossos inútil que só sabia falar "Olá, eu falo com o Fulano de Tal? Senhor, aparece no meu sistema que o senhor possui uma dívida e gostaríamos de negociá-la. Alô? Senhor?"

Frustrada e ansiosa, estava quase fechando o aplicativo quando uma foto me chamou a atenção.

Lá estava ela, em toda a sua glória: Bárbara dos Santos, minha colega de colégio na adolescência e crush eterno, conservando as covinhas do sorriso que eu tanto amava, além da pele marrom e dos olhos redondos e intensos. A garota mais bonita que eu conhecia, e a mais bem-sucedida também. Formada em Administração de Empresas por uma universidade pública, ela agora era coordenadora da área de marketing de uma startup do ramo de tecnologia, uma *fintech*, como ela mesma dizia. Morava sozinha em um apartamento em Pinheiros, tinha um carro novinho em folha com uma daquelas cores especiais de lançamento e, naquela foto em particular, olhava para as muralhas de um lindo castelo na Itália.

Eu tinha vontade de lamber a tela e socar a cara dela, tudo ao mesmo tempo.

Como eu nunca cansava de me torturar, resolvi ler os comentários da foto. Conforme rolava para baixo e concordava com todos os que a exaltavam e a chamavam de "linda", "deusa" e "maravilhosa", deparei

com o comentário padrão do namorado dela, que aparecia de tempos em tempos para fazer xixi na foto e marcar território.
Só a cara de Colírio da *Capricho* dele me fazia querer revirar os olhos.

Babs_Babs . Seguindo
Verona, Italy
Babs_Babs gnt, vcs já viram lugar mais bonito nessa vida?
Gael_oficial vc é mais bonita, amor!

"Você é mais bonita, amor." Tinha como ser mais genérico? Se eu fosse a namorada daquela garota, comentaria em todas as suas fotos sobre como a pura existência dela fazia com que o mundo fosse um lugar melhor, ou talvez sobre como os olhos escuros dela haviam curado todas as feridas da minha existência. Declamaria versos para tentar descrever a sua beleza e usaria todos os emojis possíveis para explicar como eu era feliz em acordar todos os dias com ela ao meu lado.

Mas não. Ela preferia ficar com um youtuber metido a subcelebridade (uma pessoa que cria um perfil chamado Gael_oficial só pode ter o ego nas alturas) que dizia "tá linda, amor" em todas as suas fotos, sem nenhuma variação.

Sim, Selena Gomez, o coração quer o que ele quer, mas às vezes ele é burro pra cacete.

Mesmo nutrindo um ódio nada saudável pelo namorado da garota que nem sabia que eu existia, vasculhei o feed da Bárbara até cansar, como fazia dia sim, dia não, vendo as viagens, os jantares caros e a sua importância na empresa. Só parei quando a minha mãe bateu na porta e enfiou a cabeça para dentro antes mesmo que eu pudesse dizer "entra".

Meu Deus, e se eu estivesse fazendo algo constrangedor, tipo assistir *High School Musical* pela décima sétima vez aos 24 anos?

— O jantar está pronto! — ela exclamou. E então olhou para o meu celular, aberto em uma foto de Bárbara de biquíni. — Querida, você está precisando arranjar uma namoradinha, né?

— Você acha que eu não sei disso? — resmunguei, e ela fechou a porta, rindo.

Bárbara tinha tudo. Dinheiro, autonomia, independência, um relacionamento feliz, beleza e importância. E eu era um projeto de escritora sem nenhum livro publicado, falida, trabalhando em um call center que odiava, nutrindo uma paixão platônica que me acompanhava por anos a fio e agora dona e proprietária de um livro novinho em folha que me ensinaria a me <u>sentir</u> foda para <u>ser</u> foda.

Quando foi que a minha vida desandou daquele jeito eu não saberia dizer...

Quando apareci na cozinha, encontrei o meu pai e, para minha surpresa e desgosto, a minha irmã, Alice, sentados à mesa. No chão, ao lado do meu pai, Berenice esperava pacientemente para receber parte do jantar que ele tentava disfarçar que dava para ela e nós fingíamos que não estávamos vendo.

— ... se tudo der certo, consigo pagar em 5 anos, no máximo 7 — peguei o final do que Alice dizia.

— Não sabia que você vinha para jantar — anunciei a minha presença, sem esconder a minha insatisfação de ver a minha irmã ali.

Os dois levantaram os olhos de um papel que Alice mostrava aos meus pais. Ela sorriu, aquele sorriso perfeito e brilhante que dizia "eu sou melhor do que você".

— Ana! Chegou bem na hora!

— Eu cheguei faz quinze minutos, então teoricamente cheguei adiantada. — Sentei-me à mesa na hora que Berenice conseguiu um pedaço de coxa de frango e saiu correndo antes que minha mãe tirasse da sua boca. — Na hora do quê?

— Tenho uma novidade!

Mais uma?, quase escapuliu da minha boca.

Só quem tem irmãos consegue entender a complicada relação de amor & ódio que é crescer com alguém disputando a atenção dos pais. Mais complicado ainda é crescer com Alice, a garota de ouro. A garota que não foi arrancada do armário aos 16 anos depois de ser pega beijando a "melhor amiga" no Natal em família. A garota que sempre soube o que queria. A garota que fez o segundo furo da orelha escondida e depois chegou em casa chorando, arrependida da única "rebeldia" que cometeu na vida. A garota que entrou de primeira em uma faculdade pública, fez intercâmbio com bolsa integral, conseguiu um programa de trainee logo que voltou ao Brasil, começou a namorar um médico, noivou aos 27 anos, faz trabalho voluntário em uma casa de repouso e, impressionantemente, aprendeu a falar japonês no meio-tempo, para poder conversar com a família do noivo.

Eu odiava a minha irmã. E a amava na mesma intensidade.

— Tá grávida? — perguntei com um fundinho de esperança; se Alice engravidasse antes de casar, eu poderia usar aquela carta nos Natais em família, "é, eu ganho um salário mínimo, gosto de meninas e ainda moro com os meus pais, mas e aquele sexo pagão antes do casamento que a Alice fez, hein? Ninguém vai falar sobre ele um pouquinho?".

— Credo, Ana, bate na madeira — Alice resmungou.

— Por quê? Um filho é uma bênção! — minha mãe exclamou lá do fogão.

Claro, um filho fora do casamento só pode ser uma bênção se vier da Alice, porque se vier de qualquer outra mulher da família é sem-vergonhice e irresponsabilidade, pensei, não disse.

Aquele era um padrão meu. Pensar muito. Falar pouco. "Ana. Sofreu muito sozinha, e nunca deixou que ninguém soubesse que a estava desagradando ou magoando", eu queria isto escrito na minha lápide quando morresse de úlcera aos 32 anos.

— Não, eu e o Caio compramos um apartamento! — Alice me estendeu a folha que ela e meu pai olhavam antes.

Olhei para o papel, mas não olhei de verdade. Minha irmã tem 3 anos a mais que eu e comprou um apartamento. E eu? Bom, eu comprei um livro para me ensinar a ser foda.

— Na verdade, o banco comprou um apartamento — devolvi o papel para ela —, mas ele é bonzinho e vai te deixar morar lá.

Alice riu, não percebendo a acidez do meu tom. Mas a minha mãe notou e me lançou o mesmo olhar que vem lançando há 24 anos. "Seja boazinha com a sua irmã, ela precisa lidar com muitas coisas, é uma versão sua que deu certo!"

Engoli a saliva seca e forcei um sorriso. Forcei mesmo. Precisei forçar um sorriso pela felicidade da minha irmã.

Eu era uma pessoa horrível.

— Parabéns, vocês dois merecem. Fica onde?

— Vila Nova Conceição. Tem vista pro Ibirapuera!

Claro que tem.

— Espero que tenha um quarto pra mim. Uma hora eu vou ter que sair daqui, né? — Ri, mas na verdade queria era mesmo chorar.

— Sair daqui e ir morar com a irmã não é ter autonomia, é trocar seis por meia dúzia — meu pai comentou, obviamente sem entender a piada, a fina-flor da grossura.

Olhei para baixo e vi Berenice roubando um pedaço de bacon das suas mãos.

— Mãe, o pai tá dando bacon pra Berê — rebati, em uma vingança infantil.

— Manuel! Quantas vezes eu vou ter que falar? Ela vai morrer desse jeito!

Meus pais começaram a discutir sobre a saúde de Berenice versus seus desejos e sonhos, e eu me voltei para Alice. Ela estava novamente lendo o papel do financiamento, um vinco enfeitando a sua testa — até preocupada ela ficava bonita, a filha da puta. A minha irmã puxou os cachos definidos da minha mãe e o maxilar marcado do meu pai. Eu, por outro lado, puxei a miopia do meu pai e o pessimismo da minha mãe.

— Eu tava brincando — disse, tirando um pouco a capa da inveja e deixando-a de lado. — O banco não é bonzinho, só vai te deixar ficar lá se você pagar todo mês com juros e correção monetária.

Alice sorriu e balançou a cabeça. Depois, apontou para uma parte do papel.

— Você sabe onde vai estar em junho de 2055?

— Morta, provavelmente. — Me curvei e sussurrei: — Sabe quanto café eu tomo?

— Bom, eu vou estar pagando a última parcela do apartamento. Espero que você esteja viva para ver. Vou dar uma festa!

— Isso dá um livro, hein? — me empolguei, ajeitando-me na cadeira. — A história de vida de um casal que passou 35 anos pagando um financiamento. Como elas imaginaram que estariam em 35 anos? Como elas de fato estão?

Rapidamente, desbloqueei o celular e comecei a anotar a ideia. Tenho comigo que boas ideias grudam na mente que nem música ruim de Carnaval, mas escrevê-las no bloco de notas do celular e nunca mais abrir para ler se tornou um hábito. O tipo de coisa que eu vou contar para quem me entrevistar no futuro. "Como é o seu processo criativo?", "Ah, sabe como é, Jimmy Fallon, eu anoto as minhas ideias e nunca mais as leio novamente! Não é engraçado?".

— E como tá a história do livro? Alguma novidade?

A história do livro. Era assim que os meus familiares falavam do meu trabalho. Do meu sonho. "Aquela história maluca lá..." Como uma besteira, uma loucura momentânea, uma febre bem alta que logo iria embora com um pouquinho de dipirona. Também vinha nas versões "você só escreve ou trabalha?" e "mas escrever não é trabalho, é hobby!".

— Ah, não, ano passado eu mandei para algumas editoras, mas não tive resposta... Aí comecei a mudar algumas coisas no livro e agora tô no meio desse processo de reescrita...

Deixei a voz ir morrendo aos poucos, conforme Alice abaixava o papel do financiamento e me olhava; o jeito que ela me olhava era pior do que qualquer coisa que ela pudesse ter dito.

Pena. Ela tinha pena de mim. Da pobre-coitada da Ana, sem carreira, sem talento e sem sorte.

Parei de falar e comecei a mexer na unha, ou o que sobrou dela depois de roer até o talo.

— Só dá pra publicar um livro se você terminar de escrever, né? — ela comentou, e eu sabia que só queria ajudar, queria ser a pessoa que me tiraria do fundo do poço com palavras de incentivo e me levaria para o caminho da produtividade e da felicidade, o caminho que ela mesma trilhou, para no futuro aparecer no meu Arquivo Confidencial do Faustão falando *"eu que incentivei a Ana a se tornar a escritora que é hoje, ela deve tudo a mim!"*; Alice ainda não havia entendido que nem tudo era sobre ela.

— E só dá pra ter um apartamento se você pagar por ele, né? — rebati, irritada.

Alice levantou o papel mais uma vez, o vinco de preocupação ressurgindo.

— É o plano. Eu traço um plano e sigo o plano.

Fiquei com vontade de voar no pescoço dela, como fazia quando eu tinha 8 anos e queria assistir *Três espiãs demais* e ela, *Pokémon*. Mas eu não tinha mais 8 anos e já havia aprendido as regras de como conviver em sociedade: mentindo.

— Boa sorte com o plano. — Levantei e fui até o fogão; peguei um prato no escorredor, coloquei arroz, feijão e frango com mais força do que o necessário e parti rumo ao meu quarto. — Tenho alguns planos próprios para terminar, começando pelo jantar. Tchau, Alice. É sempre um prazer, estou ansiosa pela sua próxima visita.

Alice não respondeu. E os meus pais não pararam de discutir sobre o futuro de Berenice para perceber o drama fraternal que estava rolando embaixo do nariz deles.

Não bati a porta atrás de mim porque não era *esse* tipo de garota. Mas a tranquei porque era *esse* tipo de garota.

Eu entendia que Alice se preocupava comigo e com o meu futuro; aparentemente, a minha família deveria ter um grupo no WhatsApp intitulado "Precisamos Falar Sobre Ana", mas sentir pena de mim não ajudava em nada — muito menos tentar encaixar o que deu certo na vida dela na minha! Afinal, ela não entendia absolutamente nada do processo criativo de escrever um livro. Eu não ficava atrás dela dizendo que ela precisava arrumar as planilhas de Excel, ou seja lá o que ela ficava fazendo no escritório o dia inteiro, então por que ela achava que tinha o direito de ditar a melhor forma em fazer o meu trabalho?

Suspirei e me sentei à escrivaninha, frustrada. O que mais me irritava era saber que ela estava certa. Claro que estava... Alice sempre estava certa: só dava para publicar um livro se eu terminasse o maldito livro... Até sem entender nada do que eu fazia, Alice entendia mais do que eu.

De repente, senti uma lambida na perna. Quando olhei para baixo, percebi que Berenice havia se infiltrado no meu quartel-general e estava pulando em mim, suplicando por alguma comida com tempero. Ela estava até lacrimejando! Queria ter a mesma força de vontade para conquistar os meus sonhos que Berenice tinha para conquistar um pedaço de frango.

— Não conta pra mãe — disse, entregando um pedaço de pele para ela. — Você é a minha irmã favorita.

Uma vez, li uma thread no Twitter listando as maluquices mais curiosas dos escritores famosos. Espero que quando a minha vez chegar a minha maluquice seja "Ana conversa com animais e só consegue escrever com os pés descalços massageando a sua vira-lata com colesterol alto!".

Abri a tela do notebook, que piscou, preguiçosa — fazia uns 2 anos que eu precisava trocá-lo, e fazia também uns 2 anos que eu recebia um salário mínimo que não dava nem pra comprar o laptop da Xuxa —, e logo percebi que a última aba que deixei aberta foi a de um processo de trainee que minha mãe me encaminhara no dia anterior.

E, por um instante, me permiti ir lá. Fiz o que fazia de melhor e deixei a minha imaginação voar. Me permiti vestir uma calça social, uma camisa branca e, por que não? Um terninho preto. Fico até bonita assim, estilosa, andrógena. Estou usando perfume, perfume de verdade, de marca famosa com propaganda em francês e gente bonita se roçando, e não uma colônia qualquer da revistinha da Avon. Entro em um daqueles prédios espelhados da Vila Olímpia, que são bonitos na mesma proporção que são hostis. E ninguém me olha de cima abaixo; não, eu sou um deles. Sou uma loba, uma leoa, uma águia. E, lógico, carrego um copão de café da Starbucks, porque gastar trinta reais em café é a minha religião. Quer saber? Até vim de patinete até aqui, já que moro tão perto, no meu apartamento de trinta metros quadrados que custou um milhão de reais por ter a melhor localização da cidade e uma lavanderia coletiva no térreo. Aperto o vigésimo terceiro andar ainda no saguão, porque os elevadores de prédios assim são mais inteligentes do que muita gente, e subo ouvindo um podcast sobre produtividade, ou câmbio, ou investimento na bolsa. Quando finalmente chego no meu andar, o mais alto do prédio, estou sozinha no elevador, porque fui a única capaz de "chegar lá", no lobby de alguma multinacional que paga caro demais por aquele aluguel e que explora seus funcionários pagando mais VR do que salário. Não pra mim, claro! Eu estou no topo, recebi ações e tenho um salário que passa das seis cifras por mês. Não cumprimento a recepcionista, porque quem ela pensa que é? Não, marcho direto para a sala da sócia. "Ana, onde estão os meus resultados?", ela questiona, e eu abro um MacBook que mal senti no bolso quando comprei, virando a tela pra ela. "Aqui estão, Denise. Mudei o mindset da empresa, fiz várias calls e brainstormings, fiquei dentro do budget, fiz diversos *one on one's* com a equipe e segui o briefing", porque imagino que deve ser assim que essas pessoas falam, "e aqui estão os seus resultados. Aguardo o bônus na minha conta até o final do mês!". Então me levanto e bato as mãos na mesa. "E eu me demito, Denise! Estou desperdiçando os meus sonhos aqui, eu quero mais! Eu quero que a Ana de 13 anos tenha orgulho de mim, por isso vou me dedicar aos livros!" Saio e bato a porta.

Depois que terminei de imaginar tudo isso, estava rindo, mas também estava triste. Porque a minha imaginação era fértil, mas era também constante, e toda projeção de uma vida melhor terminava assim: comigo desistindo de tudo para seguir o sonho de ser escritora.

Até na minha imaginação eu gostava de me torturar.

Fechei aquela aba, porque até parece que uma multinacional chamaria uma garota de 24 anos formada em Letras com experiência em call center para um processo de trainee chique com salário de seis mil reais e carro da empresa. Mas a aba que ficou no lugar dela não era muito melhor; era o meu livro. Incompleto. A história de uma sufragista fugitiva que se apaixonava pela filha da mulher que a acolheu para se esconder. Uma ideia incrível, uma execução terrível da minha parte. Um roteiro consistente com cenas inacabadas e reescritas que me levavam a lugar nenhum.

Mais ou menos como a minha vida.

Não fechei a aba do livro, apenas minimizei, porque eu gostava *mesmo* de me torturar. A terceira aba que surgiu era a do WhatsApp Web, porque a quem eu estava querendo enganar? Não conseguiria escrever nem uma linha sequer num dia horrível como aquele.

Abri o meu grupo favorito, "CAGANDO E ANDANDO", e mandei um S.O.S para os meus dois e únicos melhores amigos, Camila e Luís Felipe, com quem tive o prazer de cursar quatro anos de Letras e matar todas as aulas de sexta-feira para beber Skol quente no boteco da esquina.

> **ANA:** E como estamos nesta bela noite de sexta-feira?
> Eu começo: minha irmã comprou um apartamento e eu comprei um livro de autoajuda!

> **CAMILA:** Acabei de escrever a cena em que a mocinha tem um sonho erótico com o mocinho e finalmente aconteceu: fiquei sem sinônimos. Tive que pesquisar no Google "maneiras diferentes de escrever a palavra pênis".

> **LUÍS FELIPE:** Devia ter perguntado pra mim, eu saberia responder.

> **ANA:** Ah, é? Fala outro que não "pau" e "rola".

> **LUÍS FELIPE:** Hum... Pinto?

> **CAMILA:** "Membro", "falo", "cacete", "caralho", "benga", "piroca", "cobra", "ferramenta", "jeba", "mastro", "nabo", "pica", "pingola", "peru", eu posso ficar aqui o dia todo.

> **LUÍS FELIPE:** E depois homens gays é que são depravados.

CAMILA: Mas por que estamos falando de rola quando a Ana comprou um livro de autoajuda?
Isso é muito mais importante.

ANA: Obrigada, Ca, fico feliz que o meu bem-estar esteja acima de uma rola.

LUÍS FELIPE: Mas só um pouco.

CAMILA: Que livro é esse, Ana? Não me diz que é aquele livro ensinando a ser foda.

ANA: O próprio.

LUÍS FELIPE: Eu ia dizer que esperava mais de você, mas, sinceramente, acho que eu não esperava.

CAMILA: Leva ele amanhã, a gente pode fazer uma fogueira e assistir enquanto queima. Aposto que isso ia fazer a gente se sentir foda.

ANA: Onde a gente vai fazer uma fogueira? Dentro do seu apartamento?

CAMILA: Onde mais? Na varanda! Ela não conta na metragem e também não conta como área construída se a gente botar fogo no prédio. Eu já pensei em tudo.

> **ANA:** Beleza, eu levo. Mas vou pegar firme na leitura e até amanhã posso já ser foda e não querer mais andar com vocês.

> **LUÍS FELIPE:** É um risco que a gente corre.

> **CAMILA:** E onde a sua irmã vai morar agora?

> **ANA:** De frente pro Ibirapuera.

> **CAMILA:** Óbvio que ela vai.

> **LUÍS FELIPE:** Burguesa safada.

 Bloqueei a tela do celular me sentindo um pouco melhor — é o que dizem, quem tem amigos, têm tudo. E quem tem amigos que conseguem conversar sobre sinônimos de pênis, fogueiras em varandas e xingar os seus irmãos por você têm tudo e mais um pouco.

 Deitei na cama e comecei a ler o livro de Tony Diniz, e, tal qual uma crente procurando por um sinal divino ou um sinal negativo no teste de gravidez, pedi que ele realmente me ensinasse a ser foda, porque eu estava cansada de me sentir um lixo.

VOCÊ SÓ SERÁ F*DA QUANDO SE SENTIR F*DA CAPÍTULO SEIS: OS 5 PASSOS PARA SE SENTIR FODA

Agora que já introduzi para vocês os motivos pelos quais eu passei de "fracassado e triste" para "foda e feliz", queria resumir os passos que iremos seguir ao longo deste livro para uma vida mais feliz e empoderada, cheia de *MINDFULNESS* e *PROPÓSITO*.

1. Livre-se de todo e qualquer peso que esteja te puxando para baixo: objetivos não alcançados e pessoas que não somam em nada não têm mais espaço na sua vida. Você precisa abrir espaço para que novas oportunidades possam aparecer! "Não é tão simples assim", é sim, é só você querer.

2. Esqueça o mimimi. Guarde as desculpas. Ignore o pessimismo. Se você não jogar a energia da transformação para o mundo, como espera ser transformado? "Não consigo", "não tenho energia", "não tem como", "não vai dar", "é muito trabalho" — enquanto estas frases estiverem no seu vocabulário, você não vai conquistar os seus sonhos e se sentir foda.

3. Mentir às vezes é necessário. Para os outros? Não! Para você mesmo! Se olhe no espelho. Imagine a sua vida dos sonhos. A mulher ou o homem dos sonhos ao seu lado. A casa. O carro. A carreira. Aquela conversa que você sempre quis ter. As viagens. As risadas. O corpo. A melhor versão de você. Imaginou? Então vista essa armadura e saia porta afora já tendo a vida que um dia você vai ter. Mentalizar até conquistar, este é o lema. Este é o segredo.

4. Encontrou algum percalço no caminho? Está se sentindo triste, infeliz, não consegue mais se livrar do peso, esquecer o mimimi e mentir um pouquinho para si próprio? Não desista! Não se acomode no sofá, não ligue a televisão e desperdice horas com algo que não soma em nada para a sua vida! Não tome remédios nem gaste dinheiro e tempo com terapia! Não jogue a toalha e deixe para lá as chances de ter uma vida melhor! Persista! O mundo é dos vencedores, e sabe o que todos os vencedores têm em comum? Eles não pararam na derrota — eles superaram a derrota e foram atrás do que queriam. E você quer ser um vencedor ou desistir na primeira dificuldade? Você quer ser um vencedor, não é? Então não desista! Não desista! Não desista! Não desista e...

5. ... seja foda!

Depois de passar a madrugada inteira lendo o livro de Tony Diniz, não era surpresa alguma que eu não me sentia foda — nem um pouco, nem mesmo "fodinha"... Porra, nem "bem" eu me sentia! Principalmente depois que fingi estar dormindo quando Alice bateu na porta para se despedir; ambas sabíamos que se eu estava sonhando era apenas com socar aquele lindo rosto de quem tinha conseguido conquistar tudo na vida sem maiores dificuldades.

Acordei antes do despertador no dia seguinte, o que, sinceramente, estava no top 5 piores sensações corpóreas do mundo, logo depois de não conseguir espirrar e bater o dedinho na quina do móvel. Era sábado! O que custava o meu corpo me deixar descansar um pouquinho a mais depois de uma semana de merda?

Já saí da cama xingando. Que bela forma de começar o dia!

Esbarrei em uma Berenice jogada no chão, com a barriga para cima e os olhos semiabertos de quem tinha a mania assombrosa de dormir como uma boneca possuída. Ela não se mexeu, soltando apenas mais um de seus roncos. Pelo menos *alguém* estava tendo uma boa manhã.

Quando cheguei na porta da cozinha, sedenta por um balde de café, ouvi meus pais cochicharem:

— ... tudo bem, mas o que você quer que eu faça?

— ... não sei, Lourdes, mas ela está muito esquisita, você acha isso normal?

— ... não, não acho, mas ela já é crescida, sabe se virar sozinha, não tem mais como forçá-la a fazer nada!

— ... não é forçar, é orientar.

— ... então por que você não a orienta?

Pigarreei, anunciando a minha presença, e os dois pararam de falar aos sussurros. Entrei na cozinha como quem não havia ficado ouvindo atrás da porta tal qual uma personagem de novela que descobre todo o enredo através desse artifício preguiçoso de um roteirista de ressaca com o prazo de entrega batendo na bunda.

— Filha! Fiz café! — minha mãe exclamou, como se fazer café fosse algo inédito em uma casa onde moravam três viciados em cafeína.

Sentei à mesa, os olhos ainda tentando barganhar um retorno triunfal à cama, e suspirei. Eu tinha ouvido a conversa, eles sabiam que eu tinha ouvido a conversa e eu sabia que eles sabiam que eu tinha ouvido a conversa. Mas, mesmo assim, minha mãe colocou uma caneca antiga de Sandy & Junior na minha frente e sentou-se, fingindo que nada havia acontecido.

— Você viu a novela ontem?

Tragam um Oscar para essa mulher!

— Assim como em todos os outros 8.760 dias da minha vida? Não.

— Você perdeu! O Zezé voltou pra casa!

Então a minha mãe se pôs a contar todo o episódio que eu tinha perdido da novela que eu não assistia.

Ouvi enquanto sentia o café percorrer as minhas veias e me despertar completamente. Ao final do relato — e da caneca —, eu já era uma nova mulher.

Deus abençoe o café!

— ... e aí você não vai acreditar!

— O Zezé pegou a Mariana na cama com o Roberto?

— Como você sabe? — minha mãe perguntou, espantada.

Queria dizer que passei os últimos anos estudando estrutura narrativa por conta própria, por não ter como investir em um curso, e parte desse

tempo foi dedicada a dissecar a estrutura do melodrama, principalmente do melodrama das novelas brasileiras, uma paixão nacional, mas não quis parecer chata, nem condescendente, e muito menos ver nos olhos deles aquela confusão de quem tentava entender a única coisa na qual eu era boa. Então, ao invés disso, respondi:
— Li na internet.
— E depois me diz que não assiste novela!
— Vou lá na Camila, tá? — Levei a caneca para a pia e a lavei rapidamente.
— Quer usar o carro? — meu pai ofereceu. — Não vamos sair hoje, né, Lourdes?
— Só vou passear com a Berê.
Berenice, que já entrava na cozinha para comer seus ovos mexidos matinais, cortesia do Seu Miguel, ouviu a palavra "passear" e bateu em retirada. Era a única cachorra do mundo que corria DA coleira, e não PARA A coleira.
— Não, tudo bem, no Centro não tem onde parar e aí tem que pagar estacionamento... Vou de ônibus, gasto menos. — O que era uma meia-verdade; a outra parte que deixei de fora era que toda vez que eu ligava o carro e segurava o volante eu tinha um ataque de ansiedade tão forte que sentia como se fosse morrer.
Mas eu queria adicionar mais essa preocupação no "Show da Ana e Seus Problemas" que eles eram obrigados a assistir todos os dias? Não, não queria.
Arrumei-me rapidamente e parti, com Tony Diniz na mochila e a felicidade de achar um assento vago no ônibus. Muitos minutos de sacolejadas depois e eu estava subindo os intermináveis degraus para o apartamento da Camila, no Centro de São Paulo, já que o prédio era um daqueles antigos demais para ter elevador.
Camila era uma Santa Ceciler de coração e alma, e saiu da casa dos pais na Saúde para morar sozinha em um apartamento velho e caindo aos pedaços, mas que pelo menos ficava perto do metrô e de todas as exposições, cinemas alternativos e "festas estranhas com gente esquisita" das quais ela tanto gostava. E, claro, era todinho de chão de tacos.

Cheguei no quinto andar com os pulmões pegando fogo. Bati na porta com o restante de força que ainda tinha e fui recebida pela minha melhor amiga, que usava roupas de ioga e segurava uma colher de pau.

Camila tinha ascendência japonesa, lindos olhos escuros e mechas vermelhas no cabelo preto. Ouviu a vida inteira que estava "acima do peso" e se importou demais com isto até os 20 anos, quando desistiu de tentar encaixar o próprio biotipo num perfil impossível de atingir e seguiu uma vida saudável e ativa, mesmo que muitas pessoas a contatassem "preocupadas com a sua saúde"; eu tomava três litros de café por dia, só me mexia para levantar da cama e cair no sofá e não lembrava a última vez que havia comido algo verde, mas ninguém nunca se preocupou com a *minha* saúde.

— Fiz brigadeiro vegano. — Ela mostrou a colher de pau para mim.
— "Colher de pau" é um bom sinônimo para pênis? — perguntou ela, para a garota que nunca chegou perto de um.

Entrei sem ser convidada. Luís fumava na varanda, o brinco na orelha direita e a pele preta reluzindo ao sol. Ele tinha aquela atitude blasé que eu sempre detestei nas pessoas, mas que nele passava calma e confiança.

— Ué, não tinha parado de fumar?
— E você ainda acredita? — Camila respondeu por ele, voltando para o fogão, que ficava na cozinha integrada com a sala; não de uma maneira chique, com planejamento de arquiteto e ilha de mármore, mas de uma maneira prática de um apartamento de 100 anos que nunca nem teve paredes e com certeza já havia sido palco de algum assassinato.

— Eu parei, mas é que eu tô tenso. — Luís tragou o cigarro com a familiaridade de quem nunca havia parado, nem por um segundo.

— Com o quê? — Sentei no sofá de veludo que Camila achou no meio da rua e mandou reformar.

— Sei lá, com a política, com a vida, tem como não estar tenso morando no Brasil? — Ele tragou novamente e soltou a fumaça, curtindo cada segundo.

— Você já teve desculpas mais elaboradas.

— Chega uma hora que a gente só desiste. — Luís apagou o cigarro com a classe e a elegância com que fazia tudo na vida e voltou para dentro do apartamento.

Ele beijou o meu rosto e sentou-se ao meu lado, cheirando a nicotina e menta. Camila terminou o brigadeiro e o trouxe para a sala, colocando o prato na mesa de centro que havia comprado por dez reais em uma queima de estoque.

— Tá bom, me mostra ele — pediu Camila com seriedade, como se eu estivesse guardando material nuclear ou um bebê recém-nascido dentro da mochila.

— Mas assim? Sem nem um jantarzinho? Um papinho de elevador antes?

— Problemas graves requerem medidas duras.

Camila parecia estar falando sério, o que fez com que segurar a risada ficasse bem difícil, ainda mais depois de Luís ter batido continência.

Resgatei o livro de Tony Diniz do meio das minhas tralhas e o joguei na mesa de centro, como se fosse uma tocha pegando fogo.

— Tá bom, e o que eu faço com isso agora?

— Queima antes que dê cria? — Luís gracejou.

— Eu acho que isso é um pedido de ajuda — Camila analisou, pegando o livro entre as mãos e dando uma rápida lida na contracapa. — Sabe? Uma forma de demonstrar que as coisas não andam bem.

— Jura, Ca? Caramba, eu não tinha percebido... Comprei achando que estava tudo bem comigo! Só gente de bem com a vida compra autoajuda, né? — ironizei, mas Camila não se deixou abalar.

— Você tem meditado?

Lembrei da única vez que havia tentado meditar, depois da insistência de Camila, e caí no mais profundo sono depois da segunda frase dita pelo cara do aplicativo, acordando horas depois com ele *ainda falando* nos meus fones de ouvido.

— Sim, todos os dias.

— E o livro? Terminou de reescrever?

Visualizei o livro inacabado, dançando entre arquivos de novas ideias que não me levaram a lugar nenhum e ideias antigas que algum dia eu arrastaria para a lixeira por não serem boas o suficiente.

— Quase.

— E o trabalho? Já conseguiu ressignificar a sua função?

Se algum dia eu conseguisse encontrar propósito em ligar para pessoas com problemas financeiros em um país desigual e cobrar dívidas há muito esquecidas, estragando os seus dias e o meu também, eu mesma escreveria um livro de autoajuda.

— Claro. Minha função é essencial para a sociedade.

— Então por que um coach de felicidade? — Ela segurou o livro na frente do meu rosto, a prova do crime.

— Comprei de maneira irônica, tipo quando eu comecei a falar "top" e não parei mais? — tentei.

Camila riu, mas tinha um fundinho de tristeza naquela risada. Como se ela não ficasse feliz em me ver perdida, sem esperança, no fundo do poço. Levei uma vida inteira para encontrar amigos que genuinamente se importavam comigo, mas era difícil saber que o meu sofrimento os fazia sofrer também. E se tinha algo que me incomodava mais do que não ter perspectiva nenhuma de vida era sentir que estava *incomodando*. Por isso, levantei-me com um salto, dando a entender que a sessão de terapia havia acabado. Nós só tínhamos dois dias de descanso após uma semana de cão, eu não os desperdiçaria com a minha eterna lamentação.

— Tá bom, esquece isso, eu nem sei se vou ler esse livro, de qualquer jeito — menti, já tendo lido quase cinquenta páginas. — O que vamos assistir hoje?

— Hoje eu quero ficar triste — Luís pediu, ajeitando-se no sofá. — Vamos assistir à posse do Bolsonaro?

— Credo, Luís, é pra ficar triste ou desistir da vida? — perguntei, indo até o aparador de Camila, que ela ganhou do irmão depois que ele se mudou, e pegando o controle da TV, pela qual ela pagou duzentos reais de uma empresa que faliu. — Vamos assistir qualquer coisa da Shonda!

— Não! Saiu um documentário muito legal sobre vida após a morte, vamos assistir esse! — Camila pegou o controle da minha mão.

— Ah, não, por favor, a minha semana já é tão chata, não quero assistir a um documentário. Se fosse pra assistir a vida real eu ficava em casa vendo os meus pais discutirem sobre o meu futuro. — Peguei o controle de volta.

— Você não quer saber o que acontece com a gente depois que a gente morre?

— Camila, eu não quero nem saber o que acontece com a gente em vida, quem dirá na morte. — Liguei a TV, que já estava na tela inicial do YouTube.

— A gente pode assistir ao Tony Diniz falar sobre reprogramação do DNA. — Luís apontou com o dedo para a televisão.

Nós duas nos viramos ao mesmo tempo, e lá estava ele: Tony Diniz em primeiro lugar no ranking do dia, em toda sua glória e lentes de contato nos dentes. "Reprograme seu DNA e seja mais feliz" era o título do vídeo.

— Caramba, mas ele tá em todas — murmurei, mas confesso que fiquei um pouco assustada com aquela coincidência.

Camila pegou o controle da minha mão e falou nele como se fosse um microfone:

— Alô, Mark Zuckerberg, pare de ouvir as nossas conversas! Você não tem um planeta distante para colonizar não?

— Às vezes eu acho que a felicidade é superestimada — Luís comentou, sempre um pouco pessimista. — Tipo a gente tá sempre buscando a felicidade, mas quando a gente fica um pouquinho feliz já logo nos desesperamos porque em algum momento ela vai embora, então ficamos tristes enquanto estamos felizes porque já estamos pensando no momento em que vamos ficar tristes de novo, e aí a gente não fica feliz nunca, né?

Eu e Camila ficamos em silêncio. Luís suspirou:

— Vocês não entenderam nada, né?

— Nem uma palavra — comentei, saindo da página inicial do YouTube e colocando na Netflix.

— Acho que eu entendi. Felicidade é tipo aquele boy lixo que só responde à gente de maneira monossilábica e manda foguinho nos stories, aí quando a gente tá quase desistindo ele surge das cinzas todo fofo e te chama pra tomar uma, e aí a gente volta correndo porque tá louca pra transar, né?

— Não. Mas acho que a gente precisa ter uma conversinha sobre com quem você anda se relacionando — Luís respondeu simplesmente, arrancando uma risada genuína minha. Ele então pegou o controle da minha mão, decidido. — Ana, fecha os olhos. Eu vou passar pelas séries e filmes e quando você disser "top" eu paro e a gente assiste.

Fechei os olhos. Esperei um, dois, três, quatro, cinco, seis e...

— Top!

Quando abri os olhos, Luís tinha parado em *Chiquititas*, e nós caímos na risada. E como Luís era um homem de palavra, passamos a tarde inteira assistindo *Chiquititas* e comendo brigadeiro vegano.

Às vezes, eu conseguia esquecer de como me sentia triste e desanimada com o futuro. E, em todas essas vezes, Camila e Luís estavam envolvidos.

Todo domingo a minha mãe perguntava se eu não queria ir ao shopping com ela. Todo domingo eu dizia que preferiria "comer vidro". Todo domingo ela aplicava o golpe sujo de me comprar com a promessa de almoçarmos no Burger King. Então, todo domingo eu me via passeando pelas lojas de cara emburrada, só esperando pelo glorioso momento do almoço — e da passadinha final na livraria.

Era a nossa tradição. A negativa e a insistência faziam parte do teatrinho para animar as coisas.

Aquele domingo não foi diferente. Bom, na verdade ele foi completamente diferente, mas não em suas origens. Nós fomos ao shopping. Passeamos pelas lojas. Eu fingi que a ouvia falar sobre peças de roupa em promoção enquanto lia pedaços do livro de Tony Diniz que havia escondido na mochila. Ela rodou e rodou atrás de uma calça jeans e não comprou nenhuma, como sempre fazia. Almoçamos no Burger King. E demos uma passadinha final na livraria.

E foi lá que a mágica aconteceu — o que, curiosamente, pode ser dito de *qualquer coisa* que acontece dentro de uma livraria.

Eu não a vi chegar. Estava distraída na sessão de romances LGBTQIA+ — porque uma garota precisa sempre repor o estoque de histórias de amor açucaradas que nunca vão acontecer com ela no mundo real porque a vida não é justa —, quando ela parou ao meu lado, franzindo o cenho, procurando por algo. Olhei para o lado, distraída, e me voltei aos livros. Mas logo o meu sexto sentido me fez olhar de novo, uma coceirinha no fundo da mente me dizendo que eu conhecia aquela garota de algum lugar.

E *como* conhecia. Conhecia das horas que eu passava no seu Instagram, fuçando as viagens, restaurantes e eventos — na noite anterior mesmo havia sido o meu passatempo. Conhecia de antes disso, dos intervalos que passei observando-a de longe, rodeada de amigos no pátio da escola. Conhecia da sala de aula, onde ela sempre sabia a resposta certa, mas não era a nerd chata que levantava a mão para responder e passava cola sempre que alguém pedia. Conhecia desde a época em que eu achava que deveria gostar de garotos, mas não conseguia tirar os olhos dela.

Me desestabilizei. Nunca mais a tinha visto, não desde a festa de formatura do Ensino Médio, onde eu vomitei toda a vodca que tomei e ela se atracou no canto com uma garota do segundo ano. Pelo menos não pessoalmente, já que o seu feed e os seus stories não saíam dos meus dedos.

Ela virou o rosto, reparando que eu a encarava tal qual uma psicopata. Voltei-me rapidamente para os livros, sentindo o rosto esquentar. Pela visão periférica, percebi que ela franzia o cenho de novo, agora na minha direção. Não ousei encará-la de novo — ela com certeza não tinha ideia de quem eu era.

— Ana? Ana Menezes? — O improvável aconteceu, e a sua voz doce me atingiu em cheio.

E naquele momento *eu* não sabia quem eu era. Meu nome era Ana? Meu sobrenome era Menezes? Não sei, não fazia ideia.

As palavras viraram areia na minha boca.

— É. — respondi, pigarreando para tentar me recompor.

"É." Não "sim, sou eu", nem "Bárbara, há quanto tempo!". Só "é", como uma porra de uma esquisitona.

— Nossa! É a Bárbara, lembra de mim? Do Objetivo?

Nunca na minha vida eu esqueceria essas covinhas. Tive que engolir em seco para não repetir isto em voz alta.

— Bárbara? Não...

Cala a boca, cala a boca, cala a boca.

— É, fomos da mesma sala no Ensino Médio! Terceiro ano C! — Ela apontou para o próprio rosto, se dando conta de que quase 10 anos nos separavam do colegial. — Bom, eu mudei um pouquinho, deixei o cabelo ficar natural.

Sim, passou pela transição capilar com a ajuda daquele salão chique lá na Augusta que eu sempre quis ir e nunca tive dinheiro.

— Bárbara! Nossa, sim, verdade! — E o prêmio de atuação mais porca vai para... Ana Menezes! — Lembrei. Ficou legal o cabelo novo.

— Valeu! Você mudou bastante também, né? — ela apontou para mim. — O cabelo curto ficou ótimo. Combina com os óculos!

Como Bárbara dos Santos, a garota mais bonita e popular do colégio, lembrava que eu usava o cabelo comprido e agora estava bem curto, só Jeová poderia dizer. Eu não podia ser considerada "memorável" na escola... Nem os meus professores sabiam o meu nome. E os que tentavam, me chamavam de Alice, porque esta sim merecia ser lembrada.

— É, lavar dá muito trabalho... — comentei, e queria me socar na cara por absolutamente tudo o que saía da minha boca.

— Nem me fala! Tô louca pra cortar! Mas e a coragem? — Ela passou os dedos pelos cachos macios, pretos como a noite, e um pouco do cheiro cítrico do shampoo me atingiu em cheio no meio da cara. Minhas pernas amoleceram. Desgraçada de uma mulher bonita. — E o que você tem feito? Manteve contato com alguém da nossa sala?

Com o Danilo, que me chamava de "corujona", ou com a Larissa, que espalhou pra todo mundo que eu dei em cima dela, mesmo que eu não suportasse aquela carona de cavalo e não fosse querer beijar aquela boca nem se fôssemos as últimas mulheres no planeta Terra?

— Me formei em Letras — ignorei a pergunta sobre o contato e me ative à única informação da qual tinha orgulho na minha vida pós-escola.

— Você sempre gostou de escrever, né? Eu tinha uma inveja... Ficava horas naquelas redações, e você fazia com os pés nas costas! — Ela sorriu; se tivéssemos trocado meia dúzia de palavras nos muitos anos em que estudamos juntas na mesma escola, havia sido muito; eu era tímida, ela era popular, nossos mundos não se colidiam. Mas ali estava ela, lembrando de detalhes que eu mesma não me recordava. Além de perfeita em tudo o que fazia, Bárbara tinha memória fotográfica! — Continua escrevendo?

— Sim.

Bárbara esperou pelo resto. Pelos livros publicados. Pelas turnês. Pelos fãs. Pelas adaptações para o audiovisual. Pelo glamour da profissão. Ou pelo menos pela história de algum dos meus livros. Alguma coisa. *Qualquer coisa.* Mas eu não disse mais nada. O que eu poderia dizer? Que eu continuei escrevendo todos aqueles anos e não cheguei a lugar algum? Que eu era uma escritora sem livros a serem lidos? Que eu havia insistido em uma carreira que absolutamente todo mundo me falou que não daria certo?

O sorriso de Bárbara falhou um pouco e eu fiquei desesperada com a possibilidade de que aquela conversa acabasse em "beleza, a gente se vê por aí", porque quantas noites eu não desejei encontrá-la pela vida? Eu só queria tê-la encontrado em um momento melhor, com qualquer coisa interessante para falar, que a fizesse me convidar para tomar uma cerveja e "ouvir mais da minha história". Mas, mesmo sem nada para dizer, adicionei correndo:

— E você? O que tem feito?

Rá. Como se eu já não soubesse.

— Eu me formei em Administração de Empresas e hoje trabalho numa *fintech*. É uma startup de tecnologia — ela acrescentou, como se eu fosse uma estúpida.

E, bom, talvez eu fosse, porque só descobri o que era uma *fintech* depois de ver um post dela falando que havia conseguido o cargo de gerência e fui pesquisar no Google.

— Que legal. Parece chique.

— É muito trabalho, mas eu gosto. — Ela sorriu, e estava prestes a continuar a conversa leve e despreocupada (e parcialmente constrangedora da minha parte) que estávamos tendo quando os seus olhos deslizaram para baixo e viram que eu segurava a mochila, e dentro da mochila a lombada de *Você Só Será Foda Quando Se Sentir Foda* jazia exposta, como a prova de um crime.

Ah, não. Não, não, não... Agora é que ela ia me achar a maior esquisitona de todos os tempos! Lendo o livro de um coach quântico da felicidade. Esquisitona e deprimida. Já podia colocar aquilo na minha bio do Twitter.

— Tá curtindo o livro? — Bárbara perguntou, não deixando o sorriso ir embora.

E as covinhas sempre lá. Aquelas covinhas lindas... Ela precisava ser tão bonita? Será que se eu fechasse os olhos destruiria o encantamento e conseguiria conversar como um ser humano funcional?

Provavelmente não. A desgraçada, além de linda, era carismática, inteligente, ambiciosa e doce, traços de personalidade que não combinavam entre si, mas que nela faziam todo o sentido.

— Ah, eu não... Sei lá, comprei por impulso... Tava dando uma lida, mas pensando em dar de presente... Não sei se acredito muito nessa coisa de coach... É tipo astrologia, né? — Eu não sabia onde enfiar a cara.

— Sabia que ele vai fazer um retiro? No Parque Estadual do Jalapão!

Eu esperava que tudo saísse da boca de Bárbara, todo tipo de piada e julgamento, e não uma informação burocrática sobre Tony Diniz. Fiquei tão surpresa que nem pensei em perguntar por que diabos ela sabia daquilo, e só balbuciei:

— No Tocantins?

Não, não, Ana, Jalapão, bairro de Osasco!

— É! Ele diz que o Parque Estadual do Jalapão tem a energia mais positiva e limpa do país. — Bárbara assentiu, séria, o tipo de pessoa que nunca zombaria da crença de outras pessoas.

— É um retiro do quê?

— Vai ser uma imersão, um fim de semana se conectando com o seu "eu" do futuro e emanando ondas de felicidade que te levem a esse futuro. — Ela percebeu que eu estava confusa com todas aquelas informações e adicionou: — Minha empresa tá patrocinando. Eu vou, estou ajudando a organizar, muitos funcionários meus irão! Vai ser ótimo. O Tony Diniz é bem legal, sabe? Nada como o cara arrogante dos vídeos.

Era claro que Bárbara era do círculo íntimo de um dos maiores coaches do país e, melhor ainda, o havia *contratado* para seus funcionários. Por que aquilo me surpreendia?

— Ah, incrível — eu disse, porque não sabia mais o que dizer.
— Você não tem interesse em participar?

Aparentemente, aos olhos de Bárbara, eu era o tipo de pessoa que se interessaria em participar de um retiro emanando ondas de felicidade. Eu queria que ela me visse como uma mulher interessante, bonita, sexy e misteriosa, mas ela só me via com o público-alvo de um coach.

Será que ela tentaria me apresentar a um esquema de pirâmide também?

— Não... Não posso deixar o meu trabalho. E eu escrevo nos finais de semana, sabe? — menti, porque aos finais de semana eu só queria esquecer que existia.

Não queria contar que o meu verdadeiro trabalho era operadora de cobrança de dívida. Não queria contar que não tinha dinheiro para pagar um retiro espiritual de fim de semana no Tocantins. Não queria contar que eu dizia por aí que era escritora, mas não escrevia nada decente havia meses, quiçá anos. Não queria contar que havia comprado o livro de Tony Diniz mais por desespero do que por qualquer outra coisa, e que eu mal sabia quem ele era antes de entrar na livraria e ver uma bancada inteira com o seu rosto, olhando pra mim, implorando que eu comprasse o seu livro e mudasse a minha vida miserável. Muito menos quando Bárbara estava tão acima de mim na hierarquia da vida! Ela iria ajudar a *organizar* o retiro onde pessoas no fundo do poço iam para se encontrar; Bárbara nunca precisou se encontrar, porque nunca havia se perdido.

Ela não sabia o que era ter uma vontade tão grande de chorar ao lembrar que no dia seguinte era segunda-feira, pela plena certeza de que o seu dia seria uma merda. Ela não sabia o que era se sentir um fracasso em tudo o que se propunha a fazer. Ela não sabia o que era fazer promessas silenciosas aos próprios pais de que "um dia iria orgulhá-los". Ela não sabia o que era entrar numa livraria e não achar graça em nenhum título, porque a vida havia perdido a graça, porque não existia nada na vida pelo que *esperar*.

Então ficamos ali, sem saber mais o que dizer, as covinhas no seu rosto ameaçando ir embora pelo silêncio prolongado.

— Ana, vamos, meu amor, a Berenice já deve estar para ter um troço, aquela cadela sem-vergonha! — Minha mãe apareceu atrás de mim, simultaneamente me salvando de uma situação vergonhosa e me envergonhando mais ainda.

— Ela tá falando da minha cachorra — sussurrei.

— Seria estranho se não fosse. — Bárbara pareceu estar segurando o riso.

Dona Lourdes ficou entre nós duas, sorrindo, esperando. Eu suspirei levemente.

— Mãe, lembra da Bárbara? Do Objetivo?

— Não lembro! Era do seu grupo de amiguinhos? Acho que eu lembraria, não eram muitos. — Minha mãe não disse isto com um pingo de maldade, mas, mesmo assim, senti vontade de morrer.

Iria acrescentar "sem amigos" na bio do Twitter, ao lado de "esquisitona e deprimida". Esquisitona, deprimida e sem amigos. Aquele seria o título da minha biografia.

— A gente era da mesma sala — Bárbara explicou, e "não éramos amigas" ficou subentendido. — É um prazer te conhecer, dona...?

— Lourdes!

— Dona Lourdes. — Bárbara olhou para mim e piscou os longos cílios. — Bom, eu preciso ir nessa... Muito bom te rever, Ana! Até uma próxima.

— Até uma próxima.

Observei Bárbara deslizar para outra seção da livraria, com o caminhar de alguém que iria conquistar o mundo.

— Bonitinha, né? — Minha mãe me cutucou, louca para que eu tivesse uma "namoradinha", para poder contar no seu grupo da hidroginástica; todo mês havia um drama diferente, um filho que foi embora do país, uma filha que casou cedo demais, e ela estava louca para ser a mãe da vez.

— Vamos? — mudei de assunto. — Aquela cadela safada deve estar morrendo de fome.

Levantar às 5 da manhã para enfrentar o transporte público e passar dez horas fazendo uma coisa que você detestava deveria ser algo estudado pelos cientistas como uma forma de autoflagelo. Eu tinha quase certeza de que lá nos primórdios da humanidade o *homo sapiens* não encarava o fogo pensando "que vontade de evoluir como espécie, criar o livre-mercado, trabalhar muito mais por uma variedade mais pobre de insumos e ficar infeliz e ansioso o tempo todo em busca de dinheiro para comprar coisas que eu não preciso ou que eu posso plantar no meu quintal".

Conforme o ônibus me levava ao meu destino e eu ouvia a seleção "bom dia pra quem?" nos fones de ouvido, eu também continuava a ler o exemplar de *Você Só Será Foda Quando Se Sentir Foda*. Já me aproximava do décimo capítulo e ainda não me sentia foda — mas tudo bem, Tony Diniz havia prometido que eu só me sentiria assim quando terminasse o livro, no bom e velho "fique aqui até o final, que você irá receber uma surpresinha! E agora uma palavrinha dos nossos patrocinadores". Ao mesmo tempo que o meu lado racional queria rir dessa técnica escancarada de marketing, o lado emocional torcia para que ele estivesse falando a verdade.

Como fazia todos os dias, desci no ponto e parei na banca de café da manhã da Patrícia, que disputava a área com outras bancas, mas que com certeza ganhava a clientela pela qualidade e variedade dos seus produtos — se eu passaria as próximas horas ouvindo xingamentos e choros, pelo menos o meu estômago estaria abastecido de *mais* café com leite e bolo.

— Ô Ana, separei um de cenoura pra você. — Ela entregou uma caixinha de plástico pra mim, junto com o copo com café fumegante. — Foi uma luta, viu? O Thiago já tinha passado aqui e queria porque queria o pedaço! Disse que hoje vai ser um dia difícil.

— A exploração da minha mão de obra, a minha felicidade, o meu pedaço de bolo, o que mais o Thiago quer? — perguntei, entregando uma nota de vinte reais para a Patrícia.

— Agradece que você tem um trabalho, menina. — Patrícia provavelmente tinha a mesma idade que eu, mas parecia muito mais sábia e experiente, então ser chamada de "menina" por ela não me parecia errado. Ela me entregou o troco e me olhou, séria, como se fosse falar algo que mudaria a minha vida para sempre. Então disse: — Passa aqui no almoço, que vai ter brigadeiro.

Eu disse que passaria — e não era mentira — e atravessei os 500 metros que separavam a calçada do prédio cinza e deprimente onde eu passaria o resto dos meus dias até morrer.

No hall, diversas pessoas caminhavam olhando para os seus celulares, sem fazer a menor menção de interagir umas com as outras. Aquilo era uma das coisas que eu mais gostava em ser paulistana: não tinha a menor obrigação de ser agradável com ninguém. Fazia parte do estigma! Se eu aparecesse ali pelada e fizesse uma performance de arte no meio do saguão, tinha certeza de que algumas pessoas passariam por cima de mim sem nem reparar.

Esperei o elevador chegar, me sentindo tão cinza quanto a cidade em que morava, quando as portas se abriram e uma garota passou por mim, chorando daquele jeito que a gente chora em lugares públicos: com o rosto vermelho, o antebraço no meio da testa pra tentar esconder as lágrimas, sorrindo com sofrimento para quem nos olha, querendo dizer por telepatia "não sinta pena de mim, vai passar, eu só não consigo manter todos esses sentimentos dentro de mim no momento". Desviei os olhos dela, porque não queria que ela se obrigasse a sorrir pra mim, e também porque nunca sei o que fazer quando vejo alguém chorando, e entrei no elevador.

Foi só quando saí no meu andar que percebi que tinha algo errado. Algumas pessoas andavam de um lado para o outro, em estado de confusão, outras passavam por mim com raiva, xingando em áudios de WhatsApp, e vi mais alguém na pose do choro público, fungando alto.

Juntei as peças. Thiago, o meu supervisor, falando para Patrícia que aquele seria um "dia difícil". A menina chorando no elevador e indo embora do prédio. O saguão naquele estado. Só podia significar que...

— Ana, a gente pode trocar uma palavrinha?

Olhei em direção à voz e encontrei Thiago parado na porta da própria sala, parecendo prestes a ter um ataque de nervos. Caminhei até ele sem responder nada, e acho que eu deveria estar preocupada, triste, ansiosa, mas o que tomou conta de mim quando observei a sua nuca careca e brilhante foi uma calma e uma paz interna tão deliciosa que me perguntei se alguma vez já havia sentido aquilo na vida.

Eu seria libertada. Teria finalmente o meu "incidente incitante", termo na dramaturgia que dizia respeito ao início da jornada do protagonista, quando ele vai do ponto A em busca do ponto B, sai da inércia, deixa a vida antiga para trás e segue para uma nova aventura. Na linguagem dos leigos, o "empurrãozinho do destino" que faltava para que eu tomasse vergonha na cara e fosse atrás da minha felicidade.

Acomodei-me na frente de Thiago, evitando sorrir.

Pagava ser tão observadora e detalhista às vezes. Eu já sabia o que ia acontecer, e poderia saborear aquele momento.

— Ana, eu te chamei aqui para ter uma conversa séria.

— Tudo bem. — O que eu faria com o dinheiro da rescisão? Talvez um computador novo para poder escrever com mais conforto? Ou umas merecidas férias, me enfiar numa cabana no meio do mato e passar quinze dias olhando pro teto?

— A empresa precisou passar por alguns cortes, ainda estamos nos recuperando dos últimos anos, pandemia, crise... Então precisamos liberar alguns dos nossos profissionais, infelizmente.

— Eu pensei que a indústria da dívida era uma das poucas que tinha crescido nesse período — comentei com acidez, deixando um pouco de lado os meus devaneios.

— Não, não... Todos nós sofremos com a pandemia, não é?

Menos os donos; eles estavam em jatos, visitando a Europa, pensei em dizer, mas optei por uma abordagem mais... cínica.

— Ah, que pena... — Voltei para o maravilhoso mundo da imaginação, onde todos os sonhos eram possíveis: será que o dinheiro daria pra dar entrada num carrinho?

— E foi por isso que eu te chamei aqui.

— Sim? — Ou eu poderia parar de ser uma ingrata mimada e dar todo o dinheiro para os meus pais, por todo o tempo que eles precisaram me aguentar dentro de casa sem pagar aluguel.

— Como agora estamos com menos pessoal... — E o tempo livre? Mais importante do que a rescisão, o que eu faria com todo aquele tempo livre? Poderia escrever o quanto quisesse, o dia todo, sem parar! Liberdade, liberdade, liberdade! — ... Você vai receber uma promoção.

O que é que vou fazer com essa tal liber... Pera. Hã?

— Hã? — Curvei-me para a frente, franzindo o cenho; achei que tinha ouvido uma loucura sem tamanho, que ganhara uma promoção! Imagina só?

— É, você vai precisar assumir a função do pessoal que foi embora. Não é uma promoção de cargo, nem de salário, mas um novo... Desafio! Pense nisso como o fator determinante para o seu crescimento aqui na empresa.

— Meu crescimento... De atendente... Para...?

— Para supervisora, claro! — Ele ajeitou a postura, orgulhoso, "um dia você vai ser como eu!" estampado no rosto. — A gente acabou liberando o pessoal mais jovem, que ainda está na faculdade, sabe? Eles ainda têm muito caminho pela frente, carreiras diferentes para trilhar, então deixamos só os nossos mais experientes.

Se Thiago tivesse me dado um tiro, teria doído menos. Então os mais jovens ainda tinham a chance de serem felizes e encontrarem algo significativo para fazer com as próprias vidas, mas eu provavelmente definharia naquele prédio onde os sonhos iam para morrer, já que não tinha mais nada de interessante para oferecer ao mundo? Era aquela a imagem que eu passava para o mundo? De alguém que não tinha mais para onde ir?

Na sexta, comprei um livro de autoajuda com o que sobrou do meu salário. No sábado, ouvi os meus pais cochichando que eu era um caso perdido. No domingo, a crush da minha vida sugeriu que um retiro espiritual de emanação de ondas de felicidade me faria bem. Agora aquilo.

Uau. Só... Uau.

— Bom, é isso, pode voltar pro seu posto...

— Você não vai perguntar se eu aceito?

Thiago piscou algumas vezes, confuso.

Não sei de onde saiu aquela pergunta. Ela só... saiu. Porque era até ofensivo que ele já tivesse como líquido e certo que eu aceitaria o cargo.

— Ué. Achei que já estivesse implícito. Um monte de gente foi cortado e você conseguiu manter o seu emprego, é um privilégio neste mundo pós-pandemia, né? Mas então tá... você aceita?

Queria que a minha vida tivesse passado diante dos meus olhos, ou algo superdramático que me desse algum sinal do que fazer. Mas, mesmo que os filmes e os livros tivessem me prometido, nada disso aconteceu.

Ao mesmo tempo que eu não queria ser o estereótipo da filha mimada da classe média brasileira e passar os meus dias reclamando de barriga cheia, eu também não queria ser a pessoa paralisada pelo medo. O medo de não ter como pagar as minhas contas e precisar pedir dinheiro aos meus pais para poder tomar uma cerveja na esquina. O medo de perceber a burrada que havia feito e, quando precisasse voltar ao mercado de trabalho, não conseguisse nenhuma vaga. O medo do desapontamento nos olhos dos meus pais. O medo de ouvir as fofocas dos familiares, "Vocês viram a Ana? Não bastava ser lésbica, agora largou o emprego! O que vai ser do futuro dessa menina? Coitada da Lourdes e do Miguel, uma filha tão perfeita, outra tão complicada". O medo de que as pessoas achassem que eu não compreendia os meus privilégios e estava jogando tudo fora por um capricho. E, pior do que todos esses medos combinados, estava o medo do fracasso; o medo de me arriscar em uma carreira na qual, no fundo, eu não sabia se era realmente boa. O medo de tentar e falhar.

O medo de perceber que, talvez, a minha vida não tinha um propósito mesmo. Era só aquilo... só aquilo mesmo.

Então eu senti. Uma inspiração? Iluminação? Um sinal? Não. O que eu senti foi o ar-condicionado no máximo, que me fez abraçar os próprios braços e disparar:

— Sabe que eu já pedi mil vezes pra baixar um pouco o ar aqui?

— É só trazer um casaquinho.

Olhei para o Thiago, com sua cara cínica e sua careca brilhante. Ele nunca havia sido legal comigo. Nunca havia se importado em me conhecer, saber quem era a funcionária que chegava todos os dias no horário e se mantinha na média das negociações de dívida bem-sucedidas. Nem mesmo quando fui xingada de todos os nomes possíveis em uma ligação e passei meia hora no banheiro chorando ele se importou com o meu bem-estar; não, ele só me disse para ir almoçar mais cedo e voltar "recomposta". Thiago provavelmente gostava daquele trabalho, gostava da sensação do poder, gostava das micro-humilhações diárias. Se tinha alguém com a síndrome do pequeno poder, esse alguém era Thiago. Se tinha alguém que ainda não havia entendido que sem ser dono dos meios de produção, ele não passava de um explorado com um nome de cargo chique e um salário abaixo da média, esse alguém era Thiago. Talvez aquele emprego fosse de fato o seu propósito, aterrorizar jovens até que eles ou pedissem para sair, ou ficassem profundamente traumatizados e se tornassem uma versão piorada dele, aterrorizando as próximas gerações mil vezes mais.

E, nos quase 3 anos que passei ali, ele nunca, nem uma só vez, baixou a porra do ar-condicionado quando eu pedi. Nem quando eu estava doente e com febre, nem quando eu havia esquecido o casaco em casa, nem quando eu e outras garotas nos unimos para fazer um abaixo-assinado contra "o ar-condicionado excessivo".

— Quer saber, Thiago? — levantei de supetão. — Que tal você assumir novas funções e ter uma carga de trabalho maior sem receber a mais por isso? Acho que esse vai ser o seu novo *desafio* na empresa, porque eu tô fora.

Tirei o crachá e o coloquei na frente dele, respirando fundo, sem entender direito o que havia acabado de fazer, mas feliz por ter feito.

Eu pensei que o Thiago fosse me implorar para ficar, explicar que sem a minha presença ali o departamento afundaria, que eu era um talento, alguém que a empresa se esforçaria para manter ali; ou que ao menos tentaria barganhar a minha saída. Mas, ao invés disso, como se estivesse acostumado a ouvir discursos inflamados de funcionários inspirados todos os dias, ele deu de ombros e respondeu:

— Tem que passar no RH e devolver o *headset*, tá? Infelizmente a gente não faz acordo, então você não vai poder receber o FGTS, só a rescisão mesmo. Fecha a porta quando sair, por favor? E leva o crachá, eles vão precisar.

Olhei atônita para ele. E, se não fosse o medo de além de estar desempregada ir presa, eu teria voado no seu pescoço. Mas, ao invés disso, recolhi o crachá, um pouco humilhada, e saí. Mas, numa vingança pessoal, não fechei a porta.

Não existe ninguém insubstituível foi o pensamento que tomou conta de mim logo em seguida.

E, conforme eu me encaminhava até o RH, um sentimento paralisante de desespero tomou conta de mim, e eu comecei a chorar. Chorar mesmo, que nem um bebê. E quem olhasse de fora me veria com o rosto vermelho e o antebraço na testa, sorrindo como quem dizia "não sinta pena de mim, vai passar, eu só não consigo manter todos esses sentimentos dentro de mim no momento".

VOCÊ SÓ SERÁ F*DA QUANDO SE SENTIR F*DA
CAPÍTULO DEZ: FODA É SINÔNIMO DE FOCO

Você sabe o que todos os vencedores têm em comum? Não? Eu sei. Porque eu sou um deles. E, depois de muito procurar pela fórmula do sucesso e da felicidade, eu entendi o que nos diferencia do resto das pessoas: foco.

O que por milhares de anos colocou pessoas fodas no topo e pessoas medíocres na base foi o foco, pura e simplesmente. Traçar um objetivo e persistir nele até o final — mesmo quando o mundo inteiro te diz para desistir, te coloca pra baixo, te derruba. Por que vencedores acordam cedo, criam hábitos saudáveis e possuem histórias de superação? Porque eles têm *FOCO*.

"Mas, Tony, eu tenho foco, o problema é que...", então eu vou te parar no meio desta frase. Não existe problema quando há foco. Não existe desculpa quando há foco. Não existe "nasci pobre" ou "o Brasil é racista" quando há foco. Não existe meia dieta, meia promoção, meia academia, meio objetivo, meio sonho.

FOCO é tudo ou nada. É acordar cedo e dormir tarde. É continuar com dor, com febre, com sono, com fome, com cansaço, com tristeza, com depressão, com burnout. É continuar *focado*. É trabalhar enquanto eles dormem, e colher os frutos enquanto eles se lamentam.

Se você não está preparado para focar corpo e alma em se sentir foda, aconselho que feche este livro e volte quando estiver pronto. Ser foda é um estado de espírito, uma ideologia, um estilo de vida. Ser foda é enfrentar de cara tudo o que a vida te joga e continuar em frente. Sorrindo.

Ser foda é sinônimo de ser focado. Eu demorei mais de 30 anos para entender isso, e estou te estendendo essa sabedoria de bandeja, sem que você precise passar por tudo o que eu passei, superar tudo o que eu superei.

A questão agora é: o que você vai fazer com ela?

Eu espero que bom uso.

Voltar para casa sempre foi a melhor parte do meu emprego, assim como a hora de ir embora sempre foi e sempre será o momento favorito de todos os alunos que não se encaixam em grupo algum na delicada hierarquia escolar. Mas naquele dia, no dia em que pedi demissão, eu não me sentia feliz em estar indo embora, muito menos aliviada. Não... Eu estava desesperada, quebrada, ansiosa e arrependida.

Tudo isso enquanto sacolejava de um lado para o outro dentro do ônibus.

Claro, foi uma delícia sentir o gosto da liberdade, pena que ele durou exatos três segundos, como chocolate derretendo na boca; o tempo que foi necessário para que eu entendesse a cagada que havia feito.

Os filmes faziam parecer muito incrível a parte em que os mocinhos finalmente pediam demissão de um emprego que odiavam. Mas os filmes costumavam omitir a parte em que os personagens ficavam sem salário e plano de saúde.

O que eu diria para os meus pais? "Pai, mãe, sabe aquele emprego que fazia com que vocês não se desesperassem tanto assim com a minha situação de ter 24 anos, ainda morar em casa e sonhar em ser artista no Brasil? Pois é, eles me ofereceram uma promoção e eu pedi demissão. Louco, né?"

Aonde eu estava com a cabeça?! Em que tipo de mundo de faz de conta eu vivia? Pedir demissão de um emprego CLT em uma das piores recessões do país, pós-pandemia? Meus pais nunca me perdoariam. *Eu nunca me perdoaria.*

Com as mãos tremendo, abri o e-mail no celular para tentar me distrair um pouco de todos aqueles pensamentos autodestrutivos, já que eu sabia que entrar em qualquer rede social naquele momento dispararia uma série de gatilhos na minha cabeça, e eu não estava preparada para chorar no transporte público, não depois que havia conseguido parar de chorar comendo o brigadeiro da Patrícia e avisando a ela que eu nunca mais voltaria; existe um limite de humilhações diárias que o ser humano é capaz de aguentar, e eu já havia atingido o meu.

O e-mail era mais seguro, já que o mais interessante que poderia acontecer por lá era eu esbarrar em um spam de aumento peniano, e não tinha ninguém esfregando na minha cara o quanto a própria vida era melhor do que a minha.

Passei o dedo trêmulo pela tela rachada do celular, consequência de um tombo seguido de um "não tenho dinheiro para consertar isso, nem comprar um novo". Propaganda. Spam. Spam. Spam. Cobrança. Spam. Propaganda. RE: Editora Brazuca. Propaganda. Spam. Pro... Espera?

Voltei a lista, e lá estava ela: a resposta para o e-mail enviado havia alguns meses, com uma carta de apresentação e o meu original — aquele que eu tentava reescrever, sem sucesso. O meu coração parou. Será que... Será que eu havia conseguido entrar para uma das maiores editoras do país? Será que eu havia pedido demissão porque o meu subconsciente já sabia que coisas incríveis estavam por vir? Será que Deus, Alá, Jeová, Buda, Felipe Neto ou fosse lá quem estivesse no comando realmente abria uma janela depois que uma porta se fechava?

Abri o e-mail correndo, ofegante, sentindo como se pudesse desmaiar.

Querida Ana Menezes,

Ficamos muito felizes com o envio do seu original para a Editora Brazuca. Infelizmente, não possuímos...

Parei de ler, fechando o aplicativo na mesma hora, que redirecionou o meu celular para o vídeo no YouTube que estava aberto antes.

Eu já sabia o que viria a seguir; tinha mais uns vinte e-mails desses na minha caixa de entrada. Eles me agradeceriam, diriam que o livro era ótimo, mas que não existia lugar para ele na "linha editorial" ou "na grade dos próximos lançamentos", mas me diriam para não desistir, ou para enviar novos originais caso os possuísse, ou ainda para segui-los nas redes sociais.

Desempregada, sem livro publicado, fracassada. Caramba, eu costumava ser otimista. Feliz. Esperançosa. Escrevia histórias de amor sonhando em um dia poder vivê-las com a garota dos meus sonhos. Estudava com afinco, sabendo que o meu futuro seria brilhante. Possuía sonhos tão bonitos e grandiosos que não me permitia pensar "e se eles não derem certo?". Mas o tempo foi passando, os sonhos *não* foram se realizando. e eu fui me acomodando a uma vida que não era a minha; uma que eu não pensei que sofreria tanto ao tentar deixar para trás.

O problema é que depois que a gente passa de uma certa idade, ilusões de que tudo vai dar certo e que só basta ter perseverança não sussurram mais em nossos ouvidos; se tornam até infantis. Ao invés disso, elas são substituídas por cobranças de seguir um determinado roteiro de vida: terminar a faculdade, encontrar um emprego qualquer que pague bem, arrumar um bom partido, receber algumas promoções, casar, financiar um apartamento e/ou uma casa em 35 anos, constituir família, deixar o emprego de lado porque agora é a maternidade que nos completa, ter uma crise de meia-idade porque deixou a carreira de lado em prol de filhos ingratos, voltar ao mercado de trabalho, comprar alguma coisa luxuosa só para dizer que venceu na vida, como uma casa na praia ou um SUV poluente, aposentar-se, olhar para trás e pensar "o que foi que eu fiz com a minha vida? Para onde foram todos aqueles sonhos que eu um dia sonhei?" e passar o resto das noites ouvindo "I Dreamed a Dream" e matando todas a garrafas de vinho da despensa.

E qualquer um que queira sair minimamente desse roteiro é rotulado como triste, fracassado, infeliz. "Coitada da sua tia, nunca casou!", "O seu primo mora de aluguel até hoje... Acredita nisso?" Isso é tão vendido, tão panfletado que eu, que costumava ser uma jovem mulher com ideologias fortes, me deixei levar. E estar desempregada, solteira e falida aos 24 anos era o resumo de tudo o que eu não deveria ter feito.

Por que eu não ouvi os meus pais? Por que eu não fui fazer engenharia? Por que eu não me inscrevi em todos aqueles processos de trainee e concursos públicos? E agora quem iria contratar uma adulta de 24 anos com experiência em porra nenhuma? Como eu recomeçaria agora, mais e mais perto dos 30?

Comecei a respirar rapidamente, sentindo algo tão avassalador tomar conta de mim que, por um instante, eu nem sabia o que era. Pisquei algumas vezes, o coração apertado, e percebi que o que eu estava sentindo era uma crise de ansiedade, iniciada pelo desespero. Puro desespero, nublando qualquer perspectiva a um palmo do meu rosto. O que eu faria com a minha vida agora? Eu precisava de algo no qual me segurar, um bote salva-vidas, porque sentia que estava afundando e, se encostasse os pés no fundo, não pegaria impulso. Não... Eu nunca mais conseguiria subir.

"ESTÁ SE SENTINDO INFELIZ?"

Tomei um susto, deixando o celular cair no chão, o que fez com que os fones de ouvido se desconectassem da entrada. O som vazou para o ônibus inteiro.

"ESTÁ DESMOTIVADO? NÃO SABE O QUE FAZER COM A PRÓPRIA VIDA? ACHA QUE CHEGOU NO FUNDO DO POÇO? ESTÁ PENSANDO EM SE MATAR?"

As pessoas do ônibus se viraram na minha direção, irritadas com a barulheira repentina e um pouco preocupadas com o conteúdo do vídeo. Corri para resgatar o aparelho e conectei os fones novamente, pedindo desculpas e sentindo o rosto esquentar de vergonha. Não era Deus falando comigo; era só uma propaganda do YouTube, de um vídeo que eu nem percebi que havia começado.

Mas não era apenas uma propaganda. Era uma propaganda de Tony Diniz.

Aquele homem estava me perseguindo?

"Então pode parar de desespero: esse era o sinal que você estava buscando."

É, o sinal do Apocalipse, pensei.

"Eu sou o começo do fim de uma vida de incertezas e tristezas. Eu, Tony Diniz, autor do best-seller *Você Só Será Foda Quando Se Sentir Foda*, te convido a conhecer o meu retiro quântico de emanação de ondas de felicidade, no coração do Parque Estadual do Jalapão. Um final de semana inteiro no lugar mais energético do país, um final de semana inteiro focado em você, no seu futuro e na sua mudança de vida e mindset. Não acredita em mim? Veja só esses depoimentos!"

"O retiro quântico de emanação de ondas de felicidade mudou a minha vida! Eu estava presa num relacionamento horrível, com um trabalho que eu odiava e não conseguia juntar dinheiro para dar entrada no meu apartamento. Agora tudo mudou! Estou solteira, feliz, com emprego novo e casa própria!"

"O Tony Diniz me ajudou a ser menos tímido e finalmente conquistar a mulher dos meus sonhos. Vamos nos casar no ano que vem. Obrigado, Tony Diniz!"

"Se você estava procurando um sinal, esse é o sinal! O retiro quântico de emanação de ondas de felicidade foi a melhor coisa que eu fiz com a minha vida! Não perca essa oportunidade!"

Eu queria poder dizer que senti vergonha alheia daqueles depoimentos. Ou até mesmo um fundinho de pena por aquelas pessoas enganadas por um coach quântico. Mas eu nunca fui muito boa com mentiras, então eis aqui o que aconteceu:

Com lágrimas nos olhos depois de perceber que talvez aquele fosse *mesmo* o sinal que eu estava buscando — afinal, primeiro o livro, depois encontrar minha crush eterna em uma livraria e ela me contar tudo sobre o retiro, e agora aquilo? —, e sem saber muito bem o que eu estava fazendo, cliquei no link da descrição e fui redirecionada ao formulário de inscrição do retiro.

Começou com uma mistura de curiosidade e falta de perspectiva, a vontade de saber mais sobre o retiro que Bárbara estava organizando, mas acabou comigo preenchendo toda a ficha e clicando em "mudar de vida", logo em seguida inscrevendo Camila e Luís para irem comigo. Eu não teria multa rescisória por demissão porque havia pedido as contas, mas receberia um dinheirinho de férias e décimo terceiro, e era aquilo o que eu faria com ele: daria férias para mim e para os meus amigos, com um propósito um pouco mais egoísta de tentar me encontrar. Ou pelo menos de ficar um pouco menos perdida.

E, se tudo desse errado, pelo menos passaríamos um fim de semana no Parque Estadual do Jalapão, rindo e esquecendo da vida.

E, Deus!, como eu queria esquecer da minha...

Quando abri o portão do meu prédio e entrei, encontrei Jonas dentro da cabine, desta vez sem rabiscar na revistinha de palavras-cruzadas, mas com o celular ligado em um culto animado.

— Oi, Jonas.

— Ana? Ué? Já deu oito horas? — Jonas olhou para o relógio de pulso, mesmo que o sol forte denunciasse que não passava de meio-dia. Mas vai saber? Poderia ser um milagre. O milagre do dia de trabalho que acabava mais cedo.

— Não, eu que vim antes — omiti o meu pedido de demissão, porque não sabia se eu e Jonas tínhamos *aquele* tipo de relacionamento próximo. — Escuta, meus pais tão em casa?

Eu sabia que a probabilidade de dois aposentados estarem em casa no horário de almoço de um dia de semana era muito alta, mas, no fundo, tinha esperança de que eles não estivessem. Então eu poderia fingir que tinha sido sequestrada e deixar um bilhete falando que eles não precisariam mais se preocupar comigo, e que não valia a pena pagar o resgate.

— E os seus pais lá saem de casa, Ana?

— É, acho que só durante a pandemia mesmo — comentei, lembrando-me sem nenhuma saudade dos momentos difíceis que passei tentando trancar a minha mãe dentro de casa, quando ela só queria "dar um pulinho no mercado pra comprar molho de tomate".

Entrei no elevador, passando na cabeça todo o discurso que havia preparado no ônibus. A melhor abordagem era a honestidade. E eu seria honesta! Diria "mãe, pai, eu tomei uma decisão, e espero que vocês me apoiem!". Seria dura, firme, era chegada a hora de tomar as rédeas do meu destino, parar de agir como uma vítima! Eu havia pedido demissão, iria para um retiro de emanação de ondas de felicidade no Jalapão e em seguida iniciaria a minha carreira como escritora. Sim! Já estava feito, não tinha mais volta, o que me restava era abraçar o meu futuro de cabeça erguida, como a Ana de 14 anos sempre imaginou que a Ana de 24 faria!

Eu estava tão obstinada com os meus próprios pensamentos otimistas — e talvez só um pouco maníacos — que saí do elevador batendo os pés e abri a porta de casa com tudo. Os meus pais iriam ouvir umas verdades! Ah, se iriam!

Dona Lourdes e Seu Miguel estavam sentados no sofá, assistindo ao SPTV, e ambos se viraram na minha direção, assustados.

— Credo, filha, precisa entrar assi...

— Mãe. Pai. Eu pedi demissão...

E aí eu não consegui dizer mais nada, porque uma enxurrada de lágrimas tomou conta de todos os orifícios da minha cabeça, e eu me senti exatamente como uma cachoeira, ou uma bexiga furada.

Eu não conseguia parar de chorar!

Era legal saber que o meu otimismo durava exatamente uma viagem de ônibus...

Minha mãe correu na minha direção e me abraçou, enquanto o meu pai ficou parado perto da TV, sem saber o que fazer, fornecendo apoio moral à distância. E, em meio a soluços, consegui explicar que havia pedido demissão e que agora a minha vida tinha acabado. Acho até que adicionei "como eu vou conseguir comprar aquele café que a gente gosta?" no meio da choradeira, porque, afinal, prioridades.

Acho que eu preferia que os meus pais tivessem me batido. Gritado comigo. Me expulsado de casa. Dito que eu não tinha o menor senso de responsabilidade e que era uma mimada ingrata, que só sabia reclamar e havia desperdiçado a única oportunidade de não depender deles para sempre. Mas o que eles fizeram foi pior. Eles me colocaram sentada à mesa da cozinha, passaram um cafezinho e disseram que "tudo ia ficar bem", enquanto só o que eu via em seus rostos era a mais pura e cristalina decepção.

Devia ser um sentimento de merda passar a vida toda sustentando um filho, investindo nele, esperando pacientemente para que aquele investimento desse algum fruto ou retorno, só para descobrir que na verdade esse filho ainda precisaria ser sustentado por tempo indeterminado. Por isso, quando consegui me acalmar, eu expliquei:

— Eu tenho um plano. Eu juro.

— Primeiro você precisa colocar a cabeça no lugar, filha. Depois você pensa num plano — minha mãe disse, sentando-se à mesa comigo. — Não vê a sua irmã? Passou a vida inteira planejando e...

— Sim, exato, eu preciso aprender a ter um plano, como ela! E eu já sei o que vou fazer com o dinheiro da rescisão, vou investir em mim. Comprei tipo um... curso.

Eu não queria contar que ia para um retiro quântico de emanação de ondas de felicidade, porque, por mais que *eu* tivesse comprado a ideia, não podia obrigar ninguém a não rir da minha cara depois que escutasse aquele absurdo.

E, no fundo, eu tinha medo de falar "emanação de ondas de felicidade" em voz alta e compreender o tamanho da piada que era aquilo.

— Um curso? Isso é bom! Tipo do SENAI? Um curso de quê? — Meu pai se sentou, tomando um gole de café.

— É um curso de coaching, sabe? Vai me ensinar a ter objetivo e foco. E quando eu terminar, vou ser outra Ana. Uma Ana que vai finalmente encontrar um caminho, uma... saída!

— Não é pirâmide não, né, filha? Isso aí tem cara de pirâmide! Esse negócio de cóuchi, eu recebi no zap, tem que tomar cuidado...

— Pai, não dá pra acreditar em tudo o que você recebe pelo WhatsApp...

— Eu sei, não sou idiota, só tô falando...

— ... como não? Esses dias acreditou que caiu um óvni em Pindamonhangaba...

— Onde vai ser, filha? Vai precisar usar o carro? Precisamos nos organizar direitinho — minha mãe perguntou.

Por que eles estavam sendo tão legais e compreensivos? Por que eles simplesmente não desistiam de mim? Será que na lista de "problemas que se eu contasse as pessoas me dariam um tapa na cara" eu teria que adicionar "pais compreensivos demais", apesar de que a minha mãe estava sempre me mandando links de concursos públicos e o meu pai agia como se eu estivesse sempre sem um puto no bolso?

Respirei fundo. E disparei:

— Só se eu puder levar o carro até o Jalapão.

— Jalapão? Jalapão... Tocantins? — meu pai estranhou.

— O próprio.

— Nossa, filha, mas por que precisa ser tão longe? Não tinha pela internet? Todo mundo faz curso à distância agora! — minha mãe exclamou.

— Ah, mãe... Depois desses anos presa em casa por conta da pandemia, acho que ser tão longe assim é até libertador!

— Se você quer viajar, a gente pode ir pra São Sebastião, pra casa do Carlinhos, que tal? — o meu pai sugeriu. — Ele jurou que agora tem água quente no chuveiro, mas eu não acredito muito...

— A questão não é a viagem em si, não quero só viajar, eu quero fazer esse curso. — Meus pais estavam céticos, quase contrariados; eu sabia que eles se preocupavam, sabia que não dormiriam bem durante todo o tempo em que eu estivesse fora, então abaixei a caneca de café e olhei bem para os dois. — Eu preciso disso. Mesmo.

Eles ainda não estavam convencidos.

— A Camila e o Luís vão comigo — acrescentei, e era meia-verdade; eles estavam inscritos, só não sabiam ainda.

Meus pais se olharam, numa conversa telepática que apenas casais juntos há muito tempo desenvolvem, e então chegaram a um veredito: meu pai concordou com a cabeça.

— Tudo bem. Se vai te fazer bem e se você não vai sozinha...

— E quando você voltar a gente pode começar a procurar outros empregos — minha mãe acrescentou. — Alguns concursos que eu te enviei ainda estão abertos!

Sorri no automático, concordando com a cabeça.

— Quando eu voltar, prometo que vou colocar a minha vida de volta no eixo. Assim como a Alice. Eu prometo.

De novo, os meus pais trocaram aquele olhar telepático, conversando em particular sobre algo que eu não poderia saber. E, se um gênio aparecesse ali naquele exato momento, eu não pediria para ouvir seus pensamentos, porque me magoaria demais saber que eles não acreditavam nem um pouco em mim como acreditavam na minha irmã.

"Tadinha, ela nunca vai ser como a Alice. A Alice é perfeita!"

— Eu vou tomar um banho — anunciei, levantando. — Obrigada pelo café. E... desculpa. Mesmo.

Eles não responderam nada. Apenas ficaram lá me olhando, como se estivessem repensando todas as decisões da vida. "A gente devia ter parado na primeira filha." Sacudi a cabeça, afastando aquelas suposições. Doía demais.

Lavei a minha caneca rapidamente e me tranquei no quarto. Mas, ao invés de tomar banho, fiz uma ligação de vídeo para Camila e Luís.

— Oi, quê? O que foi? — Luís perguntou, sonolento, os olhos quase fechando; ele trabalhava com edição de vídeo, então às vezes passava a noite toda editando e o dia inteiro dormindo.

— Tá tudo bem, Ana? — Camila emendou, não se dando ao trabalho de parar o movimento de ioga que estava fazendo.

— Pedi demissão.

Luís abriu os olhos completamente e Camila caiu da posição do guerreiro.

— O quê?! — ela agarrou o celular com a mão e ficou com o rosto muito próximo da câmera. — Como assim, amiga?

— É... eles me promoveram. E eu pedi demissão. E agora nós vamos pro Jalapão, no retiro do Tony Diniz. Tá bom?

— Ana, você tá com uma concussão? Tá tudo bem mesmo? Quantos dedos tem aqui? — Luís mostrou dois dedos na tela. — Que papo é esse de Jalapão?

— Ai, meu Deus, será que ela tá tendo uma crise? — Camila enfiou mais ainda a cara na tela e falou mais alto, pausadamente: — Ana, você está tendo uma crise? Se estiver, pisque duas vezes.

— Não! Ou talvez eu esteja... mas é uma crise boa! — tentei falar de forma animada, para que eles parassem de achar que eu estava em surto, por mais que, bem, eu estivesse. — É o meu incidente incitante, gente! Eu pedi demissão e agora a minha vida vai finalmente começar! Eu precisava disso, precisava me arriscar! E o retiro... bom, eu estava procurando um sinal, alguma coisa, e esses sinais estavam embaixo do meu nariz esse tempo todo... O Tony Diniz está em todos os lugares!

— Isso não se chama "sinal", Ana, se chama impulsionar a marca através de propaganda paga — Luís comentou.

— Tá bom, mas por que eu? Por que esse homem tá aparecendo pra mim sem parar há dias?

— Você tá no perfil demográfico, ué. "Pessoas de vinte e poucos anos vivendo em um país em recessão depois de ter ouvido a vida inteira que o futuro seria brilhante, desesperadas por qualquer coisa que as diga que vai dar tudo certo."

— Nossa, tem como filtrar detalhado assim? — Camila quis saber, ingênua.

— Mas e se tiver mais? E se for mais do que isso? E se for o meu chamado à aventura?

— Não dá pra roteirizar a própria vida, Ana, pelo amor de Deus. Você não tá na jornada do herói. A vida é uma merda mesmo, a gente nasce, sofre, paga boletos e morre. É só isso.

— Luís, seu otimismo me comove — Camila comentou.

— Tá bom, se for uma merda, pelo menos a gente vai ter conhecido o Parque Estadual do Jalapão!

— Ana, que piripaque do Chaves é esse? Você quer que a gente vá até aí? Acho que eu tenho uma garrafa de gin sobrando aqui em casa. — Luís ajeitou-se na cama, procurando em volta, como se a garrafa estivesse entre os seus travesseiros.

— É, não dá pra ir pro Jalapão assim, do nada! Atrás de um coach ainda?! — Camila acrescentou.

— Vai ser legal, eu juro que vai ser legal!

— Eu sei que vai, mas não dá pra tomar essa decisão assim do nada e... — Camila continuou, mas eu dei a cartada final:

— Tá tudo pago.

— Opa, tô dentro! — ela exclamou, o semblante mudando de preocupação para animação. — Tem que levar biquíni?

Eu sabia que podia contar com a "mão de vaquice" de Camila. Luís suspirou, negando com a cabeça.

— E o seu trabalho, Camila?

— Querido, dá pra escrever livro erótico de qualquer lugar do mundo, e as aulas tão meio fracas mesmo... Aliás, dar uma arejada na cabeça vai ser ótimo pra inspiração, faz quanto tempo que a gente não sai de casa, gente! E quem sabe eu não descubro um sinônimo novo pra pênis lá no Tocantins!

— Não vai ser viajando que você vai se inspirar pra livro erótico, vai ser transando — Luís resmungou.

— Ué, o que você acha que eu quis dizer com "achar um novo sinônimo de pênis" no Tocantins? — Camila questionou.

— E o meu trabalho? Faço o que com ele? — Luís insistiu.

— Você editou um documentário inteiro no meio dos jogos universitários, Luís, não vem com essa pra cima de mim — argumentei. — E não é você que vive falando que precisa de uma folga? Então pede! Seus youtubers conseguem contratar outro editor por uma semana!

— Além disso, quem sabe eles não percebem como estão te pagando mal agora que vão precisar contratar um freela e te dão mais valor? — Camila reforçou.

— Pensei que você estivesse do meu lado nessa loucura, Camila.

— Eu tô sempre do lado do "tudo pago", Luís!

— São oito dias, gente. A gente pode parar por oito dias. O mundo não vai acabar! — Camila e Luís ficaram em silêncio.

E nesse breve silêncio eu percebi como deveria estar soando maluca. Era meio-dia de uma segunda-feira e eu liguei para os meus amigos para avisá-los que iríamos ao Jalapão participar de um retiro de emanação de ondas de felicidade.

Aquele podia nem ser o meu incidente incitante. Podia ser o meu *low point*, pior momento da mocinha no filme, quando tudo está perdido. E havia duas possibilidades a partir desse ponto: algo bom acontecer e levar a mocinha ao clímax, ou degringolar de vez e acabar em morte e sofrimento, como um ótimo melodrama.

E eu estava querendo levar os meus amigos junto para o buraco comigo.

— Gente. Esquece. Eu tô maluca, né? — adicionei rapidamente, forçando uma risada descontraída. — Apaga tudo o que eu disse. É loucura mesmo! Acho que tudo o que aconteceu mexeu demais comigo — disse, tentando ao menos consertar o relacionamento com os meus amigos. Eu não conseguiria passar por aquilo sem eles. — O que um coach quântico vai poder me dizer que eu já não sei, né? Eu não preciso de outra pessoa apontando o meu fracasso, já tenho a minha consciência!

Era pra ser uma piada. Mas soou como um pedido de socorro.

Forcei outra risada, mas não esperava que as minhas habilidades de atuação fossem me deixar na mão naquele exato momento. Acho que deixei transparecer demais o meu desespero, sorrindo como uma psicopata e concordando veementemente com a cabeça.

Luís suspirou:

— Tá bom. Eu tô dentro. Mas só porque eu tô preocupado que você cometa uma loucura, tipo cortar a franja.

Soltei o ar que nem percebi que estava segurando até então. Eles iriam comigo. Embarcariam na minha loucura!

— Quando vamos? Preciso de dois dias de antecedência pra fazer a mala, você sabe disso! — Camila exclamou, abrindo a porta do armário. — Será que eu levo um salto? Vai que a gente vai pra uma festa, né?

Eu ri, afundando-me na cama e ouvindo Camila tagarelar sobre a sua mala e todos os itens desnecessários que iriam dentro dela.

Eu não sabia se ficaria tudo bem, se Tony Diniz seria a pessoa que finalmente me diria o que fazer da vida, mas, por um momento, por um instante efêmero, eu me permiti ser otimista mais uma vez.

Seriam três dias de viagem, partindo de São Paulo diretamente para Palmas. O ônibus que nos levaria era grande e confortável, ou pelo menos foi o que me pareceu vendo as fotos pela internet, e faríamos três paradas para dormir. No caminho, já começaríamos a participar de alguns exercícios de união e autoestima, mas eu não conseguia imaginar qualquer tipo de exercício possível de ser realizado em uma excursão que não "a barata da vizinha", "ô motorista, pode correr, a quinta série não tem medo de morrer" ou "se essa porra não virar, olê olê olá, eu chego lá".

Saudades do tempo em que a minha única ansiedade era em relação à excursão da escola no dia seguinte.

Depois que chegássemos em Palmas, dormiríamos na capital antes de partirmos para o Parque Estadual do Jalapão, onde acamparíamos por dois dias em uma conexão com a natureza e com o nosso "eu interior" e o nosso "eu ideal", ou seja, quem a gente gostaria de se tornar depois de emanar todas as ondas de felicidade possíveis e impossíveis para o universo.

Claro que ao ler aquele tipo de coisa eu era tomada por um sentimento amargo na boca do estômago, o anjinho gritando no meu ombro "o que diabos você está fazendo, Ana?", "Eu ideal?", "Daqui a pouco vai falar que vacina tem chip e a Terra é plana também?". Quando isso acontecia, eu lia e relia todos os relatos dos participantes dos retiros anteriores, que agora viviam a vida que sempre sonharam, e aquilo me acalmava um pouco.

Talvez aquela loucura fosse fazer algum sentido no futuro. Talvez eu fosse a próxima a dar depoimentos de como Tony Diniz não era um farsante e havia *mesmo* mudado a minha vida.

Era o que eu esperava.

Na véspera da viagem eu mal dormi. Fiquei deitada na cama, encarando o teto. Alice tinha passado em casa para jantar, e foi tudo muito desconfortável. Ela falava sem parar sobre as suas conquistas, sobre o apartamento novo, sobre uma promoção que receberia, sobre os preparativos para o casamento, e os meus pais sorriam naquele meio-termo entre estarem felizes por ela e tristes por mim. Mas eu aguentei, firme e forte, e depois chorei no chuveiro, como só as verdadeiras guerreiras faziam.

Acordei no dia seguinte sentindo dor nas costas e uma sensação estranha. Estava muito claro, o sol já entrava pelas frestas da persiana... Deveria estar claro assim às 6 da manhã? Tateei na mesa de cabeceira, em busca do celular, mas não o encontrei.

Agora eu já havia despertado por completo, um fundinho de desespero querendo tomar conta dos meus pensamentos, e me sentei rapidamente; ao olhar para o chão, encontrei o aparelho ao lado de Berenice, que dormia em cima do fio do carregador... Desconectado.

Saltei da cama, o coração batendo forte no peito. Conectei o aparelho sem vida ao carregador como se estivesse praticando massagem cardíaca, e quando a tela rachada brilhou, eu confirmei aquilo que temia: estava atrasada. Quinze minutos? Meia hora? Não. Duas horas. O ônibus estava para partir.

— Berenice, sua arrombada! — exclamei, e a minha cachorra virou para o outro lado, como quem dizia "ai, tá, tá, me deixa dormir".

Saí correndo pelo quarto enquanto me trocava, enfiando uma perna na calça com a ajuda de uma mão enquanto escovava os dentes com a outra. Abri a porta do quarto esbaforida, encontrando os meus pais assistindo à programação matinal da TV.

— Mãe! Pai! Por que vocês não me acordaram?

— Filha! Pensei que já tivesse ido! — a minha mãe ficou surpresa.
— E eu lá ia sair sem dar tchau?! — Arrastei a mala pelo corredor, abrindo a porta de entrada e saindo para o hall dos elevadores. Chamei um deles e ouvi a minha mãe resmungar:
— Ainda bem que ela não sai sem dar tchau.
Enfiei a cabeça para dentro de casa e exclamei:
— TCHAU!
— Quer um dinheirinho, filha?
— Não. — *Querer eu quero, mas não quero pedir, sou uma nova Ana, lembra? Uma Ana que comanda o próprio destino e gasta o próprio dinheiro!*
— Então tá... Boa viagem! — ela respondeu alegremente.
— Vai com cuidado. Não conversa com nenhum estranho na rua! — meu pai advertiu, esquecendo que eu tinha 24 anos, e não 4.
O que veio a seguir foi uma confusão de elevador, portaria, dinheiro desnecessário gasto em Uber — porque não dava mais tempo de ir de metrô —, mala e correria. Quando estava bem acomodada e com o cinto de segurança, observando os prédios passarem voando por mim, comecei a ouvir os áudios da Camila daquela manhã:
"Já estamos aqui, Ana, cadê você? Vou comprar o nosso café da manhã e... Ai, Luís, apaga esse cigarro, nem 8 da manhã ainda!"
"Gente, mas esse Tony Diniz é esquisito, hein... Aquilo ali são os dentes dele mesmo? Alguém tem dentes tão brancos assim?"
"Amiga, o ônibus sai em meia hora, você tá chegando? Eu comi o seu café da manhã, tá? Desculpa, é que no meu veio carne, aí eu dei pra um senhor que mora na rua, perto da estação."
"Ana! Eles ligaram o ônibus! O que eu faço, deito na frente dele pra ele não sair?... Claro que eu faria isso, Luís, eu sou uma ótima amiga!"
"ESPERA, NÃO VAI, TÁ FALTANDO GENTE! ANA? ANAAAAA?"
Quando terminei de ouvir, liguei para Camila. Ela atendeu no primeiro toque:
— Aaaaah, a madame resolveu aparecer?
Então ouvi uma disputa de mãos e Luís pegou o celular.
— Isso tudo foi uma pegadinha, Ana? Porque se foi eu vou ficar muito bravo. Eu vou te silenciar no Twitter!

— Não, não foi... A Berenice tirou o meu celular do carregador no meio da noite, o despertador não tocou... — Senti a minha garganta fechar, mas continuei falando através do nó: — Eu não acredito que a gente perdeu o ônibus!

— Perdeu... O Luís não me deixou deitar na frente dele! — Camila gritou ao fundo.

— Camila, era só ele dar ré. — E então para mim: — Onde você tá?

— No Uber. Chego em dez...

— Tá. A gente vai te esperar aqui então, qualquer coisa podemos ir almoçar juntos. Você paga!

— Eu só consigo se o pessoal do retiro me reembolsar...

Desliguei o celular e suspirei.

Será que eu não conseguia fazer nada direito? Eu não era capaz nem de pegar um ônibus no horário combinado? Como é que eu conquistaria os meus sonhos e objetivos se encontrava dificuldade em fazer o básico? Aquilo era eu me sabotando ou o universo me sabotando? Como é que eu seria foda se ultimamente me sentia apenas um lixo?

As palavras de Tony Diniz me vieram à mente: "Pare de dar desculpas. Pare de culpar os outros."

Mas ficava difícil não culpar os outros quando era tudo culpa da Berenice!

Eu queria chorar, mas talvez a fonte tivesse secado depois de tantas lágrimas nos últimos dias, porque do meu rosto não saiu nada. Nem uma fungada! Ainda bem, eu não queria que o motorista baixasse a minha nota no aplicativo, que já estava flertando com "essa passageira eu não pego" depois que Camila vomitou no chão de um Uber que pegamos juntas.

E o pior de tudo? Ela nem tinha bebido.

Quando finalmente cheguei no ponto de encontro, encontrei Luís e Camila sentados na mureta da estação. Luís fumava um cigarro e Camila o xingava por estar fumando.

Pelo menos alguma coisa era constante na minha vida.

Agradeci ao motorista e saí do carro. Arrastei a minha mala na direção deles, chocha, capenga, anêmica, frágil e inconsistente, e abri a boca para pedir perdão e prometer que os compensaria por aquela palhaçada custe o que custasse, quando ouvi uma buzina atrás de mim.

Virei-me, assustada, achando que estava no meio da rua tirando o direito do pobre veículo de ir e vir, mas, ao invés disso, encontrei Bárbara no banco do passageiro, com a cabeça toda para fora, feito um golden retriever.

Bárbara. A grande crush da minha vida. E quem havia mencionado aquele retiro, para início de conversa.

Era claro que eu não havia decidido participar porque queria vê-la novamente. Obviamente eu não havia separado a minha melhor roupa, pensando na possibilidade de encontrá-la. Claramente a sua presença não me deixava nervosa. Nem um pouco.

— Ana! Tá me perseguindo, é?

Deixei a mala tombar para a frente. Abaixei-me para resgatá-la, e, com o movimento, derrubei a minha mochila.

Deus.

Se você existe.

Me leva agora.

— Caramba, Ana, viu uma assombração? — Camila se aproximou, pegando a mochila do chão.

Voltei-me para Bárbara, que ainda estava dentro do carro.

— Oi, é, não tô.

— Não tá o quê, maluca? — Camila virou-se para o lado e viu Bárbara com a cabeça para fora. — Pois não?

— Esta é a Bárbara, minha amiga da escola — apressei-me a explicar.

— Ah, prazer! Camila!

Ouvimos buzinas atrás do carro de Bárbara e o motorista estacionou no meio-fio para deixar os outros passarem, ligando o pisca-alerta. Bárbara abriu a porta e saiu; ela usava uma saia de couro e meia-calça, porque fazia frio naquele início de junho. E eu comecei a hiperventilar.

— Então você veio pro retiro? Que bom! Você vai adorar! — ela exclamou, beijando o meu rosto em cumprimento sem eu estar esperando. O seu perfume doce me atingiu em cheio, e curou todas as feridas da minha alma.

— A *gente* veio. A Ana chegou atrasada e nós perdemos o ônibus — Luís se intrometeu na conversa.

— Luís, esta é a Bárbara, minha amiga da escola — repeti, e os dois trocaram um cumprimento silencioso de cabeça. Voltei-me para Bárbara, atônita com aquele encontro, tentando não subir e descer os olhos dela vezes demais. — Não sabia que você ia também.

— Ué. Eu te disse que estava organizando. — Ela parecia confusa.

— Eu sei, mas pensei que... sei lá, você ia organizar daqui? — E era verdade, porque não imaginava que aquele seria o tipo de coisa que Bárbara perderia oito dias da sua vida fazendo.

— Ah, não, não dá, tenho que acompanhar o grupo de perto.

— Mas o grupo já foi embora — eu disse, de forma débil.

Será que Bárbara havia perdido o ônibus assim como eu? Será que eu não era a única perdedora ali?

— Eu vim para acomodar o pessoal da minha empresa no ônibus. Eu vou de carro, vamos fazer uma rota alternativa. — É, bom, então eu era *mesmo* a única perdedora ali; Bárbara sorriu, apontando com a cabeça para o carro parado à nossa frente. — Eu quero parar em Ribeirão Preto, para o João Rock, e o Gael tem família em Anápolis.

Gael. O namorado Gael. O youtuber namorado Gael. O youtuber namorado odioso Gael. Por que eu tinha esquecido da existência dele?

— Pô, não rola uma carona não? — Camila perguntou, criando intimidade com aquela pessoa que nunca tinha visto na vida, e eu nunca, em 7 anos de amizade, quis tanto chutá-la como eu quis naquele momento.

Camila e Luís não sabiam nada sobre Bárbara, mesmo porque não tinha nada para falar, era puramente platônico. E se eu contasse que tinha um crush eterno numa garota que conheci na escola e via apenas pelo Instagram nos últimos (muitos) anos, eu estaria dando mais motivos para que eles pensassem em me internar. Então eles não tinham como saber. Mas será que era tão difícil assim ler os meus pensamentos e perceber que não tinha como eu passar três dias socada no mesmo carro que Bárbara e o seu namorado? Meus pais tinham conversas inteiras por telepatia!

— Acho que não tem problema não — Bárbara respondeu, alegre. — Só vai precisar ajudar na gasolina e nos pedágios.

O namorado dela então saiu do banco do motorista. Ele era alto, usava uma jaqueta jeans e uma bandana na cabeça. Parecia ter saído diretamente de um filme adolescente dos anos 80.

Segurei a ânsia de revirar os olhos.

— Amor, é proibido parar aqui. — Ele indicou a placa de PROIBIDO ESTACIONAR bem ao lado do carro. — Precisamos ir!

— Putz, é mesmo! — Ela então apontou para nós três. — Estes são os meus amigos, Ana, Camila e Luís. Eles perderam o ônibus pro retiro. Rola dar uma carona?

Aquela era a Bárbara. Sempre cuidadosa. Sempre sensível. Ela havia acabado de conhecer Camila e Luís e já tinha se preocupado em apresentá-los como "amigos", quando eu mesma queria esfaqueá-los.

Pedi então aos céus que Gael fosse escroto e se recusasse a levar estranhos em uma viagem de três dias atravessando o país, mas ele apenas deu de ombros.

— Claro, mas vamos logo, não quero levar uma multa!

Óbvio que ele ia ser prestativo e solícito. Arrombado.

— Oba! — Camila exclamou. — Não acredito, que sorte a nossa!

— É — murmurei, contrariada. — Que sorte a nossa.

Enquanto Gael abria o porta-malas para que colocássemos nossas coisas, Bárbara se acomodou no banco do passageiro. Conforme eu, Camila e Luís brincávamos de tetris com os nossos pertences, eu finalmente pude chutar a minha amiga.

— Aí, qual é, Ana? Acabei de descolar uma carona pra gente, pra não perdermos o retiro que você quer tanto ir, e é assim que você retribui?

— Você acabou é de me foder! — sussurrei para que o casal ideal não me ouvisse.

— Por quê?! — Camila então baixou a voz: — Eles vão sequestrar a gente?

— Lê a mensagem que eu vou mandar.

Nós três nos acomodamos no banco de trás e colocamos os cintos, sorrindo de forma artificial perante aquela situação desconfortável.

— Obrigada pela carona — eu disse, conforme nos afastávamos da estação. — Salvou as nossas vidas.

Mas no celular, digitei:

> **ANA:** Cacete, Camila, você estragou a minha vida!
> Essa menina é a minha crush de adolescência. Agora vou ter que passar três dias com ela e o *namorado* dela!
> Esse é o pior pesadelo da minha vida!

— Imagina. Vai ser legal ter mais gente pra conversar. Três dias é muita coisa — Gael respondeu. — Vocês não ligam de serem filmados, né? Eu sou youtuber e vou fazer um vlog da viagem.

— Não, imagina! — Luís respondeu.

> **LUÍS:** Puta que pariu, eu me livro de youtubers pra passar 3 dias com outro? E ele ainda quer me filmar? Só se pagar royalties.

> **CAMILA:** Desculpa, Ana, mas eu lá ia saber?! Pensei que você queria mais do que tudo ir nesse retiro, por isso sugeri a carona... A gente ainda pode desistir, é só falar.

> **ANA:** E eu vou falar o quê?! "Desculpa, gente, preciso sair do carro, estou com uma paixão não correspondida muito forte, tá doendo"?????

> **CAMILA:** Ué, não mentiu.

> **LUÍS:** A gente pode pular do carro que nem nos filmes. Vai doer, mas pelo menos você não precisa explicar nada.

— Só me corta se eu falar alguma besteira! — Camila pediu, meio brincando, meio falando a verdade, sem tirar os olhos do celular.

— Vai ter que cortar o vídeo inteiro então — Luís provocou.

— Que exagero, eu não falo tanta besteira assim... — ela rebateu.

> **CAMILA:** Eu posso falar que estou com caganeira. Que tal? Ninguém questiona isso. Ou posso dar em cima do Gael e terminar o relacionamento dos dois. Não vai ser nenhum problema. Vocês viram que gato?!

> **LUÍS:** Camila, você tem um mau gosto que me preocupa às vezes.

> **ANA:** Que bom que vocês estão se divertindo com isso, porque eu não estou!

— Vai ser muito divertido! — Bárbara exclamou, animada. — Temos um roteiro muito legal, vamos passar por vários lugares lindos!

> **LUÍS:** Viu? Vai ser divertido e vamos passar por vários lugares lindos. Para de drama, Ana.

— Só não pode fumar no carro, que é do meu pai e ele não curte; de resto, tá tudo liberado — Gael acrescentou.

> **LUÍS:** Eu vou morrer.

Bárbara então voltou-se para trás e sorriu para mim.
— Que bom que você decidiu ir. Não vai se arrepender. Dizem que é um retiro que muda mesmo a vida!
— Eu tenho certeza que sim. — Sorri de volta, hipnotizada.
— Li um relato que é o mais próximo do céu que a pessoa sentiu. Que loucura, né? Quem sabe não vai ser igual pra vocês? — ela ainda adicionou, antes de se voltar para a frente.

> **ANA:** Meu Deus... Vai ser um INFERNO!

Tem um motivo de por que conversas banais se chamam "conversa de elevador", e é porque elas duram apenas o tempo necessário do trajeto entre o térreo e o andar selecionado. Dessa forma, está tudo bem não se aprofundar no assunto, porque a) as duas partes não se conhecem e b) só precisarão aguentar alguns minutos de desconforto. Mas você já tentou levar uma conversa de elevador por três dias, e não três minutos? Pois é... não tem "será que chove hoje?" que aguente.

Durante a primeira hora de viagem, falamos exclusivamente sobre o clima.

— Já estamos em junho, cadê o frio que prometeram? — Camila questionou.

— Não vai ser em Ribeirão Preto que você vai encontrar — Gael respondeu.

Na hora seguinte, falamos sobre filmes de herói:

— Eu só estou dizendo, a Capitã Marvel daria uma surra no Superman — Luís comentou, estalando os dedos sem parar e olhando de relance para o maço de cigarros que escapava de dentro do seu bolso.

— Ela poderia me surrar o quanto quisesse — Bárbara respondeu, arrancando uma risada minha e um olhar inquisitivo de Gael. — O quê?! Ela é uma personagem fictícia! Não dá pra ter ciúme de personagem fictício, né?

— Ué, vocês não têm a lista de celebridades que podem ficar mesmo namorando? — Camila questionou, como se aquela dinâmica fosse óbvia para todo mundo.

— Nunca pensei nisso... — Gael começou a dizer, mas Bárbara o cortou:

— Kate McKinnon!

— Nossa, essa foi rápida. — O namorado olhou para Bárbara de forma atravessada.

— O quê? Não tem nada mais sexy do que alguém que te faz rir. — Ela deu de ombros. — E eu sei quem é a sua.

— Sabe?

— Ahã. A Zendaya.

— É, realmente, não tem como resistir a uma Mary Jane. — Ele concordou com a cabeça.

— Não sei quem seria a minha... — comentei.

— Tudo bem, você não tem namorada, aí nem precisa ter a lista — Camila comentou, e eu sabia que ela não tinha nenhuma má intenção, mas machucou mesmo assim.

Ao entrarmos na terceira hora já estávamos tão sem assunto que começamos a contar vacas pelo caminho e somar pontos. Quem ganhasse escolheria a próxima playlist.

— Ali! Uma vaca! — Camila exclamou, apontando freneticamente para a janela.

— Acho que era uma pedra — Bárbara acrescentou gentilmente, tendo a delicadeza de adicionar "acho" quando *evidentemente* era uma pedra.

Ficamos em silêncio, o que estava ficando cada vez mais frequente e mais desconfortável. Olhei para os meus amigos, gesticulando para que eles dissessem algo; Luís balançou a cabeça, como quem dizia "eu não tenho mais o que falar", e Camila deu de ombros, desistindo. E, se dependesse de mim e da minha ansiedade social, ficaríamos mudos até chegarmos no Jalapão.

Então eu abaixei a cabeça, derrotada... Até que ouvimos um barulho alto de ronco vir do estômago do Luís. Todos nós — menos o motorista — olhamos para ele.

Salvos pelo gongo! Ou melhor, pelo ronco.

— O quê? Eu tô com fome — Luís disse, na defensiva.

— É isso ou você comeu um sapo vivo — Camila respondeu.

— Eu também tô morrendo de fome, amor, só comi uma banana hoje — Bárbara adicionou, colocando a mão no joelho de Gael.

Urgh. Procurem um quarto!

— Mas também quase três horas já! A conversa tava boa, nem vi o tempo passar... Vamos parar pra comer? — Gael perguntou para todos.

Eu não sei que tipo de conversa ele estava tendo na vida se achava que aqueles tópicos bobos fossem uma "boa conversa", mas fiquei feliz de saber que ele não nos deixaria na próxima parada por estar "profundamente entediado".

— Vamos! — Luís respondeu rápido demais, já tirando o maço de dentro do bolso, como se a qualquer momento fosse abrir a porta e se jogar do carro em movimento apenas para fumar um cigarro.

— Acho que eu vi uma placa de um Graal daqui a dez minutos — comentei, e eu lembrava não porque era boa de memória, mas porque fiquei fazendo as contas de quanto tempo ainda teria que aguentar aquela tortura.

— Ah, não, Graal não, é tudo muito caro e sem graça. Vamos parar em Limeira — Gael respondeu. — Tem um restaurante que eu gosto muito lá, La Bolognesa. Aliás, vocês sabiam que tem uma lenda que diz que a coxinha nasceu em Limeira?

Bárbara se voltou para nós, com uma expressão de "desculpa o Gael" no rosto.

— O Gael adora fatos estranhos.

— O único fato estranho que eu sei de Limeira é que eu não passei na UNICAMP em Estudos Literários — Camila comentou. — Mas não guardo rancor. Foda-se eles também, quem é que tá ganhando dinheiro escrevendo livros agora, hã?

— Imagina se guardasse — Luís murmurou.

— Ou a gente pode parar em Americana. Sabem por que a cidade se chama Americana? — Gael continuou.

— Por que brasileiro adora chupar bola de gringo? — Luís tentou.

— Não. Ou talvez... depois da Guerra Civil dos Estados Unidos houve um fluxo migratório de americanos para o Brasil, e tem até um cemitério desses americanos em Santa Bárbara D'oeste.

— Entre coxinha e cemitério, acho que eu fico com a coxinha — Camila comentou, fazendo Gael rir.

— Então vamos de coxinha! Mas eu nem sei se tem coxinha no restaurante...

Nós chegamos em Limeira alguns quilômetros depois e saímos do carro para esticar as pernas; Luís mal estava do lado de fora e já fumava o seu tão sonhado cigarro com as mãos trêmulas.

— Foi mal, cara, uma vez um amigo meu fumou no carro e eu ouvi do meu pai por um mês — Gael disse, parecendo genuinamente chateado ao ver o desespero do meu amigo.

— Relaxa. — Mais um trago. — Eu entendo.

— Vou lá pegar uma mesa pra gente — ele então anunciou, saindo de perto.

Bárbara o observou subir as escadas, e eu a observei fazendo isto. Quando ela se voltou para nós, desviei os olhos.

— E como vai ser esse retiro, hein? Pode nos dar algum spoiler? — Camila encurralou Bárbara. — Não vai ter nenhuma atividade tosca de gritar, né? De "criar seu urro". Não quero virar meme.

— Ah, não quero estragar a surpresa. — Bárbara sorriu de forma meio forçada, e logo se voltou para mim, mudando de assunto: — Será que não é melhor ligar para a organização e ver se eles reembolsam pelo menos o valor dos hotéis?

— Boa ideia. — *Você é um gênio, nunca existiu no mundo criatura mais incrível que você*, completei na minha cabeça.

— Você não pode ajudá-la com isso? — Luís perguntou.

— Eu organizei a excursão do pessoal da empresa onde trabalho, não tenho acesso a essas coisas administrativas — ela respondeu, e então baixou um pouco o tom da voz: — Me dá um trago?

Luís ofereceu o cigarro a Bárbara e eu me afastei para colocar a sua sugestão em prática; cinco minutos de conversa depois e um PIX referente à acomodação e um reembolso de 70% do deslocamento já estavam na minha conta. Queria poder beijar Bárbara pela sugestão, mas quando o pensamento me cruzou a mente, Gael apareceu de dentro do restaurante.

Empata foda mental.

— Consegui uma mesa, vamos?

Subimos os degraus de entrada atrás dele e nos acomodamos na mesa, lendo o cardápio em silêncio.

Os valores dos pratos estavam muito além daquilo que eu normalmente gastaria com comida e eu fiquei um pouco tensa, mas tentei não demonstrar; tudo bem, economizaria na janta, pegaria um miojo em algum mercado na cidade e daria um jeito. Não queria ser a estraga-prazeres! Todo mundo ali tinha uma carreira, ganhava um salário decente e poderia se dar ao luxo de gastar parte daquele dinheiro em uma viagem, com comida boa e experiências diferentes. Eles não mereciam se privar por minha causa.

Gael então sugeriu à parmegiana para dividirmos e resolvemos ouvir a voz da experiência; apenas Camila pediu o único prato vegano do local, uma massa com molho de cogumelos. Enquanto esperávamos, Bárbara tomou a corajosa decisão de deixar o papo de elevador de lado e nos conhecer melhor:

— Mas me diz, o que vocês fazem? Estou curiosa!

— Eu escrevo livros eróticos na Amazon e dou aulas de ioga três vezes na semana — Camila respondeu primeiro.

— Eu sou formado em Letras, a gente se formou junto — ele apontou para mim e para Camila —, mas segui outro caminho. Tô editando vídeos pro YouTube e tentando entrar no audiovisual como montador.

— Ah, é? Eu tava precisando de um novo editor— Gael comentou.

— O meu acabou de se mudar pro Japão. Ele ainda tá fazendo os meus vídeos, mas já me falou que vai precisar parar... Você edita algum canal que eu conheço?

Como ele vai saber o que você conhece?, pensei em perguntar, mas não queria parecer aquele tipo de pessoa com ranço que bota problema em tudo o que a outra pessoa faz, no estilo *olha lá aquele escroto, salvando um gatinho de um prédio em chamas! Tudo pra chamar a atenção mesmo...*

— Eu faço o canal do Curupira e o do FanaticGames.

— Que foda! Curto muito a edição do Curupira! — Gael se empolgou. — Você tá disponível?

— Bom, neste exato momento eu tô indo pra um retiro de emanação de ondas de felicidade no Jalapão porque a minha melhor amiga me convenceu a ir — Luís respondeu, e eu o chutei discretamente por debaixo da mesa.

Gael e Bárbara riram, os dois com dentes brilhantes e sorrisos de *Invisalign*.

— Quando voltarmos pra São Paulo a gente conversa então. — Gael se virou para mim. — E você, Ana? Faz o quê?

Luís e Camila me olharam, apreensivos. Eu travei.

Era até curioso perceber que o que fazíamos definia quem éramos. Ninguém começava uma conversa de reconhecimento de território com "qual o seu livro favorito" ou "qual foi a última coisa que te fez chorar", mas sempre com "qual é a sua profissão", "você trabalha com o quê", "o que você faz", "com o que você contribui para a sociedade?".

E o que eu *fazia*, afinal de contas? Além de me lamentar e tomar decisões erradas?

— A Ana é escritora também, e uma das boas! — Camila veio em minha defesa, percebendo que eu não saberia o que responder. — Ela se formou com a gente em Letras e agora tá trabalhando no próximo livro dela. Não é, Ana?

Próximo livro. Como se eu já tivesse lançado algum.

Concordei debilmente com a cabeça.

— Ela estava trabalhando como facilitadora de interação entre cliente e instituição, mas saiu do mundo corporativo para poder se focar mais nos livros, que é o que ela faz de melhor — Luís acrescentou.

Ótima forma de glamourizar "atendente de central de cobrança de dívidas".

Olhei para os meus amigos, meus queridos e maravilhosos amigos, e a forma como eles me colocaram pra cima e adicionaram brilho à minha vida sem graça e cinza para que eu não me sentisse pior do que já estava me sentindo me fez querer abraçá-los. Mas seria estranho se eu o fizesse sem que precisasse contar o porquê, então apenas assenti com a cabeça.

— É isso aí — adicionei. — Basicamente.

Bárbara olhava para mim com um sorriso descontraído nos lábios.

— Conheci a Ana na escola, e ela já era muito talentosa — ela disse a Gael. — Nunca vou esquecer de um texto que ela escreveu pra aula de redação, sobre um quadrado que queria se encaixar dentro de um círculo para cumprir seu propósito de vida... Eu lembro que achei incrível como todo mundo achou que fosse só um texto sobre geometria, mas eu entendi muito bem que era sobre ser quem a gente realmente é. Lembra dele, Ana?

Concordei com a cabeça. Foi o primeiro e único texto que li em voz alta na vida — eu não queria de jeito nenhum, mas a professora de redação insistiu muito, queria mostrar como era uma "estrutura nota dez". Era um texto muito pessoal, sobre sentir que o mundo esperava que eu fosse de uma forma e me encaixasse em um modelo. Eu tinha acabado de ser arrancada do armário por uma prima no Natal daquele ano e estava com muitos sentimentos à flor da pele. Ler em voz alta foi a pior experiência da minha vida, mas escrever aquele texto me ajudou muito.

— Aquele texto me ajudou muito — Bárbara confidenciou, quase 10 anos depois, como se pudesse ler os meus pensamentos.

E ela não precisou me explicar onde eu a havia ajudado, porque eu já sabia; éramos cúmplices de uma adolescência muito parecida como garotas que gostavam de garotas.

Sorrimos uma para a outra. Mas o momento foi quebrado por Gael, que se curvou para a frente na mesa, em direção à Camila.

— Livros eróticos, é? Vende muito?

— Mais do que você imagina — Camila assentiu. — Todo mundo adora uma putaria literária.

Naquele exato momento, o garçom chegou com os nossos pratos e os colocou na mesa, olhando de forma estranha para Camila, que não estava nem aí. Ele nos serviu em silêncio e, ao final, nos desejou uma boa refeição e saiu de perto.

Assim que ele estava longe o suficiente, nós cinco caímos na risada.

VOCÊ SÓ SERÁ F*DA QUANDO SE SENTIR F*DA
CAPÍTULO TREZE: REPITA COMIGO

Se olhe no espelho. E repita comigo:

Eu sou foda.

Eu sou foda.

Eu sou foda!

EU. SOU. FODA.

      E U S O U F O D A E U S O U F O D A E U S O U F O D A
      E U S O U F O D A E U S O U F O D A E U S O U F O D A
      E U S O U F O D A E U S O U F O D A E U S O U F O D A

eu sou foda

      E
        U
            S
              O
                U
foda

eusoufodaeusoufodaeusoufodaeusoufodaeusoufodaeusoufodaeusoufodaeusoufoda

Está sentindo? Sentiu? Não? Então repita tudo de novo, grite, fique rouco, perca a voz, até entrar na sua cabeça. É assim que a gente muda o mindset. É assim que a gente se sente FODA!

Luís sugou ainda mais um cigarro na velocidade da luz antes de entrarmos no carro e partirmos rumo ao nosso destino final naquele primeiro dia de viagem.

Já entardecia na estrada e ainda tínhamos cerca de duas horas até Ribeirão Preto. E, depois de um almoço agradável e uma divisão de conta não tão agradável assim, decidimos deixar as conversas de elevador para trás e embarcamos em assuntos muito mais profundos, como:

— O meu cu não é tímido. — Camila deu de ombros. — Se eu precisar ir ao banheiro e tiver gente ouvindo, sinto muito, mas eu é que não vou ficar segurando cocô. Faz mal!

— Nossa, eu sou o completo oposto! — Bárbara exclamou, virando-se para nós no banco de trás; toda vez que ela fazia aquilo, o meu coração dava um salto no peito. Era mais fácil lidar com todos aqueles sentimentos quando eu só via a sua linda nuca e ouvia a sua doce voz, mas quando ela cravava aqueles maravilhosos olhos pretos e aquelas hipnotizantes covinhas em cima de mim, ficava difícil respirar. Quando foi que eu imaginei que ficaria três dias tão perto assim dela, sentindo o seu cheiro, ouvindo a sua voz? Nem nas minhas melhores fanfics. — Até quando não tem ninguém por perto, se eu mudo de ambiente eu fico sem usar o banheiro por uma semana.

— Lembra a viagem pra Itália? — Gael perguntou, e Bárbara caiu na risada.

— Eu comi 27 toneladas de massa e fiquei uma semana inteira sem fazer cocô. Imagina o meu humor na fila do Coliseu?

Eu não imaginava, porque eu nem sequer me permitia sonhar com um dia esperar na fila para ver o Coliseu. Quem tinha dinheiro para comprar euro?

Bárbara e Gael. Bonitos, ricos, bem-sucedidos. O casal perfeito.

— Você deve ter ficado bem enfezada — Luís comentou.

Silêncio... E então caímos na risada.

— Sabe qual o pior lugar pra ficar com caganeira? Em qualquer show! Se ficar o bicho pega, se correr o bicho come — Gael disse. — Por isso que eu evito tomar cerveja. Aquelas Itaipavas batem como uma bomba.

— Aliás, vocês vão com a gente no João Rock?! — Bárbara se voltou para a frente e colocou a mão no joelho de Gael despreocupadamente. Foi como uma adaga no meu coração. — Vai tocar CPM22! Lembra que a gente era muito nova pra ir no show deles quando estávamos na escola, Ana? Parece que o jogo virou, não é mesmo?

Nunca gostei de CPM22.

— Verdade, era a maior frustração — comentei. — Mas, bom, eu não vou conseguir ir — engoli em seco antes de continuar —, estou com o dinheiro meio contado pra esta viagem, sabe? Foi tudo muito de última hora, não me preparei tão bem...

Eu não queria contar para Bárbara coordenadora de *fintech* e Gael youtuber subcelebridade que eu havia gastado todo o dinheiro da minha rescisão naquela loucura, e que sair do itinerário da viagem já estava me preocupando tanto que eu sentia que não dormiria aquela noite, apesar do cansaço.

Ficava me perguntando se eles conheciam pessoas fracassadas. Se conviviam com elas. Ou se todos ao redor do casal perfeito eram tão perfeitos quanto eles. Será que a convivência comigo era como um experimento antropológico?

— Ah, não! — Ela se virou para trás mais uma vez, olhando diretamente para mim. — Vamos! Eu compro o seu ingresso, é um presente pela companhia!

Eu detestava aquele sentimento de não poder acompanhar os rolês, viagens e shows por não ter dinheiro. Detestava que alguém precisasse gastar dinheiro para me ter por perto. Detestava a mistura de boa vontade e pena daquele gesto.

Detestava me sentir daquela forma.

— Não, deixa quieto, eu tô cansada também, vou só dormir mesmo. A gente ainda tem dois dias pela frente, né?

Bárbara não perdeu o sorriso, mas voltou para a posição inicial. Camila me olhou, compreendendo a situação.

— A gente pode ir naquela cervejaria famosa. Qual o nome mesmo? — ela emendou, segurando a minha mão para dar apoio moral e físico.

— Pinguim! — Gael exclamou. — Sabia que o Sócrates tinha uma mesa só dele lá?

— O filósofo? — Camila disparou, e, por mais incrível que pareça, não tinha um pingo de ironia naquela pergunta.

— O jogador de futebol — Gael teve a classe de não tirar uma com a cara dela. — O Pinguim é bem turístico, tem alguns bares legais e menos conhecidos.

— A gente é turista, tá tudo certo — Luís respondeu.

— Se mudarem de ideia em relação ao João Rock, compro os ingressos em dois cliques — Bárbara ainda insistiu, mas logo Camila mudou de assunto.

A viagem seguiu conforme o céu passava de alaranjado para azul-escuro e então preto. Passamos por Araras, onde aparentemente Bárbara tinha família, por São Carlos, onde aparentemente Gael havia se formado na UFSCAR — exibido —, por Araraquara, onde aparentemente Camila havia namorado um araraquarense a distância na adolescência, e enfim chegamos em Ribeirão Preto, depois de quilômetros e mais quilômetros de cores deslumbrantes e um sentimento de liberdade.

Quanto mais me afastava de São Paulo, mais sentia o meu coração se acalmar; não sabia se era o efeito da viagem, a esperança de encontrar respostas no retiro de Tony Diniz ou os meus pulmões respirando ar limpo depois de tanto tempo recebendo uma mistura de Rio Tietê com gases tóxicos na atmosfera, mas, quando entramos na cidade, era como se eu tivesse tirado a cabeça do fundo do poço e deslumbrado uma possibilidade de sair dali com vida.

Gael nos dirigiu até um Ibis — graças a Deus, eu não teria mais onde enfiar a cara se precisasse negar um hotel caríssimo — e fizemos o check-in. Eu, Camila e Luís dividiríamos um quarto simples, enquanto Gael e Bárbara passariam a noite em uma suíte chique. Tentei não pensar muito no que eles fariam naquele quarto. Só mais dois dias e eu poderia me livrar daquela situação estranha e ficar bem longe deles no retiro de emanação de ondas de felicidade. E então, ao voltar para casa, eu seria uma nova mulher. Publicada. Bem-sucedida. Morando sozinha. Com carro na garagem. E eu poderia escolher qualquer garota que eu quisesse.

Menos a que eu mais queria.

Entramos no quarto e eu me joguei no chão; estava moída. Só queria alinhar a coluna, comer alguma coisa, ligar para os meus pais e avisar que havia chegado na primeira cidade e desmaiar na cama. Mas os meus amigos, diferente de mim, estavam animados. Para eles, aquela viagem era um merecido descanso. Para mim, era a minha última chance.

— Ah, não, vamos, Ana! Levanta, vamos sair! Preciso beber, flertar, reabastecer a criatividade... E você também! Vai escrever sobre o que se você não viver a vida? — Camila me puxou, mas eu continuei no mesmo lugar.

— Ah, então você tá me dizendo que a Meg Cabot descobriu que era uma princesa para escrever o *Diário da Princesa*? Ou que o Stephen King foi perseguido por um palhaço alienígena? — perguntei, fazendo birra.

— Você entendeu, não se faça de idiota. — Camila me puxou de novo, em vão.

Enquanto isso, Luís colocava a cabeça para fora da janela e acendia um cigarro.

— Não pode fumar aqui, Luís! — exclamei.

— O que pode acontecer? A polícia do cigarro vai aparecer aqui? — Ele tragou e soltou a fumaça lentamente.

E na mesma hora o alarme de incêndio começou a tocar.

No susto, Luís apagou o cigarro na sola do sapato e saiu correndo até o banheiro, jogando a prova do crime na privada e dando descarga.

Agora eu já estava de pé, em choque. E fui eu que atendi a porta quando bateram rapidamente.

— Estão evacuando o prédio — disse o funcionário do outro lado —, pelas escadas, por favor.

— Aimeudeusdocéuoquefoiqueeufiz! — Luís emendou as palavras, em choque. Em seguida, pegou o maço de cigarros e jogou no lixo. — Nunca mais eu vou fumar!

Nós saímos para o corredor e encontramos os outros hóspedes do andar, alguns em choque, outros tranquilos, pensando se tratar apenas de um treinamento. Nós descemos as escadarias sendo levados pela multidão e eu sentia as minhas pernas resmungarem do exercício, principalmente depois de tantas horas sentada.

— Será que eu conto que fui eu? — Luís sussurrou para mim, perdendo toda a pose de "não me importo com nada" que ele tanto gostava de usar. Ele estalava os dedos, ansioso.

— Não sei. Será que precisa pagar multa? — sussurrei de volta, sempre preocupada com o orçamento.

— Provavelmente. — Camila se intrometeu entre nós dois. — E uma bem cara.

— Camila, eu sei que você tá tentando ajudar, mas pode parar — Luís disse entre dentes.

Chegamos no hall do hotel e fomos direcionados para o lado de fora, em frente à fachada. Quando chegamos, entre um mar de pessoas de pijama e caras de assustados, olhamos para cima e vimos fumaça saindo de um dos quartos.

— Meu Deus do céu, mas eu não apaguei? Eu não joguei fora? Será que o maço que eu joguei no lixo pegou fogo?! Mas como? — Luís agarrou o meu braço. — Eu não posso ser preso, Ana, eu não duraria um dia na prisão!

Não consegui responder, porque logo Bárbara nos encontrou.

— Vocês viram? Parece que esqueceram uma chapinha ligada em um quarto e começou a pegar fogo! — ela exclamou; agora, ela estava sem mais nada da maquiagem que usou o dia todo e usava um conjunto de moletom, e eu sei que pode parecer mentira, ou puxa-saquismo, mas ela conseguia ficar ainda mais bonita de cara limpa.

— Ah, foi *isso*? — Luís deixou o corpo relaxar. Em seguida, tirou outro maço do bolso da calça e acendeu um cigarro, com as mãos trêmulas, tragando como se a sua vida dependesse daquilo.

— Pelo amor de Deus, você tem um maço em cada peça de roupa? — Camila revirou os olhos, incomodada.

— Eles não querem deixar a gente entrar! — Gael apareceu atrás de nós. Ele parecia contrariado. — Nem pra pegar os ingressos.

— Não acredito! — Bárbara olhou por cima dos ombros dele. — E deram alguma previsão?

— Parece que os bombeiros vão vir ainda, e depois que apagar ainda não vai poder entrar. Estão oferecendo uns vouchers pra gente comer fora.

— Opa! Comida de graça! — Camila se interessou.

— Não tem como vocês imprimirem outros ingressos? Ou mostrar pelo celular? — questionei.

— Não, eram umas pulseiras VIPs que peguei com um amigo em São Paulo. Tentei ligar pra ele, mas só dá caixa. Acho que ele já deve estar lá — Gael explicou.

Convidados VIP, claro.

— Não acredito que não vou assistir CPM22 ao vivo... De novo! — Bárbara se lamentou, e a expressão no seu rosto era tão triste que eu segurei um impulso de abraçá-la.

— Ano que vem a gente vem de novo, amor — Gael disse. — Prometo.

Eu nunca imaginei que sentiria tanto ciúme de uma pessoa com quem nunca tive nenhum tipo de relacionamento que não platônico, mas lá estava eu, querendo socar a cara de Gael por estar confortando Bárbara, sua *namorada*, e fazendo planos para o ano seguinte.

A mente humana é realmente incrível.

— Então vamos comer alguma coisa? Não tem muito o que a gente possa fazer parado aqui na frente, e eu tô morrendo de fome. — Luís voltou para a sua persona desinteressada de sempre.

Começamos a discutir sobre onde iríamos comer — eu estava tentando a todo custo convencê-los de ir ao McDonald's para que eu pudesse pagar por um menu de dez reais sem ficar com peso na consciência — quando Gael, que mexia no celular até então, exclamou:

— A gente podia fazer a "maratomba" pela Avenida do Café e parar no Pinguim! A gente deu sorte, parece que tem alguns cursos fazendo hoje. — Aparentemente ele havia esquecido de forma muito rápida que havia perdido ingressos caríssimos para um festival superconcorrido.

Devia ser legal ser rico e influente.

— Você falou português agora? Porque eu realmente só entendi algumas palavras desconexas. "Maratomba"? Pinguim? Avenida do Café? Como tudo isso se conecta numa frase funcional? — Camila franziu o cenho, confusa.

— A "maratomba" é um trajeto que os alunos da USP-Ribeirão fazem pela Avenida do Café, parando por bares e botecos e bebendo um pouco em cada um, até chegar no Pinguim. Antigamente era conhecido como "caminhálcool".

— Caramba, você realmente acumula muita informação inútil. — Camila fez uma expressão de quem estava impressionada.

— Eu disse. — Bárbara deu de ombros.

— Isso pra mim é só mais uma sexta-feira — Luís comentou.

— Ai, gente, não sei... — Entrei na defensiva, pensando que tinha apenas o dinheiro do miojo (ou McDonald's) separado para aquela noite, principalmente depois do almoço luxuoso que tivemos.

— Você vai fazer o quê? Ficar sentada aqui na porta do hotel até te liberarem? Vamos, vai ser legal. — Gael sorriu para mim, concordando com a cabeça enfaticamente, como se o seu rostinho de colírio da *Capricho* fosse fazer eu mudar de ideia.

Felizmente eu era imune aos encantos de Gael.

— A gente nunca bebeu juntas antes! — Bárbara acrescentou. — Você nunca ia em nenhum rolê com o pessoal da escola!

Porque, no fundo, eu sentia que todos vocês me odiavam e riam de mim pelas costas, e era mais seguro ficar com os livros na biblioteca e viver outras vidas que não a minha?, pensei em responder, mas eu era imune aos encantos de Gael, não aos da Bárbara.

— É a chance de a gente remediar essa situação — ela ainda completou.

Camila e Luís me olhavam com intensidade, como quem diziam "vai, Ana, vamos, para de se lamentar, vive a vida um pouquinho! E daí que você tá falida e sem emprego? Carpe diem, YOLO, só se vive uma vez, você não tem FOMO, *fear of missing out*? Vamos com a gente, vai ser incrível!".

Sim, eles estavam com essa exata expressão no rosto.

Suspirei. Eu não tinha muito o que fazer, a não ser concordar com a cabeça, pedindo aos céus para que eu não me arrependesse (muito) daquela decisão.

— Tá bom, vou só ligar para os meus pais e avisar que cheguei, aí a gente pode ir. Não quero ligar com um monte de gente bêbada gritando no fundo!

— Aeeee! Boa, Ana! — Bárbara me abraçou num impulso, e logo todos estavam me abraçando em roda.

De "completos desconhecidos" a "abraçados em roda na frente de um hotel em chamas", o que uma viagem de carro de três dias não fazia com as pessoas, não é mesmo?

Bárbara enfim me soltou e deu a mão para Gael, e os dois foram na frente, guiando o caminho. Logo atrás, dei os braços para Camila e Luís, como não fazíamos há tempos, e Camila suspirou:

— Merda...

— O quê?! — perguntei, olhando para ela.

— Agora eu tô shippando vocês duas.

Acotovelei-a de leve, mas nós três rimos.

É aquele famoso ditado: pisou na merda? Abre os dedos.

Gael não estava mentindo quando disse que os alunos da USP faziam a "maratomba", porque, conforme caminhávamos pela avenida, trombávamos com grupos e mais grupos de estudantes, todos animados e munidos de muito álcool em suas bolsas e mochilas; aparentemente, as cervejas geladas dos bares nunca eram tão boas quanto as vodcas quentes e os pós de suco.

Ah, a vida de universitário... Eu sentia um pouco de falta. Ser um fodido e orgulhar-se disto. Aquela era a última fase da vida em que podíamos cometer erros. Depois ficava só... triste.

Encontramos o maior dos grupos de estudantes — e o que parecia mais embriagado também — e nos infiltramos, fingindo que também cursávamos Direito. Ou Biologia. Ou Administração. Bom, é, nós não entendemos muito bem de qual curso eram aqueles alunos, e eles não estavam em condições de explicar, muito menos com vontade de falar sobre a faculdade, mas a nossa confusão não nos impediu de participar.

No primeiro bar que paramos, tentei não entrar na empolgação; disse que iria só acompanhar de perto, mas que estava cansada demais para beber. Camila e Luís então me puxaram para um canto e me disseram que se eu não fosse aproveitar aquela merecida viagem, então nem deveria ter vindo.

O que eles não sabiam era que eu não acreditava nem um pouco que ela era "merecida". Apenas "necessária".

— Você já está pagando pela nossa estadia e pelo retiro, por que eu não posso comprar uns shots pra gente? — Luís insistiu. — Para de ser tão cabeça-dura, Ana. Não tem problema aceitar presente, sabe?

— E onde mais ele gastaria esse dinheiro? Não tem mais onde enfiar mangá nas prateleiras dele — Camila acrescentou, e Luís lançou um olhar fulminante para ela.

— Não fala dos meus mangás.

Aquele era um assunto sensível para Luís, e Camila sabia.

Acabei aceitando, não porque estava 100% a bordo daquela ideia, mas porque não tinha mais energia para negar. O cansaço da viagem começava a bater, e eu optei por apenas sorrir e acenar. Voltamos para o balcão, onde Bárbara e Gael já nos esperavam com uma bandeja e cinco shots em cima.

— A primeira é por nossa conta! — Gael exclamou.

Brindamos e viramos a tequila para dentro, lambendo o sal e chupando o limão, e então embarcamos em uma calorosa discussão sobre qual seria a ordem correta da arte de tomar tequila: primeiro se lambia o sal ou se chupava o limão? Ou será que era sal, tequila, limão? Ou ainda limão, sal e só então a tequila?

A conclusão chegou quando já estávamos no segundo bar, e foi a seguinte:

— Foda-se, o importante é beber! — que saiu de forma explosiva da boca de Camila.

Decidimos ficar na cerveja para a segunda rodada, com medo de queimarmos a largada — afinal, diferente de todos ao nosso redor, não tínhamos mais 18 anos —, e nos sentamos a uma das mesinhas de plástico do lado de fora do boteco, aguardando na surdina que os alunos decidissem mudar de bar.

— Posso fumar um? — Bárbara pediu assim que viu Luís acender o seu cigarro.

— Claro. — Ele ofereceu o maço e ela pegou um.

— Bárbara... — Gael deixou o nome dela pairar entre nós.

— É só um. Para, não tem problema, estamos de férias! — ela exclamou, acendendo o cigarro com destreza.

Bárbara não fumava quando estávamos na escola, e, por mais que eu a stalkeasse diariamente nas redes sociais, não conhecia aquele lado dela. E, por incrível que pareça, concordei com o que saiu da boca de Gael em seguida:

— Começa assim, né? Aí amanhã você compra um maço, em um mês tá fumando todos os dias e daqui a um ano vai chorar e dizer que quer parar. E aí lá vamos nós de novo com o sofrimento que é parar...

Bárbara lançou um olhar calmo, porém intenso para Gael, e não disse mais nada; ela era classuda demais para brigar em público.

— Não é fácil assim se livrar de um vício — Luís comentou, e eu queria poder dizer que ele se calasse e não colocasse mais lenha na fogueira, mas algo dentro de mim também queria ouvir o resto daquela conversa.

— Eu sei. Estou há 2 anos sem jogar. Perdi todo o dinheiro que juntei nos primeiros anos de YouTube em apostas online — Gael respondeu, não com raiva, mas como se quisesse explicar que entendia pelo o que Bárbara estava passando. — Tenho restrições a apps de aposta no celular, não assisto a mais nenhum esporte para não apostar e os meus pais cuidam do meu dinheiro para que eu não perca o controle. É difícil todos os dias, mas eu tento sempre pensar que amanhã será melhor do que hoje. — Gael olhou então para Bárbara. — Não estou sendo chato, amor. Só me preocupo.

Bárbara desviou os olhos de Gael e tragou o seu cigarro com um pouco de cabelo na frente do rosto, como se estivesse com vergonha e quisesse se esconder da realidade daquelas palavras.

— Não sabia disso não, cara — Luís disse, parecendo genuinamente surpreso.

— O que a gente mostra no YouTube não é um doze avos da realidade. — Gael deu de ombros. E então sacou a câmera de dentro da mochila. — Aliás, se incomodam se eu começar a gravar?

Antes que qualquer um pudesse responder qualquer coisa, Gael entrou no modo youtuber, a animação indo de um para "será que ele cheirou cocaína?" em dois segundos.

— Gael na área, pessoal! E adivinha só onde eu tô? Em Ribeirão Preto! Mas vocês não vão acreditar no que aconteceu: nosso hotel pegou fogo!

Conforme Gael continuava a explicar tudo o que havia acontecido até então, mas de uma forma extremamente exagerada, usando frases como "nossos ingressos pro João Rock se perderam para sempre" e "deu tudo errado!", Bárbara apagou o cigarro discretamente e se afastou do foco da câmera, vindo ficar ao meu lado.

— Vou pegar mais uma rodada! — Luís exclamou, lançando um olhar sugestivo para Camila.

— Pega uma mais docinha pra mim? — ela respondeu, sem entender nada.

— Vamos comigo, que tal? — Ele olhou de mim para Bárbara, de Bárbara para mim, e Camila franziu o cenho, confusa.

— Pra quê? A gente nasceu grudado por um acaso?

— Vamos, Ca, me ajuda a carregar. — Ele puxou Camila bruscamente pela mão, que foi atrás dele, mas sob protesto.

Eu teria ficado roxa de vergonha pela cara de pau do meu amigo, mas Bárbara não estava prestando atenção naquele fiasco; estava mexendo no celular.

Ficamos em silêncio uma do lado da outra. Eu pigarreei, desconfortável, mas ela estava muito focada no que estava lendo. E aquela situação toda começou a me incomodar. Será que eu tinha que falar alguma coisa? Ou esperava ela quebrar o silêncio? Ou era melhor ficar em silêncio? Era normal a minha boca ficar tão seca daquele jeito? E por que o meu coração estava bombeando duas vezes mais sangue para o meu corpo?

Do bar, vi Camila e Luís fazendo gestos para que eu falasse algo para Bárbara. Olhei de esguelha para ela, que ainda mexia no celular. Estava mesmo lendo alguma coisa ou fingindo que lia?

Meu Deus, por que eu não conseguia sair da minha cabeça e apenas... viver a vida?

Camila começou a fingir que encoxava Luís para me incentivar, e, desconcentrada com a cena, virei-me bruscamente para Bárbara e falei mais alto do que o necessário:

— Não gosta dos vlogs?

Caramba, será que eu conseguia me fazer mais de idiota?

— Hã? — Bárbara perguntou, sem tirar os olhos do celular.

— Dos vlogs do Gael. Notei que você saiu de perto quando ele começou a gravar.

Observei Gael rodeado dos alunos da USP, pedindo que eles cantassem o hino da faculdade para a câmera, completamente extrovertido e entrosado.

Por que eu estava dizendo aquilo? E se eu estivesse tocando em algum assunto delicado do relacionamento deles?

— É... — Bárbara foi levantando a cabeça aos poucos, fazendo força para tirar a cabeça de sabe-se lá o que estava lendo no celular. E então olhou para mim, com uma expressão de confusão, como se me enxergasse pela primeira vez. — Desculpa, o que você disse? Eu estava muito concentrada aqui, problemas no trabalho...

— Às onze da noite? — perguntei, demonstrando nitidamente que eu não sabia o que era resolver pepinos no trabalho, já que eu não tinha mais um, e não me importava tanto assim com o que eu fazia antes.

— É... vida em startup é assim. Limites? Não há limites! — Ela sorriu e, por um instante, pareceu cansada. Exausta. Como se a vida tivesse sido sugada dela. — O que você perguntou?

— Ah... perguntei se você não gosta de aparecer nos vlogs do Gael.

— Detesto! Urgh, toda vez que apareço os comentários são horríveis. "Sua namorada é feia", "você podia escolher qualquer uma e escolheu essa aí", isso quando eles não são racistas! — Bárbara negou com a cabeça. — A internet é um lugar podre. Admiro que Gael consiga lidar com tudo isso, porque eu não consigo. Eu só tenho um perfil no Instagram e ele é trancado, e mesmo assim as fãs dão um jeito de me perseguir. Prefiro ficar o mais distante possível!

Como era possível que alguém não achasse que Bárbara era a espécime de ser humano mais perfeito que já pisou na face da Terra eu não saberia dizer.

Ao invés disso, respondi:

— Que merda...

Queria que existisse algo que fizesse eu transmitir os meus pensamentos em palavras bonitas. Algum elixir mágico que tirasse um pouco o medo que eu sentia de ser sincera e honesta. Algo que ajudasse a me soltar. Algo como...

— Cerveja! — Luís apareceu, colocando outro balde em cima da mesa.

Pesquei uma rapidamente, e Gael se aproximou de nós, filmando.

— ... lembra que eu contei pra vocês que estamos fazendo uma viagem em grupo? Então estes aqui são os meus novos amigos, Ana, Luís e Camila!

Eu e Luís sorrimos, sem graça, mas Camila logo enfiou a cara na frente da câmera.

— Oiiiiiii, eu sou a Camirresistível, autora de 27 livros hot, todos best-sellers da Amazon! Me sigam e conheçam as minhas histórias!

— Segue mesmo, gente, que a Cami é incrível — Gael incentivou, como se fosse amigo de infância de Camila e realmente fã do que ela escrevia; eu começava a entender um pouco melhor como influenciadores eram bons no que faziam e realmente *influenciavam* as pessoas.

Em seguida, Gael abraçou Bárbara, e eu automaticamente parei de admirá-lo.

— E a minha namorada linda, Bárbara, que vocês já conhecem.

Ele beijou Bárbara, que se deixou levar. Em seguida, ela sorriu para a câmera e acenou, tímida. Seu desconforto era visível, mas Gael pareceu não perceber, seguindo com a sua filmagem durante boa parte do percurso.

Assim que os alunos da "maratomba" se deslocaram, nós fomos atrás. No terceiro bar, tomamos mais shots. No quarto, já estávamos todos alegres e nos entrosamos com os universitários, que nos fizeram virar algo verde fosforescente de um funil sujo — ah, o fígado fortalecido de um jovem de 18 anos —; no quinto, tomamos mais cerveja. No sexto, mais shots. E, rumo ao sétimo, as coisas começaram a sair do controle.

Veja só, eu não sou o tipo de garota que bebe com frequência. Não sou muito fã do sentimento de perder o controle, principalmente quando controle sobre as minhas ações era tudo o que me restava na vida — isto e uma cachorra com colesterol alto. Mas naquela noite em especial, depois de tudo o que havia acontecido, depois de anos presa, seguindo um roteiro de vida que não me pertencia, eu me deixei levar.

E me deixar levar me levou a subir no balcão de um dos bares e gritar "Uma rodada de suco pra todo mundo!", demonstrar o meu talento de tirar o sutiã sem tirar a camiseta, beber o que os alunos chamavam de "coroterapia" — Corote, água, Corote, dá uma voltinha, chacoalha tudo — e, finalmente, antes mesmo de chegarmos ao destino final, me levou também até a rodoviária de Ribeirão Preto e a uma ideia que me atingiu em cheio e não me deixou mais em paz até que eu exclamasse:

— Eu vou embora!

Na minha cabeça, eu caminhei a passos firmes até a estação, enquanto explicava de forma eloquente para os meus amigos que aquela viagem tinha sido um erro e que eu voltaria e imploraria pelo meu emprego de volta. No dia seguinte, Camila me contou que na verdade eu caí no chão, apontei para a rodoviária e gritei: "BERENICE, TÔ VOLTANDO!!!"

Quem me impediu de prosseguir naquele plano idiota e irresponsável foi Bárbara, que havia parado de beber dois bares atrás e era a mais sóbria de nós. Enquanto ela me salvava de ser sequestrada no meio da madrugada, Gael, Luís e Camila faziam uma competição de quem conseguia arrotar o abecedário mais rápido.

E depois dizem que millenials não sabem se divertir.

— Ei, vamos lá, ninguém vai embora, nem tem ônibus neste horário.
— Ela me segurou pelos ombros e me guiou de volta para a calçada.
— Você não tá entendendo. — A minha boca parecia feita de areia.
— Eu preciso voltar. Preciso pedir pelo meu emprego de volta!
— Não precisa não. A Camila não disse que você pediu demissão para se focar mais na sua escrita agora? Relaxa, você tá "in between jobs", como os gringos falam.
— Inbituim o quê?
— Entre empregos. Ou melhor, entre carreiras!

Soltei uma risada que mais pareceu um uivo, e recalculei a rota, voltando a caminhar em direção à rodoviária.

— Que carreira? — murmurei, agora andando com Bárbara agarrada aos meus ombros como uma fila de conga de casamento.

— Ué, a sua. De escritora.

— Escritora sem livro publicado, grande escritora que eu sou — rosnei, tentando me soltar de Bárbara e falhando miseravelmente.

Eu não queria admitir pra ela, *justo ela*, que a minha vida estava um lixo, mas acabou escapulindo, como era comum acontecer depois de muitos litros de álcool. Quando o meu cérebro não se sentia mais tão ansioso, a verborragia começava. Era a única forma de escapar dele, mas não significava que eu gostava. Me sentia exposta. Mas não conseguia me controlar.

Não queria que Bárbara soubesse que eu era uma escritora sem livros, uma jovem sem emprego, uma garota lésbica sem uma namorada para chamar de sua; queria que Bárbara me admirasse como eu a admirava, mas como? Eu a admirava porque ela tinha tudo o que eu queria — o que ela poderia admirar em mim? A forma como eu pensava demais e nunca conseguia falar o que estava pensando, a minha ansiedade não diagnosticada e não tratada ou o meu original pela metade abandonado no computador?

Bárbara novamente me guiou de volta para a calçada; ainda bem que era tarde e não tinha quase nenhum carro passando na rua, porque aquela brincadeira não estava sendo muito segura.

— Isso é questão de tempo e paciência. Uma hora rola, e você ainda vai dar risada disso tudo! — Bárbara tentou me animar. — Você tem um dom. Um talento. Sabe quantas pessoas gostariam de ter o que você tem?

Parei onde estava e olhei para ela, tentando fazer tudo parar de girar. Sem maquiagem, ela parecia um pouco mais jovem do que demonstrava no dia a dia. Tinha os cílios curtos e o lábio de baixo mais grosso do que o de cima.

Quantas vezes não observei enquanto ela mordia a tampa da caneta com aqueles mesmos lábios, imaginando como seria beijá-los?

— Pra você é fácil falar — resmunguei, voltando a caminhar pela rua.

— Por que você diz isso?

Pensei em dizer que Bárbara tinha tudo: era bonita, carismática, inteligente, bem-sucedida, namorava um youtuber famoso, tinha um bom emprego e um futuro brilhante. Mas que culpa Bárbara tinha de apenas ser melhor do que eu nesse negócio de viver a vida? Eu tinha que a deixar se sentindo culpada por eu ser um fracasso?

— Não sei — murmurei ao invés disso e, daquela vez, deixei que ela me sentasse no meio-fio.

Nos sentamos lado a lado, e eu tive que me segurar para não apoiar a cabeça no seu ombro. Bárbara sorriu para mim, e colocou uma mecha do meu cabelo curto atrás da orelha. Em seguida, retirou os meus óculos.

— Pronto. Se sente melhor?

— O meu estômago tá revirado — respondi, mas não tive coragem de dizer que era mais pelo toque dela do que pela bebedeira.

Abaixei então a cabeça entre os joelhos, respirando fundo. Agora, tudo rodava duas vezes mais rápido.

— Ana! Vem arrotar! — ouvi Camila gritar ao fundo.

— Acho que não é o melhor momento pra isso — Bárbara respondeu por mim, sua voz muito próxima, invadindo a minha barricada de braços e pernas. Então ela passou a acariciar o meu joelho e a falar apenas comigo; não sabia como me sentir em relação àquilo. Sabia que era um carinho de amiga, de apoio, mas nunca chegamos perto de nos encostar antes, isso se não contarmos as boladas que recebi dela nos jogos de queimada na educação física. — Quer uma água?

— Não — quase babei ao responder.

Agora o meu estômago começava a arder e o meu fígado a reclamar. "Sério mesmo que você vai manter todo esse lixo tóxico aqui dentro, Ana? Você não tem vergonha nessa cara?", quase podia ouvir eles questionando.

— E um docinho? Acho que vi uns M&M's lá dentro — ela insistiu.

— Só quero ir embora — balbuciei. — Eu tô triste.

Porque era claro que eu era a bêbada deprimida. Não a bêbada alegre, nem a sensual, muito menos a sonolenta. Não, eu era a bêbada que chorava.

— Por quê? Quer conversar?

Quer conversar? Esta era a pergunta mais difícil do mundo para mim. Claro que eu queria conversar, colocar tudo pra fora, mas, ao mesmo tempo, não queria ser vista como ingrata, ou mimada, ou ainda fútil e rasa. *Uau, o seu problema é que você quer ter uma carreira diferente? Caramba, nossa, realmente, todas as pessoas morrendo de fome ao redor do mundo se compadecem da sua dor!*

Por que eu precisava pensar *tanto*?

— Sei lá... Ninguém feliz compra um retiro quântico de emanação de ondas de felicidade, né?

E então o silêncio.

Eu não conseguia ver o que Bárbara estava fazendo, porque estava com a cara enfiada entre os joelhos, mas, depois de alguns segundos, que poderiam ter sido minutos ou horas, levantei o rosto e a encontrei pensativa, olhando para o asfalto.

Pensei em algo bonito para falar, mas o que saiu da minha boca foi:

— Você não quer ir lá arrotar com eles?

Bárbara olhou para mim e sorriu, um sorriso triste, que eu não havia visto até então.

— Não. Tô de boa. Se eu for, já posso até ver os comentários no vídeo do Gael. "Credo, sua namorada é uma porca!"

— Você por um acaso já falou com ele sobre isso?

— Você por um acaso consegue admitir quando algo te incomoda? — Bárbara me encarou com uma sobrancelha levantada, em desafio.

— Touché — tentei imitar o gesto de empunhar uma espada, mas provavelmente fiquei parecendo mais uma bala Fini de minhoquinha sendo tirada do saco. — Por que a gente é assim, né?

— Você eu não sei, eu é porque detesto conflitos e me anulo buscando agradar todo mundo. — Olhei para Bárbara com o resto de dignidade que ainda tinha, e ela deu de ombros. — Pelo menos é isso que a minha psicóloga fala.

Concordei com a cabeça, tentando parecer sábia. E no movimento, senti vontade de ser honesta. Vontade de falar toda a verdade, de tirar do coração tudo o que eu sentia por ela desde os 13 anos. Dizer que achava que Gael era um cara bacana, mas que ela merecia mais. Merecia muito mais. Merecia não se sentir inferior, ou ser ofendida por adolescentes na internet. Merecia que Gael respondesse àqueles infelizes, socasse a cara deles um por um, até que parassem de ofendê-la. Merecia alguém que dissesse para ela que ela era a mais perfeita das criaturas, que agradecesse todos os dias por tê-la por perto. Alguém que literalmente movesse mares e montanhas para vê-la feliz. E esse alguém nem precisaria ser eu, porque eu não tinha muito a oferecer, mas que ela merecia ser feliz, porque era uma mulher linda, de coração bom e alma generosa.

E eu abri a boca para dizer tudo aquilo.

Abri mesmo.

E vomitei nos pés dela.

E lá se foram à parmegiana caríssima do almoço e todos aqueles shots...

Bárbara, como sempre a classe em pessoa, ficou em pé, deu a volta e segurou o meu cabelo curto para longe do rosto. E eu continuei vomitando como se não houvesse amanhã; ou pelo menos como se não fosse a garota por quem eu era apaixonada há mais de 10 anos me amparando naquela situação constrangedora.

Quando finalmente consegui fechar a torneira, meus olhos estavam cheios de lágrimas, do esforço e da vergonha, e Bárbara me estendeu um guardanapo que tirou sabe-se lá de onde.

— Desculpa — sussurrei, pegando o papel e limpando a boca.

— Pelo tanto que você bebeu, estava até demorando — ela respondeu, ainda segurando o meu cabelo.

— Eu sou uma péssima companhia mesmo. — O meu fígado não reclamava mais, mas o meu coração só queria permissão para saltar do peito e nunca mais voltar.

— Bom, entre você e arrotar o... — Bárbara olhou por cima do ombro, e agora Gael, Camila e Luís arrotavam o hino do Brasil — ... o hino, eu prefiro você!

Ergui o rosto. Olhei para Bárbara, que soltou o meu cabelo com delicadeza. E, por três segundos, me deixei imaginar que o sorriso que ela me dava estava carregado com os mesmos sentimentos que eu sentia por ela.

Foram os melhores três segundos da minha vida.

— Será que o hotel já parou de pegar fogo? — perguntei, porque não tinha mais como consertar aquela noite.

— Eu espero que sim.

Bárbara me ajudou a levantar e nós fomos juntas convencer o trio de bêbados que precisávamos voltar para o hotel. Eles espernearam, queriam continuar a noite e chegar no Pinguim, empolgados com os alunos da USP, que já se deslocavam novamente.

— Bom, eu vou voltar para o hotel e levar a Ana então — Bárbara disse, de forma firme, apontando para mim, para não precisar falar em voz alta "olha o estado dessa coitada". — Vocês vão ficar bem? Todo mundo com bateria no celular para chamar o Uber depois?

— Sim, meu amor! — Gael mostrou o celular como uma criança. — Um beijinho de boa noite?

Bárbara deu um selinho em Gael, que tentou aprofundar o beijo, mas ela se afastou.

— Sai pra lá com esse bafo de cachaça — ela resmungou.

— Um beijinho de boa noite? — Camila perguntou para mim, e, rindo, beijou a minha testa.

— Um beijinho de boa noite? — Luís adicionou, beijando a minha bochecha.

— Ah, vão à merda! — Gael exclamou, mas ele estava rindo. Em seguida, gritou para o grupo que se afastava: — Ei! Esperem por nós!

Os três foram atrás, enquanto eu e Bárbara esperamos pelo Uber. Ele chegou alguns minutos depois e só me deixou entrar quando Bárbara prometeu que eu não vomitaria no carro.

Não sei de onde ela tirou tanta confiança no meu estado estomacal, mas no fim deu tudo certo, e ele nos deixou em frente ao hotel sem acidentes de percurso. Entramos pelo hall, que agora parecia livre de bombeiros e aglomerações, a Bárbara me amparou até o meu quarto, alguns andares abaixo do dela.

Eu estava com o braço ao redor dos seus ombros e tentava ao máximo não fungar o seu perfume, enquanto o elevador nos arrastava para cima, quando ela soltou uma risada baixinha.

— O quê? — resmunguei, o corpo mole, o sono tomando conta.

— Nada...

— Fala! — exigi, um pouco mais firme; de onde vinha a coragem de falar daquela forma? Do álcool.

— Não é nada... É só que fazia tempo que eu não me divertia tanto assim — ela soltou a mesma risadinha novamente, me contagiando; logo, nós duas estávamos rindo.

— Você tem uma ideia muito deturpada do que "diversão" significa — comentei, conforme saíamos do elevador e caminhávamos pelo corredor.

— Disse a garota que vomitou nos meus pés — ela rebateu, e não tinha mais o que argumentar depois disso.

Bárbara me rebocou até o quarto. Ainda tive dificuldade de conseguir acertar o cartão magnético na fechadura, mas logo estava jogada na cama, com as nossas malas ainda fechadas todas pelo chão e um fundinho de cheiro de cigarro apagado.

— Boa noite, então — Bárbara desejou, e foi se afastando em direção à porta.

— Peraí. — Ela parou no batente e se virou para mim. Eu respirei fundo e disparei: — Um beijinho de boa noite?

Rindo, Bárbara voltou até a cama e se inclinou na minha direção. Eu prendi a respiração; estávamos perto. Perigosamente perto. Perto o suficiente para que os meus cílios quase encostassem nos dela. Bárbara sorriu, e ficou ali alguns segundos, olhando nos meus olhos, respirando bem perto de mim, em uma deliciosa tortura de antecipação... E então ela beijou a minha testa.

— Até amanhã — desejou.

— Até amanhã — murmurei, e então fui engolida pelo mundo dos sonhos.

VOCÊ SÓ SERÁ F*DA QUANDO SE SENTIR F*DA
CAPÍTULO DEZESSETE: SABE QUEM MAIS É FODA?

O Pelé é foda. A Madonna. A Rainha Elizabeth. Sabe quem mais é foda? O Neymar. E a Bruna Marquezine. Juntos ou separados. O Elton John, o Freddie Mercury, o Mick Jagger. A Lady Gaga, a Britney Spears, a Rihanna, a Beyoncé. A Fernanda Montenegro é foda também, sabia? A Taís Araújo. O Lázaro Ramos. O Selton Mello. O Faustão! É, o Faustão é foda há muito tempo... O Serginho Groisman também. William Bonner e Fátima Bernardes não são mais um casal, mas são foda em suas singularidades. Lewis Hamilton é muito foda, assim como antes dele Michael Schumacher também era, e antes dele o Ayrton Senna foi o mais foda dos fodas. Sabe quem mais é foda? O Boninho. E o Tadeu Schmidt. Tiago Leifert. E o Pedro Bial antes dele, que agora ocupa o lugar de um outro cara foda, o Jô Soares.

Ronaldinho Gaúcho? Foda no futebol. Tiger Woods? Foda no golfe. Giba? Foda no vôlei. Michael Phelps? Foda na natação. Cristiano Ronaldo, Messi, Ronaldo, David Beckham, Suárez, foda, foda, foda, foda, FODA!

Marcos Pontes, o único brasileiro a ir pro espaço? Foda. Luiza Trajano, que construiu um império? Foda. Elon Musk, que pousou um foguete? Foda. Bill Gates, que criou o mundo conectado que temos hoje? Foda. Bel Pesce, uma das maiores empresárias do país? Foda.

Elizabeth Holmes, criadora de uma das maiores startups dos Estados Unidos? Foda. Sergio Moro, protetor da justiça e herói da nação? Foda.

Mas não tem só gente foda viva não. Tem gente foda que morreu e fez história! Maradona. Winston Churchill. Margaret Thatcher. Michel Temer. Albert Einstein. Marie Curie. Princesa Diana. Madre Teresa.

Mas sabe quem é o mais foda dos fodas? VOCÊ! Assim que terminar de ler este livro. Porque, enquanto isso, o mais foda dos fodas continua sendo Tony Diniz, coach, empresário e escritor do livro *Você Só Será Foda Quando Se Sentir Foda?*

Ah, esse cara é foda...

Acordei com som de gemidos.

Mas não o gemido bom, aquele da espreguiçada da manhã, que geralmente é acompanhado de um "bom-dia!" sonolento, ou aquele que precede a estalada nas costas depois de um dia cansativo de trabalho. Muito menos o gemido *muito bom*, que... bom, esse eu não preciso explicar quando acontece.

Não. Era um gemido de desespero.

Abri os olhos, sem saber por um instante onde eu estava e quem eu era. E encontrei Camila com a cabeça para fora da janela feito um cachorro; diferente de Luís na noite anterior, ela não fumava.

— O que você tá fazendo? — a minha voz saiu como poeira da garganta.

— Pedindo pra Deus me levar — ela respondeu.

— Vou junto — uma voz veio do além, e eu me sentei na cama, assustada; olhei para baixo e vi Luís jogado no chão, com o edredom em cima apenas da sua cara, abafando a voz: — Nunca mais eu vou beber.

— Déjà-vu — comentei, e a dor de cabeça me atingiu em cheio. Deitei-me novamente, colocando a mão na testa. — Alguém tem água?

Senti algo atingir a minha barriga; olhei para baixo e encontrei uma garrafinha de água pela metade. Abri e tomei de maneira sôfrega.

— Que horas vocês chegaram? — perguntei, depois que tomei tudo em dois goles.

— Num horário impróprio para menores de idade — Luís gemeu.

— Foi legal depois que eu vim embora?

— Se vomitar num funil for a definição de legal, foi sim.

— A gente não tem mais 18 anos, né? — Camila comentou, com uma mistura de "que merda, estamos envelhecendo" e "finalmente estamos envelhecendo".

— Daqui a pouco estaremos mais perto dos 30 do que dos 20... — murmurei, tentando novamente levantar, desta vez bem devagar para a dor de cabeça não perceber os meus movimentos. Aquela constatação apenas me deprimiu. Em breve eu estaria com 30 anos e o que eu havia conquistado? Nada. — A gente já perdeu o café da manhã?

— Temos — Luís levantou o braço e olhou para o relógio no pulso — dez minutos.

Desta vez, o gemido de dor saiu de dentro de mim. Mas como alguém que nunca na vida perderia o café da manhã de um hotel, primeiro porque era muito bom, segundo porque já estava pago, reuni as últimas forças do meu corpo para conseguir sair da cama. Em seguida, escovei os dentes para não matar ninguém assim que abrisse a boca, calcei os meus chinelos e, junto como Camila e Luís, desci para o restaurante.

E é claro que, assim que entramos, encontramos Bárbara e Gael sentados a uma mesa de canto, de banho tomado e rostinhos frescos, como se tivessem dormido a noite toda. Gael tomava café puro e comia um pedaço de bolo, enquanto Bárbara havia feito um prato apenas com frutas frescas e segurava um copo de suco verde.

— Bom dia! — ela exclamou, agora usando maquiagem e um sorriso profissional, nada como a garota de rosto limpo e verdades incômodas da noite anterior. — Hoje serão muitos quilômetros de estrada, é melhor a gente comer e já sair. Dormiram bem? As malas estão arrumadas? Se eu fosse vocês, tomaria um bom banho, senão só à noite!

— Muita informação — Camila resmungou, sentando-se e apoiando a cabeça nas mãos. — Repete.

— Dia — Luís murmurou, pegando um prato limpo da mesa e desaparecendo para o bufê sem fingir que se interessava pelo itinerário de Bárbara.

E eu fiquei no meio do caminho, lembrando-me subitamente de que havia vomitado nos pés de Bárbara na noite anterior, e que em seguida pedira um beijinho de boa noite. Por um instante a desidratação e a dor de cabeça haviam me distraído do fato de que eu conseguira piorar mais ainda a minha imagem para a garota de quem eu gostava. Isso porque ela *já tinha a informação* de que eu estava indo a um retiro de um coach quântico para emanar ondas de felicidade. Por vontade própria.

Meu estômago embrulhou. E não era de ressaca — era de vergonha.

— Acho melhor você comer primeiro, depois eu repito — Bárbara estendeu um prato limpo para Camila.

— Ótima ideia. — Ela se levantou, pegou o prato e desapareceu atrás de Luís.

— Vou pegar mais café. — Gael deu um beijo na testa de Bárbara e foi atrás da minha amiga.

Enfim, a sós.

Na pior situação possível.

— Escuta, Bárbara, eu... — comecei, querendo resolver logo aquilo; eu não tinha como parecer mais patética, mas os meus pais haviam me educado a pedir desculpas depois de vomitar nos pés de alguém.

— Ana, se você acha que precisa se desculpar ou se explicar, pode parar — Bárbara me interrompeu, entregando o último prato limpo em minha direção. — Todo mundo já ficou bêbado, todo mundo já passou mal, ontem foi a sua vez, que bom que você estava na presença de amigos que puderam ajudar. Eu tenho certeza de que se fosse o contrário você faria o mesmo por mim. Nós estamos bem. Tá bom?

Pisquei algumas vezes, um pouco desnorteada por toda a inteligência emocional de Bárbara. O que eu poderia dizer em resposta? Nada. Logo, peguei o prato que ela me oferecia, dei um sorriso, que torci que ela entendesse como um "muito obrigada por ser perfeita e por fingir que ia me beijar na boca ontem", e obedeci ao seu conselho.

Fazia todo sentido que ela fosse coordenadora em uma startup sendo tão jovem. Se conseguisse fazer com que o seu time a obedecesse com tanta delicadeza, educação e firmeza, ela valia até o último centavo do seu salário.

Com fome e de ressaca, peguei uma bacia de café e tudo o que pareceu mais gorduroso. Ovos mexidos? Claro. Bacon? Por que não? Salsichas? Hum... Manda ver! Pão de queijo? Vê logo uns dez! Quando voltei para a mesa, todos já haviam retornado também, e os meus amigos já estavam um pouco mais animados, conversando com Gael. Ao lado dele, Bárbara mexia no celular, compenetrada.

— ... claro que a gente chegou! — Gael exclamava; sentei-me do outro lado dele e enfiei um pãozinho inteiro na boca.

— Claro que a gente não chegou. O Luís vomitou no funil e a gente chamou o Uber, lembra? — Camila negou com a cabeça.

— Gente, então... A gente não chegou?

— Não! — Luís e Camila exclamaram ao mesmo tempo; aparentemente, estavam naquela discussão havia um bom tempo.

— Mas eu tenho uma lembrança muito vívida na cabeça de entrar no Pinguim. — Gael parecia confuso. — A gente não chegou mesmo?

— Pergunta isso *mais uma vez*. — Camila fechou a cara, com garfo e faca nas mãos.

— Gente, vamos? — Bárbara perguntou de repente, sem tirar os olhos do celular, em uma mistura de distração e assertividade. Em seguida, levantou o aparelho e o colocou na orelha. — Alô? Oi, Dênis. É, eu sei. Eu já mandei os arquivos pra Giulia, mas ela não...

Bárbara se levantou e foi se afastando da mesa, conversando de forma enérgica com o tal do Dênis.

— Ela trabalha bastante, né? — Camila comentou.

— Não para um segundo — Gael concordou, parecendo um pouco contrariado. — Disse pra ela desconectar esta semana, mas pergunta se ela consegue?

Ou se ela pode, apenas pensei.

Terminamos de tomar o café sem Bárbara na mesa; Gael, Camila e Luís relembravam animados os acontecimentos da noite anterior, como se fosse a primeira vez que haviam ficado bêbados na vida, se empolgando a cada minuto que o café fazia efeito no organismo. E eu fiquei lá, ouvindo tudo, concordando quando alguém me fazia alguma pergunta, rindo dos momentos engraçados, mas a verdade é que eu não estava 100% presente. Não... estava pensando no beijo de Bárbara na minha testa na noite anterior. Nos braços dela ao redor do meu corpo, me ajudando a andar sem cair. Nos olhos tristes dela, camuflados por um sorriso que parecia quase treinado.

Eu queria poder dizer que estava tirando aquilo de letra; que nem era tão ruim assim dividir o mesmo (pequeno) espaço que ela, que a minha paixonite havia ficado no ensino médio e que não me fazia mal toda vez que ela olhava para Gael, tocava Gael, beijava Gael. Mas seria a mais pura mentira — se imaginei aquela jornada até o retiro como tranquilizadora e inspiradora, ela estava sendo tudo, menos aquilo.

Quando enfim terminamos a montanha de comida que colocamos em nossos pratos e os garçons já nos olhavam feio, decidimos ir embora — combinamos de nos encontrar no hall em meia hora, o que era pouco tempo para três pessoas tomarem banho e arrumarem as malas, mas, de acordo com Gael, precisávamos seguir o itinerário de Bárbara, senão ela "sairia do sério", e eu não queria incomodá-la mais do que já havia incomodado nas últimas 24 horas.

Fui a primeira a tomar banho e tentei ser o mais rápida possível. Em seguida, enquanto Luís e Camila tomavam os seus, ajeitei as minhas coisas — que não estavam nem tão bagunçadas assim, já que entre o prédio pegar fogo, me embebedar na rua e ser colocada na cama, mal mexi nos meus pertences.

Caramba... Aquela havia sido uma noite e tanto.

Meia hora depois, nós cinco estávamos de banho tomado, esperando no hall, conforme o combinado. E, enquanto fazíamos o check-out, Bárbara *ainda* estava ao celular. Enquanto colocávamos nossas malas no carro, Bárbara *ainda* estava ao celular. E enquanto ela se ajeitava no banco do motorista, revezando o segundo dia de viagem com Gael, Bárbara *ainda* estava ao celular. Ela só tirou o aparelho da orelha quando começou a dirigir. Parou de falar? Não, não parou. Na verdade, ela conectou o celular no bluetooth do sistema do carro e falou sem parar pela primeira meia hora de viagem, usando termos em inglês e falando coisas que pareciam português, mas que não faziam o menor sentido pra mim.

Enquanto isso, o WhatsApp do nosso grupo estava bombando:

CAMILA: Uau, acho tão bonito uma mulher bem-sucedida.

LUÍS: É ótimo ela ser bem-sucedida, mas será que é prudente ela falar ao celular enquanto dirige?

CAMILA: Porque ela é mulher e por isso dirige mal?

LUÍS: Não. Porque ela tá focada em budget, e não em buraco na estrada.

ANA: Desgraça de mulher perfeita.

CAMILA: Ana, ela é bonita e gente boa, mas se você continuar a colocando num pedestal, vai continuar sem conseguir falar com ela direito.

ANA: Eu consigo falar com ela!

CAMILA: Você consegue abrir a boca e formular palavras, mas você tá realmente *falando* com ela?

LUÍS: Ca, 10h da manhã; não tá na hora da terapia.

CAMILA: Só tô dizendo que ela é uma mulher normal como qualquer outra.

> **ANA:** Ela não é uma mulher normal como qualquer outra. Ela é linda, bem-sucedida, importante e brilhante.

> **CAMILA:** Assim como você!

> **ANA:** Se eu fosse tudo isso, não estaria a caminho de um retiro de emanação de ondas de felicidade, Ca.

> **CAMILA:** Ela também está indo!

> **ANA:** Porque ela ORGANIZOU o negócio! Na vida, uns organizam, outros participam.

> **LUÍS:** Eu gosto muito mais de organizar, Deus me livre ter que participar das coisas.

— Pronto! — Bárbara exclamou, e nós três abaixamos o celular ao mesmo tempo. — Desculpa, gente, tive que apagar um incêndio lá no trabalho.
— Muitos incêndios ao nosso redor, hein? — Gael gracejou.
— Não tem por que se desculpar, a gente entende — Camila respondeu.
— É — adicionei.
No WhatsApp, digitei:

> **ANA:** Viu?! Estou falando com ela.

> **CAMILA:** É! Até o meu sobrinho de 4 anos se comunica melhor do que você.

> **LUÍS:** Não é como se ela se comunicasse com tanta eloquência assim com a gente também, não é?

> **ANA:** Se você estava tentando me defender, Lu, não tá dando certo.

— Bom, de acordo com o itinerário, vamos parar para almoçar em Uberlândia e depois partimos para Anápolis! Daqui até Uberlândia são cerca de quatro horas, e depois mais cinco horas e pouquinho. Vai ser um dia longo! Estão todos bem? Confortáveis? Hidratados?

Gael se curvou para trás e nos observou. Luís estava com a cabeça apoiada no vidro, com uma aparência de doente. Camila, no meio, segurava o estômago como se fosse vomitar ou estivesse grávida. Eu, na outra ponta, observava o perfil de Bárbara enquanto ela falava, mas desviei os olhos rapidamente.

— Nossa, a gente tá um lixo — ele comentou, e não havia um pingo de maldade nesta constatação, apenas a mais pura verdade.

— Fale por você — Bárbara cantarolou do banco do motorista. — Eu tô ótima.

Nesse momento, Bárbara passou com o pneu em um buraco e o carro chacoalhou, e os pensamentos que cruzaram as nossas mentes foram o mesmo, por isso Bárbara completou:

— Quem falar alguma coisa vai ficar no caminho.

E ninguém disse um "a".

Não sei se foi a noite maldormida, a ressaca, o mal-estar ou a mistura de tudo, mas logo eu estava dormindo com a cabeça encostada na janela, os óculos tortos na cara e a boca completamente aberta, e não acordei nem mesmo com as constantes batidas do crânio contra o vidro. Na verdade, dormi durante boa tarde do trajeto, só acordando ao ouvir uma gritaria em conjunto.

Abri os olhos, assustada, e, assim que eles se acostumaram com a claridade, puderam registrar um carro vindo em alta velocidade em nossa direção. O meu primeiro instinto foi o de me unir ao coro de berros e agarrar a porta com toda a força que existia dentro de mim — diferente do que todos os filmes haviam me ensinado, eu não vi a vida passar diante dos meus olhos, nem um túnel de luz me chamando para dormir eternamente nos braços do Senhor; na verdade, a única coisa que eu vi foi *a porra de um carro vindo em nossa direção.*

Será que nenhum daqueles efeitos paranormais havia me acometido porque eu não tinha nada nem ninguém ao que me agarrar em vida e a minha existência terminaria ali, patética e frugal, como apenas mais um animal racional que não contribuiu em nada para a evolução da espécie, não fez conexões verdadeiras e nem ao menos conseguiu viver até os 100 anos?

Mas aí... Não batemos. E o carro que vinha em nossa direção começou a dar... ré? E todo mundo — menos Bárbara — começou a rir. *Muito.*

Eu pisquei várias vezes, extremamente confusa por ainda estar viva, até que percebi que o carro que aparentemente vinha em nossa direção estava em cima de um caminhão-cegonha que andava tranquilamente na nossa frente. E que Gael estava me filmando.

Pegadinha. Eu havia caído em uma pegadinha.

— Nossa — a palavra saiu esmagada da minha garganta —, vocês são uns arrombados mesmo.

— Eu falei que não ia ter graça — Bárbara disse, sem tirar os olhos da estrada, num tom de "eu avisei".

— Teve bastante graça — Camila comentou, ainda rindo, mas também segurando a minha mão. Quando viu que eu realmente havia me assustado, não teve nenhum pudor em adicionar: — Foi tudo ideia do Luís.

— Uau, estou repensando agora todos os segredos que contei pra você — ele rebateu, mas sem ódio no coração, porque ainda estava rindo do meu desespero.

Mentes malignas são assim.

Bárbara me olhou pelo retrovisor e aparentemente percebeu o meu rosto pálido e a expressão de descontrole emocional de quem estouraria se abrisse a boca para falar um "a" que fosse, então veio ao meu resgate e mudou de assunto:

— Quem tá com fome? — ela perguntou. No mesmo instante, a minha barriga fez um barulho horrível e pareceu vibrar até o assento do banco.

— A Ana e quem mais?

Se já não bastasse a vergonha de ter vomitado nos pés de Bárbara e a vergonha de quase chorar por conta de uma pegadinha idiota dos meus amigos, agora o meu próprio corpo estava me sabotando para que ela achasse cada vez mais que eu era o ser humano mais repugnante da face da Terra.

Por que eu não podia ser mais como as mocinhas de comédias românticas que eram desastradas, mas de forma fofa e divertida, porque, afinal, não existe nada mais sexy do que uma mulher *vulnerável*? Ao invés disto, eu vomitava em pés e a minha barriga roncava como se eu estivesse sem comer havia uma semana, ou pior, com o intestino solto.

— Eu tô cagado de fome — Luís fez coro, já tirando o cigarro do bolso.

— Que bom, porque vamos parar no Mercado Municipal de Uberlândia para comer! — Bárbara parecia extremamente animada com aquele fato. — Em... alguns minutos!

Frustrado, Luís recolocou o maço dentro da calça. Eu abri a boca para perguntar quanto mais ou menos gastaríamos naquela brincadeira, mas o celular de Bárbara atrapalhou a minha linha de raciocínio.

Ela estendeu o braço para atender, mas Gael foi mais rápido e retirou o aparelho do suporte, colocando-o na orelha.

— Oi, Dênis, tudo bom? A Ba tá dirigindo agora, você liga daqui a meia hora? — Bárbara tentou resgatar o celular, mas entre dirigir e ser impedida pelo namorado, ficou um pouco difícil. — ... É, imagino que seja mesmo, mas dá pra aguentar meia horinha, né? ... Beleza, eu aviso sim! ... Falou, tchau.

Ele encerrou a ligação e colocou o aparelho de volta no lugar, recolocando no Waze.

— Dênis mandou avisar várias coisas, mas eu não entendi a metade, melhor você falar com ele quando a gente parar — ele comentou, despreocupado.

— Gael! — Bárbara exclamou, e eu sabia que a coisa era séria porque ela não o havia chamado de "amor", "lindo" ou "gatinho". Mas, curiosamente, ouvi-la falar o seu nome de forma autoritária não foi menos pior do que as outras expressões carinhosas. Era um tipo de intimidade diferente, que me incomodava de forma igual; um tipo de cumplicidade que eles sabiam que existia na saúde e na doença, na riqueza e na pobreza, nos momentos bons e nas brigas dentro do carro. — Dava pra atender no bluetooth!

— Dava, mas pelo amor de Deus, Ba, relaxa um pouco, de que adianta tirar uma semana de férias se você não tira férias de verdade?

— E alguma coisa naquela empresa funciona sem mim? — Bárbara questionou.

— Se você deixasse eles trabalharem em paz, talvez a gente descobrisse — Gael rebateu.

Silêncio.

Caramba, eu estava com fome, mas não interessada em comer uma torta de climão.

Ao meu lado, Camila e Luís estavam com aquela cara que adolescentes faziam quando a professora surtava em sala de aula e explodia, gritando por meia hora sem parar. Sabe? Aquela cara de "eu quero rir, mas sei que não posso, porque estaria sendo rude e desrespeitoso ao rir do descontrole emocional de outro ser humano, mas continua sendo engraçado porque eu tenho apenas 12 anos e ainda não entendo o tipo de estresse adulto que ela está passando ao tentar controlar uma sala com 40 alunos com os hormônios explodindo e o foco de um peixe-beta, tudo isso enquanto recebe um salário pífio por mês?" Sabe esta expressão?

— Deve ser legal ser importante assim na empresa — Camila murmurou, depois de alguns muitos minutos daquele silêncio constrangedor.

Olhei para ela com os olhos arregalados, *o que você está fazendo? Jogando lenha na fogueira?*, ao que ela apenas deu de ombros. Camila e Luís gostavam de ver o circo pegar fogo.

— É legal mesmo. De fora pode parecer cansativo, mas eu amo o que faço. — Bárbara olhou de relance para Gael, que negou discretamente com a cabeça, os dois trocando farpas telepáticas.

— O que você fez de faculdade, aliás? — Luís perguntou, e eu entendi a estratégia; distanciar a conversa da briga.

— Fiz Administração na UNICAMP e agora estou fazendo pós na GV. Mas queria mesmo era me especializar em Stanford, nos Estados Unidos... Quem sabe um dia?

— Uau! — Camila assentiu, impressionada. — E o que você faz na sua empresa?

— Estamos juntos há três anos e nem eu sei direito — Gael se intrometeu, ainda com um fundo de amargura na voz.

— Sou coordenadora de marketing. — Bárbara ignorou o comentário do namorado.

Eu seria uma pessoa horrível se admitisse que estava adorando vê-los brigar? Era como se o bichinho da ilusão, adormecido desde que aquela viagem começou, acordasse e olhasse em volta, ainda sonolento, pensando *posso começar a iludi-la de que há uma chance com a Bárbara ou ainda é muito cedo?*

— É você que responde a cliente e ex-BBB's no Twitter com meme então? — Camila questionou. — Argh, que breguice.

Bárbara riu e negou com a cabeça.

— Isso quem faz é o pessoal das redes sociais, é só um dos braços do departamento de marketing. O que eu faço é um pouco mais complexo que isso. Mas eu adoro!

— Você sempre quis trabalhar com marketing? — Luís perguntou.

— Ah, não... não como a Ana, que sempre quis ser escritora! Eu demorei muito para encontrar a minha vocação, passei muito tempo perdida. — Bárbara me olhou pelo retrovisor, e eu fui pega de surpresa.

— Ah, sim, é...

— Deve ser incrível. — Bárbara voltou a olhar para a estrada. — Trabalhar criando mundos, personagens, histórias, universos... — ela olhou para mim mais uma vez. — Você é muito sortuda de ter nascido com esse dom!

— É, é ótimo, eu adoro. Adoro mesmo! Eu... — Qual outra palavra existia além de "adoro"? — Adoro.

Meu celular vibrou no bolso. Eu o peguei e li a prévia da mensagem:

CAMILA: Mais um "eu adoro" e a gente acredita.

— É realmente muito gratificante. Um trabalho que me completa. Por isso larguei tudo, né? Para me focar apenas na escrita. Tenho ótimas propostas na mesa para o meu livro novo, só preciso escolher a melhor!

O celular vibrou de novo.

LUÍS: Ana, escolhe um meio-termo, não adianta um dia falar que é um lixo ambulante e que nunca vai ser nada e no outro falar que é amiga íntima do Stephen King.

ANA: Eu já me fiz muito de idiota na frente dela ontem, preciso consertar as coisas. Quem me desmentir vai acordar com a mão num balde d'água e a cama mijada!

> **CAMILA:** O gigante acordou.

— Que legal! Me diz quando vai ser o lançamento do próximo livro, estarei lá — Bárbara prometeu, e, por um instante, imaginei uma vida diferente, em um universo paralelo, onde eu fazia lançamentos de livros com open bar de champanhe para os convidados e Bárbara ia como a "namorada da autora" para me apoiar. Aquela me parecia uma boa vida... Uma ótima vida! — Chegamos em Uberlândia!

Fui retirada à força daquele sonho, olhando pela janela conforme saíamos da estrada e entrávamos na cidade.

Eu não conhecia muito sobre Minas Gerais; na verdade, não conhecia muito sobre lugar algum. Aqueles três dias de viagem até o Jalapão me trariam um deslumbre do Brasil além do bairro onde eu morava e das cidades litorâneas do estado de São Paulo que eu costumava visitar em todas as férias.

Quando eu era criança, achava que os meus pais não eram muito criativos, por isso iam sempre para o mesmo lugar passar a merecida uma semana de folga que tinham no ano; quando cresci, entendi que criatividade para viagens estava intimamente relacionada a dinheiro, coisa que eles não tinham muito para esbanjar.

— The Land of Uber! — Luís gracejou.

— Vocês sabiam que tem um bairro em Uberlândia onde as ruas têm nome dos personagens do Chaves? Tem a Rua do Inhonho, do Sr. Barriga, do Chaves... — Gael comentou.

— Seria curioso se todas as casas da rua do Sr. Barriga estivessem alugadas — Camila brincou.

— Ou se todo mundo morasse num barril na rua do Chaves — Gael completou.

— Será que a gente vai encontrar Satanás? — Luís questionou.

— Credo, Luís — Bárbara resmungou.

— O quê? É o nome do gato da Bruxa do 71!

Ficamos fazendo trocadilhos sobre ruas e personagens do Chaves até chegarmos no Mercado Municipal de Uberlândia, um prédio antigo e bem conservado, aconchegante, agradável e com mesas dispostas a céu aberto. Bárbara estacionou na primeira vaga que achou e nós descemos, esticando as pernas; logo, a fumaça do cigarro do Luís já estava entre nós.

— Aqui é bom que dá pra comer e depois comprar algumas coisinhas pra levar pra casa — Bárbara recomendou. — Tinha uma churrascaria que me indicaram também, mas achei melhor pararmos aqui. Tô louca pra levar umas cachaças e uns figos em calda!

— Amor, você tem um gosto absurdo para doces — Gael comentou.

Eu amava figos em calda, mas me mantive calada.

— Será que tem aqueles potes de doce de leite misturado com maracujá? E coco? Meu Deus, uma vez comi um com ameixa que era o céu. — Camila olhou em volta, empolgada. — Eu amo Minas Gerais!

— Nunca vim — comentei, sentindo-me um pouco ansiosa por não ter com o que somar naquela conversa. — Mas o meu pai vinha sempre a trabalho. — Lembrei então que só havia trocado meia dúzia de palavras com os meus pais na noite anterior e decidi aproveitar que não estávamos socados em um carro, onde todo mundo poderia me ouvir, ou bêbados, jogados na sarjeta, rodeados de universitários, para ligar para eles. — Aliás, eu vou ligar pra ele e pra minha mãe rapidinho, tá? Se eu não dou notícias constantes eles não ficam em paz, conheço aqueles dois... Vão indo na frente.

— E eu vou ligar pro meu chefe, porque quero ter onde trabalhar quando voltar pra São Paulo. — Bárbara olhou feio para Gael e foi em direção ao outro lado do estacionamento.

Afastei-me do grupo e peguei o celular quebrado de dentro da bolsa; primeiro, tentei me conectar a algum Wi-Fi disponível, sem sucesso. Admitindo o fracasso, liguei para a operadora para saber quantos créditos ainda tinha. Não eram muitos, mas conseguiria falar se a dona Lourdes não resolvesse resumir o último episódio da novela.

Liguei para o celular da minha mãe, já que o meu pai deixava o dele eternamente no silencioso e nunca atendia a nenhuma ligação, nem se a vida dele dependesse daquilo. Ela atendeu no terceiro toque.

— Oi, Ana! — Diferente do que eu estava esperando, quem falou do outro lado não foi a dona Lourdes; foi minha irmã, Alice.

— Alice? Aconteceu alguma coisa? — exclamei, preocupada, sem nem falar "oi".

— Credo, claro que não, só estou aqui nos nossos pais, vim tomar um café com eles. — Olhei para o horário no celular: 13h46. Ela não deveria estar no trabalho num horário daquele? Bom... A vida era fácil para quem estava no topo da pirâmide. — Como estão as coisas por aí? O curso já deu algum... *resultado*?

Eu odiava o desdém naquelas palavras. A superioridade. O julgamento.

— Não cheguei no curso ainda, estou em Uberlândia agora — respondi, trincando os dentes para não começar uma briga desnecessária. — Eu não tenho muitos créditos, deixa eu falar com meus pais?

— Quer que eu recarregue pra você? — Alice ofereceu.

— Não. — Por que as pessoas sentiam a necessidade de me oferecer coisas sem que eu pedisse? Eu conseguia me virar sozinha, era o que vinha fazendo há 24 anos. — Passa pra eles, por favor?

Alice não disse mais nada, e eu ouvi os barulhos do aparelho sendo trocado de mãos e a voz da minha irmã murmurar "é a Ana" no fundo, sem nenhuma empolgação.

— Filha! — minha mãe exclamou. — Como você está? Está comendo? Tá muito frio? Entrei no seu quarto hoje cedo; aliás, que horror, hein, filha? Que bagunça, tinha até um pé de meia atrás do computador! Enfim, estava limpando aquela zona que você chama de quarto, porque se a dona Lourdes não limpa, ninguém se mexe, né? É, é de você mesmo que eu estou falando, Antônio! Já pedi pra você organizar aquele quartinho da bagunça quantas vezes? Não tem mais a desculpa do trabalho, tá aposentado! Enfim, Ana... Estava limpando lá quando vi que você deixou aquela blusa verde quentinha aqui, só não esquece a cabeça porque tá grudada no corpo, não é, cabeção? — Ela não me deixou responder a nenhuma pergunta ou comentar qualquer parte daquele monólogo e continuou: — Dormiu bem ontem? O hotel era bom? Seu pai mandou dizer para tomar cuidado nas paradas da estrada, que tem uns grupos saqueando ônibus de viagem. Acredita? Que país é esse, meu Deus...

Talvez eu tivesse omitido o fato de que estava viajando no carro de um desconhecido, e não no ônibus incluso no pagamento do curso.

Talvez.

— Pode deixar, vou tomar cuidado — respondi de forma vaga. — Vocês estão bem? Você? O pai? A Berê? Me deixa falar com a Berê?

— Tá todo mundo bem, filha! Eu, seu pai, sua *irmã* — ela acrescentou, mesmo que eu não tivesse perguntado. E então começou a gritar: — BERÊ, VEM CÁ, BERENICE!

Mais barulho de aparelho sendo movimentado, e então eu ouvi um latidinho. Sorri com o som mais lindo do mundo e comecei a falar com aquela voz típica que usamos para nos comunicar com os nossos bichos:

— Ô meu amor, coisa mais gostosa, você tá bem, sua cadela fedida? Tô morrendo de saudades, sua arrombadinha fofa do caralho!

Ainda sorrindo, virei-me para ver se os meus amigos já haviam entrado no Mercado Municipal, mas, ao invés disto, dei de cara com Bárbara, que me olhava com uma expressão divertida no rosto.

— Carinhoso o jeito que você fala com a sua mãe.

— Não é a minha... eu não... É a minha cachorra! — exclamei.

Bárbara começou a rir, balançando a cabeça. E eu fui contagiada pela risada, acompanhando-a com uma mistura de humor e alívio.

Que delícia era ouvir a risada dela.

— Filha? Tá rindo por quê? Com quem você está falando?

— Mãe, preciso ir, os meus créditos vão acabar — falei rapidamente ao celular; aproveitaria qualquer momento sozinha com Bárbara. Sabia que estava me iludindo, sabia que era platônico, sabia que ela era comprometida, mas tudo aquilo me parecia ruído quando estávamos juntas. — Bom saber que você e o pai estão bem! E a Alice também. Dá um beijo na barriguinha da Berê por mim, tá? À noite eu ligo do hotel, tá bom?

— Tá bom, amor! Se cuida, vai com Deus!

— Amém — respondi, apesar de não ter um pingo de religiosidade no meu corpo.

Guardei o celular no bolso da calça e olhei para Bárbara.

— Sua cachorra te disse para ir com Deus?

— Engraçadinha — comentei, e caminhamos ombro a ombro de volta ao Mercado Municipal, ambas com sorrisinhos idiotas no rosto.

G raças aos meus bons instintos de sobrevivência, achei os itens mais baratos do cardápio do restaurante onde fomos comer e ainda roubei umas batatas fritas da Camila, que nem reparou. Quando terminamos, Bárbara ainda comprou um estoque de pão de queijo para irmos comendo no caminho e mais uns vinte potes de doce diferentes.

Bárbara gastava dinheiro com a despreocupação de quem estava com todas as contas pagas, e eu achava aquilo lindo. Quando eu era adolescente e dizia aos quatro ventos que queria ser escritora, alguns adultos — mal--intencionados e bem-intencionados ao mesmo tempo — brincavam que eu iria morrer de fome, ao que eu respondia, com um orgulho ideológico aquém da minha idade, "dinheiro não compra felicidade". Agora, aos 24, poderia dizer com toda a certeza que não comprava felicidade, mas comprava potes de figos em calda, o que poderia ser considerado quase a mesma coisa.

Antes de voltarmos para a estrada, o chefe de Bárbara ligou mais uma vez, e ela se afastou para atender. Aproveitando a deixa, Luís acendeu outro cigarro. Apoiei-me no carro e senti o vento gelado passar por nós, levando a fumaça de um lado para o outro. Fazia um sol para cada um, mas o friozinho de junho, que resolveu dar as caras, deixava tudo mais gostoso.

Não existia no mundo junção mais gostosa que um sol brilhante descongelando um pouco o frio do inverno.

— Pão de queijo? — Camila ofereceu o saco que Bárbara havia comprado.

— Não, chega, já comi uns quinze — recusei, me espreguiçando. — Tô cansada de ficar sentada. Quantas horas daqui até Anápolis?

— Umas cinco, cinco horas e meia — Gael respondeu, mexendo na câmera que havia usado para filmar todas as lojas do Mercado Municipal, dizendo os seus nomes com uma empolgação que eu não sabia que alguém conseguia ter depois de bater um prato de feijoada.

— Nossa, vai ser ótimo — Luís ironizou, tragando o seu cigarro com mais força e vontade do que o necessário.

— Estamos quase lá, metade da viagem já foi. E esse próximo trecho é... — Gael desligou a câmera e foi falando, mas então pareceu distrair-se com algo e parou de falar, franzindo o cenho.

Acompanhei o seu olhar e encontrei Bárbara bem distante, apoiada em outro carro, como se estivesse tentando se esconder de nós. Ela gesticulava muito ao telefone, parecendo muito irritada. Em seguida, parou abruptamente de falar, como se tivesse sido interrompida, e abaixou o rosto. Colocou a mão livre na testa, com o polegar e o indicador um em cada têmpora, e ficou assim por mais alguns segundos.

Luís e Camila já haviam engatado em outra conversa sobre qual pote de doce abririam primeiro, mas eu, assim como Gael, não tirei os olhos de Bárbara. Ela parecia triste, irritada e exausta, tudo ao mesmo tempo.

Instante depois, ela falou mais alguma coisa e desligou o celular. Quando Bárbara levantou o rosto, eu desviei o meu. Gael, ao contrário, foi até ela sem nunca terminar o raciocínio que havia começado. Assim que ele estava longe o suficiente, eu fofoquei aos meus amigos:

— Acho que a Bárbara não tá legal.

— Hã? — Camila, que ia colocando outro pão de queijo na boca, parou no meio do caminho. — Por quê? Ela tá passando mal? — Ela olhou em volta, procurando por Bárbara, acrescentando: — Eu disse pra ela não comer todo aquele queijo, se ela não era intolerante a lactose, agora ficou!

— Não! Não é nada disso. Ela estava brigando no celular. O Gael foi lá com ela agora.

— Eu queria ter o seu poder de observação, Ana — Luís comentou. — Nunca sei o que está acontecendo até alguém me falar.

— Que geralmente sou eu. Não que eu seja tão observadora assim, só sou fofoqueira mesmo. — Camila deu de ombros e então os seus olhos localizaram Gael e Bárbara, que agora conversavam aos sussurros, afastados de nós. — O que será que rolou? Eles estão brigando?

— Não é nada com o Gael, acho que é com o trabalho dela — comentei.

Camila voltou-se para mim, com uma expressão preocupada no rosto.

— Ana, eu sei que a gente tem brincado com a sua paixonite pela Bárbara e tal, mas começo a achar que você não está sabendo separar as coisas — a minha amiga começou a falar mansinho, com o seu tom de voz apaziguador, mas que ao mesmo tempo anunciava que um sermão estava por vir. — Ela tem namorado, meu amor. Infelizmente, não tem muito o que você possa fazer.

— O quê? Eu não posso me preocupar com a minha amiga? — entrei na defensiva.

— Amiga com quem você não falava há 10 anos até ontem? — Luís alfinetou, e eu odiava que os comentários sarcásticos dele eram sempre tão precisos.

— Eu sei que eu sou um saco de preocupações inútil pra todo mundo, mas podem ficar tranquilos, eu não sou idiota, muito menos mau caráter. Eu sei que ela tem namorado e sei que isto não passa de um crush patético; afinal, quem é que iria gostar *de mim*, né? — falei de forma ríspida, entrando no carro e batendo a porta.

Camila bateu na janela para que eu abrisse, mas eu virei o rosto para o outro lado; não estava a fim de conversar. Nem que ela visse os meus olhos cheios de lágrimas.

Eu sabia que talvez tivesse exagerado, ou descontado na pessoa errada. Mas Camila não entendia, e nem em mil vidas entenderia. Nunca teve que esconder de quem realmente gostava; era inclusive incentivada a falar dos "namoradinhos", e sempre achavam fofo quando ela se apaixonava, fosse pelo cantor da *boy band* favorita na infância ou o primeiro namoradinho de verdade na pré-adolescência. Camila falava de forma aberta sobre sua vida amorosa, e ganhava a vida escrevendo livros eróticos, e ninguém nunca havia invalidado quem ela amava, ou até mesmo por quem ela sentia atração.

Eu, por outro lado, tive que viver tudo sozinha. Tive que me apaixonar sozinha e guardar pra mim. Não podia compartilhar com os meus pais, porque suspeitava que eles não achariam "fofinho" que eu estivesse apaixonada pela minha melhor amiga, ou pela cantora pop do momento. Não podia contar para as minhas amigas, porque elas poderiam espalhar o meu segredo, ou pior, se afastar de mim. Não era bonitinho, nem incentivado, muito menos confortável, então o meu primeiro amor ficou paralisado no tempo, junto com Bárbara e todos os textos que eu escrevia sobre ela em sala de aula e fingia que não eram sobre outra garota.

Parece idiota admitir, mas Bárbara era a única que assumidamente também gostava de garotas na minha escola, e era a única com quem eu podia dividir o meu segredo — não ativamente, já que nunca nem trocamos mais do que meia dúzia de palavras, mas, por mais que um abismo nos separasse, eu sentia que éramos confidentes. Eu sentia que podia contar com ela se precisasse. Porque éramos iguais. Não em personalidade, nem em aparência, mas dividíamos aquele amor sozinhas, num mar de adolescentes que nunca foram julgados por ser quem eram e amar quem amavam. E à noite, antes de adormecer, conforme eu pensava e repensava como havia sido o meu dia e todas as microagressões que sofria tentando esconder a minha verdade, era como se eu estivesse falando com ela. Era como se ela fosse a única com quem eu poderia compartilhar o que estava sentindo pela primeira vez na vida — ironicamente, sentindo *por ela*.

Então sim, talvez eu a considerasse como mais do que ela realmente era, dada a natureza da nossa relação. Talvez eu ainda a stalkeasse nas redes sociais, me preocupasse com o seu bem-estar e agisse como uma estúpida perto dela depois de todos aqueles anos porque nunca consegui superar o primeiro amor por alguém que entendia o que era estar na minha pele, mas eu não conseguia fingir que não me importava. Se fosse tachada de iludida por isso, tudo bem; havia sido chamada de coisas piores.

Ouvi o click da porta, e Luís e Camila entraram, Luís ao meu lado, Camila na outra ponta.

— Eles estão voltando — Camila explicou. — Desculpa, eu não quis fazer você se sentir mal. Só me preocupo com o seu coração. Você sabe disso.

— Eu sei — respondi, e era genuíno. Camila não tinha a intenção de me magoar, mas raramente as mágoas se instalavam em nossos corações partindo de pessoas que tinham a intenção. — Tá tudo bem. Acho que eu só estou cansada.

— Em breve a gente chega. O retiro vai ajudar — ela respondeu, otimista.

Olhei para Luís, que acompanhava a conversa com ares de quem não queria se meter na relação de duas amigas, mas que tinha muito a falar sobre o assunto. Não deu tempo; logo, Bárbara assumiu o banco do motorista e Gael sentou-se ao seu lado, num silêncio sepulcral.

— Desculpa a demora — ela disse, a voz controlada, como se quisesse ir para todos os lados e não pudesse. — Todos de cinto?

— Sim — Luís respondeu por nós, enquanto os afivelávamos.

— Ótimo.

Bárbara ligou o carro, manobrou para sair da vaga e logo estávamos novamente na estrada.

Ninguém falava nada. Ficou evidente para nós três que Bárbara e Gael não estavam em um bom momento, então, por mensagem, decidimos ficar quietos até que algum deles falasse.

Isso não aconteceu pelas próximas três horas, a não ser por comentários impessoais e perguntas de "estão com fome?" ou "querem parar para ir ao banheiro?".

A paisagem passava por nós, cada vez mais verde, magnética, rural. E o dia transformava-se em noite. E nós em silêncio, mergulhados em pensamentos. Bárbara e Gael não estavam um com a mão na perna do outro de forma despreocupada, como fizeram no dia anterior, e o celular de Bárbara não voltou a tocar.

Eu tinha uma teoria: Bárbara não conseguia desapegar do trabalho, estava preocupada com o que havia deixado em São Paulo, e ganhara ainda mais uma responsabilidade: organizar o retiro. Talvez nem quisesse ter organizado, talvez fosse uma ordem de cima, talvez detestasse Tony Diniz e o achasse uma farsa, com pena de todos naquele carro que ainda tivessem alguma expectativa em relação a ele. E Gael não aceitava isso, queria Bárbara de corpo e alma naquela viagem, muito provavelmente a primeira que eles faziam desde 2019, consequência de uma pandemia que paralisou as nossas vidas por tempo demais. Talvez ele dissesse que ela trabalhava demais, se preocupava demais, que não tinha porque, se ela perdesse o trabalho ele "cuidaria de tudo", porque um trabalho que o preencha e a busca por uma carreira sempre foi algo inerente a quem ele era. Ter uma profissão, escalar a trilha até o sucesso nunca foi um problema, ninguém nunca duvidou que era isto o que ele faria — pelo contrário, se ele não o fizesse, aí sim as pessoas comentariam. Mas uma mulher colocar a carreira em primeiro lugar, no século XXI, ainda era visto como preocupante. Exagero. Uma mulher de personalidade forte, difícil de lidar. *Pra quê tudo isso, menina? Se você falhar, vai ter um homem para te salvar. Um pai, irmão, namorado, algum herói vai sempre estar por perto. Fica em paz! Não seja histérica, não estrague seu relacionamento por um cargo importante.*

Pelo espelho retrovisor, olhei para a testa, olhos e parte do nariz de Bárbara. Uma ruguinha de preocupação enfeitava a sua expressão. O que será que ela estava pensando? Será que passava metade do tempo repensando todas as próprias decisões de vida, imaginando como tudo teria sido se tivesse escolhido outro caminho? Provavelmente não. Pessoas bem-sucedidas não tinham tempo para imaginar outra vida — já estavam vivendo a melhor delas.

— Gael, o GPS travou. — Ouvir a voz de Bárbara depois de tantas horas em silêncio foi como música para os meus ouvidos.

Tive que me segurar para não suspirar de alívio.

Mas logo o sentimento de "vai ficar tudo bem" foi substituído pelo início de uma ansiedade chata que parecia se agarrar à parede do meu coração quando Gael pegou o celular do suporte e estalou a língua, contrariado.

— Tá sem sinal — ele explicou. — Nunca vi o Waze cair assim... Deixa eu tentar o Google Maps.

— Tem uma entrada ali na frente, eu entro ou sigo reto? — Bárbara perguntou, tentando manter a voz calma, mas o fundinho de desespero já nos despertava no banco de trás. — Tinha uma entrada que devíamos pegar, não? Se fosse reto, a gente ia pra BR-050, que vai pra Brasília, e a gente precisa pegar a 352, que vai pra Goiânia. Não era isso? Tem no itinerário!

Bárbara começava a perder o controle da própria voz, e da situação também. Sem tirar os olhos da estrada, ela abriu de forma descoordenada o porta-luvas.

— Ali, tá no meu caderno! Vê aí pra mim!

— Eu sei que tá no seu caderno, amor, mas seu caderno não tem um mapa, então do que adianta? — Gael falava com calma, como se soubesse o que estava por vir e não gostasse nem um pouco daquela versão da namorada.

— Vou parar pra gente ver — a voz de Bárbara saiu entrecortada.

— Parar onde? Não tem acostamento. — Luís ajeitou-se no banco, segurando o maço de cigarros como se fosse uma bolinha antiestresse.

Camila olhou para trás, preocupada.

— E tem, tipo, uns 27 caminhões atrás da gente.

— E agora?! — Os nós dos dedos de Bárbara estavam começando a esbranquiçar de tanto que ela apertava o volante. — E agora, Gael? A entrada é ali na frente!

— O Google Maps também não funciona — ele respondeu de forma débil, nitidamente sem saber o que fazer.

— Gente, vamos ser racionais, não é melhor continuar na estrada e daqui a pouco parar em algum posto? — questionei, tentando encontrar uma solução.

— Mas se a gente seguir e cair na BR-050, vai aumentar muito o nosso tempo de viagem, não sei nem se chegaremos a tempo em Palmas — Bárbara argumentou.

— Sei lá, eu prefiro perder tempo do que me perder — Camila rebateu.

— Não, a Bárbara tem razão. — A entrada se aproximava e só de pensar na ideia de tudo aquilo ter sido em vão me fez acrescentar: — Não dá pra gente perder a única coisa que viemos fazer aqui.

— Melhor seguir na estrada, amor — Gael falou baixinho, só para Bárbara.

— Aimeudeusaimeudeusaimeudeus — Bárbara murmurava para si mesma.

A entrada estava a menos de 100 metros. Eu segurei o banco da frente com força. Bárbara começou a acelerar, sabe-se lá Deus por quê.

— Amor, relaxa, segue na estrada, a gente para no próximo posto e dá um jeito! — Gael exclamou, subindo a voz e segurando o joelho dela.

— Bárbara, por que você tá *acelerando*? — Camila perguntou, agarrando o *meu* joelho, como se *eu* pudesse fazer alguma coisa.

— Não dá, a gente tem que seguir o itinerário! Tem que chegar lá a tempo! — Bárbara disse de forma esganiçada e, no último instante, virou o volante e nos jogou para a entrada, continuando em uma estradinha malfeita e mal iluminada que agora fazia com que eu duvidasse do meu próprio conselho.

Aquele não parecia o caminho correto para a capital de Goiás. Muito menos a entrada de uma BR — talvez a entrada para um cativeiro?

— Bárbara! Que decisão foi essa, cara? — Gael exclamou, irritado, tirando a mão da sua perna.

Bárbara ligou o farol de milha, iluminando o absoluto nada à nossa frente.

— Acho melhor a gente dar meia-volta — Camila murmurou, com os olhos arregalados, olhando em volta e compartilhando do pânico crescente que tomava conta do carro. — Sério, Bárbara, dá meia-volta!

— Como? No meio da estrada? — ela questionou, e era verdade; era uma estrada de mão-dupla, e tudo o que se podia ver de ambos os lados era mato alto a perder de vista. Eu chutaria que eram milharais, mas não conhecia absolutamente nada de agropecuária para chutar com qualquer precisão.

Para piorar, carros vinham na outra direção, e os faróis de um caminhão gigantesco estavam bem posicionados à nossa traseira.

— Essa com certeza não é a BR — Gael disse com firmeza.

— Jura? Nossa, nem tinha percebido, Gael — Bárbara respondeu, ríspida.

— Ah, nossa, não me ouve e agora vai ficar de ironia? — ele rebateu, não abaixando a cabeça. — Caramba, Bárbara, nem tudo tem que ser do seu jeito!

Bárbara se virou para Gael com ódio nos olhos.

— Gael, por que você não vai à...

— OLHA O GATO! — Camila gritou, e nós olhamos para a frente, bem na hora que um gatinho atravessava a via.

Bárbara jogou o volante para o lado, como todas as aulas de direção diziam para <u>não</u> fazer em situações de descontrole do carro — mas, afinal, quem lembra dessas coisas quando se está prestes a causar um acidente? —, e todo mundo começou a gritar ao mesmo tempo. Mas, graças ao acaso, aos deuses ou ao destino, não tinha nenhum carro vindo na outra mão naquele momento.

O caminhão atrás de nós passou buzinando e o gatinho seguiu seu percurso como se nada tivesse acontecido e nada nem ninguém pudesse abalá-lo.

Todos ainda gritavam enquanto Bárbara seguia na contramão para estabilizar o carro, então ela respirou fundo e berrou:

— CALEM A BOCA!!!

E nós nos calamos.

Com firmeza e calma, ela colocou o carro de volta na direção correta da estrada e seguiu.

— Eu vou tentar voltar, esta logicamente não é a estrada certa. Mas não dá para fazer o retorno aqui, então parem de gritar, daqui a pouco o sinal de GPS volta e a gente retorna ao trajeto inicial. Aliás, tem alguém com sinal? Devíamos ter visto isso lá atrás.

Obedecendo como carneirinhos à única voz que nos dizia o que fazer no meio do caos, olhamos os nossos celulares e, em uníssono, respondemos:

— Não.

— Tudo bem. Em alguns quilômetros a estrada deve ampliar, ou ter pelo menos um acostamento, e aí eu faço o retorno. Até lá, por favor, não gritem mais. Vai dar tudo certo.

Eu estava impressionada com a mudança de Bárbara, que foi de "desesperada e sem ideia do que fazer" para "calma, firme e decidida" em questão de minutos. Parecia óbvio que os problemas no trabalho e a briga com Gael mais cedo a desestabilizaram, o que potencialmente a fez tomar a decisão errada de nos colocar naquela estrada que levaria a lugar algum, mas rapidamente o lado racional dela votou a tomar conta da situação.

Era nítido que perder o controle não era algo com o qual ela estava acostumada a fazer, afinal, "nem tudo tem que ser do seu jeito", Gael havia dito. Então ali, resolvendo todos os nossos problemas e nos acalmando no meio de um pico de estresse, parecia ser mais o seu hábitat natural.

Por tudo isso, pela segurança que ela nos passou com meia dúzia de palavras, nós ficamos em silêncio, adentrando mais e mais o breu daquela estrada mal-assombrada, mas não estávamos mais nervosos; Bárbara daria um jeito.

VOCÊ SÓ SERÁ F*DA QUANDO SE SENTIR F*DA
CAPÍTULO VINTE E UM: MENTALIZE ISSO

Mentalize o primeiro dia do emprego dos seus sonhos. **Mentalize** o dia do seu casamento. **Mentalize** férias em um resort de luxo no Caribe. **Mentalize** uma mansão com piscina, sauna, jacuzzi e churrasqueira gourmet. **Mentalize** um carrão blindado. **Mentalize** uma casa na praia e um chalé no campo. **Mentalize** uma medalha, um troféu, um prêmio. **Mentalize** você em cima do palco, sendo ovacionado. **Mentalize** todos os países que você quer conhecer. **Mentalize** um aperto de mãos com o presidente. **Mentalize** uma condecoração da Rainha da Inglaterra. **Mentalize** você usando as roupas mais bonitas, das grifes mais famosas. **Mentalize** seu produto sumindo das prateleiras. **Mentalize** sua música tocando na rádio, ganhando o Grammy. **Mentalize** seu livro na lista de best-sellers no *New York Times*. **Mentalize** aquela promoção que você espera há anos. **Mentalize** o abraço que você sempre quis dar no seu ídolo. **Mentalize** estar na mesma festa que o seu ídolo. **Mentalize** ser amigo do seu ídolo. **Mentalize** ser admirado pelo seu ídolo. **Mentalize** seus filhos correndo pelo quintal. **Mentalize** a formatura dos seus filhos. **Mentalize** o casamento dos seus filhos. **Mentalize** o primeiro beijo com a pessoa que você sempre amou. **Mentalize** aquele intercâmbio que você sempre quis fazer. **Mentalize** o "estou orgulhoso de você" que você sempre esperou ouvir dos seus pais. **Mentalize** o "o que você quer? Eu compro" que você sempre quis dizer aos seus pais. **Mentalize** aquela foto de biquíni ou sunga que você nunca conseguiu tirar. **Mentalize** o corpo que você sempre quis ter. **Mentalize** a sua aposentadoria. Mentalize o seu discurso no TED Talk. **Mentalize** a sua reportagem na *FORBES*. **Mentalize** o seu primeiro milhão, e o centésimo também.

Mentalize o maior sonho da sua vida.

Independentemente de qual seja, **mentalize**. Muito do se sentir foda é se imaginar foda, é mentalizar que é foda. E isto é *só o começo* — porque em breve a imaginação se tornará realidade.

Mentalizou? Que bom, você está um passo a mais rumo ao seu destino!

Mas Bárbara não deu um jeito.
   Não por culpa dela, mas porque a estrada de mão dupla não tinha mais fim, e sempre havia um carro ou caminhão atrás de nós ou na faixa oposta, impossibilitando uma manobra mais arriscada de retorno na contramão. E quanto mais rodávamos, mais escassas as fontes de luz ficavam, e mais num clima de filme de terror a gente se sentia, com os faróis iluminando apenas algumas porções da estrada esburacada e todo aquele mato alto ao nosso redor. O clima perfeito para que o Chupa-Cabra pulasse em cima do carro a qualquer momento — se não ele, o Chupa-Cu de Goianinha.
   Estava ali um clichê que eu não tinha a menor vontade de escrever, muito menos de viver: um grupo de jovens indo viajar se perde na estrada e encontra um fantasma assassino, um demônio sedento por sangue, um alienígena sanguinário perdido na Terra, um serial killer psicopata ou uma casa amaldiçoada.
   No começo, levamos a instrução de não gritar talvez a sério demais, porque ninguém nem falou mais nada por muitos minutos, cada um fazendo o que achava necessário para se acalmar; as unhas, coitadas, foram as minhas eleitas. Porém, conforme aquela situação horripilante se arrastava e depois de mais de uma hora em silêncio, chegamos a uma

estrada de terra das mais suspeitas, e Camila não aguentou mais fingir que não estava surtando.

— Bárbara, se a gente entrar aí não vai ter mais como voltar.

— Eu sei — Bárbara murmurou, sem tirar os olhos da estrada e as mãos do volante; mesmo com os faróis altos e o de milha ligados, não conseguíamos ver nada além de alguns metros à frente do carro.

— E se a gente for andar mais de uma hora para trás, vamos voltar para a estrada principal só de madrugada! E aí vamos parar onde? Dormir dentro do carro, num posto? — Luís acrescentou.

— Eu sei... — Bárbara não parecia muito feliz com as intromissões.

— Melhor a gente seguir em frente, então — Gael sugeriu.

— Mas vamos acabar aonde desse jeito? A gente tá perdido! Numa estrada de terra! De noite! No meio do nada! Sem internet! Sem sinal de telefone, sem nada! — Camila exclamou.

— Eu sei, eu sei, eu sei! — Bárbara levantou o tom de voz. Então continuou, demonstrando estar indecisa e insegura: — O que a gente faz então? Se voltar vai ser ruim, se continuar vai ser ruim. O que querem que eu faça?

— A gente precisa de sinal de celular — Luís comentou.

— É mesmo, Xeroque Rolmes? — comentei, porque eu ficava amarga e irônica sob pressão. Peguei então o meu celular e desbloqueei a tela, mostrando a ele. — Não é isso que a gente tá tentando conseguir há horas? Mas não tem...

— Sinal! — Luís exclamou, agarrando o celular da minha mão. — Tem sinal! Uma barrinha! Desacelera!

Bárbara pisou no freio, indo de 60km/h para 30. Olhei para trás por impulso, suspirando de alívio ao perceber que estávamos completamente sozinhos na estrada pela primeira vez, e em seguida me desesperando pelo mesmo motivo.

— Vai, olha rápido, onde caralhos a gente tá? — Camila curvou-se por cima de Luís, que a empurrou com os ombros, precisando de espaço para se concentrar.

— Estamos... No meio do nada, aparentemente.

— A gente não precisava de sinal para saber disso — Gael comentou, aparentemente a única pessoa calma dentro daquele carro.

Ou ele estava surtando tanto que já havia transcendido. Eu já havia presenciado algo parecido quando Alice esqueceu o RG no dia do vestibular mais importante da vida dela — ela ficou tão nervosa que parecia estar drogada.

— Tem alguma coisa por perto? Onde essa estrada vai dar? Um hotel? Uma estrada asfaltada? Brasília? — Bárbara disparou.

— Olha, parece que daqui a dois quilômetros tem uma pousada! "Casa da Joana."

— Isso tem nome de motel — Camila fez uma careta.

— E depois dessa pousada parece que a gente volta pra estrada! — Nos animamos com a possibilidade, só para sermos frustrados com o que saiu da boca de Luís em seguida: — Que dá em... Brasília.

— Puta que pariu — Bárbara murmurou, e foi a primeira vez que a ouvi falar um palavrão. Não combinava muito com a imagem de perfeição que ela gostava de passar, mas foi interessante sentir que ela era humana, afinal de contas.

— A gente pode passar a noite na pousada e amanhã fazemos esse mesmo caminho, mas de dia, que é mais seguro, e voltamos para a BR-352. Que tal? — Gael sugeriu, mas nem ele parecia muito seguro da sugestão.

— Passar a noite num motel no meio do nada? — Camila ajeitou-se no banco; ela parecia extremamente incomodada. — Qual outro risco vocês querem correr, vamos entrar pelados também?

— Pensa nisso como uma pesquisa de campo para o seu novo livro, quem sabe a gente não ouve uns sinônimos de pênis? — Luís comentou, ele e sua eterna capacidade de fazer piada nos piores momentos.

— Não tem graça, Luís, é perigoso! — Camila olhou pela janela, observando o breu que nos rodeava.

— A gente nem sabe se é um motel, Ca, no Google tá escrito pousada, não é? Pode ser uma pousada familiar. — Olhei para o celular na mão de Luís, não acreditando nem um pouco no que saía da minha boca, mas querendo tranquilizar os meus amigos mesmo assim.

Afinal, eles só estavam ali, morrendo de medo, por minha causa.

— Eu nem queria vir nesse retiro, agora vou morrer por causa dele, o que os meus pais vão achar disso... — Camila resmungou como uma criança contrariada.

— Ah, agora a culpa é minha que a gente se perdeu?! — perguntei, me curvando sob Luís para olhar Camila, que não olhou para mim de volta.

Era. Era toda minha. Mas eu tinha o direito de ficar ofendida ao ouvir aquilo em voz alta, não? Camila podia muito bem ficar quieta e me xingar pelas costas depois, como qualquer pessoa decente faria.

— Gente, não vamos brigar antes da hora, não precisamos disso agora. — Gael tentou apaziguar os ânimos.

— Não, ela tá certa, a culpa não é dela, eu sou a culpada de nos perdermos, não é? — Bárbara atravessou, amarga. — Sou a culpada de tudo nessa vida mesmo. Uma culpa a mais, uma a menos, que diferença faz?

— De que adianta a gente achar um culpado? A situação vai continuar uma merda de qualquer jeito. Vamos nos focar em achar essa pousada — Luís sugeriu.

— Motel, você quis dizer — Camila murmurou.

— Pousada — respondi, do outro lado do carro, como uma criança birrenta.

— Motel, motel, motel, motel! — Camila exclamou, abaixando aquela conversa do primário para o berçário.

— Pousada, tá escrito que é uma pousada, você sabe mais que o Google? Você é uma inteligência artificial, é isto? É uma pousada!

— Vamos ver como vai ser o estilo da pousada CASA DA MÃE JOANA — Camila elevou a voz.

— Teoricamente, é só Mãe Joana. — Luís deu de ombros. — Pode ser apenas uma senhora simpática chamada Joana.

Camila grunhiu, cruzando os braços e virando-se para a janela mais uma vez. Eu fiz o mesmo; não sabia por que estava defendendo tanto a ideia de que estávamos indo para uma pousada, talvez fosse uma mistura de arrependimento por ter insistido que a gente seguisse por aquela estrada, medo de que fosse mesmo um motel, esperança infantil de que tudo daria certo e uma vontade imensa de limpar a barra de Bárbara.

Porque, e era difícil admitir, estávamos naquela situação por causa dela.

E também por conta dos nossos 4G ruins.

E também porque fomos burros e não baixamos a versão off-line do mapa.

Mas majoritariamente por causa de Bárbara.

— Acho que chegamos — Gael comentou, e eu desviei o meu rosto do matagal escuro que circundava a estrada, tendo que fechar um pouco os olhos por conta da luz de neon vermelha que invadiu o carro.

A placa com os dizeres "Mãe Joana" também tinha a silhueta de uma mulher abrindo e fechando as pernas.

— Realmente, bem *family friendly* — Camila murmurou.

Ficamos em silêncio. Até que uma risada saiu rasgada da garganta de Gael, quase como um motor de carro, e toda a tensão que estávamos sentindo se esvaziou com aquela atitude tão espontânea. Logo, estávamos os cinco rindo de chorar, entrando na guarita de um motel no meio da estrada, no início da madrugada.

Cautelosa, Bárbara abaixou só um pouquinho o vidro. A voz do outro lado da guarita — que era tão segura e protegida quanto a de um presídio — cumprimentou, entediada e metálica:

— Boa noite.

— Boa noite. Nós queríamos um quarto, estamos perdidos — Bárbara explicou.

— A-hã — a voz respondeu, como se ouvisse aquela desculpa esfarrapada todas as noites. — A pernoite é trinta reais. O quarto com hidro é sessenta. Não permitimos mais de cinco pessoas no quarto. Camisinhas cinquenta centavos a unidade.

— Ahn... Não vamos precisar. — Eu não conseguia ver Bárbara direito por conta da luz forte da placa de neon diretamente em nossos rostos, mas, se pudesse, diria que ela estava com uma careta de vergonha.

— Tem certeza? Camisinha também previne contra doenças sexualmente transmissíveis, não só uma gravidez indesejada — a voz entediada continuou, como se lesse um roteiro.

— A gente não vai transar, moça, é só pra dormir mesmo! — Camila gritou do banco detrás.

— OK. Preciso de todos os RGs. O pagamento é feito na entrada. Hidro ou sem hidro?

— Sem hidro — Bárbara murmurou, derrotada.

Todos entregamos os documentos na mão de Bárbara, que os colocou em uma cestinha de metal que logo foi puxada para dentro com uma força desproporcional. Em seguida, Bárbara pegou o cartão da carteira, mas foi interrompida pela voz:

— Só dinheiro.

— Putz, o dinheiro do pedágio — Bárbara murmurou, olhando para o console.

— Eu tenho aqui na carteira. — Luís ofereceu cinquenta reais para Gael, que o pegou e passou para a namorada.

— Depois eu te faço um PIX. — Bárbara colocou a nota na caixinha, que foi mais uma vez engolida pela guarita.

— Não se preocupa com isso. — Luís abanou o ar com as mãos, tranquilo.

Na minha vida, eu cobraria quem quer que fosse que estivesse me devendo cinquenta reais. Eu iria até os confins da Terra, mas veria o meu dinheiro de volta.

— Eu que coloquei a gente nessa situação, eu te pago. — Bárbara foi firme, voltando-se para trás, para nos olhar melhor.

— Não foi não, Bárbara, todo mundo tem culpa nessa — afirmei, e ela me ofereceu um sorriso, grata.

— Eu não tenho — Camila sussurrou, para que só nós três do banco de trás pudéssemos ouvir.

— Quarto 5 — a voz instruiu, devolvendo vinte reais. — Se quebrarem alguma coisa, vão ter que pagar.

— Tá bom — Bárbara concordou, passando pelo portão que se abria à nossa frente, enquanto devolvia os vinte reais para Luís.

— E os nossos documentos? — perguntei, ingênua.

— Nunca foi num motel, amiga? Fica com eles até a saída — Camila respondeu ao meu lado, e eu queria poder enfiar a cabeça na terra e nunca mais tirar.

Virjona era mais um adjetivo que Bárbara podia adicionar à minha coleção.

— É quase um cativeiro, bem romântico — Luís adicionou.

Dirigimos pelo corredor estreito até o quarto 5, um dos poucos onde o portão da garagem estava aberto; parecia uma noite animada para um motel com aspecto de abandonado no meio do nada. Ou talvez só estava animado *porque* tinha aspecto de abandonado e estava localizado no meio do nada.

O local parecia sujo e antigo, com unhas-de-gato nascendo de todas as frestas nas paredes descascadas e pedaços de madeira cobrindo buracos em alguns portões apodrecidos — eu nunca tinha ido a um motel antes, mas imaginava que nem todos eram decadentes como aquele. Pelo menos não os pelos quais eu passava na marginal Pinheiros; pareciam cafonas e bregas, mas não assombrados.

Bárbara estacionou na estreita vaga e desligou o carro, que pôde enfim descansar depois de longas horas de trabalho árduo. Luís foi o primeiro a saltar, claro, e eu desci atrás dele em seguida; e logo fomos atingidos pela... acústica.

Ou pela falta dela.

Ouvíamos gemidos. E palavras que não queríamos ouvir num contexto não sexual. E tapas. E mais gemidos. E barulho de... fricção? Ou camas sendo quebradas. Ou os nossos espíritos sendo quebrados.

Eu baixei o rosto, com medo de que pudessem ver que eu tinha ficado vermelha; eu gostava de sexo, só era estranho ouvir diversos casais desconhecidos transando ao lado dos meus dois melhores amigos, a grande paixão da minha vida e o namorado dela. Não tinha progressismo que preparava o ser humano para um momento como aquele.

— *Isso, mete fundo essa pistola gostosa* — ouvimos uma voz estridente vazar de algum dos muitos quartos onde a ação era... animada.

Se tivéssemos uma faca, poderíamos cortar o constrangimento com ela.

— Olha lá, Camila — Luís comentou, entre uma tragada desesperada e outra, já no segundo cigarro —, "pistola" não estava na sua lista, né?

Camila olhou feio para Luís, mas o resto de nós teve que disfarçar o riso.

O quarto era... peculiar.
Tinha uma cama grande, redonda e desgastada, um sofá em curvaturas estranhas, um pole enferrujado bem no meio da passagem e um cheiro pungente de camisinha, essência de morango e mofo.

— Eu durmo no sofá — Luís anunciou, jogando-se nele e arrependendo-se no mesmo instante ao perceber que se apoiasse a cabeça, as pernas ficariam quase inteiras para fora. — Ou no chão. Vai saber...

— Dormir num motel de beira de estrada ouvindo pessoas transando está com certeza no meu top 5 situações que nunca imaginei viver. — Camila colocou a mala no chão, com uma careta de nojo.

— Você consegue pensar em mais quatro situações assim? — Bárbara olhava em volta, paralisada no batente da porta. — Essa é com certeza top 1 pra mim.

— Ah, já presenciei muitas coisas estranhas em jogos universitários e eventos de literatura erótica. — Camila deu de ombros.

Luís finalmente desistiu de se instalar no sofá e se levantou, inspecionando o restante do quarto com as mãos unidas nas costas, como se estivesse com medo de encostar em qualquer coisa que não o próprio corpo.

— Como vamos dividir isso? — Gael quis saber, empurrando Bárbara gentilmente um passo à frente e fechando a porta atrás de si, abafando um pouco os gemidos e batuques de cama. Em seguida, ele a trancou. Sábio. — Temos uma cama gigante, um sofá e...

— ... uma hidromassagem!

Olhamos para onde vinha a voz e vimos a porta do banheiro aberta. Fomos até lá, curiosos, e encontramos Luís deitado dentro de uma banheira de hidromassagem apertada e amarelada, com rachaduras pretas atravessando os encostos.

— Parece que tiramos a sorte grande, pagamos por um quarto simples e ganhamos um quarto de luxo! — ele brincou. — É aqui mesmo que eu vou dormir. Provavelmente deve ser melhor que a cama.

— Então eu fico com o sofá — Camila falou rapidamente, com medo de perder aquele luxo.

— Você vai se arrepender disso. — Luís deu de ombros.

Voltei para o quarto e olhei em volta. Luís dormiria na hidromassagem, Camila no sofá, então só me restava a cama... para dividir com Bárbara e Gael.

Mas nem que me pagassem.

— Eu fico no chão — anunciei, abrindo um armário velho e encontrando mais um edredom furado e alguns travesseiros.

— Imagina, Ana, cabem três nessa cama! Vai ser mais confortável e... — Bárbara foi dizendo e se sentou como se fosse num colchão confortável e macio; ao invés disto, bateu com a bunda no que parecia concreto e fez uma careta. — ... credo! O que é isso?!

Bárbara se levantou e puxou o edredom que um dia deveria ter sido branco. Por baixo dele, encontrou um colchonete fino e rasgado, da espessura de um dedo. E, embaixo dele, a base da cama era de concreto.

Desconfortável, mas inteligente. Quantas camas não devem ser quebradas em motéis? O dono do motel Mãe Joana era um visionário.

— Queria transar, ganhei uma hérnia — Camila gracejou, na mesma hora que um gemido alto conseguiu invadir as frestas do quarto.

Peguei o edredom velho e os travesseiros e os ajeitei no chão, sentando-me no meu cantinho logo em seguida. Camila se contorceu toda no sofá, e acabou encontrando uma posição mais ou menos confortável com os joelhos dobrados e a cabeça pendurada no encosto. Gael e Bárbara deitaram-se com cuidado na cama, apoiando a cabeça na parede. No banheiro, ouvimos sons de tênis contra o plástico, conforme Luís procurava uma posição para ficar.

Ficamos em silêncio, absorvendo aquela situação. Eu olhava para o meu celular, novamente sem sinal, e também sem Wi-Fi; havia prometido aos meus pais que tentaria me comunicar quando tivesse internet, mas não estava esperando um desvio de rota tão grande.

Será que eles estavam imaginando que eu havia sido sequestrada ou estava apenas curtindo a minha juventude e tinha esquecido de ligar?

Sequestrada, com certeza.

— Ninguém vai colocar pijama? — Gael cortou o silêncio.

— Eu não, vou é separar essa roupa depois de tomar banho amanhã e só usar depois de centrifugar umas três vezes — Bárbara respondeu.

Ninguém disse mais nada, mas provavelmente todos estavam pensando o mesmo.

— E se a gente contasse histórias de terror? — Camila exclamou de repente.

Olhei pra ela, completamente atônita.

— O quê?! O local é propício. — Ela deu de ombros. — Além disso, não é como se a gente fosse conseguir dormir tão cedo.

Outro gemido atravessou o quarto, quase como um uivo.

— Eu começo! — Luís exclamou, de dentro do banheiro.

Em seguida, ele veio até nós e dividiu o meu pequeno edredom sem pedir licença.

— Era uma vez...

— Não, não, espera! — Camila exclamou, e foi até o interruptor, apagando a luz.

Estávamos no mais completo breu, e apenas a luz do meu celular iluminava a minha carona cansada. Aquela era o que os antigos chamavam de "ideia de jerico".

— Caramba, realmente, se eu achava que a chance de a gente morrer aqui era mediana, agora eu tenho certeza — Bárbara murmurou de algum lugar da cama.

— Boa ideia, Ana. — Luís pegou o meu celular e enfiou na cara, como se empunhasse uma lanterna em uma roda de acampamento. — Era uma vez uma família feliz.

— Já começou bem — Camila cortou. — Tradicional brasileira? Ui, até arrepiei.

— A gente vai mesmo fazer isso? — Gael perguntou, e pelos sons estava se ajeitando na cama. — Posso filmar?

— Se você quer mesmo filmar a nossa desgraça... — comentei.

— Shiu, deixa eu continuar! — Luís ordenou, e nós obedecemos, nos calando. — Essa família era composta por dois pais e um filho, porque sim, porque eu quero. E um dia os dois pais combinaram de jantar fora, e contrataram uma babá para ficar com o filhinho deles.

— Ai, gente, eu já tô com medo — Bárbara resmungou, e eu soltei o ar pelo nariz, rindo baixinho. Se pudesse, a abraçaria e diria que tudo daria certo.

Mas eu não podia.

— Julia, a babá, chegou no horário combinado, às 21h em ponto. Brincou com o menino, deu o jantar e o colocou na cama. Quando desceu para a sala, ligou a TV e estava se preparando para jantar também quando ouviu o choro do garoto. Ela subiu correndo as escadas, preocupada, e o encontrou encolhido na cama, apontando para um canto do quarto. Quando ela olhou... — Luís pausou, olhando de forma intensa para cada um de nós. Até que completou: — Um palhaço!

Bárbara soltou uma lamúria, e Camila riu baixinho.

— Na verdade, era só um boneco.

— Graças a Deus — Bárbara murmurou.

— Preocupada com o choro do garoto, a babá cobriu o palhaço com um lençol e disse que não era de verdade. Ao voltar para a sala, ela resolveu ligar para os pais do menino e perguntou a eles se podia guardar o boneco de palhaço que estava no quarto, já que ele era muito assustador e o garotinho estava com medo. E foi aí que um deles respondeu: "Julia, chama a polícia agora!" A babá não entendeu nada, "Hã? Por quê?", e o pai respondeu: "Porque nós não temos um boneco de palhaço em casa!"

— Ai, minha Nossa Senhora — a voz de Bárbara vinha abafada, como se ela estivesse com a cara enfiada em alguma superfície; provavelmente Gael. Eu, que estava rindo, perdi o sorriso.

— E então... O choro no andar de cima recomeçou e... Parou! Cautelosa e preocupada, a babá subiu as escadas, degrau por degrau... O coração martelando na garganta...

— Não sobe lá não, sua idiota! — Camila exclamou. — Nunca viu um filme de terror?!

— A porta do menino estava entreaberta; devagar, ela a abriu, nhééééé. Olhou em volta, mas o garoto tinha sumido. Ela tinha que chamar a polícia! Julia então se virou para descer as escadas novamente E O PALHAÇO A AGARROU!

Eu confesso que tomei um susto, mais porque Luís agarrou a minha perna do que pela história em si, mas Bárbara soltou um grito aterrorizado, e até Camila deixou escapar um palavrão. E provavelmente teria parado por aí, nós teríamos caído na risada depois do susto e continuaríamos a contar histórias até encher o saco.

O problema foi que no meio da gritaria bateram na porta com força, PÁ PÁ PÁ. E os gritos aumentaram de entonação e intensidade, e agora até eu estava berrando. PÁ PÁ PÁ, e uma voz exclamou do outro lado:

— Abram a porta!

Camila se levantou e acendeu a luz rapidamente, uma expressão genuína de medo tomando conta do rosto.

— Shiiiiu, gente, cala a boca — Gael pediu, e Luís tampou a minha boca e eu tampei a dele. Bárbara colocou as próprias mãos no rosto para se calar e Camila começou a murmurar sozinha:

— Meu Deus do céu, Senhor, eu estava brincando quando disse que ia morrer hoje, era brincadeira, eu juro, eu juro!

— Amor, não vai. — Bárbara tentou puxar Gael, mas ele já atravessava o pequeno quarto em direção à porta.

Gael colocou o ouvido na porta no mesmo instante em que as batidas retornaram, PÁ PÁ PÁ. Assustado, ele deu um passo para trás, e, por um instante, agradeci por ele estar ali, porque nenhum dos outros quatro viajantes teria tido a coragem (e a estupidez) de tomar a dianteira num momento como aquele.

E era por isso que homens morriam mais cedo.

— Quem é? — a voz de Gael saiu firme, mas com um fundinho de medo.

— Abre, fazendo um favor — a voz respondeu.

— Não abre! — Bárbara implorou.

— Só se você falar quem é! — Gael rebateu.

— É da recepção. — A maçaneta foi virada, na tentativa de abrir a porta.

— Se fosse da recepção, não estaria tentando abrir a porta à força! — Camila murmurou.

— Não acho que exista uma etiqueta de hotel cinco estrelas num motel de estrada — Luís rebateu.

— Não abre, Gael! — desta vez Bárbara ordenou.

— Abre logo pra acabar com isso, se for coisa ruim, vai abrir de qualquer jeito! — Luís rebateu.

Gael colocou a mão na chave, pensativo. E então a abriu de supetão, fazendo pose de quem estava prestes a entrar num ringue de box — ele e sua envergadura corporal de um integrante de *boy band*. Do outro lado, um cara grande, forte, com os dois braços fechados de tatuagens e cara de poucos amigos deu um passo à frente.

— O que é? O que você quer? — Gael perguntou, na defensiva.

— Vocês podem, por favor, diminuir o volume? — Aquilo deveria ser uma pergunta, mas saiu como uma ordem. — Os outros quartos estão reclamando do barulho. — Então ele colocou a cabeça um pouco para dentro e encontrou mais três garotas e um garoto, todos vestidos, e o seu rosto foi de incômodo para confusão.

— Ah, os *outros quartos* estão reclamando do barulho? — Camila perguntou, o medo sendo substituído por indignação.

— Sim — o homem respondeu, aparentemente incapaz de compreender ironia. — Diminuam, ou vão precisar sair.

— E quem vai nos tirar? — Gael disparou, e o homem só cruzou os monumentos de braços na frente do corpo, flexionando as tatuagens.

— É, bom, você. Saquei.

— Isso. Silêncio. — E então aquela muralha de ser humano colocou o dedo indicador no meio dos lábios e em seguida bateu a porta com um estrondo na nossa cara.

— Essa noite só fica mais e mais estranha. — Camila balançou a cabeça. — Daqui a pouco a gente acha um ninho de ratos na hidromassagem.

— Sim, Ana, claro que eu durmo com você! — Luís acrescentou depois do comentário, mesmo que eu não tivesse feito pedido algum.

— É, gente, esse foi um sinal de que já deu por hoje. Vamos dormir pra acordar logo e ir embora desse pesadelo — Bárbara sugeriu, e eu sabia que em parte ela acreditava no que dizia, mas a outra parte inconsciente só queria não ter mais que ouvir histórias de terror.

— Boa noite, então — desejei, e Luís se deitou ao meu lado, virando para o outro lado e encostando a bunda na minha.

Não me importei; até me senti mais segura.

Só foi esquisito quando uma voz grave vinda do quarto vizinho disse alguma coisa sobre o pau estar estalando.

De forma impressionante — e até um pouco preocupante —, Luís pegou no sono no mesmo instante em que fechou os olhos. Claro, estávamos cansados, mas quem é que conseguia dormir num contexto como aquele?
Bom, aparentemente todos, menos eu.
O edredom que usei como colchão não era da melhor qualidade, então o frio do chão atingia as minhas costas, e o travesseiro e nada poderiam se considerados a mesma coisa. O único calor vinha das costas de Luís tocando nas minhas, e eu tive que lutar contra a ânsia de abraçá-lo de conchinha.
Eu sentia vontade de rir e chorar ao mesmo tempo. Rir porque aquela era uma situação cômica, chorar porque eu havia enfiado os meus amigos naquela roubada só para me encontrar com um coach quântico.
Eu consumia muitos documentários sobre seitas e esquemas de pirâmide, e sempre me perguntava como aquelas pessoas aparentemente inteligentes e bem-sucedidas se deixavam levar por um charlatão e destruíam suas vidas e a de todos ao seu redor, mas agora começava a entender; a gente se agarra a qualquer coisa quando sente que não há nada no nosso futuro ao que se agarrar.
Ainda tentei pegar no sono com muito afinco, contei carneirinhos, repassei todos os meus problemas, lembrei de paranoias do oitavo ano,

meditei, mas nada me derrubou. Eu estava com fome, frio e irritação, e aquele lugar era sujo, desconfortável e barulhento, o combo mais destrutivo para o sono depois de uma crise de ansiedade, dois litros de energético e uma carreira de cocaína, então decidi me levantar de fininho, pegar meu exemplar de *Você Só Será Foda Quando Se Sentir Foda* da mala e sair do quarto.

Os sons e gemidos já haviam diminuído consideravelmente, o que era de esperar depois que os astros se alinharam e todo mundo começou a transar ao mesmo tempo, mas um casal persistia, firme e forte, na última casinha do bloco — tentando abafar os sons, sentei-me nos degraus de entrada, coloquei meus fones de ouvido, liguei a lanterna do celular e comecei a ler o capítulo 21.

Estava na segunda página quando pressenti algo atrás de mim. Alarmada, pausei a música discretamente, sem me mexer; havia assistido a filmes de terror o suficiente para saber que quem quer que estivesse atrás de mim esperava que eu estivesse distraída, e não prestes a dar o bote.

Respirei fundo, e ouvi um barulho de porta rangendo. Meu Deus, a coisa estava tentando entrar no quarto? Iria machucar os meus amigos? Eu não podia deixar isso acontecer.

Com um salto, virei-me para trás, jogando na presença sobrenatural a única coisa que tinha em mãos: *Você Só Será Foda Quando Se Sentir Foda*.

— Ai! — a voz que respondeu não era a de um serial killer, ou a de um demônio maligno saído diretamente do inferno; era a voz de Bárbara. — Tá doida, Ana? Por que você fez isso?!

— Desculpa! — minha voz saiu engasgada e entrecortada da garganta.

Corri até Bárbara, não sabendo muito bem se passava a mão no rosto dela, se pegava o livro do chão, se colocava as mãos na boca, então tentei fazer tudo ao mesmo tempo e não fiz nada, indo para a frente e para trás como uma idiota.

Se Deus existia, Ele gostava de me ver passando vergonha. Era o reality show Dele. BVAAB, Big Vergonha Alheia da Ana Brasil.

— Desculpa, sério, achei que fosse um fantasma — eu ainda adicionei, como se a minha situação já não estivesse ruim o suficiente.

— E eu achei que você ia roubar o carro e nos deixar aqui — Bárbara respondeu, se sentando anteriormente onde eu estava e esfregando o lado da bochecha onde o livro havia atingido.

Fiquei de pé, parada, sem saber o que fazer. Bárbara se voltou para trás, olhando para cima.

— Vai ficar parada aí? Senta aqui, mas fecha a porta antes!

Apressadamente, fiz o que ela ordenou e me sentei ao seu lado. Os degraus de entrada da nossa magnífica suíte eram estreitos tanto na largura quanto no comprimento, então as nossas pernas enfiadas em calças jeans se encostaram.

— Temos que falar baixinho — Bárbara sussurrou —, não quero acordar os outros.

— Tá bom — sussurrei de volta, feliz em saber que os planos de Bárbara daquela madrugada consistiam em conversar comigo.

De repente, uma rajada de vento nos atingiu e eu esfreguei as mãos, morrendo de frio e praguejando contra a decisão de deixar a minha blusa mais quentinha no quarto; sem pensar duas vezes, Bárbara segurou os meus dedos entre os dela, que estavam mornos.

— Sou conhecida mundialmente por ter as mãos mais quentes de Pinheiros — ela brincou. — E eu também acabei de sair do quarto, melhor aproveitar que daqui a pouco esfria.

Eu não sabia se ela estava falando das mãos ou da nossa interação.

Esperava que das mãos.

Bárbara sorriu para mim, amigável, mas eu ainda não estava acostumada a tê-la tão próxima assim — isso se a gente não contasse as constantes escapadas que a minha imaginação dava para um mundo onde éramos namoradas e dividíamos um fim de semana romântico em Monte Verde, comendo fondue e evitando transar porque "tá muito frio pra tirar a roupa".

— Por que você achou que eu fosse pegar o carro e ir embora? — perguntei, tentando me focar em qualquer coisa que não as mãos quentes dela segurando as minhas.

— Sei lá, você saiu de fininho, não voltou mais... Aí "Getaway Car" já começou a tocar na minha mente — ela respondeu.

— Geta o quê?

— "Getaway Car", a música da Taylor Swift. Sabe?

— Não sei. Não sou muito fã — respondi, e era verdade; eu não era fã de nenhum artista que ainda estava vivo.

— O quê?! Não, não é possível, vamos corrigir isso agora! — Bárbara arrancou o celular das minhas mãos e tentou conectar ao Spotify, mas não deu muito certo, primeiro porque estávamos sem sinal havia muito tempo, inclusive era o que havia nos levado até aquele fim de mundo, segundo que eu não tinha a versão premium do aplicativo.

Sem dizer nada, ela me devolveu o aparelho e pegou o dela, muito mais moderno e sem a tela quebrada, entrando na sua conta devidamente paga e com playlists off-line. Bárbara então conectou o meu fone ao celular dela, pegou o lado direito e meu deu o esquerdo.

Devia ser incrível ser rico e nunca passar nem só um segundo de perrengue.

— Eu não sei qual te mostrar primeiro... — Bárbara passava o dedo por uma playlist interminável chamada "as melhores da loirinha".

— Você não é muito boa em selecionar música, né? A playlist se chama "as melhores" e parece que tem a discografia inteira da moça aí — comentei.

— Porque todas as músicas dela são as melhores músicas dela! — Bárbara me fuzilou com os olhos, e eu levantei as mãos em rendição.

— Não tá mais aqui quem falou — observei, conforme ela passava pela playlist, ameaçava escolher uma, negava com a cabeça e continuava.

Foram uns três minutos disso, até que eu segurei a sua mão para que ela parasse de deslizar a tela. Bárbara olhou para mim. E novamente estávamos naquela situação, próximas demais, com o agravante de que estávamos ambas sóbrias; desta vez eu até podia ver a nascente das suas covinhas, a linha discreta na bochecha que indicava que ali havia o vale mais lindo do mundo.

— Coloca a que você mencionou, "Getaway Car"?

— Tá bom — ela disse, sem tirar os olhos dos meus, parecendo de repente tímida e insegura, nada do que ela realmente era; mas durou

apenas alguns segundos, e logo Bárbara se voltou para a tela do celular.
— Preparada para uma mudança de vida?
Era só o que eu queria, pensei, mas, ao invés disto, respondi:
— Ótima maneira de não elevar as minhas expectativas.

A música começou, um pouco robótica, me lembrando Daft Punk. Em seguida, a batida pop chegou e a voz de Taylor entrou, quase fantasmagórica. A música toda era um pouco... etérea.

— É sobre uma garota que quer escapar de um relacionamento e logo embarca em outro, que ela sabia que era uma furada, mas precisava de um motivo para ir embora, sabe? — Bárbara explicou.

— Sei — concordei com a cabeça, hipnotizada pelo rosto dela, que me encarava de forma tão sincera; mas eu não sabia.

Eu só havia tido um namoro mais sério durante toda a vida, e durou pouco mais de um ano, até que ela decidiu se transferir para outra faculdade, em outro estado, e aí terminamos — não pela distância, mas porque ela queria "viver a experiência universitária sozinha". Paula era o nome dela. Depois disso, nunca mais nos falamos.

E eu estava solteira desde então. Já fazia 4 anos.

Tive alguns casinhos no meio do caminho, mas entre trabalho, faculdade e sentir pena de mim mesma, não sobrava muito tempo, nem energia para me dedicar a um relacionamento. Além disto, eu sempre sentia que era um peso. Que atrasaria a vida de qualquer que fosse a garota que escolhesse ficar comigo. Então, se era para começar um namoro insegura e pra baixo, era melhor nem começar.

A música continuou, numa batida eletrônica envolvente. Ao meu lado, Bárbara batia os pés no ritmo, a boca se mexendo conforme a letra desenrolava. Era boa, leve e profunda ao mesmo tempo, com as qualidades das bandas antigas que eu tanto amava.

— É uma música muito boa — admiti, conforme ela se aproximava do fim.

— A Taylor é incrível. É a melhor letrista da nossa geração, com certeza... Ela tem o dom com as palavras — Bárbara levantou o rosto —, que nem você!

— Você diz isso com muita certeza — comentei, negando com a cabeça, sentindo o meu rosto esquentar. — Faz muito tempo que você ouviu o que eu escrevi.

— E eu nunca mais esqueci. É o quão boa você é. — Ela apertou os dedos entre os meus, e só então lembrei que ainda estávamos de mãos dadas.

Muita coisa passou pela minha cabeça. O fato de que a vida adulta muitas vezes destruía dom, talento e inspiração com suas durezas e incertezas, e eu podia não ser mais a escritora que ela lembrava. O fato de que Bárbara talvez tivesse coberto o meu texto com uma camada de admiração adolescente e nostalgia. O fato de que eu estava tão incorrigível e imensamente apaixonada por ela havia tantos anos que não conseguia conceber a ideia de que ela via algum valor em mim.

Ao invés disso, pigarreei de leve e respondi:

— Quer colocar mais uma? Eu gostei.

— Quero! — Bárbara se empolgou. — Agora vou colocar uma das antigas, mas que ela relançou recentemente a versão estendida, para a loucura dos fãs. Tem dez minutos, se prepara!

— O "Faroeste Caboclo" gringo? — brinquei.

Bárbara riu e colocou uma chamada "All Too Well", que parecia mais uma história do que uma música, com uma pegada menos pop e mais folk, mas a qualidade não diminuiu nem um pouco.

— E o livro, está curtindo? — Bárbara apontou com a cabeça para o livro de Tony Diniz que jazia inútil em meu colo, enquanto Taylor Swift sofria por amor ou por uma prisão de ventre; eu não saberia dizer.

— É... diferente. — Dei de ombros. — Como eu te disse, nunca fui muito fã do gênero autoajuda.

— Assim como você não era fã da Taylor Swift, e agora nós vamos juntas ao show dela quando ela vier ao Brasil. — Bárbara me empurrou amigavelmente com o ombro.

Com que dinheiro? foi o único pensamento que cruzou a minha mente. Não *meu Deus, ela quer ir ao show da sua maior ídola comigo!*, nem *por que Bárbara não para de encostar em mim?*, mas sim *com que dinheiro?*

— As pessoas têm muito preconceito com autoajuda — Bárbara prosseguiu. — Eu sei das piadas, sei dos memes, mas é muito fácil falar quando já se está com a vida ganha, né?

Lembrei rapidamente de alguns dias antes, quando eu, Camila e Luís queríamos fazer uma fogueira com o livro de Tony Diniz, e me senti um pouco constrangida, mesmo que Bárbara não soubesse daquilo.

Durante todo aquele tempo, pensei que ela me acharia uma perdedora por estar lendo autoajuda e indo atrás de um coach da felicidade.

Não podia estar mais errada.

Mas Bárbara era melhor do que todos nós. Sempre tinha sido.

— Por que as pessoas se voltam a coaches, Igrejas, seitas, astrologia, videntes? Porque a resposta racional, científica e sociológica é difícil demais de aceitar, de digerir. Quem quer ouvir que a vida é injusta mesmo, que não existe nenhum sentido ou ordem no caos, que a maior parte dos seres humanos não vai fazer nenhuma diferença no mundo e que tem muita gente que só nasce, sofre e morre? — ela continuou, pegando o livro das minhas mãos e folheando-o despreocupadamente. — É lógico que Tony Diniz não vai nos dizer como resolver as nossas vidas, mas ele permite que tenhamos alguma esperança de que estamos no controle. De que não importa que estamos competindo com pessoas que tiveram uma infância e adolescência com mais privilégios que as nossas, o nosso esforço é maior que isto. De que não importa quantas vezes a vida nos coloca pra baixo, sempre há motivo para recomeçar. De que não importa que encostamos no fundo do poço, é só o impulso que precisamos para sair dele.

Eu concordava com a cabeça, hipnotizada, conforme Bárbara falava. Estava tão aliviada de ouvir alguém sensato transmitir o que eu senti ao comprar o livro de Tony Diniz que, quando ela terminou seu pequeno monólogo, nada podia ser capaz de traduzir o que eu estava pensando que não um:

— Amém!

Bárbara riu, e negou com a cabeça em seguida.

— As pessoas não entendem que é mais difícil se sentir perdido do que saber com certeza onde foi que você errou — ela murmurou, olhando para as nossas mãos entrelaçadas.

— Quando a gente sabe o que tem de errado, dá pra consertar. Quando a gente não faz a menor ideia, compra livros de autoajuda — complementei.

— Exatamente.

Bárbara subiu o rosto e me olhou. Eu sustentei o olhar. Mas não sei se o fiz de forma muito psicopata, ou se Bárbara já havia cansado da minha presença, ou ainda se o ápice da música deu a deixa precisa, mas logo ela soltou as nossas mãos, se espreguiçou e disse, enquanto bocejava:

— Vamos tentar dormir? Amanhã vai ser um dia longo, vamos ter que correr contra o tempo.

— Vamos — concordei, apesar de estar tão elétrica que talvez pudesse correr uma maratona.

— Amanhã eu coloco a música inteira no carro, você precisa ouvir essa obra de arte — ela ainda acrescentou.

Entramos juntas no quarto, silenciosas, e eu observei, deprimida, enquanto Bárbara se deitava ao lado de Gael. Deitei-me ao lado de Luís e encostei as nossas bundas; era o que eu tinha para aquela noite.

A cordei com um barulho alto de despertador, um que provavelmente deveria ser usado em bases militares e/ou locais de tortura.

Abri os olhos, incomodada, encontrando o quarto já um pouco menos escuro, o que piorava cerca de 87% o seu estado decrépito. Ao meu lado, Luís limpava a baba seca do canto da boca e parecia estar perdido no tempo-espaço.

O som vinha do celular de Bárbara, que, para a minha surpresa, já estava de banho tomado e prontíssima para sair, usando uma saia vermelha que deixava as curvas dos seus quadris acentuadas e *me* deixava arrasada por não ser eu a responsável por tirá-la todas as noites.

Diferentemente dela, o restante de nós, mortais, ainda parecia estar despertando de uma noite de muitos pesadelos.

— Caramba — Camila resmungou, ainda de olhos fechados —, tive um pesadelo, horrível. Sonhei que tinha dormido num motel assombrado por um boneco de palhaço.

— Pelo menos você sonhou, eu fiquei a noite inteira acordada ouvindo gemidos — Bárbara começou a farfalhar pelo quarto, ajeitando coisas que não estavam desajeitadas, no pico de energia de alguém que estava a mais de 24 horas sem dormir direito. — Vamos? Precisamos sair logo e voltar para a estrada certa, recuperar o tempo perdido!

— Apaga a luz — Gael resmungou, enfiando um travesseiro na cara.

— Tira isso da cara, que deve estar cheio de ácaros, pulgas e percevejos — Bárbara arrancou o travesseiro da cara de Gael e o jogou no chão. — Vai, vamos. Você que vai dirigir hoje, eu tô só o pó.

Sob as lamúrias e resmungos de todos, nos arrumamos para sair; não eram nem seis da manhã ainda e, por mais que eu adorasse Bárbara com todo o meu coração, queria arrancar aquele sorrisinho eficiente da cara dela na porrada.

Todos nós tomamos banho rápido no box amarelado do banheiro, sentindo a água ora quente demais, ora gelada demais camuflar o cansaço dos nossos corpos. E antes que o sol pudesse realmente mostrar ao que veio, nós cinco já estávamos dentro do carro, num estado de exaustão e alívio bastante peculiar por conta da noite que passamos.

De dia, o lugar não era tão aterrorizante assim. Continuava sujo e malcuidado, mas não era mais o cenário de um filme de terror pornográfico que imaginamos na noite anterior. Era só pornográfico mesmo.

Gael, com cara de quem queria estar morto, parou no portão de saída. A mesma voz metalizada nos recebeu sem emoção. Quantas horas por dia aquela pessoa trabalhava? Será que ela gostava do que fazia? Será que o seu propósito de vida era constranger clientes de motel de beira de estrada? Será que a vida dela era mais feliz que a minha, sem crises de identidade e sonhos burgueses?

Aquilo colocava a minha vida e as minhas reclamações um pouco em perspectiva.

— Vocês precisam pagar a diferença de trinta reais pela hidromassagem — ela disse, entediada.

— O quê?! A gente pediu um quarto sem, e nem usou aquele troço — Gael rebateu, aparentemente irritadiço depois de passar uma péssima noite de sono.

Quem diria, não é mesmo?

— Trinta reais — ela repetiu, com um tom de voz de bronca maternal que poderia muito bem terminar com "e eu não quero ouvir nem mais um pio!", sem nos dar espaço para reclamações e quebrando o argumento óbvio de que tínhamos pedido por um quarto *sem* hidromassagem.

— Puta que pariu... — Gael pegou trinta reais do dinheiro do pedágio e jogou na caixinha, que logo foi engolida para dentro da guarita de presídio.

— Pergunta pra ela — Bárbara cutucou o namorado, que se aprumou no banco do motorista e controlou a irritação na voz.

— Escuta, se a gente voltar pela estrada de terra, vamos cair de volta na BR-352?

— Sim.

Nós comemoramos baixinho do banco de trás.

— E aí depois, pra pegar a BR-050, qual é a entrada?

— A que vem logo depois da entrada que vocês pegaram pra chegar até aqui — por um instante, imaginei que ela fosse adicionar um "dã".

Pelo jeito que a recepcionista falava, outras pessoas já haviam cometido aquele mesmo erro estúpido e recalculado a rota, passando a noite no motel Mãe Joana; um marketing perfeito, o do "estou com medo de ser assassinado e vou dormir por aqui mesmo, melhor que nada".

A caixinha rangeu de volta, com os nossos cinco RGs dentro. Gael os resgatou e quase perdeu um dedo com a velocidade que a caixinha retornou para dentro. O portão então se abriu lentamente e nós saímos para a liberdade.

— Tenham uma boa viagem. O motel Mãe Joana agradece a visita. — Foi a primeira vez que a voz metalizada demonstrou algum tipo de sentimento, e não era o de hospitalidade, e sim o de diversão; com certeza o grupo de jovens perdidos que passou a noite ouvindo caminhoneiros transarem estaria no tópico da próxima roda de conversa da qual ela participaria.

Mas pelo menos estávamos novamente sacolejando no banco de trás, rumo ao nosso destino, num ânimo bem diferente daquele em que sacolejamos na noite anterior.

— Beleza, então olha só o que vamos fazer: ao invés de passar a noite com a família do Gael, como era o combinado, vamos só dar uma passada rápida e já partimos para Palmas. — Bárbara segurava o caderninho do itinerário no colo, riscando algumas frases e escrevendo outras.

Por algum motivo que eu não sei muito bem explicar, a diminuição do tempo que passaríamos com a família de Gael parecia ser algo que deixava Bárbara levemente feliz. Até... aliviada?

— Eles não vão gostar nada disso — Gael resmungou.

— Eles vão estar felizes que você apareceu, no fim das contas — Camila comentou, com o celular nas mãos, esperando por um valioso sinal. — É sempre bom contar uma notícia horrível antes de falar "é mentira, é só essa outra notícia ruim aqui, mas não é tão ruim quanto a primeira, não é mesmo?". Tipo, "oi, pessoal, eu queria contar uma coisa... Estou grávida! Rá, rá, brincadeira! Mas eu tô indo morar com o meu namorado, tá? Beijos!".

— Nossa, Bárbara, quantas horas de estrada vai dar isso? — Luís perguntou, olhando o mapa sem sinal no celular.

— Umas... doze? Acho que é isso — Bárbara respondeu, como se fosse tranquilo ficar doze horas dentro de um carro, sem parar. Quando nenhum de nós se manifestou, ela adicionou: — Precisamos chegar hoje em Palmas, gente, a primeira noite do retiro é importante. E eu preciso estar lá... — Bárbara parou de falar por alguns instantes, mas adicionou baixinho: — Eu estou organizando, afinal de contas.

Gael olhou para Bárbara como se não a reconhecesse direito, mas não disse nada.

— Eu tô com muita fome, gente — Luís nos alertou. — A gente não come nada desde ontem no almoço!

— E os 47 pães de queijo depois — Bárbara o relembrou. — Aliás, tem os potes de doce no porta-malas!

— Não era pros seus pais? — perguntei.

— Eles vão sobreviver. Acho que precisamos mais que eles. — Ela se virou para trás para me olhar. — Se você não contar, eu não conto. — E ela piscou em seguida.

Se algum dia eu conhecesse os pais de Bárbara, a última coisa que passaria pela minha cabeça seria os potes de doce que comemos deles.

— Serve pra tapar o buraco no meu estômago, mas eu quero parar pra um café puro e alguma coisa salgada, pelo amor de Deus! — Luís deu o braço a torcer, mas sem realmente dar.

— A gente come lá na casa dos meus tios. Assim que a gente conseguir sinal eu aviso que estamos indo, eles devem fazer arroz com pequi e frango, vocês vão morrer e vão pro céu de tão bom que é! — Gael exclamou, empolgado.

— Nunca pensei que fosse dizer isso, mas eu trocaria facilmente esse doce de leite por uma promessa de arroz com frango. — Camila tinha acabado de colocar uma colherada do doce na boca e fez uma careta. — Quero alguma coisa salgada. Ou pelo menos uma água. Ou pelo menos qualquer coisa que não seja doce de leite. É possível ter overdose de doce de leite?

— Overdose eu não sei, mas um pico de glicemia sim — comentei, arrancando uma risada rápida de Bárbara; toda vez que eu a fazia rir, era como se ganhasse alguns pontos no placar da vida. Eu, com 5, contra Gael, com 483290489324.

Apesar das reclamações de overdose de açúcar, comemos o pote inteiro de doce de leite com maracujá conforme a estrada de terra ia ficando para trás. Logo, estávamos novamente na via de mão dupla onde quase matamos um gato na noite anterior e, em seguida, desembocamos na BR-050, com o sol já brilhando acima de nós.

Bárbara havia cumprido a sua promessa e colocado "All Too Well" para tocar sem dizer nada, e eu soltei uma risadinha pelo nariz. As janelas estavam abertas, nossos estômagos parcialmente forrados e um cheiro gostoso de mato molhado invadia o carro. Para completar, Camila achou uma garrafa de água embaixo do banco, e nós a dividimos alegremente, depois de passarmos muitos minutos com o céu da boca grudando.

Depois do perrengue da noite anterior, aquela mudança de ares era tudo o que precisávamos. Até os nossos humores estavam melhores.

— Os humilhados foram exaltados, hã? — Luís comentou, recebendo o vento no rosto.

— Eu poderia me acostumar com isso — murmurei.

— Te inspira? — Bárbara perguntou, do banco da frente, me olhando pelo retrovisor.

A encarei de volta, sustentando os nossos olhares. Logo, ela desviou o seu.

— Sim — respondi com incerteza, porque a verdade era que eu não havia pensado mais no meu livro desde que aquela viagem começara.

Mas, ao olhar pela janela, acompanhando a paisagem verde e sentindo um gostosinho no coração de estar chegando perto do destino, talvez "inspiração" pudesse ser a palavra que eu usaria para definir aquela aventura.

— Sim — repeti, agora com mais firmeza, me deixando sorrir por alguns instantes, perdida dentro de mim e dos meus pensamentos. — Já consigo imaginar a minha personagem passando por uma situação bizarra que nem a que a gente passou essa noite. O medo misturado com a certeza de que tudo daria certo. Ela talvez acorde dessa situação uma outra mulher, agora mais perto do seu objetivo final. Consigo vê-la calma, até empolgada, descrevendo esse nascer de sol tão... ofuscante. E silencioso. Uma mistura de tempestade e calmaria. Consigo até saber como ela vai descrever o cheiro da estrada, uma mistura de ar puro com alguma espécie de vegetação que ela não sabe o nome. E talvez ela não saiba disso, mas ainda vai encontrar muitos percalços na jornada, e tudo bem, porque não é o destino que importa, e sim o que ela vai aprender no caminho. No final, ela não vai ter o que queria, mas sim o que precisava.

O carro ficou em silêncio. Camila parou de olhar para o próprio celular e me encarou, um pouco embasbacada. Luís olhava pela mesma janela que eu, talvez tentando encontrar onde estava essa personagem que eu narrava. E Bárbara me espiou novamente pelo retrovisor, mas agora ela sorria.

— Nerd — Luís sussurrou, e o carro inteiro caiu na risada, até eu.

Envergonhada por ter aberto o coração, baixei os olhos para as mãos. Que viagem. Todo mundo deveria estar pensando "o que essa maluca tá falando de jornada e cheiro de terra?". Era por essa e outras que eu quase nunca abria a boca. Porque eu sempre me arrependia depois.

— Me diz quando esse ficar pronto, que eu quero ler — Bárbara disse do banco da frente, fazendo eu me sentir menos pior.

Abri a boca para responder que talvez eu nunca conseguisse terminá-lo, mas fui interrompido por Camila, que exclamou:

— Sinal! — ela chacoalhou o celular e tirou a atenção de mim; bendita seja Camila. — Sinal, sinal, sinal!

Na mesma hora o caos se instalou no carro. As notificações de Camila começaram a pipocar no celular, fazendo um "plim-plim-plim" ensurdecedor, o telefone de Bárbara começou a tocar, com um DÊNIS CHEFE bem grande piscando na tela e Luís deu play em um áudio da sua mãe, que começava como um berrante: *"Luís Felipe Álvarez Santos, ONDE VOCÊ SE METEU..."*

— SILÊNCIO! — Bárbara gritou, e na mesma hora Camila colocou o celular no silencioso e Luís pausou o áudio. Em seguida, mais rápida que Gael, que já ia deslizar para finalizar a ligação, ela atendeu o telefone.

A voz do chefe dela inundou o sistema de som do carro, e até eu começava a pegar ranço do tom anasalado e do sotaque extremamente paulistano e *faria limer* com o qual ele falava — eu precisava concordar com, *argh*, Gael, mas Bárbara precisava mesmo largar aquele osso.

— Finalmente te achei — o chefe dela disparou, sem nem ao menos cumprimentá-la antes —, onde você estava ontem? Explodiu a Terceira Guerra Mundial aqui! Enfim, não importa, o que aconteceu foi que a K76 não recebeu o aplicativo com a interface deles, agora estamos com um problemão e...

Fui deixando a voz dele morrer e estava digitando no grupo que tinha com Camila e Luís que não aguentava mais ter que trabalhar junto com Bárbara quando ela fez algo que nos surpreendeu:

— Oi, Dênis, tudo bom comigo sim, e com você? Eu tô dirigindo agora, não posso falar, quando eu puder eu te ligo, tá bom? Não sei se vai ser hoje, acabamos nos atrasando um pouquinho e vamos ter que rodar muitos quilômetros, mas eu te aviso, tá? Qualquer problema, pode falar com a Luísa, ela está a par de tudo e tenho certeza de que vai cobrir as minhas *férias* perfeitamente. Beijos!

E antes que Dênis pudesse responder qualquer coisa, ela desligou o celular.

— Uau — Gael comentou, sem tirar os olhos da estrada —, essa foi a coisa mais sexy que eu já ouvi sair da sua boca.

— Idiota. — Bárbara deu um tapinha na perna do namorado de forma amigável.

Idiota mesmo, pensei, mas não tinha nem um pouco de amabilidade no meu pensamento.

Mas eu precisava dar o braço a torcer: a forma como ela dispensou o chefe de forma educada, profissional e amável havia *mesmo* sido muito sexy. Que inferno era estar apaixonada por uma garota cujo namorado também estava apaixonado por ela e que também percebia as mesmas qualidades daquela mulher maravilhosa.

— Certo — Bárbara mexia no celular, compenetrada —, já baixei o mapa off-line pra gente não passar mais nenhum perrengue. E, de acordo com o Waze, a gente chega em Anápolis em... três horas e pouco.

— Eba! — Luís exclamou, nitidamente de forma irônica.

Três horas sem fumar, o inferno particular do meu melhor amigo.

— Melhor responder sua mãe antes que ela mande a polícia atrás de você. — Cutuquei o seu ombro, querendo distraí-lo.

Deu certo, porque logo ele estava com a cara enfiada no celular, digitando rapidamente. Eu, Camila e Bárbara fizemos o mesmo, avisando os nossos entes queridos que estávamos vivos e bem.

Não sei como os meus amigos contaram o que havia acontecido com eles na noite anterior para os seus pais, mas eu optei pela abordagem mais simples: mentir. Disse que havia chegado em Anápolis sã e salva e pegado no sono. E o pior: eles acreditaram.

A vantagem de ter sido certinha e careta a vida toda era ter a plena confiança dos meus pais. A desvantagem era estar vivendo a primeira grande aventura aos 24 anos.

— Vocês vão adorar a minha família! — Gael disse de repente, animado, mas eu pude ver através do retrovisor que Bárbara não concordava nem um pouco com aquela afirmação.

Conforme continuávamos o trajeto até Anápolis, prossegui a conversa com os meus pais, que me irritou em questão de minutos — eles não estavam muito interessados em mim, nem pareceram tão preocupados assim com o meu sumiço; na verdade, só queriam falar da Alice, e da reforma do apartamento da Alice, dos preparativos do casamento da Alice, de todo e qualquer detalhe da vida de Alice, Alice, *Alice*.

Era horrível amar tanto alguém e, ao mesmo tempo, sentir tamanho ciúme e insegurança em relação a essa mesma pessoa. Mas, ao contrário do que sempre acontecia, eu não me despedi e fiquei por horas remoendo toda e qualquer palavra trocada, imaginando que tudo o que havia sido dito significava que os meus pais estavam extremamente decepcionados comigo — ao invés disto, engatei em uma conversa sobre piores finais de série de todos os tempos e mal lembrei que Alice e toda a sua perfeição existiam.

Era bom demais ter com quem se distrair da vida real falando sobre vidas fictícias.

Conforme nos aproximávamos de Anápolis, já estávamos afastados o suficiente do trauma da noite anterior para conversar e até rir dos momentos de tensão que havíamos passado naquele motel sujo no meio do nada. Até *eu* estava um pouco mais falante do que de costume, conseguindo juntar mais do que duas palavras na frente de Bárbara sem sentir como se fosse desmaiar ou vomitar a bile.

Ao mesmo tempo que Bárbara ainda me intimidava, ela se mostrava cada vez mais extraordinária de formas mais humanas e menos idealizadas. Se antes eu a considerava uma força da natureza, uma garota que conseguiu ultrapassar as barreiras de ser mulher, preta e bissexual em um país preconceituoso como o Brasil e assumiu um cargo de liderança no coração da Faria Lima, agora eu a via mais como uma força conciliadora, uma presença quente e receptiva que deixava todos à vontade, mas que, além disto, tinha firmeza para tomar decisões que ninguém mais tinha.

Nas minhas pesquisas para ser uma escritora melhor, deparei-me muito com a jornada do herói, e como o protagonista que demonstra fibra moral, coragem e força se torna automaticamente o grande salvador de toda e qualquer história. Recentemente, mulheres que demonstram as mesmas características ganharam o seu lugar no pódio dos valentes — mas nunca pensamos em como essas características ainda são consideradas fortalezas masculinas, força, potência, energia, e não valorizamos o poder transformador de uma boa escuta, o protagonismo de alguém que sabe valorizar o que você tem de melhor, a energia da empatia e de se colocar no lugar do outro, qualidades femininas consideradas inferiores, ou fracas.

Bárbara era assim. Interessada na sua vida, nos detalhes que te faziam ser quem você era; ela nunca perguntava por educação, ou com desinteresse. Ela perguntava "quantas horas por dia você trabalha editando?" e "como é feito o marketing dos livros eróticos?", e ainda "o que te inspira?", porque ela realmente queria saber. Ela de fato se interessava. Ela realmente via o lado positivo de tudo, e aprendia com qualquer estímulo que recebia. Bárbara era uma criatura extraordinária! Claro, eu já conhecia a Bárbara das redes sociais, bem-sucedida e conquistando tudo o que se propunha a conquistar, mas nunca convivi tempo o suficiente com ela para me aprofundar em outras facetas da sua personalidade. E, bom, depois de quase três dias de viagem, ali estava a prova concreta de que eu sempre estive certa em relação à pessoa maravilhosa que ela era.

Certa e apaixonada.

Certa, apaixonada e iludida.

Eventualmente, tivemos que parar para abastecer, e felizmente encontramos um posto com conveniência. Tomamos enfim o nosso tão sonhado café para nos acordar e tirar o gosto de açúcar da boca, e ainda reabastecemos o carro com salgadinhos, água e itens de sobrevivência básica. Não era o plano nos perder novamente, mas quem planeja se perder, não é mesmo?

Quando voltamos para o carro, Gael colocou uma música sertaneja e exclamou:

— Olha aí a nossa música! "De São Paulo a Belém", Rionegro e Solimões.

— Eu sabia que você ia colocar essa alguma hora, mas pensei que ia demorar mais um pouquinho — Bárbara comentou, meio animada, meio de saco cheio.

Eu, Luís e Camila nos entreolhamos, céticos, ouvindo o início da música sem entender nada, enquanto Gael berrava a letra, animado:

"Deu um arrocho no peito, eu fiquei apavorado, São Paulo ficou pequena, oh, lugarzinho abafado! Peguei a Via Anhanguera e a coisa ficou pior, quando passei em Campinas, dava pena, dava dó..."

— Meu Deus, temos uma música da nossa viagem! A gente pegou a Anhanguera, a gente passou por Campinas! Me sinto num filme! — Camila exclamou, animando-se com a empolgação de Gael.

"No trevo de Americana, pensei: Não vou aguentar! De Limeira até Araras, fui chorando sem parar... Numa parada em Leme dei um alô à plateia, foi lá em Pirassununga que eu tive uma boa ideia: de parar em Ribeirão, tomar um chopp gelado..."

— Tomar um porre e arrotar o hino você quer dizer, né? — Luís questionou, arrancando risadas de todos.

"De lá eu passei em Franca, comprei uma bota invocada, e na festa de Barretos, cheguei muito apaixonado!"

— Não acredito que a gente não comprou uma bota invocada em Franca — Camila comentou, genuinamente chateada.

"A saudade é um prego, coração é um martelo, fere o peito e dói na alma e vai virando um flagelo... A saudade é um prego, coração é um martelo,

fere o peito e dói na alma e vai virando um flagelo... A saudade é um prego, coração é um martelo, fere o peito e dói na alma e vai virando um flagelo... A saudade é um prego, coração é um martelo, fere o peito e dói na alma e vai virando um flagelo!"

— Tô com saudades da minha cachorra, a Berenice — concordei, deixando a música tocar o meu coração.

"De Uberaba a Uberlândia fui contemplando a beleza, dando um tapa na saudade, ouvindo moda sertaneja!"

— Uberlândia! A gente parou em Uberlândia! — Camila exclamou, como uma criança.

— Ouvindo Taylor Swift — comentei.

— Sertanejo dos Estados Unidos, tá tudo certo — Gael respondeu.

"Cidade de Araguari, do meu pranto era a prova, fui curar minha ressaca nas águas de Caldas Novas... Tem coisas que a gente pensa, coração fica doente! Pensei na lua de mel na pousada do Rio Quente... E no trevo de Morrinhos, chorando igual criança, de encontrá-la em Goiânia, eu vou cheio de esperança!"

— Poxa, agora eu queria ir pra pousada do Rio Quente! — Bárbara resmungou.

— Anápolis também é legal — Gael respondeu, parecendo um pouco ofendido.

"E se na linda Goiânia eu não encontrar ninguém, amanhã bem cedo eu sigo com destino a Belém... Vou até no fim do mundo, mas quero encontrar meu bem!"

— Substitua Belém por Jalapão e tá tudo perfeito — brinquei.

"A saudade é um prego, coração é um martelo, fere o peito e dói na alma e vai virando um flagelo... A saudade é um prego, coração é um martelo, fere o peito e dói na alma e vai virando um flagelo... A saudade é um prego, coração é um martelo, fere o peito e dói na alma e vai virando um flagelo... A saudade é um prego, coração é um martelo, fere o peito e dói na alma e vai virando um flagelo!"

— De novo! De novo! — Camila exclamou assim que a música acabou.

Ouvimos mais duas vezes, antes de Bárbara pedir pelo amor de Deus para tirar, mas já havíamos entrado no mood sertanejo anos 90, e "Clima de rodeio", "Pense em mim" e "Dormi na praça" foram algumas das muitas que ouvimos e berramos a plenos pulmões.

Algumas horas depois, passávamos por uma placa que dizia DAIA e Gael baixou o som, exclamando:

— Bem-vindos a Anápolis!

— Anápolis chama DAIA agora? — Camila questionou.

— Não. DAIA é o Distrito Agroindustrial de Anápolis, o maior distrito industrial do Centro-Oeste. — Gael já entrava na sua pose de professor, ajeitando-se no banco, pronto para disparar fatos e curiosidades que ninguém pediu. — O distrito gera mais de 16 mil vagas de emprego!

— O agro é tech, o agro é pop — Luís comentou, metade impressionado, metade irônico.

— Passar por essa placa significa que chegamos. Cheguei em casa. — Gael abaixou o vidro, respirando fundo o ar fresco de junho.

Logo em seguida, um 4x4 monstruoso passou por nós e cortou Gael, entrando à direita. Eu tomei um susto, segurando-me no banco, mas Gael nem se abalou.

— É mundialmente conhecido que as pessoas não são as melhores motoristas por aqui — ele disse, um pouco constrangido. — Querem ouvir um *fun fact*?

— A gente tem escolha? — Camila questionou.

— Não. Uma vez, um cara bêbado atirou naquela réplica da Estátua da Liberdade da Havan, e ela ficou lá um tempão, com um furo de bala.

— Nossa, mas eu faria isso sóbria. Coisa brega do cacete — disparei, arrancando risadas de todos.

— E é por essas e outras que eu amo a minha cidade! — Gael exclamou, e logo um motoqueiro quase caiu em cima do retrovisor do carro; é verdade o que dizem, quando amamos algo, amamos até os defeitos.

Mas toda a história do tiro na estátua da Havan automaticamente me fazia amar Anápolis também.

Rodamos por mais alguns quilômetros, até chegarmos a um condomínio fechado onde os tios de Gael moravam. Era muito parecido com os famosos condomínios de luxo do interior de São Paulo, com casas imensas, muros mais altos ainda e cheiro de novos-ricos.

Esperamos na portaria, numa fila de carros utilitários poluentes e importados que deveriam custar mais do que o apartamento dos meus pais, e logo fomos liberados pelos tios de Gael, e o segurança armado abriu a catraca. Gael passou então por mansões, lagos artificiais e parques arborizados, e eu, Luís e Camila tivemos que fingir que não estávamos completamente embasbacados com aquela realidade. Em seguida, ele estacionou no meio-fio, em frente a uma casa que parecia muito igual a todas as outras, angulosa, cinza e de telhado reto; ricos não pareciam ser muito criativos. Na frente dela, os tios dele já esperavam na frente da imensa porta de madeira, de sorriso nos rostos, braços abertos e usando GAP da cabeça aos pés.

Por que os ricos gostavam tanto de a) portas gigantes e b) roupas da GAP?

Saímos do carro, eu, Camila e Luís um pouco tímidos por estarmos na casa de desconhecidos — mas, bem, estávamos viajando com desconhecidos —, Bárbara parecendo deslocada, com um sorriso plástico preso ao rosto com superbonder, e Gael correndo até os tios para abraçá-los.

— Olha o tamanho dessa casa — Luís murmurou para nós dois, depois que Bárbara foi em direção aos tios do namorado.

— O que será que eles fazem? O que a gente tem que fazer pra ficar rico assim? — Camila perguntou, olhando vidrada para a mansão.

— Crime ambiental, provavelmente — comentei, fazendo-os rir.

— Ei, gente, venham conhecer os meus tios! — Gael nos chamou, já perto da monstruosa porta de entrada.

— Luís, pelo amor de Deus, sem piadinha sobre o agronegócio — murmurei entre dentes, sorrindo para o grupo conforme nos aproximávamos.

— Que piada o quê, eu vou é pedir um emprego — Luís rebateu, também de canto de boca, também sorrindo.

— Oi, prazer, Camila. — Camila estendeu a mão, mas logo foi puxada para um abraço maternal pela tia de Gael, que tinha 1,50 metro e um corpinho mirrado, mas aparentemente muita força nos braços.

— É um prazer, Camila! Sou a Aparecida, mas pode me chamar de Cida. — Ela soltou Camila, que rodopiou, um pouco desnorteada, e logo abraçou Luís, soltando-o e me agarrando em seguida; quando os braços dela envolveram os meus ombros, senti uma vértebra estalar.

O tio era um pouco mais tímido, e contentou-se com um aperto de mãos firme.

— Olá, olá, prazer, sou o Antônio, podem me chamar de Antônio mesmo. — Nós rimos, um pouco achando graça, um pouco acuados pela sua presença. — Todo e qualquer amigo do Gael é nosso amigo também! Venham, entrem, vamos almoçar!

— É só uma coisinha, tá? Tive que fazer correndo, pensei que nem vinham mais, estou até com vergonha! — a tia de Gael ia falando conforme passávamos pela monstruosa porta de três metros; assim que colocamos os nossos narizes para dentro e sujamos o piso de mármore com nossos tênis sujos, sentimos um cheiro maravilhoso de frango e...

— Pequi! — Gael exclamou, satisfeito.

— É só uma coisinha — Cida repetiu.

Mas, ao chegarmos na sala de jantar, porque ricos não comem espremidos na mesinha da cozinha como pessoas normais, encontramos uma mesa de dez lugares toda arrumada para receber a realeza, com diversas travessas de comida, bebida e até uma garrafa de vinho. E não era qualquer vinho, daqueles de vinte reais que a gente compra quando sobra um dinheirinho no final do mês — não, aquele tinha cara e rótulo de vinho caro, que vinha diretamente de uma adega.

Olhei para Camila e Luís, tentando descobrir se eles também se sentiam intrusos naquele almoço em família, mas os dois já estavam pegando os seus pratos e se servindo como se fossem primos distantes de Gael.

Folgados.

— Vamos, vamos comendo, vocês estão muito abatidos! Não sei porque não vieram ontem...

Bárbara olhou para Gael ainda com o sorriso psicopata no rosto, como se não conseguisse se livrar dele, mas a sua expressão dizia "você não contou?". Não querendo participar da intimidade do casal, comecei a me servir.

— É, acabou que passamos tempo demais em Uberlândia e precisamos dormir em Goiânia. Ficou escuro pra seguir viagem, não é, pessoal? —

Gael respondeu, com um tom de voz que deixava claro que se algum de nós o desmentisse, teria que ir para Palmas andando.

— É, é isso aí — respondi, olhando para os três garfos do lado direito do meu prato e me perguntando quem havia sido o arrombado que tinha criado três garfos de tamanhos diferentes apenas para complicar o delicioso ato de comer.

— Goiânia é muito bonita, né? A dona da pousada, Joana, uma flor — Camila comentou, fazendo Bárbara engasgar um pouquinho e precisar tomar um gole de água que Cida ofereceu.

Chutei Camila por debaixo da mesa ao mesmo tempo que coloquei uma garfada da comida na boca, e, uau... Gael não estava mentindo. Aquilo era mesmo um manjar dos deuses. Principalmente depois de quase 24 horas sem comer nada decente.

— Nossa, isto aqui tá muito bom! Nunca tinha comido pequi, pensei que tivesse espinhos! — exclamei, enfiando outra garfada na boca, deixando bem claro que ou eu era mal-educada, ou havia acabado de escapar de uma ilha deserta onde passei 20 anos comendo areia.

— Ah, não, eu tiro tudinho, não quero meus convidados se machucando — Cida respondeu, sorrindo para mim com o amor que só alguém que passou a manhã toda com a barriga no fogão e criou uma obra de arte culinária poderia ter.

Desviei um pouco os olhos do prato e encontrei Bárbara me observando com um sorrisinho nos lábios; quando ela foi pega no flagra, virou o rosto. Eu senti as minhas bochechas esquentarem e me ajeitei na cadeira, tentando comer menos como uma troglodita e mais como uma mocinha.

— Certeza que não querem passar o dia com a gente? — Cida perguntou, sem tocar nos três grãos de arroz que havia colocado em seu prato. — Nós podíamos fazer tantas coisas legais! Seu tio até ligou o aquecedor da piscina. Você não vem aqui desde antes da pandemia, Gaelzinho...

Tive que me segurar para não rir ao ouvir "Gaelzinho"; ao meu lado, eu sabia que Camila e Luís fizeram o mesmo.

Olhei para Gael, esperando a sua recusa firme em prol de um objetivo maior, mas ele estava calado, cutucando a comida no prato, vivendo um dilema interno. Estava na cara que ele queria ficar.

— Não dá, Cida, infelizmente — Bárbara interviu, percebendo que mais alguns segundos e Gael tiraria o pijama da mala e diria "vamos ficar, titia!". — Temos que chegar em Palmas hoje ainda.

— Hoje ainda? Mas são dez horas de viagem! Vocês vão chegar lá que horas? Meia-noite? Uma da manhã? Duas da manhã? Que perigo! A estrada é perigosa, gente! — Antônio exclamou, a voz como um trovão.

— Se sairmos daqui uma hora, vamos chegar à 1h da manhã mesmo — Bárbara murmurou, aparentemente tão intimidada pelo tio de Gael quanto nós.

— Que irresponsabilidade... Não sei por que vocês não pegaram um avião até lá, atravessar o país assim, cinco crianças, que perigo... — A boca de Cida estava tão apertada que havia se transformado em apenas uma linha de desgosto.

— Porque o Gael queria passar aqui — Bárbara respondeu, tentando se manter firme, mas a voz saindo baixinha.

— A culpa é minha agora? Eu que inventei esse retiro? — Gael questionou, olhando para Bárbara com certa incredulidade.

Bárbara baixou o rosto, envergonhada. Gael suspirou, contrariado.

Um silêncio constrangedor tomou conta da mesa; ouvíamos apenas o bater de talheres nos pratos e as bufadas constantes de Antônio. Encolhida no canto, Bárbara comia lentamente, lágrimas brotando dos seus olhos, que ficaram vermelhos com o esforço de não deixá-la cair.

Suspirei. Se Gael aguentava vê-la daquela forma, eu não aguentava.

— É minha culpa, sabe? — disparei, atraindo a atenção e a fúria dos tios de Gael para mim. — Eu perdi o ônibus até o retiro e eles me ofereceram carona, e eu que estou insistindo para que a gente chegue hoje. É algo muito importante pra mim — olhei de relance para Bárbara, porque o retiro só parecia fazer sentido para nós duas mesmo —, tenho certeza que se não fosse por mim eles ficariam. Foi mal.

— Tudo bem. — Cida baixou a guarda, porque parecia ser o tipo de pessoa que nunca destrataria um convidado. Era melhor engolir o orgulho do que correr o risco de que a alta-sociedade soubesse que ela era, meu Deus, uma anfitriã ruim! — É só que nós estamos com saudades do Gael. Ele é o nosso único sobrinho.

Cida estendeu a mão e segurou a de Gael com carinho. Ele parecia extremamente chateado, e eu sentia por ele, mas também sentia por Bárbara, que era tão firme em tantas situações, mas não conseguiu se impor naquela.

Aparentemente, todos nós tínhamos as nossas Alices, não é mesmo?

— Quando não se tem filhos, pegamos os nossos sobrinhos pra criar — Antônio comentou, querendo quebrar aquele clima estranho.

— Aaaah, então tá explicado, vocês não são ricos, só não tiveram filhos! — Camila exclamou, aparentemente sem nenhum filtro entre o cérebro e a boca.

Felizmente para nós, Cida e Antônio caíram na risada, e pudemos suspirar de alívio. Menos Bárbara, que percebeu a aproximação da mão de Gael por cima da mesa e afastou a sua.

Saímos da casa dos tios de Gael com tanta comida no porta-malas que o carro ficou até mais pesado — Gael ainda tentou recusar, mas então Cidinha virou Cidona e falou que se ele não levasse os potes ela ia "ter uma conversinha muito séria com a irmã", e aquilo deixou Gael mais branco do que ele já era, pegando os potes sem dizer mais nada.

Foi difícil me despedir daquela casa incrível, com o sofá mais confortável que eu já havia sentado, café do Starbucks em cápsulas, uma piscina convidativa com varanda gourmet e churrasqueira a gás. Aquele era o tipo de casa que a gente da classe média só via na novela ou em reportagem de prisão de político corrupto. Quando na adolescência eu me defendia de acusações de que morreria de fome se me tornasse escritora, com frases como "dinheiro não é a coisa mais importante do mundo", era porque eu ainda não tinha internalizado o desejo em meu coração ingênuo e ideológico de ter uma churrasqueira a gás e uma piscina aquecida.

Em algum lugar ao longo do caminho o capitalismo me corrompeu. O sonho da varanda gourmet me corrompeu.

Partimos para o destino final nos sentindo mais leves — não de comida, porque havíamos definitivamente comido demais, mas leves de alma. Só mais dez horinhas e chegaríamos, finalmente, ao retiro de emanação de ondas de felicidade. Não que aquela tivesse sido uma viagem ruim, a parada em Ribeirão Preto fora muito divertida, e dormir num motel abandonado poderia facilmente virar inspiração para uma cena de terror em algum dos meus próximos livros, mas uma viagem só existia porque um destino nos aguardava, se não, não se chamaria viagem, e sim... Andar a esmo.

— Todo mundo bem? Confortável? De estômago cheio? Bexiga vazia? As próximas dez horas serão um pouco paradas, uma estrada sem fim — Bárbara dizia, conforme ajeitava o celular no suporte; ela iria dirigir, depois que Gael cumpriu o turno da manhã e, de acordo com ele, "estava com tanto sono que poderia bater o carro e nos matar na primeira curva".

Com certeza não era algo que gostaríamos de ouvir do motorista da rodada. Por sorte, Bárbara entendeu o recado, tomou uma bacia de café e assumiu o controle.

— Não se a gente jogar! — Camila exclamou.

— Eu não aguento mais procurar vacas na estrada, Ca — Luís comentou, com metade do corpo para fora do carro, terminando o seu último cigarro.

— E se a gente jogasse "eu nunca" — sugeri.

— Boa ideia! A gente vira shots antes ou depois de eu ir presa? — Bárbara perguntou, ligando o carro.

— Tchau, tio! Tchau, tia! — Gael berrou pela janela aberta.

— Tchau, querido! Tchau, pessoal! Voltem sempre! — Cida sacudia os bracinhos finos, e parecia estar prestes a cair no choro. — Diz pra sua mãe vir me visitar, aquela desnaturada!

— A gente não precisa beber — continuei —, só jogar.

— Fecha a porta, Luís, por favor — Bárbara pediu, manobrando para sair da vaga enquanto o carro apitava que algum fumante viciado estava com a porta aberta.

— Fumar com metade do corpo pra fora é a mesma coisa que fumar aqui dentro com as janelas fechadas — Gael comentou, ácido.

— Nossa, não é nada a mesma coisa — Luís rebateu, jogando a bituca longe e batendo a porta, fazendo com que o barulhinho chato finalmente parasse de tocar.

— O meio ambiente agradece — Camila apontou.

— Por que a gente vai jogar "eu nunca" se não é pra beber? — Bárbara fez a gentileza de me responder. — Qual o sentido? Só revelar os nossos segredos mais íntimos a troco de nada?

— Basicamente. — Dei de ombros. — É isso ou "a barata da vizinha".

— Toda vez que eu chego em casa, a barata da vizinha tá na minha cama! — Gael tentou puxar, conforme Bárbara buzinava de leve para se despedir e nos tirava de dentro do condomínio. Depois, ele se voltou para Bárbara e segurou a sua perna. — Até que correu tudo bem, né?

— Pois é. Eu pensei que eles me odiavam. Mas acho que eles só... Não se importam comigo. — Bárbara forçou um sorriso para o namorado.

— Para com isso, eles gostam de você — ele acrescentou, mas não parecia tão firme assim na sua convicção.

— Tem também a vaca amarela, quem falar primeiro come toda a bosta dela — Luís sugeriu, cheirando os dedos de nicotina e não percebendo o clima tenso que se instaurava nos bancos da frente.

— Minha Nossa Senhora, será que a gente consegue ficar numa linha de raciocínio só?! — Camila perguntou, começando a se irritar com o caos no carro.

— "Eu nunca", então? — adicionei.

— Tá, e quem já fez faz o quê? Bebe um shot imaginário? — Luís quis saber.

— Olha, até que é uma boa ideia — concordei com a cabeça, colocando o cinto de segurança e observando enquanto passávamos pela guarita de segurança do condomínio; tchau, mansões, olá, estrada infinita.

— Eu começo então! — Gael se voluntariou, pigarreando antes de começar, como se fosse fazer um TED Talk. — Eu nunca fiz uma viagem de três dias até o Parque Estadual do Jalapão!

Rindo, nós cinco tomamos os nossos shots imaginários.

— Hmmm, que delícia de tequila — Camila brincou, lambendo os lábios. — Bom, vou apimentar as coisas...

— Não, eu nunca fui CEO de uma empresa e fiz um contrato BDSM com a minha funcionária para usar chicotes no meu quartinho do sexo — Luís respondeu, fazendo a todos rirem, menos Camila.

— Não é apenas sobre isso que eu escrevo, sabia? Literatura erótica tem muito mais a oferecer do que você imagina — ela rebateu, um pouco na brincadeira, um pouco ofendida.

— Eu sei, tô só zoando. — Luís a empurrou com o ombro, com carinho. — Vai lá, manda ver.

— Eu nunca fiz sexo a três — Camila disparou, e, em seguida, fingiu beber com um copinho de shot.

Eu e Luís gritamos de incentivo, mas apenas Gael repetiu o gesto. Bárbara olhou para ele com a boca aberta.

— O quê? Eu já te contei isso — ele respondeu, tentando ficar sério, mas era difícil quando todo mundo estava rindo.

— Não contou não! — Bárbara voltou os olhos para a estrada, e parecia focada demais, como se não quisesse olhar para Gael de jeito nenhum.

— E qual o problema? Foi antes de você — Gael insistiu.

— Problema nenhum, só achei que a gente contasse tudo um pro outro. — Bárbara deu de ombros.

Eu não conhecia o relacionamento deles, pelo menos não longe do Instagram, mas não achava natural que toda e qualquer conversa virasse uma microdiscussão. Ao mesmo tempo que eles pareciam se gostar, eles não pareciam se entender.

Ou poderia ser só a ilusão e a paranoia criando uma situação que não existia para se encaixar aos meus desejos e expectativas, como já havia feito outras vezes.

Afinal de contas, a minha profissão era escrever sobre coisas que nunca existiram.

Profissão... Sei..., eu quase podia ouvir Alice falar.

Sacudi a cabeça, afastando aquela vozinha pessimista e odiosa — que, curiosamente, tinha sempre a voz da Alice e adorava me colocar pra baixo —, antes que ela acabasse com todo o meu clima feliz.

— Ei, sem ciúme do passado sexual do coleguinha! — Camila interveio, e me tirou da espiral de insegurança que eu estava prestes a me enfiar com todos aqueles pensamentos. — Vai, Ana, sua vez.

— Hm... — Eu havia perdido um pouco a empolgação; a minha mente era capaz de fazer aquilo comigo, me sabotar em questão de segundos, por algo criado única e exclusivamente por mim. — Não sei... Eu não consigo pensar em nada de interessante que já tenha feito...

Uau. Isso mesmo, Ana, adiciona que você tem um travesseiro em forma de abraço pra dormir à noite e o pacote frustrada e deprimida estará completo!

— Você que sugeriu o jogo! — Gael exclamou.

Obrigada por anunciar o óbvio, Gael, pensei, amarga.

— Vai, Ana, fala a primeira coisa que vem na sua mente! — Camila insistiu.

— Tá, tá bom... Eu nunca... Hm... Eu nunca pensei que fosse só soltar um pum e acabei soltando um pouquinho mais.

Silêncio...

Por que eu disse aquilo?

Por que eu abri a boca?

Por que ainda permitiram que eu interagisse com seres humanos?

Mas então, quando pensei que fosse ter uma síncope e ser obrigada a me jogar do carro em movimento depois da merda que havia dito, Bárbara caiu na risada, acompanhada de todos os outros, que viraram shots imaginários.

E eu pude, enfim, suspirar aliviada. E tomar o meu shot imaginário.

— Que nojo, amiga, amei, continua! — Luís comentou.

— Em minha defesa, eu tava doente — Gael comentou.

— Em minha defesa, eu tava bêbada — Camila acrescentou, nos fazendo rir mais um pouquinho. — Vai, sua vez, Bárbara.

— Eu nunca fingi que era uma coisa que eu não era — ela disparou, rápido demais, provavelmente passando os últimos minutos formulando o que iria dizer. Porque ela era aquele tipo de pessoa precavida, até no "eu nunca".

— Nossa, amor, que profundo. Logo depois do peido que virou cocô? — Gael comentou.

— Tipo ser hétero? Porque eu fingi por uns 16 anos — Luís comentou.

— Pode escolher a sua mentira, não precisa contar — Bárbara respondeu, fingindo tomar um shot imaginário.

Todos nós tomamos, pensativos, e o clima foi de cocô para filosofia, como toda boa conversa de bar.

— Mas será que a gente não tá o tempo todo fingindo? Tipo, somos uma pessoa entre amigos, uma pessoa com os nossos familiares, uma pessoa no emprego, uma pessoa flertando... — Luís disse.

— Isso é se adaptar. Fingir ser alguém diferente é mais doloroso, e causa feridas na gente, difíceis de cicatrizar — Camila respondeu. — Tipo você fingir ser hétero.

— E você fingir para os seus pais que não ganha a vida escrevendo literatura erótica — Luís concordou.

— E a Ana fingir que... — Camila ia dizendo, mas logo se interrompeu; eu não sabia o que ela ia dizer, se ia dizer que eu fingia que tinha uma carreira como escritora, ou que eu fingia que não estava apaixonada por Bárbara, ou ainda que eu fingia que estava indo encontrar respostas num coach da felicidade, mas, de qualquer forma, fiquei feliz por ela ter parado no meio do caminho. — Vai, Luís, sua vez. Dá uma animada aí, isto aqui ficou depreshow do nada. — Ela mudou de assunto abruptamente, tentando fazer a brincadeira voltar ao seu propósito original.

Luís então estalou a língua, pensativo. Em seguida, olhou para mim com os seus olhinhos diabólicos; eu ainda cheguei a negar com a cabeça para que ele não fizesse o que estava prestes a fazer, seja lá o que fosse que estivesse passando pela sua mente maquiavélica, mas ele não me ouviu; ele nunca ouvia.

— Eu nunca me apaixonei por um antigo colega de escola!

Olhei para o meu amigo, meu melhor amigo, sentindo que todo o meu rosto e pescoço começavam a ficar vermelhos. Como ele poderia me trair daquela forma? Como ele poderia me jogar embaixo do ônibus assim?

Eu queria bater nele. Queria agredi-lo. Queria perder o meu réu primário.

Mas todo o ódio foi varrido da minha cabeça com um simples gesto: o que eu vi Bárbara fazer, a bebida de shot imaginária, de forma despretensiosa, sem uma única preocupação no mundo. E, ao lado dela, Gael fez o mesmo. Camila e Luís os acompanharam.

E eu fiquei parada, sem me mexer.

Bárbara me olhou pelo retrovisor.

Eu não conseguia. Não conseguia me mexer.

Com o joelho, Luís me deu um empurrãozinho. Camila me encarou, tentando se comunicar telepaticamente. Bárbara ainda me olhava pelo retrovisor.

Eu respirei fundo. E fingi tomar um shot.

E posso jurar, pela vida da Berenice, que Bárbara sorriu.

VOCÊ SÓ SERÁ F*DA QUANDO SE SENTIR F*DA CAPÍTULO VINTE E QUATRO: POR QUE PODEMOS APRENDER MUITO COM UMA CRIANÇA?*

Você já viu uma criança recebendo um não? Não é bonito. Eu tenho dois filhos, e é sempre uma batalha explicar que determinada vontade não será suprida. Um videogame, um doce, um passeio, um brinquedo, seja o que for, o "não" sempre vem seguido de gritaria, argumentação e choradeira.

O que podemos aprender com as crianças? Que o "não" pode e deve vir seguido de indignação. De não aceitação. De ação. De "não aceito esse não". O "não" não é definitivo. O "não" não é uma sentença que você precisa aceitar, desistir e seguir em frente. Ouvir um "não" não pode fazer com que você desmorone em uma pilha de autoflagelo e insegurança.

Não te deram a promoção que você merecia?
- Trabalhe mais.
- Mostre resultado.
- Peça de novo.

---

* Por decisão jurídica, preciso adicionar esta nota: este capítulo *não é* aplicado ao "não" de alguém que não quer ter relações sexuais com você.

- Mude de empresa.
- Mude de área.
- Mude de estratégia.

Não conseguiu aquele contrato tão sonhado?
- Trabalhe mais.
- Mostre resultado.
- Peça de novo.
- Mude de cliente.
- Mude o contrato.
- Mude de estratégia.

Não entregou o que foi pedido?
- Trabalhe mais.
- Mostre resultado.
- Tente de novo.
- Mude a abordagem.
- Mude de prazo.
- Mude de estratégia.

Não conseguiu juntar o dinheiro para fazer aquela viagem merecida?
- Trabalhe mais.
- Mostre resultado.
- Junte mais um mês.
- Mude de hábitos.
- Mude de estratégia.

Não conquistou a pessoa amada?
- Trabalhe mais.
- Mostre resultado.
- Tente de novo.
- Mude a aparência.
- Mude a personalidade.

- Mude de pessoa amada.
- Mude de estratégia.

No final do dia, o "não" não é uma barreira, uma muralha que você encontra e não consegue trespassar. O "não" é um incentivo. O "não" é um desafio pessoal. O "não" é a energia que você precisava para seguir em frente e tentar de novo.

O "não" é o novo "sim".

Duvida?

Diga não a uma criança. Vamos ver se você consegue sustentá-lo por muito tempo.

A brincadeira continuou, e, entre "eu nunca vomitei em mim mesmo" e discussões um pouco mais profundas, gastamos horas conversando e nos conhecendo melhor.

Quando Luís disse que nunca tinha verdadeiramente amado alguém, só ele tomou um shot, e então embarcamos nos detalhes do que significava se apaixonar de verdade, e como quantificar e qualificar algo como um sentimento, que cada pessoa sente de forma diferente; Luís podia achar que só atração física não era amor, enquanto Camila jurava que havia se apaixonado por todo e qualquer modelo sem camisa no qual colocou os olhos ao longo da vida. Bárbara foi um pouco mais sensata e disse que sexualidade e romance faziam parte de um espectro, e se Luís estava dizendo que nunca havia amado ninguém, então ele sabia, no âmago, que realmente não tinha, e Gael ainda tentou ganhar pontos com a namorada, dizendo que ele nunca havia amado ninguém até conhecê-la.

Um babaca mesmo...

Quando Camila afirmou que nunca tinha feito um amigo verdadeiro na escola e só foi ter conexões sinceras na faculdade, eu tomei com gosto o meu shot imaginário, me perguntando se Bárbara se lembrava de mim passando os intervalos na biblioteca, lendo e/ou escrevendo, sempre sozinha; provavelmente não. Ela, ao contrário de mim, não bebeu, e disse que ainda era muito próxima de muitos amigos que fez no colégio. Por algum motivo, aquilo me entristecia. Nós tínhamos tudo para termos sido amigas, mas então por que não fomos? Seria porque eu sentia uma ansiedade social muito grande e tinha muita dificuldade em fazer amigos? Ou seria porque, naquela época, assim como hoje, eu não tinha muito o que oferecer?

As duas opções me pareciam péssimas, então resolvi não pensar mais naquilo.

Quando eu sugeri que nunca havia me apaixonado pela pessoa errada, todo mundo virou o copinho imaginário.

— Eu me apaixonei pela pessoa errada! — Camila puxou o coro.

— Ninguém sabe o quanto eu estou sofrendo — Gael continuou.

— Estou casando, mas o grande amor da minha vida é vocêêê — Luís emendou.

— Você sabe que não é a mesma música, né? — questionei.

— Gente, vamos dar tchau pra Goiás e oi pro Tocantins! — Bárbara exclamou, apontando para a placa azul que indicava a divisa dos estados.

— Tchau, Goiás, oi, Tocantins! — exclamamos todos juntos, como numa reunião dos alcoólatras anônimos, e logo em seguida caímos na risada, parecendo crianças que comeram muito doce.

Café com muito açúcar contava?

Estávamos rindo e nos divertindo, e passaríamos dez horas naquela pegada até chegarmos ao retiro de Tony Diniz, só um pouquinho atrasados, prontos para uma experiência transformadora no coração do Parque Estadual do Jalapão, não fosse um *probleminha* que surgiu instantes depois em formato de sirene de viatura da polícia.

— Puta que pariu — Gael murmurou. — O que mais falta acontecer nessa viagem?

— Um pneu furar — Camila respondeu, claramente não percebendo que aquela era uma pergunta retórica.

Estávamos em uma via de mão dupla e não tinha muito bem onde parar, mas a viatura continuava a pressionar Bárbara, quase encostando o para-choque na traseira do nosso carro. Uma viatura preta. Da Polícia Federal.

Bom, era a Polícia *Rodoviária* Federal, mas, mesmo assim, tudo o que tinha "federal" no nome botava um pouquinho mais de medo.

— Era só o que me faltava mesmo — Bárbara resmungou, dando seta, sinalizando que pararia quando conseguisse fazê-lo sem nos colocar em perigo.

— Merda, merda, merda — Luís murmurava.

— Tá tudo bem. — Segurei a mão dele, mas eu sabia que não estava. Sabia como a polícia agia com pessoas como ele, e como eu.

— Gente, é só ter calma — Bárbara aconselhou, conseguindo finalmente um espacinho para estacionar; o problema era que ela não parecia estar seguindo o próprio conselho, e as suas mãos tremiam um pouco.

A viatura parou atrás de nós. Eu me curvei toda para observar pelo vidro traseiro, e vi enquanto dois policiais saíram do carro, mas só um deles veio em nossa direção, corpulento, intimidador. Ele parou ao lado da janela de Bárbara, que já estava aberta.

— Boa tarde — o homem desejou, deixando o coldre bem à vista, quase pressionando o colete escrito PRF em Bárbara.

— Boa tarde — Bárbara respondeu, ajeitando-se no banco do motorista. — Tem alguma coisa errada, policial? Meu farol está queimado? Se for isso, este carro sempre dá esse problema...

— Eu faço as perguntas aqui — o policial interrompeu Bárbara, apoiando-se na porta numa atitude agressiva. Bárbara se calou na mesma hora. — Posso saber por que cinco jovens estão na Transbrasiliana dirigindo e bebendo ao mesmo tempo?

Nós nos entreolhamos, a ficha caindo para cada um em momentos distintos.

— Nós não estávamos bebendo — Bárbara foi rápida em responder —, só estávamos fingindo que estávamos bebendo.

— Era um jogo — Gael acrescentou. — "Eu nunca." Sabe?

O policial olhou bem para a cara de menino criado pela avó de Gael e suspirou.

— De quem é o carro? — ele questionou, porque, aparentemente, não poderia pertencer a Bárbara.

E a gente sabe muito bem porque ele achava aquilo.

— É do meu pai — Gael respondeu por ela.
— E ele deixou vocês pegarem? Ou estão em fuga?

O policial olhou para o banco de trás ao fazer a pergunta, e eu tive que me segurar muito para não revirar os olhos.

— Sim, deixou. Se quiser falar com ele, posso ligar. — Gael foi muito mais diplomata do que eu.

— E você é o que dela?
— Namorado.

O policial olhou de Bárbara para Gael, de Gael para Bárbara, como se não acreditasse.

— Documento do carro e habilitação — ele exigiu, estendendo a mão.

Bárbara correu para pescar os documentos que ele pedia e os entregou; agora as suas mãos tremiam de forma bem visível.

— Não se mexam — ele advertiu, afastando-se do carro.

E assim nós o fizemos. O único movimento feito foram as mãos de Bárbara se apoiando no volante, provavelmente tentando parar de tremer.

— Tinha que ser justo eu dirigindo? — ela murmurou de forma contida, e o mais brutal era que ela não precisava explicar o que queria dizer com aquelas palavras.

— Calma, amor, vai dar tudo certo. — Gael tentou segurar a mão direita de Bárbara em cima do volante, mas ela a recolheu discretamente.

Ficamos em silêncio, esperando. Todo o clima de descontração havia desaparecido como fumaça no ar. Não sei quanto tempo ficamos ali, com o coração na boca, sem falar, sem olhar um para o outro, com medo da menor reação.

Sempre tive medo da polícia, desde criança. Na escola, me diziam que ela existia para nos proteger, mas fora dela, sempre que eu via uma viatura, o meu coração disparava e eu dava um jeito de ir para o mais longe possível. Nunca soube explicar o porquê — até envelhecer e descobrir que o mundo era ruim e pessoas com algum tipo de poder eram piores ainda. Claro, uma maçã podre nunca poderia apodrecer todo o restante, mas e quando o número de maçãs podres parecia ser muito maior que o de maçãs honradas e ilibadas?

Só despertamos do transe quando o mesmo policial retornou, agora com a mão no coldre. Por que ele precisava daquela demonstração de poder para cima de cinco jovens que não estavam fazendo nada de errado eu não saberia dizer.

Bom, no fundo eu *sabia sim* o porquê.

— Você sabia que o IPVA do carro não foi pago? — ele perguntou, apoiando-se novamente na porta, perto o suficiente de Bárbara para fazer o meu sangue ferver.

— Não é possível, meu pai é muito organizado — Gael respondeu novamente por Bárbara, que estava paralisada no mesmo lugar, sem conseguir falar.

— Você está duvidando de mim? — O policial se agachou um pouco, olhando para Gael como uma leoa na savana.

— Não, é só que... Meu pai paga tudo em dia. Ele é muito certinho, supernerd — Gael continuou, e eu queria poder chutá-lo sem fazer qualquer movimento brusco, porque sabia quais riscos estávamos correndo se eu me mexesse mais do que o extremo necessário.

— Vou ter que apreender o carro — ele disse simplesmente.

— O quê? Não, o que é isso, eu tenho certeza que é tudo um mal-entendido! — Gael gesticulava enérgico para o policial, com a segurança que só um homem branco era capaz de ter. — Vou ligar pro meu pai, ele vai explicar...

— A não ser que vocês queiram fazer um bem bolado, vou ter que apreender, não tem o que fazer, falta de pagamento de IPVA é apreensão.

— Um bem bolado? O que isso significa? — Gael levantou um pouco a voz, e desta vez Bárbara colocou a mão na perna dele, negando com a cabeça, tentando acalmá-lo. — O quê, Babs? Não era você que estava decidida a chegar em Palmas ainda hoje?

— Gael, fica quieto, por favor — Luís pediu do banco de trás, mais sério do que havia ficado a viagem inteira.

— Ficar quieto como? Isso é uma injustiça do caralho! — ele exclamou, e, na mesma hora, o policial se afastou e apontou a arma na nossa direção.

— Saiam do carro, todo mundo, agora!

Eu precisei segurar um grito na garganta, assustada com a situação e com plena noção do quão rápido aquilo poderia se tornar uma tragédia que dificilmente seria punida. Puto da vida, Gael tirou o cinto de segurança e saiu do carro, batendo a porta. O restante de nós foi mais contido.

Assim que saímos, o outro policial se aproximou, também com a arma em punho. Esse era um pouco mais baixo e atarracado.

O meu coração batia a um milhão por minuto.

— O que está acontecendo? — ele questionou.

— Eles estão embriagados — o corpulento respondeu.

— Você só pode estar de sacanagem comigo! — Gael arfou.

— Policial, não estamos, era uma brincadeira, pode procurar qualquer bebida no carro — eu tentei, visto que Gael estava alterado e só nos colocaria em mais problemas, Bárbara e Luís pareciam petrificados e Camila estava prestes a começar a chorar.

O segundo policial se aproximou, abrindo todas as portas e o porta-malas. Nós ficamos parados, aguardando, enquanto o outro nos observava com uma frieza psicopata. Gael se mexia de uma perna para a outra, e quando Bárbara tentou segurar a sua mão, foi a vez dele de se afastar.

Instantes depois, o segundo policial puxou uma garrafa de cachaça mineira que Bárbara havia comprado em Uberlândia, com o intuito de presentear o pai. Senti alguma coisa dentro de mim morrer; havia piorado mais ainda a situação.

— E isto aqui é o que, então? — ele quis saber.

— Tá fechada! Tá óbvia e nitidamente lacrada! — Gael exclamou. — É propina que vocês querem, é isto? Esse é o "bem bolado"?

— Chega, vamos pra delegacia — o primeiro policial afirmou. — E mais uma palavra, além de embriaguez no trânsito e falta de pagamento de IPVA, eu te ficho em desacato, moleque.

— Não, isso é um mal-entendido, gente, não precisa disso. — Me enfiei na frente de Gael, que estava prestes a ter alguma reação que nos colocaria em lençóis piores ainda —, a gente faz o bafômetro, que tal?

— Que pena, o nosso bafômetro está quebrado, ainda se a gente tivesse alguma verba pra consertar, poderíamos ajeitar esse mal-entendido... —

O segundo policial deu de ombros, nos encarando como se esperasse que fôssemos desistir e pagar a bendita propina.

Eles eram bons. Eles não diziam nunca o que realmente queriam, mas, através de ações e palavras estratégicas, deixavam bem evidente que só nos deixariam ir se pagássemos a "verba".

Uma pena que não tínhamos um puto além do dinheiro do pedágio. Quero dizer, eu pagaria de bom grado se eles nos deixassem em paz; eu não era tão honrada assim. Tinha mais amor à vida do que ao dinheiro.

— Vamos para a delegacia, então — Bárbara respondeu, a voz trêmula.

— Vai ser melhor pra todo mundo.

— Seu pedido é uma ordem, mocinha. — O segundo policial tirou as algemas do cinto.

— Caralho, mas precisa disso? — soltei, sem conseguir me controlar.

— Cala a boca, *mocinho*, você é o próximo. — O primeiro policial sorriu.

Instantes depois, estávamos todos algemados, indo para a delegacia da cidade mais próxima.

Não consegui ler o nome da cidade para a qual estávamos sendo levados porque a viatura passou voando pela placa.

Eu nunca havia sido algemada — nem mesmo por alguma namorada querendo apimentar as coisas na cama. O máximo que cheguei de ser imobilizada foi quando não consegui fugir de uma aula de educação física e umas quatro garotas se jogaram em cima de mim ao mesmo tempo numa partida de handball.

Eu estava hiperventilando. Sentindo uma corrente elétrica percorrer o meu corpo e gelar a minha espinha, enquanto um suor frio e pegajoso escorria pela minha nuca. Eu nunca soube explicar exatamente como me sentia quando tinha crises de ansiedade, era um tipo de dor física que se assemelhava a uma dor intestinal aguda, mas que também não tinha nada a ver com isto. Eu só sabia que estava tendo uma crise quando as minhas mãos gelavam e o meu rosto esquentava e eu não sabia se algum dia sentiria algo diferente daquele turbilhão de horrores.

Eu e Camila estávamos no porta-malas, enquanto Bárbara, Gael e Luís iam no banco da frente, e o carro já seguia rumo ao pátio em cima de um guincho. Eu já havia visto dezenas de cenas como a que estávamos vivendo, nas diversas vezes que passei pelo meu pai enquanto ele assistia o Datena, mas nunca imaginei que seria protagonista da forma favorita de entretenimento de homens brancos de classe média aposentados.

Eu tentava respirar, mas era como se não tivesse mais oxigênio dentro do carro. Como se eu fosse me afogar em mim mesma.

Só reparei que estava chorando quando Camila falou baixinho do meu lado:

— Respira, Ana, tá acabando. Respira fundo.

Olhei para ela, me dando conta da situação patética que estava protagonizando, uma mulher de 24 anos chorando no camburão de uma viatura da Polícia *Rodoviária* Federal.

— Você tá tendo uma crise de ansiedade, calma, chegando na delegacia a gente resolve tudo. — Camila se aproximou com o corpo todo para colocar as mãos algemadas em cima das minhas, e este gesto me fez chorar mais um tanto. — Você acha que o Gael vai deixar isso barato? Ele abre uma live e os fãs dele vêm ao nosso resgate. Esses policiais vão ser cancelados em dois minutos!

Em meio a lágrimas, eu consegui soltar o ar, num princípio de risada. Era o que Camila precisava para continuar:

— E a Bárbara então? É só dar um toque que a Faria Lima vem aqui em peso, pulôver, sapatênis, NFT e tudo!

Eu ri de novo, negando com a cabeça. Imaginei um exército de jovens homens brancos uniformizados de colete acolchoado por cima de camisetas com o nome da startup onde trabalhavam, e aquilo tranquilizou um pouco a minha mente.

— Como você não tá nervosa? — questionei, fungando, tentando me controlar.

— Eu tô, mas eu conheço você, sei que a sua cabeça tá em curto-circuito. — Camila deu de ombros. — Você conhece a minha mãe, precisa de muita coisa pra me assustar.

— Desculpa ter arrastado vocês pra essa loucura. — A sentença saiu como um sopro da minha boca, como se não conseguisse mais ficar dentro do corpo.

— Ai, Ana, você não tem todo esse poder de persuasão que acha que tem não — a voz de Luís veio do banco da frente, e nós duas nos assustamos.

— Vocês estão ouvindo? Tudo? — Camila questionou.

— Se eu conseguisse, abria uma live agora mesmo — Gael respondeu.

— Mas eu não sei se a Faria Lima apareceria aqui em peso, sábado eles vão correr no Ibirapuera — Bárbara acrescentou.

Olhei para o lado e encontrei Camila vermelha.

— Cala a boca aí atrás — o policial que dirigia bradou do banco da frente, e o princípio de melhora da minha sanidade mental foi pelo ralo.

Mas pelo menos eu não tive tanto tempo de me aprofundar em todos os cenários pós-apocalípticos de morte e destruição que a minha mente, de forma muito generosa, me proporcionava, porque logo a viatura estacionou em frente à delegacia e os policiais nos escoltaram porta adentro.

A delegacia era pequena, para combinar com a cidade com ares de interior em que estávamos. Atrás do balcão, outro policial, desta vez civil, digitava num computador que parecia ter sido emprestado dos anos 80. O frio do mês de junho já havia se dissipado na estrada, e agora conhecíamos o inverno do Centro-Oeste: ar seco e quente.

— O Silva tá aí? — o policial que me chamou de "mocinho" questionou.

— Tá, ué. — O policial atrás do balcão nem tirou os olhos do computador.

— Embriaguez no trânsito — o segundo policial, corpulento e baixinho, comentou, apontando para nós com a cabeça.

O homem atrás do balcão finalmente tirou os olhos do computador e nos observou atentamente; não sei se "homem" era a definição correta. Talvez um garoto que tentava deixar a barba crescer? Em seguida, ele olhou para os policiais federais que nos levaram até ali e suspirou.

— Algemou? Pra quê? — ele quis saber.

— Chama o Silva lá — o primeiro policial pediu.

— Vai dar uma dor de cabeça do caralho, eles são de onde? — O policial civil olhou de mim para Gael, depois para Bárbara, Camila e Luís.

— Rio? São Paulo?

— São Paulo — Gael respondeu, com certa petulância.

O garoto-homem soltou uma risadinha, como se previsse o que estava por vir, e sumiu por uma porta que levava para dentro da delegacia.

Eu olhei de relance para os policiais federais, e agora eles pareciam menos convencidos e mais incomodados.

— Sentem aí — um deles ordenou, e nós nos espremmos no único banco de espera, que claramente não comportava cinco pessoas.

Esperamos por muitos minutos, nem sei dizer quantos, e eu tenho vergonha de admitir, mas passado o estresse pós-traumático de ter sido levada à delegacia algemada e no porta-malas de uma viatura, eu estava pensando nas preciosas horas que estávamos perdendo ali, e que agora definitivamente não chegaríamos a tempo para o retiro de emanação de ondas de felicidade de Tony Diniz. E então, além de não conseguir mudar de vida, eu também teria passagem pela polícia e nunca mais poderia tirar uma ficha de antecedentes criminais limpa e conseguir um emprego decente... Não que propostas de empregos decentes se enfileirassem na minha porta todos os dias, mas as coisas piorariam muito depois que eu fosse taxada como uma criminosa.

Será que eu ainda poderia sair do país? E o meu sonho adolescente de conhecer a Disney?!

— Ah, Paulo, cê tá de sacanagem comigo. — O tal do Silva apareceu atrás do policial civil, de camisa social enrolada até metade dos cotovelos e distintivo pendurado no peito. Ele colocou o dedo indicador e o polegar nas têmporas, respirando fundo antes de continuar: — Se vocês não têm mais o que fazer, eu tenho, caralho!

O policial civil soltou outra risadinha, sentando-se novamente no seu posto de guardião da tecnologia obsoleta, com uma expressão de "eu avisei" no rosto, e eu precisava admitir que ele começava a crescer no meu coração.

— Embriaguez no trânsito — o policial federal atarracado respondeu, dando de ombros.

— É, que nem os outros três que vocês trouxeram só este mês? — O delegado se curvou por cima do balcão e puxou um bafômetro, como se estivesse jogado numa daquelas caixas de brinquedos de criança. Em seguida, veio até nós. — Quem estava dirigindo?

— Eu — Bárbara respondeu baixinho.

— Vai, assopra — o delegado enfiou o bafômetro na cara da Bárbara, de saco cheio com a vida; ele nem se dignava a olhar para nós, parecia mais concentrado em não voar na garganta dos policiais federais.

Bárbara assoprou, e os números 0,0 brilharam na telinha. O delegado Silva suspirou mais uma vez e apontou com a cabeça para nós, numa ordem silenciosa.

Os policiais federais se aproximaram, contrariados, e eu estremeci no banco, encolhendo-me entre Luís e Camila. Mas, para a nossa surpresa, eles abriram as algemas.

— Da próxima eu vou ligar pro Carlos, aí eu quero ver vocês continuarem com essa porra — o delegado Silva sibilou para os policiais, entregando o bafômetro para um deles —, se deixarem essa merda aqui de novo, já sabem.

Ele então desapareceu pela mesma porta pela qual havia aparecido instantes antes, como um anjo da justiça e da impaciência.

— É isso? — Gael questionou. — Vocês trouxeram a gente aqui... pra isso?

— Se você quiser passar uma noite na cela pra contar pros amigos da escola depois, é só pedir. — O policial civil girou as chaves das celas nos dedos.

— Eu não tô mais na escola... — Gael resmungou, mas com o biquinho contrariado que fazia era difícil de acreditar. — Onde a gente pega o nosso carro?

— No pátio. — O policial federal mais agressivo sorriu pela primeira vez daquele jeito presunçoso e maquiavélico desde que entramos na delegacia. — Amanhã.

— Amanhã? Por que amanhã? —exclamei, sentindo-me melhor sem as algemas e o medo de ser presa ou assassinada no meio da estrada.

— O pátio fecha às 16h, e são... — O atarracado olhou para o relógio de pulso. — São 16h15! Como o tempo voa quando estamos nos divertindo, não é?

— A gente precisa do carro agora — Camila explicou, e cada vez mais parecia que aquele era o plano deles desde o início, caso não quiséssemos pagar a propina.

— Por quê? Perderam algum compromisso importante? Que pena... — o primeiro policial suspirou, teatralmente. Em seguida, entregou um papel para mim, a pessoa mais próxima dele; eu o peguei, embasbacada, e o guardei no bolso da calça. — Aqui o comprovante de recolhimento do carro. Se ao menos a gente pudesse ter chegado num acordo mais cedo...

Eles não ganhariam a propina, mas com certeza ganhariam uma "participação nos lucros" do pátio. Brasil, se ficar o bicho pega, se correr o bicho come.

— Felipe. — O policial atarracado abaixou um chapéu imaginário para o policial civil e os dois saíram da delegacia, nos deixando ali, incrédulos.

— Felipe, não tem nada que a gente possa fazer? — Camila voltou-se para o policial civil, como se eles fossem velhos amigos de bar.

— Dá pra invadir o pátio, mas aí vocês correm o risco de passar *mesmo* a noite aqui na cela. — Felipe sorriu para Camila, e ela ficou vermelha novamente, em menos de dez minutos.

— Isso é hora de flertar com o policial? — Luís sussurrou ao meu lado.

— Você tem um plano melhor? — eu sussurrei de volta. Em seguida, voltei-me para Felipe. — E que horas o pátio abre amanhã?

— Amanhã é sábado? Então... Acho que depois do meio-dia.

— Meio-dia?! A gente vai chegar em Palmas que horas? — lancei a pergunta retórica para os meus amigos.

— Umas cinco da tarde — Felipe respondeu, e eu tive que me segurar para não exclamar "eu não te perguntei nada, Felipe!!!".

— Não acredito nisso, cinco da tarde eles já vão estar no parque estadual... Depois de tudo que a gente correu para chegar a tempo, que inferno... — Sentei-me no mesmo banco onde minutos antes estava algemada e prestes a ser presa; a gente realmente não valoriza as pequenas conquistas da vida.

— Qual o hotel mais perto? — Bárbara perguntou, parecendo derrotada.

— O hotel mais perto fica aqui nesta rua mesmo, mas não tem vaga. Nenhum hotel da cidade tá com vaga. — Felipe deu de ombros, piorando os nossos dias como se tivesse nascido para fazer isso. — Tá rolando um festival evangélico, dum pastor sei lá das quantas que veio lá do Rio Grande do Sul.

— Minha Nossa Senhora... — Luís resmungou.

— Não, nisso aí eles não acreditam — Felipe comentou.

— E aí? A gente dorme onde? Na rua? — Gael questionou. — Na cela da delegacia?

— Vocês podem ir lá no convento ver se tem vaga, deve ser o único lugar vazio da cidade. — Felipe soltou uma de suas risadinhas irônicas.

— Se tiver algum bar LGBTQIA+, deve estar vazio também — Luís comentou.

— Ah, não, esse não fica vazio não. — Felipe piscou para Luís, que sorriu em resposta.

— E agora, quem tá flertando com o policial? — Camila sussurrou, irritada.

Fomos andando até o convento, que ficava relativamente perto da delegacia, o que me deixava mais tranquila. Afinal, se Deus não pudesse proteger as freiras, pelo menos Ele podia enviar um delegado armado no seu lugar.

Ninguém falou nada o caminho inteiro. Éramos a definição do fracasso. Do cansaço. Da frustração. E em pensar que horas antes éramos cinco jovens empolgados e esperançosos, jogando "eu nunca" em um carro com ar-condicionado e animados para participar do roteiro espiritual de emanação de ondas de felicidade de um coach youtuber.

É... Eu sei que colocando desse jeito fica difícil escolher qual situação era pior, mas, para mim, naquele momento, ter nadado, nadado e morrido na praia era muito, muito pior.

Eu não conseguia fazer nada direito, nem ser feita de otária por um coach!

E o pior de tudo? O meu exemplar de *Você Só Será Foda Quando Se Sentir Foda* havia ficado no carro, junto com outras coisas essenciais, tipo calcinhas limpas e o autógrafo da Meg Cabot, que consegui quando ela veio ao Brasil promover seus livros e levava comigo a todos os lugares para dar sorte.

Quando chegamos na frente do local que Felipe havia nos instruído, uma mão na frente e outra atrás, sem nossos pertences e apenas vontade de dormir e não acordar nunca mais, já começava a escurecer. E o imaginário popular de um convento é que depois das 18h ele se tornava automaticamente o cenário de um filme de terror.

Sim, infelizmente eu havia assistido *A freira*. No cinema. Duas vezes.

Mas o que encontramos foi uma construção simpática, recentemente pintada de um laranja clarinho, com arcos brancos e muitas plantinhas decorando as janelas.

O que me deixava com mais medo ainda.

Sim, felizmente eu havia assistido *Midsommar*. Em casa. Múltiplas vezes.

— Acho que pelo menos é melhor que um motel de beira de estrada — Camila comentou, rompendo o silêncio dos inocentes.

— Para você e para o Gael, talvez — Luís respondeu com certo amargor na voz, acendendo o terceiro cigarro desde que havíamos saído da delegacia.

— Será que a gente não consegue um ônibus para Palmas agora? — Bárbara questionou, levantando o celular acima da cabeça para conseguir sinal, como faziam os incas. — Meu sinal tá uma bosta...

— Como a gente vai pegar um ônibus sem as nossas coisas? — Gael perguntou.

— Isso é o de menos — Bárbara abanou o ar com a mão.

— Pra você pode ser. Meu equipamento inteiro tá lá — Gael resmungou, e eu reparei que os dois estavam distantes, de braços cruzados, a tensão pairando no ar junto com um cheiro de...

— Sopa? — uma voz rouca falou bem perto do meu ouvido.

— Puta que pariu — soltei o palavrão e dei um pulo para trás, encontrando uma jovem freira com um hábito cinza e azul parada atrás de mim. Ela negou com a cabeça ao ouvir a blasfêmia que saiu da minha boca. — Meu Deus, desculpa!

— Salvou o palavrão com o nome de Deus em vão! — Luís comentou, achando graça. — Até rimou.

A freira então olhou para ele, olhos pretos que escondiam as pupilas. Lentamente, Luís abaixou o cigarro que fumava e o apagou na sola do sapato, constrangido.

Aquela freira havia feito Luís perder o sorrisinho da cara e apagar o cigarro. Que tipo de superpoder era aquele?!

— O Felipe avisou que vocês viriam — ela continuou, como se não tivesse sido interrompida por quinze imoralidades diferentes. — O jantar sai em quinze minutos.

— Às... — Gael olhou no relógio de pulso — 18h30 da noite?

— Cala a boca e não reclama — sussurrei, enquanto ainda sorria para a freira.

— Sou a irmã Juliana, é um prazer conhecê-los — a freira acrescentou, sem responder à pergunta de Gael, e era evidente que não havia prazer nenhum em suas palavras.

— Juliana? Que nome estranho para uma freira — Camila comentou. — Geralmente é Teresa, Zilda, Olga... — a voz da minha amiga foi sumindo conforme os olhos sem vida da freira Juliana a fitavam. — Mas Juliana tá ótimo. Lindo nome. É italiano, será?

— Vamos entrar? — a freira ignorou Camila completamente.

Nos entreolhamos, um pouco tensos, mas fomos atrás dela mesmo assim. Começava a me questionar se era melhor dormir na rua ou ser assassinada por uma freira serial killer.

— E a gente pensando que ia morrer naquele motel — Bárbara sussurrou para mim.

— Nada de bom começa com "eu passei a noite em um convento" — respondi, e nós duas rimos baixinho.

Juliana então olhou para trás, como uma professora que havia pedido silêncio pela milésima vez. Nós paramos de rir na mesma hora.

— Vocês são cristãos? — Juliana questionou, conforme atravessávamos o pátio com ares de colégio católico e entrávamos em um corredor ladeado pelos arcos brancos que vimos do lado de fora. Seria um lugar muito bonito, se também não fosse um pouco... arrepiante.

— Sim — respondi rapidamente, olhando para os meus amigos, para que eles não me desmentissem; sabe-se lá Deus se poderíamos nos hospedar lá se não mentíssemos que acreditávamos no Pai, no Filho, no Espírito Santo, amém; Jesus era um cara legal e empático com todas as pessoas, mas seus seguidores nem tanto.

— Super, supercatólicos — Camila concordou. — Sexo só depois do casamento e etc.

Olhei para ela, murmurando um "aí você já tá exagerando", e Camila se calou. Ao lado dela, Luís segurava o maço de cigarros dentro do bolso, louco para cometer a blasfêmia de fumar dentro de um convento.

— Que bom. A cozinha fica logo ali — Juliana retomou sua fala um pouco mais amigável agora que acreditávamos no mesmo Deus que ela, apontando para uma porta entreaberta, onde outras freiras cozinhavam e ouviam... Um arrocha?

Quando elas viram Juliana se aproximar, desligaram a música rapidamente e abaixando a cabeça, sumindo dentro dos hábitos.

Então não eram só os reles mortais que tinham medo daquela freira. As ungidas por Deus também. Aquilo me aliviava um pouco... Ou me deixava com muito mais medo.

A freira Juliana continuou a nos guiar através do corredor, e ao fundo, bem baixinho, o arrocha voltou a tocar. Ela suspirou, resignada, e virou à esquerda, revelando mais um corredor, este sem janelas e arcos bonitos, só com uma porta de madeira de cada lado.

— Temos dois quartos disponíveis — ela anunciou.

— Obrigada, Juliana, você salvou as nossas vidas! — Bárbara agradeceu, utilizando sua voz "fecha negócio". Ela segurou Gael pela mão e começou a caminhar até um dos quartos, quando Juliana pigarreou em alto e bom som.

Bárbara e Gael se voltaram para ela, que olhava para suas mãos entrelaçadas como se eles estivessem transando ali, na frente de todo mundo, em cima de um crucifixo de ponta-cabeça e em chamas.

— Meninos com meninos. Meninas com meninas — ela comentou, seca e ríspida.

— Do jeitinho que eu gosto — Luís sussurrou no meu ouvido, e eu tive que me segurar para não rir alto.

— Ahn... precisa disso mesmo? Século XXI e tal — Gael questionou.

— É verdade, me perdoa, com certeza Deus analisa o contexto sociopolítico e não vai te deixar arder no inferno para pagar pelos seus pecados porque estamos no século XXI — Juliana comentou, sem esboçar qualquer expressão no rosto gélido.

Gael e Bárbara separaram as mãos lentamente, imaginando se aquele gesto de carinho valia a pena por uma passagem só de ida para o colo do capeta. Bárbara suspirou, resignada, e eu não ficava feliz em saber que eles não dormiriam juntos naquela noite.

Nem um pouco.

— Sim, irmã, desculpa. — Ela fez uma mesura, como se estivesse diante do Papa. Em seguida, caminhou para a porta oposta à que estava indo e a abriu. — Só tem duas camas — ela comentou, confusa.

— É, ainda estamos em reforma, mas em breve ganharemos nossa primeira estrela Michelin no restaurante — Juliana comentou, e eu nem sabia que freiras podiam ser tão irônicas.

Ironia não era pecado? Ou era só comer frutos do mar e usar tipos diferentes de tecido?

Nós três entramos no quarto apertado, com duas camas de solteiro e um pequeno aparador entre elas; suspeitei que ele estivesse ali para que pudéssemos escrever cartas à luz de velas e enviá-las através de pombos para a cidade vizinha.

— Já paguei por hotéis piores — Camila comentou.

Juliana lançou a ela um olhar como se soubesse que o nosso grupo de amigos se escondia atrás de humor & piadas para esquecer um pouco os vazios em nossos corações e se afastou, levando Gael e Luís para o quarto do outro lado do corredor.

Sem pensar duas vezes, ou tendo pensado muito, Camila se sentou em uma das camas e disparou:

— Esta é minha! Eu sou muito espaçosa na hora de dormir, gente, desculpa.

Fiquei ali parada ao lado de Bárbara, tentando controlar o meu cérebro para que ele não avermelhasse as minhas bochechas, completamente em vão.

— Eu posso ficar no chão, ouvi dizer que é bom para as costas — comentei, constrangida.

— Imagina, eu deito numa posição e assim fico a noite inteira — Bárbara abanou o ar com as mãos. — Minha mãe diz que eu pareço um defunto dormindo.

— Que sexy, o Gael deve adorar — Camila comentou.

Ouvimos um pigarro na porta; Juliana havia retornado bem na exposição da vida em pecado que Bárbara levava.

— O jantar sai em dez minutos — ela reforçou. — O banheiro fica no final do corredor. Não é cinco estrelas, mas tem uma privada limpa.

— Amém! — Camila exclamou, murchando com o último olhar aterrorizante que Juliana lançou antes de se afastar, com as mãos cruzadas dentro do hábito. — Aff, depois elas não sabem por que todo filme de terror tem uma...

— Eu não acredito que a gente tá preso aqui, estávamos tão perto... — Bárbara se sentou na cama que teoricamente dividiríamos naquela noite, se eu não entrasse em combustão espontânea até lá.

Era a primeira vez que a via sem o seu otimismo constante. E se ela estava se sentindo daquela forma, sem esperança, imagina eu?!

— Você vai ter problemas no trabalho? — questionei, apoiando-me no batente da porta, com medo de me aproximar de Bárbara e a minha proximidade fizesse com que ela mudasse de ideia quanto ao nosso arranjo de dormir.

— Problemas no trabalho? Por quê? — ela perguntou, olhando distraída para o celular.

— Ué, a organizadora do evento não aparecer é meio ruim, né? — tentei dar uma suavizada, porque eu acreditava que a organizadora de um evento não aparecer deveria ser passível de demissão.

Bárbara levantou os olhos do celular e sorriu amarelo, dando de ombros.

— Ah, tem outros organizadores, não sou a única, eles vão sobreviver — ela comentou, suspirando em seguida. — Mas eu queria tanto estar chegando lá... Se a gente pegar o carro só depois do meio-dia amanhã, vamos perder o fretado para o Parque Estadual do Jalapão, e aí eu nem sei mais se vamos poder participar, nem com uma ajudinha da organizadora. As atividades são todas interligadas, sabe? Uma depende de ter feito a outra.

— O quê? É sério isso? — Saí do batente, sentindo o coração disparar dentro do peito. — Mas a gente precisa fazer o retiro! Pelo menos uma parte dele.

—Talvez se a gente conseguir um carro amanhã cedo, mas acho difícil se a cidade está tão cheia assim... — Bárbara parecia genuinamente triste, olhando para mim como se fosse a única que entendesse tudo o que estava em jogo se não chegássemos a tempo.

Eu havia gastado tudo o que tinha e o que não tinha para poder comparecer ao retiro de Tony Diniz, havia arrastado os meus amigos para aquela loucura de atravessar o país atrás de um coach quântico, havia dividido carro, hotel e *motel* com a grande crush da minha vida e seu *namorado*, e àquela altura do campeonato sentia que a minha futura felicidade dependia exclusivamente daquele fim de semana. Eu havia ultrapassado barreiras demais dos meus próprios limites para aceitar a derrota de forma tão passiva. Mas o que eu podia fazer além de... aceitar?

Frustrada, sentei-me ao lado de Bárbara na cama.

Talvez aquele fosse o meu destino. Talvez eu estivesse fadada a viver sem um propósito, uma carreira, uma pegada importante na história da humanidade. Nascer, crescer, pagar boletos e morrer, não era isto que Luís havia dito? Talvez eu fizesse parte do grupo que tanto critiquei, de pessoas que passavam pela vida sem nem saber o que estavam fazendo no planeta Terra. E não adiantava nadar contra a correnteza, porque ela sempre dava um jeito de nos arrastar de volta.

Continue a nadar é o caralho, Dory.

— Será que não tem outro jeito? — perguntei, iludida o suficiente para me permitir ser ingênua.

— A gente pode rezar — Camila apontou para a grande cruz pregada na parede.

Nós três olhamos para a imagem, que nos olhava de volta, quase risonha, como se soubesse que Deus tinha mais o que fazer.

Como muitos millenials paulistanos de classe média, eu estudei em um colégio católico de bairro a vida inteira, o intermédio entre colégio público e colégio de elite, o sonho de "escola particular" que muitos pais podiam pagar. Lá, aprendi a rezar o Pai Nosso e a fumar escondida no banheiro. As punições também funcionavam de um extremo racional a outro, religioso, e se nos comportássemos mal podíamos ou levar uma suspensão burocrática ou ouvir um sermão católico comendo sopa de batatas na casa das freiras, que ficava anexada nos fundos da escola e funcionava como uma aguçadora de nossas imaginações. Era uma casa mal-assombrada? Alguém havia passado por um exorcismo por lá nos anos 60? Tinha uma freira fantasma morando no local? Nunca saberíamos...

O jantar daquela noite, uma sopa rala de batatas com gordura disfarçada de carne, me trouxe aquela nostalgia jovem, de quando eu me sentia culpada o tempo todo por ter pensamentos libidinosos e, ao mesmo tempo, queria romper com a moral cristã de que havia algo de errado comigo; só quem nasceu e cresceu na Igreja Católica entende o tipo de culpa que se apodera do nosso subconsciente e transforma todos os nossos pensamentos em eternos atos de penitência.

A expressão "culpa cristã" não existe por acaso.

Depois que as freiras colocaram as panelas de sopa em cima da mesa, rezamos um Pai Nosso. Bom, eu, Bárbara e as freiras rezamos, porque

Gael, Luís e Camila não haviam estudado em colégios católicos e só fecharam os olhos e murmuraram palavras aleatórias. Podia jurar que Camila estava dizendo "Deus, permita que eu saia viva daqui".

Comemos em silêncio depois da oração; pela forma com a qual nos olhávamos, como se pedíssemos por ajuda, eu tinha certeza de que estávamos todos muito desconfortáveis com aquela situação. O que diabos um gay, uma lésbica, uma autora de livros eróticos, um youtuber e uma startupeira bissexual teriam de assunto em comum com um grupo de seis freiras, sendo uma delas uma assassina disfarçada? O clima? Estava seco. A cozinha? Abafada. A comida? Sem sal. Pronto, acabaram-se todos os assuntos possíveis, pelo menos aqueles que não ofenderiam nenhum dos dois lados.

O farto e delicioso almoço em Anápolis agora parecia duas vidas de distância... Eu tinha quase certeza de que Gael estava pensando "deveríamos ter ficado lá" enquanto tomava a sua sopa rala e suspirava de tempos em tempos. Ele e Bárbara não estavam se falando muito desde que fomos levados até a delegacia, e não seria eu que perguntaria se tinha algo de errado. Viajar com o casal era uma coisa, fingir que eu me importava com o bem-estar do relacionamento era outra completamente diferente.

Tudo o que nós tínhamos era uma cama dura e a promessa de que poderíamos pegar o carro no dia seguinte. Para ir pra onde? Palmas? Ainda valia a pena? Voltar para São Paulo? Depois de tudo o que passamos? Largar tudo e entrar para o convento? Mas aí teríamos que nos livrar de Luís e Gael.

A situação era caótica. Estávamos sem nossas roupas, sem nossas comidas que estocamos no carro e, para ser bem sincera, os únicos que provavelmente ainda tinham algum dinheiro para esbanjar eram Bárbara e Gael, porque eu não tinha nem coragem de abrir a minha conta pelo celular, e sabia que Luís e Camila não estavam tão em paz assim com suas próprias economias.

O que os meus pais diriam se pudessem me ver naquele momento? O que *Alice* diria?

Só de pensar neles, mais especificamente na minha irmã, eu sentia vontade de desaparecer da face da Terra e só fingir que a minha existência não havia passado de uma pegadinha do Malandro.

— Obrigada pela comida! — Camila disparou, me tirando dos devaneios; ela passou mais de cinco minutos sem falar nada, e aquele deveria ser um novo recorde. Olhei para o prato dela, onde pedaços de carne gordurosa se empilhavam na beirada. — Estava uma delícia.

— Todos são bem-vindos na casa do Senhor — a irmã Juliana respondeu, séria.

Luís abriu a boca para responder, mas eu pisei no seu pé e olhei para ele, negando discretamente com a cabeça. Eu conhecia o meu amigo o suficiente para saber que, o que quer que ele fosse falar, era melhor ficar quieto. Quem sabe assim não escaparíamos com vida daquela noite?

Continuamos a comer em silêncio. Quando acabamos, as freiras retiraram os nossos pratos, um sinal claro de que o jantar já havia acabado. Às... 19h da noite.

— Vamos dar uma volta então? Conhecer a cidade? Não tem muito mais o que a gente possa fazer mesmo... — Camila sugeriu, se levantando e se espreguiçando; para ela, estávamos apenas fazendo uma viagem, e aquela era mais uma oportunidade de desbravar o mundo.

Começamos a nos levantar, meio empolgados, meio entediados com aquela ideia. Mas qualquer coisa nos parecia melhor do que ficar ali, trancados, tensos, tristes e em silêncio.

— Ah, não. Ninguém entra nem sai depois das 19h. — Juliana afirmou, ainda sentada.

— O quê? A gente tá preso aqui? — questionei, surpresa com a naturalidade com a qual ela havia jogado aquela bomba em cima de nós.

— Bom, vocês podem sair, mas não podem mais entrar depois das 19h, e agora já são 19h. — Ela se levantou. — A decisão é de vocês, lógico. Mas acho que vai ser um pouco complicado encontrar abrigo na cidade hoje...

Ficamos parados no mesmo lugar, um pouco em choque, um pouco imaginando que era aquilo mesmo que aconteceria. O que estávamos esperando? O filme *Premonição* já havia nos ensinado que não tem como escapar de uma morte certa e continuar vivo, e a noite que passamos naquele motel de beira de estrada e saímos ilesos foi quando nossos destinos se entrelaçaram para sempre com a Dona Morte.

É, eu sei, a minha mente era mesmo muito criativa e eu vivia de analogias de livros e filmes. Talvez seja por isso que eu havia escolhido ser escritora, e não enfermeira.

— Mas vocês fiquem à vontade para utilizar as instalações do nosso lar, temos até uma sala de leitura! — Juliana sorriu, encaminhando-se para a porta. Todas as outras freiras foram atrás dela, como patinhos atrás da mãe pata. — Boa noite então.

— Boa noite — dissemos em uníssono.

Assim que a última freira saiu e fechou a porta, Luís disparou:

— Essa freira vai matar a gente, né?

— Vai — concordei.

— Com certeza — Bárbara disse junto.

Trocamos um olhar cúmplice, rindo baixinho.

— Será que dá pra filmar e fingir que estamos numa mansão mal-assombrada? Essas coisas bombam no YouTube — Gael sugeriu, apontando o celular para nós quatro.

— Gael, se você me filmar passando a noite em um convento, eu te mato — Luís disse simplesmente.

Gael baixou o celular, derrotado; começava a irritar a mania que ele tinha de querer transformar tudo em conteúdo. Beleza, era a profissão dele, mas ele não se permitia cinco minutos de vida real? Tudo para ele era uma oportunidade de engajamento, e não uma interação social válida? Será que era por isso que eu ainda não havia conseguido nada como escritora, porque eu usava as minhas redes sociais apenas como um passatempo, e não como parte do meu trabalho?

Fiquei observando Gael enquanto ele olhava em volta, fuçando em tudo, potes, armários, gavetas, me perguntando se eu deveria apenas julgar o seu comportamento ou aprender alguma coisa com ele.

Racionalmente, eu entendia que deveria entrar no mundo moderno e utilizar as redes sociais a meu favor se quisesse ser uma escritora reconhecida. Emocionalmente, porém, queria que as pessoas me lessem pelo o que eu escrevia, pela qualidade dos meus livros, e não pelas fotos que postava no Instagram ou os TikToks que viralizavam.

Mas lá estava eu, uma escritora sem presença na internet e também sem nenhum leitor, enquanto Gael ganhava dinheiro como água e tinha uma legião de fãs.

Quem estava certo? O esperto ou a nostálgica?

— Um convento é um bom cenário para um livro, né? — Camila perguntou, sentando-se novamente e chamando a minha atenção. — Um romance proibido. Um padre. Uma freira. Um passado de tórrida paixão...

— Shhh, não fala um negócio desse em voz alta, Juliana deve ter câmeras aqui. — Sentei-me ao lado de Camila. — Se ela descobrir que não somos apenas um grupo de amigos cristãos, frutos da família tradicional brasileira, heterossexuais e com empregos decentes que não envolvem sexo, apenas uma sonegação básica de impostos, é capaz de ela expulsar a gente no meio da noite.

— Você acha que uma freira expulsaria um grupo necessitado? — Camila questionou, cética.

— Você não viu nada — comentei.

— Você não viu nada — Bárbara falou ao mesmo tempo.

— Pega no verde!

— Pega no verde!

Nós duas saímos correndo e seguramos em Luís ao mesmo tempo, já que ele vestia uma camiseta verde-musgo. Luís revirou os olhos, sempre blasé, mas nós duas rimos, as mãos uma por cima da outra em cima do meu amigo.

— Eu peguei primeiro. — Dei de ombros.

— Pegou nada. — Bárbara colocou a mão embaixo da minha. — Viu?

Olhei pra ela, tentando não sorrir como uma idiota, mas era difícil controlar as minhas bochechas perto de Bárbara.

— Vinho? — De repente uma garrafa de vinho apareceu entre nós duas, e logo a minha mão não estava mais em cima da mão de Bárbara, que a tirou rapidamente.

Ajeitei a minha postura, pigarreando, ainda mais quando percebi que Gael é quem havia enfiado a garrafa entre nós duas.

— Onde você achou isso? — Luís tirou a garrafa da mão de Gael. — E será que é pecado beber vinho na casa do Senhor?

— Jesus não transformou água em vinho, gente? Tá liberado! — Camila comentou, tirando a garrafa da mão do Luís e arrancando o lacre.

— Tem abridor aí? — Bárbara perguntou, afastando-se de mim; senti uma corrente de ar gelado me rodear, com certeza mais emocional do que físico, ainda mais quando ela se aproximou de onde Gael estava e o segurou pela base das costas, o primeiro gesto de carinho entre eles desde que a polícia nos parou na estrada.

Eu me sentia traída por uma garota com quem não tinha um relacionamento. Estava a um passo de uma internação psiquiátrica.

— Amor, estamos na casa do Senhor, não num Airbnb... Ahá! Um abridor! — ele tirou um abridor enferrujado da gaveta, mostrando a nós como Rafiki mostrou Simba para todos os animais da floresta.

— Obrigada, Senhor! — Camila exclamou, já abrindo o vinho com destreza.

— Será que elas não vão perceber que sumiu um vinho, gente? — perguntei, não porque eu não queria beber; afinal, o que mais faríamos num convento mal-assombrado? Mas porque eu não queria atrair a ira da irmã Juliana.

Eu estava genuinamente com medo daquela mulher.

— Eu tenho o pressentimento de que não. — Gael abriu mais um pouco a porta de onde havia retirado o vinho, mostrando mais vinte garrafas alinhadas.

— Meu Deus, essas freiras tão festejando mais que a gente! — Camila exclamou, tirando a rolha com facilidade. — Tem taça?

— Tem copo americano, finge que é uma taça. — Gael foi passando um por um, e Camila os encheu até a boca.

— Um brinde a...

— Ser preso porque não pagou propina. — Luís levantou o seu copo.

— Passar a noite ouvindo caminhoneiros transarem. — Camila levantou o dela.

— Arroz com pequi! — Gael exclamou, juntando-se ao grupo.

— Um lindo convento no coração do Tocantins — Bárbara gracejou.

— Um brinde a milagres, porque um vai acontecer e nos levar até Palmas amanhã, no horário do retiro! Amém! — completei, e nós batemos os copos, em seguida bebendo vinho como se estivéssemos há uma semana no deserto.

Se seríamos assassinados por uma freira serial killer, que pelo menos não nos lembrássemos de nada.

Talvez a gente tenha exagerado um pouco. Quando Gael espatifou a terceira garrafa de vinho no chão, foi evidentemente o sinal que precisávamos para parar com aquela heresia, mas aí a sétima foi aberta, e os nossos anjinhos já haviam sido presos pelos diabinhos, que dançavam numa poça de vômito e atiravam para cima fazendo arminha com a mão.

A noite passou como um borrão. Começamos falando sobre as plásticas que faríamos se tivéssemos dinheiro — Bárbara disse que faria redução de seios e eu quase gritei, dentro de um convento, que aquilo era uma blasfêmia. Em seguida, começamos a discutir sobre política e chegamos a apenas uma conclusão: a frustração que era ter crescido num Brasil de esperança e recebido um país sem perspectiva alguma na fase adulta, depois da destruição da economia e dos direitos básicos que o governo Bolsonaro proporcionou. O assunto que veio depois foi menos um assunto e mais uma palhaçada bêbada: quem conseguisse bater a mão na cabeça enquanto fazia círculos com a outra na barriga ganhava... Não lembro muito bem qual era o prêmio. Nem quem ganhou.

Ainda estávamos na quarta garrafa quando isso aconteceu.

Na sétima, Luís começou a chorar porque os cigarros dele acabaram e ele não podia sair para comprar, e Camila pirou numa nova ideia de história, com uma garota que se apaixona por um padre que não quer nada com ela — quando comentei que essa história já existia e era a segunda temporada de *Fleabag*, ela me mandou "parar de destruir os meus sonhos!!!".

Gael estava prestes a abrir a oitava garrafa quando ouvimos um barulho do lado de fora. Paramos tudo o que estávamos fazendo e, numa ideia absurda, apagamos a luz e nos escondemos embaixo da mesa de madeira maciça.

Lá embaixo, encontramos teias de aranha e, surpreendentemente, dois chicletes grudados no tampo.

— E se for Deus? E se Deus veio levar a gente pro julgamento final? — Luís questionou, com a voz mole e um fundinho de medo de verdade.

— Se for Deus, tá tudo bem, o problema é se for a freira Juliana! — disparei, e nós cinco rimos baixinho, enfiados embaixo da mesa.

— Não sei não, o Deus do Velho Testamento me dá arrepios — Bárbara adicionou.

Contrariando nossas teorias, quem entrou na cozinha não foi a freira Juliana, nem o Deus do Velho Testamento, mas sim uma das jovens freiras que gostava de escutar arrocha. E, para a nossa sorte, ela não acendeu a luz, se não teria visto o cemitério de garrafas em cima da mesa e nossos pés saindo debaixo dela; não estávamos sóbrios o suficiente para sermos cuidadosos com aquele plano. Ao invés disto, ela caminhou, sonolenta, até um filtro de barro, encheu um copo de água e saiu, cantarolando uma música da Pabllo Vittar.

Assim que ela fechou a porta novamente, Camila disparou:

— Acho que já deu, hora de dormir!

Eu, Gael, Luís e Bárbara protestamos, bêbados e cheios de energia, mas Camila tomou as rédeas da situação e nos rebocou para fora, sussurrando:

— Vocês querem ser jogados na rua no meio da madrugada numa cidade desconhecida? Porque eu não quero. Já abusamos da sorte! Além disto, quem é que vai dirigir amanhã, se todo mundo estiver de ressaca?

— Só mais uma garrafinha — Gael choramingou.

— Sem garrafinha. Bora pra caminha!

— O Twitter vai ficar sabendo disso — ele resmungou, mas obedeceu.

Lembrar onde ficavam os nossos quartos foi mais uma missão para o Quinteto Fantástico, e nós corríamos pelos corredores como crianças, rindo baixinho. Em determinado momento, Luís começou a cantarolar a música-tema do 007, e eu me lembro vagamente de ter dado uma cambalhota no gramado molhado de orvalho, ouvindo a risada de Bárbara como trilha sonora.

Posso jurar que aquela palhaçada durou horas; quando enfim avistamos o corredor estreito e escuro pelo qual Juliana havia nos guiado mais cedo, Bárbara exclamou:

— Louvado seja o Senhor!

— Shhhhhh — nós quatro pedimos, e uma luz se acendeu no andar de cima.

Saímos correndo feito baratas tontas e Bárbara foi entrando no quarto junto com Gael quando ele colocou a mão em seu ombro e disparou:

— O que você tá fazendo?

— Entrando no quarto? — Bárbara rebateu, confusa.

— Você não ouviu a freira mais cedo?

— Ela nem vai ficar sabendo, para de graça — Bárbara riu, quase incrédula.

E eu fiquei parada no batente da porta, assistindo àquela cena que me machucava fisicamente, sabe-se lá Deus por quê.

— Babs, é sério — ele rebateu —, só uma noite.

— Nossa, Gael. — Bárbara pareceu ficar sóbria repentinamente, ajeitando a postura. — Sério isso?

— Fecha logo a porta, Gael, eu achei um cigarro na mala! — Luís gritou de dentro do cômodo, eufórico.

— Eu bebi demais, amor, não vai nem subir. — Gael achou que aquilo confortaria a namorada, fechando a porta na sua cara em seguida.

Bárbara ficou parada, de costas pra mim, sem reação, e eu tive que segurar o impulso de abraçá-la.

— Opa, opa, opa, tá voltando tudo! — Camila exclamou, saindo do quarto e passando como um raio por nós duas, em direção ao banheiro.

— Ninguém me segue, não sei se vai sair por cima ou por baixo!

Nós observamos Camila desaparecer pelo corredor. Em seguida, nos olhamos, Bárbara nitidamente envergonhada pela rejeição de Gael, eu sem saber como reagir a uma situação daquela.

— Só tem doido, né? — tentei, sentindo tudo rodar, rodar e rodar.

— Ah, é — ela respondeu, passando por mim com a cabeça baixa e entrando no quarto.

Respirei, ainda do lado de fora, sem conseguir me mexer. Eu estava bem bêbada, uma nuvem espessa de confusão tomando conta dos meus pensamentos, e sentia que as minhas pernas não me obedeceriam nem se eu tentasse.

Se entrasse naquele quarto, ficaria sozinha com Bárbara. Eu e a minha língua que estava bem solta depois de sete garrafas de vinho. Solta para falar demais, ou para fazer outras coisas também, a depender dela.

Eu não conseguia me mexer. Não conseguia entrar no quarto. Era melhor dormir do lado de fora, no chão, no frio. Qualquer coisa para me proteger de mim mesma.

Respirei fundo e comecei a contar mentalmente até dez. Um. O que eu deveria fazer? Dois. Bárbara era minha amiga, eu conseguiria estar no mesmo ambiente que ela numa boa! Três. Sozinhas? Bêbadas? Quatro. Depois de assistir Gael agindo feito um idiota? Cinco...

— Ana, me ajuda aqui?

Virei-me rapidamente e entrei, sem pensar duas vezes.

A decisão havia sido tomada.

Quando fechei a porta atrás de mim, encontrei Bárbara tentando fechar a janela, por onde um vento gelado entrava. Ela fazia muita força, mas a janela nem se mexia.

— Essa merda não quer fechar!

— Peraí. — aproximei-me e comecei a empurrar junto, mas era como se a janela fosse a espada do Rei Arthur e só se mexeria com algum poder mágico ou a bondade que *não* existia no meu coração.

Depois de alguns segundos, desisti, sentindo farpinhas de madeira entrando nos meus dedos.

— Ai — disse, sacudindo os dedos. — A gente tá muito bêbada ou essa merda emperrou?

— Acho que os dois. — Bárbara segurou as minhas mãos. — O que foi?

— Acho que entrou alguma coisa no meu dedo. — Mostrei o dedo indicador para Bárbara, que, sem pensar duas vezes, o enfiou na boca e chupou.

Eu fiquei parada feito uma estátua, assistindo aquilo sem nenhuma reação. Ela continuou, sem nem dar bola para a minha cara, que eu posso jurar que havia derretido.

A cada segundo que passava eu sentia o meu corpo esquentar, e esquentar, e esquentar... De repente, puxei o dedo de volta sem nenhum cuidado, antes que aquilo ficasse insustentável.

— O quê? É assim que tira farpa! — ela exclamou.

— É assim que começa a maioria dos filmes pornôs também — disparei.

Bárbara olhou pra mim, confusa, e em seguida, sem aviso prévio, começou a rir.

Eu ri junto, aliviada por ela ter levado a minha piada numa boa... Até que Bárbara passou a chorar e rir ao mesmo tempo, e aí eu já não sabia mais se tinha causado uma boa impressão.

— O quê? O que foi? Desculpa, foi só uma piada idiota. — Aproximei-me, mas Bárbara se desviou de mim e se sentou na cama, enfiando as mãos na cara.

— Não é nada, acho que eu bebi demais, desculpa, eu sou uma idiota mesmo — ela sussurrou entre os dedos, entre espasmos de choro.

Sentei-me ao seu lado, preocupada.

— Você quer que eu vá pegar uma água? — Ela negou com a cabeça, sem dizer nada e soltando um soluço sentido. — Quer um abraço então? Minha mãe sempre disse que o meu abraço era ótimo.

Consegui arrancar uma risadinha de Bárbara, que concordou com a cabeça, ainda com o rosto enfiado entre as mãos.

Respirei fundo e envolvi os seus ombros, apoiando a cabeça em seu ombro, sentindo o cheiro cítrico do seu perfume e um fundinho de vinho tinto. Ficamos alguns instantes assim, mas logo eu adicionei, bem perto do seu ouvido:

— Eu também sou uma ótima ouvinte.

— É só que... sei lá... você já sentiu que não está no lugar da vida onde deveria estar? — Bárbara levantou o rosto, encarando-me; as lágrimas deixavam um rastro de tristeza pelo seu rosto e cintilavam com a luz da lua.

O tempo todo.

— Como assim? Tipo agora? Porque se for agora, a resposta é sim. Eu queria estar num quarto de hotel em Palmas, prestes a embarcar numa aventura no Parque Estadual do Jalapão, não aqui. — A boca de Bárbara estava muito, *muito* próxima da minha, e eu não pude evitar olhar para ela. Talvez... talvez fosse mentira. Talvez o que eu mais quisesse na vida era estar ali. — Não que... não que aqui esteja ruim também.

De repente, fiquei consciente demais da minha pele contra a pele de Bárbara.

Ela continuava a me olhar, e nós ainda estávamos abraçadas. Os olhos dela se desviaram rapidamente para a minha boca, mas logo me encararam novamente.

Eu deveria ter tido a coragem de continuar naquele abraço, mas não consegui, não quando ela estava tão vulnerável e triste. Que tipo de pessoa eu seria se me aproveitasse de uma situação como aquela?

Por isso, afrouxei os braços, pigarreando, constrangida. Bárbara entendeu o recado, ajeitando-se também. Agora, sua boca parecia estar a quilômetros de distância.

— Não, não agora. Na... vida. Sabe? Na carreira. No relacionamento. Parece que tá todo mundo melhor que a gente. Sei lá... eu tô perdendo o juízo?

Era como se eu estivesse olhando no espelho e me ouvindo dizer aquelas coisas. Mas, no caso de Bárbara, ela estava realmente melhor do que eu. Muito melhor do que eu.

— Não. Não, eu te entendo. Você não perdeu o juízo. Por que acha que eu estou indo num retiro de emanação de ondas de felicidade?

— Não sei. Você nunca me disse. Por que está indo?

— Porque... — Engoli em seco, antes de continuar: — Se eu continuar levando a vida do jeito que vim levando nos últimos 24 anos, eu não sei mais se quero continuar aqui.

Não sei porque vomitei aquelas palavras. Não sei por que precisei ser brutalmente honesta. Não sei que tipo de impressão eu passaria para Bárbara depois de ter dito aquilo.

Mas eu me senti aliviada em finalmente dizer em voz alta.

Eu nunca tinha de fato formulado aqueles pensamentos, naquela ordem específica. Mas era verdade. Era como eu realmente me sentia. Eu não via propósito na minha vida se ela fosse continuar da forma como estava. Eu costumava acordar todos os dias com um sorriso no rosto e ir dormir todas as noites com um sonho. Mas aquela Ana havia desaparecido. No lugar dela, havia ficado só um esboço. Um primeiro rascunho. Eu.

Bárbara ficou parada no mesmo lugar, me olhando como se pudesse enxergar através de mim.

— Desculpa, eu não quis te assustar — acrescentei, o peso do que havia dito apoiando-se em meus ombros. — Eu não estou pensando em acabar com tudo, nem nada do tipo, eu só... Eu me sinto muito pequena às vezes. E aí sinto que era melhor só... desaparecer. Seria mais fácil. Sabe? Nossa, puta merda, acho que eu estou piorando as coisas. É por isso que eu não falo muito, porque quando eu falo é isso que...

No meio do meu monólogo assustado, Bárbara me abraçou.

— Você tá com pena de mim, né? — murmurei, sentindo novamente o cheiro delicioso do seu pescoço.

— Não. Não tô. Porque eu sinto o mesmo. E eu não quero ter pena de mim mesma.

Não deu tempo de perguntar o que Bárbara queria dizer com aquilo. Nem de entender como uma garota que tinha tudo podia sentir o mesmo que eu, que não tinha nada. Não, porque naquela mesma hora Camila retornou do banheiro e escancarou a porta.

— Saiu por cima!

Soltei-me de Bárbara como se tivesse sido pega no flagra por Gael enquanto transávamos apaixonadamente, o que, infelizmente, não era o caso.

Graças ao bom Senhor, Camila estava bêbada demais para perceber que eu e Bárbara estávamos abraçadas instantes antes, porque ela com certeza diria algo que me envergonharia ou, pior ainda, ficaria num silêncio cheio de segundas intenções.

— Nunca mais — ela disse, jogando-se feito o Patrick Estrela na outra cama de solteiro —, nunca mais eu bebo. Nunca ma...

E aí ela dormiu.

Eu e Bárbara nos entreolhamos.

— Eu durmo no chão — disparei.

— Já disse, para de besteira, dorme aí — ela rebateu, apontando com a cabeça para a cama onde estávamos sentadas. — Ou você tem nojo de mim?

Não consegui segurar a risada que saiu pelo meu nariz. Se ao menos ela soubesse...

— Lógico que não. Eu não quero incomodar... Posso dormir com a Camila também.

Nesse momento, como se ela soubesse que eu estava fazendo de tudo para sabotar talvez a única chance da minha vida de dormir ao lado de Bárbara, Camila roncou alto.

— Certeza? — Bárbara ergueu uma sobrancelha.

— Tá bom... Mas que fique bem claro que eu acho um clichê sem tamanho ter apenas uma cama para dormir.

— Só seria um clichê se você estivesse apaixonada por mim, né?

Engoli em seco, sem responder nada.

Constrangidas, nos deitamos lado e lado, as costas da minha mão roçando parte da perna descoberta de Bárbara.

— Só é um clichê porque é muito bom também — murmurei, sem conseguir me conter.

— Só é um clichê porque todo mundo quer viver um — ela murmurou de volta.

Ficamos em silêncio alguns instantes. Desejei ser mais corajosa. Desejei que Bárbara fosse menos cuidadosa. Desejei estar deitada em uma cama com ela em outro contexto, em outro momento. Mas então só desejei:

— Boa noite, Babs.

— Boa noite, Ana — ela respondeu.

Aquela seria uma longa noite...

VOCÊ SÓ SERÁ F*DA QUANDO SE SENTIR F*DA
CAPÍTULO VINTE E OITO: O MEDO NÃO É SEU AMIGO

A neurociência diz que o medo é uma reação química do corpo ao se encontrar em perigo. E isto até pode ser verdade, mas como o corpo sabe que você está em perigo? O que é estar em perigo? Estar frente a frente com uma cobra venenosa é um exemplo óbvio, mas será que falar em público, admitir seus sentimentos ou pedir um aumento para o seu chefe deveria te amedrontar tanto assim?

A verdade é que nós nos escondemos atrás desses medos que os nossos cérebros constroem ao longo da vida. Por que quando crianças não temos medo de nada? Porque ainda não foi colocado em nossas cabeças que é perigoso correr, dançar, pular, explorar, *VIVER*! A cada ano que passa nos distanciamos da coragem infantil para nos transformar num poço de inseguranças, paranoias e medos. E por que isso? Porque gritar na frente de desconhecidos que queremos um brinquedo é normal aos 7 anos, mas aos 27 a ideia de subir num palco e falar sobre um assunto que estudamos e dominamos nos parece tão assustador?

Ao contrário do que muitos especialistas dizem, o medo não é nosso amigo. O medo não nos impede de enfrentar ameaças mortais, ele só nos paralisa, nos faz deixar de aproveitar o melhor que a vida tem para nos oferecer. O medo é só mais uma barreira que o cérebro coloca entre você e a felicidade.

Não tenha medo de viver, não tenha medo de correr com o seu carro, pular de paraquedas, mergulhar em mar aberto, escalar o Everest, desbravar os sete mares, transar com desconhecidos, *VIVER*! Intensamente! Sem medo!

Por que ter medo de pedir um aumento, se é o que você merece? Por que ter medo de admitir o que você sente, se não tem como sair perdendo dessa situação? Por que ter medo de se impor, se todos vão te admirar e respeitar mais? Por que ter medo de falar em público, se isto pode fazer com que você seja mais conhecido na sua área? Por que ter medo de se sentir foda, se você só vai ser foda quando se sentir foda?

O medo não é seu amigo.

Então até quando você vai manter essa amizade tóxica com você mesmo?

Até quando você vai ter medo?

Quando acordei no dia seguinte, senti uma pressão contra o peito. Por breves segundos, pensei que estivesse tendo um ataque cardíaco. Porém, quando despertei completamente, encontrei o braço de Bárbara ao redor da minha cintura, os dedos perigosamente próximos do meu seio direito.

Eu havia sonhado a noite toda que nós duas estávamos numa cachoeira, jogando água uma na outra, e acordei com medo de que aquele pudesse ter sido o tipo de sonho que precede um belíssimo xixi na cama, mas a realidade era outra, e *bem* melhor.

Discretamente, virei meu rosto na direção dela. Bárbara estava no mais profundo sono, a boca entreaberta, alguns cachos cobrindo a testa, remela acumulada no canto dos olhos. Ela estava linda... Tão linda que era fisicamente impossível continuar mais cinco segundos ali sem fazer algo que me envergonharia profundamente, como lamber as suas covinhas.

Quantas vezes eu não sonhei em acordar ao lado dela, exatamente daquele jeito? Nós sorriríamos uma para a outra, ela pediria mais cinco minutos para dormir, e eu iria até a cozinha, preparar o café da manhã, café puro para mim, suco de laranja para ela. Uma vida simples, tranquila, nosso apartamento, dois cachorros e muito amor.

Mas aquela vida não pertencia a mim. Pertencia a Gael.

Pensar em Gael fez com que o meu coração acelerasse. Será que se ele visse aquela cena, levaria numa boa? Eu acreditava que não.

Por isso, lentamente, retirei a mão dela da minha cintura, me odiando por ser tão empática. Por que eu não podia ser uma filha da puta egoísta? Eram essas pessoas que conseguiam o que queriam! Eram essas as pessoas fodas! Era pedir demais?

Frustrada, levantei-me da cama sem fazer barulho e movimentos bruscos, sentindo um forte cheiro de álcool envelhecido tomar conta do ar. Já começava a clarear, e eu sabia disto porque dormimos com a janela aberta, e agora eu percebia o erro que havíamos cometido, coçando os braços das picadas de sabe-se lá quais bichos haviam feito a festa a noite toda.

Observei Bárbara por mais alguns segundos. Ela estava muito chateada na noite anterior, chorando. *Você já sentiu que não está no lugar da vida onde deveria estar?* Não gostava de vê-la daquele jeito, primeiro porque não gostava de vê-la triste, segundo porque se a pessoa que eu considerava um modelo de "vida perfeita" estava sentindo aquilo, o que sobrava para mim?

Eu precisava fazer alguma coisa. Qualquer coisa para resolver aquela situação e ver Bárbara sorrindo de novo. Só assim o mundo entraria nos eixos novamente.

Pensei em acordar Camila para ir comigo naquela aventura, mas a minha amiga havia se enfiado embaixo da coberta fina da cama e dormia em posição fetal, roncando baixinho, então decidi que teria que fazer aquilo sozinha.

Obstinada, saí de fininho do quarto, indo direto para o banheiro. Não tinha minha nécessaire comigo, mas fiz o que podia para tirar a cara de ressaca e morte do rosto. Gargarejei com água algumas vezes, tentando me livrar do gosto de vinho amanhecido na boca, esfreguei o rosto com água e sabonete e saí.

Com certeza já estive em condições melhores, com roupas limpas, de banho tomado, cabelo penteado e dentes escovados, mas já havíamos passado por tanta coisa naquela viagem que eu honestamente estava apenas feliz em estar viva.

Passei na frente da cozinha, rumo à saída, e observei enquanto uma freira franzina recolhia as garrafas de vinho que havíamos secado e as colocava numa grande sacola de lixo preta. Tínhamos esquecido *apenas* de jogar as provas do crime fora... Pelo menos não havíamos sido descobertos pela freira Juliana, e sim aquela santa. Amém!

Escapuli do convento por uma pequena portinha ao lado do portão principal, cobrindo o rosto com o antebraço para me proteger do sol que fazia. O inverno no Centro-Oeste do país era vibrante e melancólico, azulado e amarelado. Parecia uma pintura, e me inspirava a me sentar na grama e criar algo que pudesse se equiparar com toda aquela beleza.

Mas eu não tinha tempo. Não. Na verdade, estava correndo contra ele.

Coloquei-me em marcha, caminhando até o final da rua, onde estivemos algemados na tarde anterior. Parecia uma vida atrás!

Ao entrar na delegacia, encontrei Felipe na mesma posição, mexendo no mesmo computador velho.

Agradeci aos céus por alguma constante naquela viagem maluca.

— Bom dia — ele me desejou, sem tirar os olhos da tela —, como foi a noite no convento?

— Foi... peculiar — comentei, me aproximando do balcão.

Felipe riu baixinho, e virou a cadeira de rodinhas na minha direção; reparei nele pela primeira vez, a pele negra, o cabelo estilo militar, barba por fazer. Ele tinha um rosto bom. Um rosto irônico, sim, mas bom em sua essência.

— No que eu posso te ajudar? Veio fazer um B.O. contra a Juliana? Você não seria a primeira.

— Não, eu vim pedir a sua ajuda. — Apoiei os braços no tampo. — Como faço para recuperar o nosso carro? Onde fica o pátio? É muito longe?

— Você está em Gurupi, nada é muito longe. — Ele deu de ombros. — É só jogar no Google Maps.

— Meu sinal tá muito ruim — menti; não queria falar que estava guardando o restinho de créditos que tinha para mais tarde e não podia conectar o 4G e usar o Google Maps.

— Eu te falo onde é — Felipe então se curvou e baixou o tom da voz —, se você me passar o telefone do seu amigo.

— Do Luís? Óbvio, ele tá precisando mesmo tran... sair um pouco. — Sorri amarelo, pescando o celular do bolso da calça. — Anota aí.

Felipe anotou o número no próprio celular. Em seguida, pegou uma folha sulfite e desenhou um mapa.

— É meio complicado, então presta atenção, tá?

Concordei com a cabeça, me aproximando para poder enxergar melhor e me focar para não me perder. Ele então traçou uma reta da delegacia até o final da rua, e desenhou um X.

— Pronto, é aqui.

— Cê tá de sacanagem comigo. — Ergui o rosto, encontrando o rosto zombeteiro do policial; ele e Luís podiam muito bem ser almas gêmeas.

— Gurupi. — Ele deu de ombros.

— Vou contar pro Luís o que o número dele valeu. — Arranquei a folha da mão dele, meio rindo, meio puta. — Será que tem alguém lá agora?

— Hoje só abre ao meio-dia, mas a dona Lúcia deve estar lá. Ela mora numa casinha que fica do lado e tá sempre por lá. É mais dona que o dono! — Felipe baixou o tom de voz, ficando mais sério: — Foi uma merda o que fizeram com vocês ontem. Mas com a polícia federal é difícil fazer qualquer coisa... nem o delegado consegue acabar com essa merda.

— É, Brasil, né?

— Brasil... — Felipe suspirou, se voltando para o seu computador vintage. — Boa sorte lá. Se tiver algum problema, diz pra dona Lúcia que o Felipe mandou um abraço, aí ela não vai te encher o saco.

— Ô, Brasil... — murmurei, saindo da delegacia. Antes de sair completamente, adicionei: — O Luís ama RuPaul's e heróis da Marvel. E odeia futebol e pés estranhos.

— Bom saber. Não vou usar chinelos perto dele.

Saí rindo, e caminhei em direção ao pátio, o sol subindo cada vez mais, e agora o friozinho do início da manhã se dissipando e dando lugar para um calorzinho abafado.

O pátio era mesmo no final da rua, mas ela tinha mais metros do que eu previ, e eu cheguei esbaforida ao portão do DETRAN. Do lado de fora, podia ver fileiras e mais fileiras de motos e carros, alguns novos, outros com aspecto de estarem ali havia décadas.

Quantas histórias aqueles carros podiam contar? Quantas vidas se sentaram em seus bancos, esperando, buscando, *sonhando*.

Chacoalhei a cabeça; não era hora de deixar a minha imaginação me levar. Eu tinha um plano. E pretendia executá-lo à perfeição. Pelo menos alguma coisa eu tinha que ser capaz de fazer direito!

Coloquei as mãos na moldura de ferro que servia como porta e olhei para dentro. Não tinha ninguém.

— Ei! Bom dia! Tem alguém aí?

Silêncio.

Usando uma técnica milenar passada de mãe para filha, eu então bati palmas. Em seguida, assoviei. E, para a minha sorte, uma senhora de cerca de 60 anos apareceu detrás de uma pequena guarita, mexendo no celular. Ela tinha a raiz do cabelo esbranquiçada, mas o restante dele pintado de loiro, e unhas compridas que faziam *toc toc toc* na tela do aparelho conforme ela digitava.

— Bom dia — desejei.

A mulher guardou o celular no bolso e caminhou na minha direção.

— Dia. — Ela me olhou de cima abaixo, franzindo o cenho. Eu podia imaginar o que ela estava pensando do estado em que eu me encontrava, e não devia ser agradável.

— Dona Lúcia?

— Só Lúcia, que dona eu só sou pros meus gatos.

— Eu vim pegar o meu carro, a polícia o apreendeu ontem. Sem motivo nenhum! — acrescentei, porque o meu senso de dever moral me impelia a me justificar para aquela senhora que eu havia acabado de conhecer.

Você Só Será Ansiosa Se Se Sentir Ansiosa. Eu deveria escrever *esse* livro.

— Hmmm. — A "apenas" Lúcia concordou com a cabeça. — A gente só abre ao meio-dia, menina.

— Mas a senhora tá aqui agora. Não pode me quebrar esse galho? Eu preciso chegar em Palmas ainda hoje. Por favor!

Talvez fosse a minha cara de cachorro que caiu do caminhão da mudança. Talvez dona Lúcia tivesse um bom coração e quisesse ajudar o próximo. Ou talvez ela não estivesse com paciência para os meus problemas de garota branca. De qualquer forma, antes que eu pudesse continuar com a súplica, ela suspirou e perguntou:

— Qual é o seu carro?

Olhei em volta; seria incapaz de dizer qual marca de qual empresa, o único carro que eu conhecia por nome era o Celta, isto porque adorava a piada do "Celta preto". Apesar da minha falta de conhecimento automobilístico, a minha memória era boa, e logo eu avistei o carro azul-escuro do pai do Gael perto da saída, bem limpo e diferente de seus coleguinhas de pátio.

— Ali, aquele ali — apontei, quase pulando de empolgação.

— Tá bom, só um minuto.

Lúcia abriu os cadeados da portinha e me deixou entrar. Em seguida, se afastou, me deixando sozinha.

Aproveitei o momento para colocar em prática a segunda fase do meu plano. Peguei o celular do bolso e, utilizando o que restou de bateria e dos créditos, liguei para o número de contato da organizadora do retiro espiritual de emanação de ondas de felicidade.

Àquela altura do campeonato, ela já até sabia o meu nome. Deveria ter salvo o meu número como "garota problema", aquela que perdeu o ônibus, pediu reembolso dos hotéis e agora estava atrasada para o retiro.

Expliquei para ela a situação. Contei que haviam apreendido o nosso carro — sem motivo algum, acrescentei —, mas que gostaríamos muito de participar do retiro, e sabíamos que se perdêssemos a primeira atividade não poderíamos participar das próximas. Implorei então que eles esperassem só mais um pouquinho, pelo amor de Deus, e, para a minha surpresa, nem precisei começar a chorar. Assim que terminei o meu relato, ela disse que eles ainda não haviam saído para o Parque Estadual do Jalapão, haviam enfrentado alguns probleminhas de logística, e partiriam no começo da tarde. Se eu conseguisse pegar o carro, chegaríamos lá bem na hora!

Feliz por ter conseguido fazer alguma coisa de bom para os outros (e para mim) em 24 anos de vida, e pela sorte ter finalmente sorrido para mim, agradeci pela compreensão e desliguei, aliviada. Tudo daria certo.

Nós chegaríamos para o retiro. Emanaríamos ondas de felicidade. E, o melhor de tudo: Bárbara ficaria feliz novamente.

Fui tomada de um sentimento quente e reconfortante. Há quanto tempo eu não sentia aquilo? Aquela sensação de... esperança!

— Prontinho. — Lúcia retornou bem naquela hora, num timing perfeito. Ela sorria como se soubesse da minha felicidade. Ou como se estivesse prestes a destruí-la. — Só vou precisar do comprovante de remoção emitido pela polícia, seu documento de identidade com foto, comprovante de pagamento do reboque, da diária no pátio e do guincho e o documento do carro.

Travei. Eu não tinha nada daquilo.

Óbvio. Óbvio que tudo tinha que dar errado para Ana Menezes. Dona Lúcia não era uma mulher boa, querendo ajudar o próximo. Ela queria dinheiro. Aquilo era para que eu aprendesse a não esperar nada de ninguém.

— Hã... Tá, espera. Meu documento e o documento do carro estão lá dentro — tentei raciocinar. — Posso pegar?

— Pode!

Lúcia me entregou a chave e eu fui até o carro, recuperando a minha bolsa. Em seguida, peguei o documento do automóvel que havia visto Gael retirar do porta-luvas. Entreguei ambos para a senhora.

— A polícia não emitiu nenhum comprovante... — comecei a falar, mas então lembrei do papel que o policial havia me entregado na tarde anterior. Feliz pela minha boa memória, puxei o papel do bolso da calça.

— Espera, eu tenho! Eu tenho o comprovante!

Dona Lúcia avaliou os documentos que entreguei, como se estivesse puta por eu ter tudo o que ela pediu. Em seguida, subiu o rosto em minha direção.

— Certinho. Vou precisar só do pagamento das taxas, então. São 218 pelo guincho, 7,35 de cada quilômetro rodado, que eu vi aqui que foram 20, então mais 147 reais. E a diária do pátio, 71,50. Somando tudo, dá 436,50.

— Eu teria ficado impressionada por ela nem ter usado uma calculadora para fazer todas aquelas contas se não estivesse tão puta com a situação.

Estreitei os olhos na direção dela. Ela sabia. Aquela senhora inofensiva sabia que os policiais faziam aquilo para cobrar por propina. E sabia também que, quando não conseguiam, era ela quem ganhava com o esquema. E provavelmente repassava um pouquinho para eles também.

Se a gente não se fodia na entrada, se fodia na saída.

Brasil, desordem e regresso.

Eu obviamente não tinha 436,50 para gastar com aquilo. Mas tinha uma carta na manga:

— O Felipe te mandou um abraço.

Lúcia franziu o cenho para mim. Eu podia ver o deleite de ganhar dinheiro em cima de trouxa se esvaindo dos seus olhos.

De forma quase grosseira, ela me devolveu a CNH, o comprovante e o documento do carro, entregando junto com eles a chave.

— Fala pra ele que eu mandei outro. Boa viagem — ela desejou, caminhando até o portão e o abrindo.

Uau. Então era daquela forma que amigos de gente importante se sentiam? Por isso todo mundo queria ser parça do Neymar?

Feliz da vida, entrei no carro, coloquei o cinto de segurança, segurei o volante e olhei para a frente.

E aí o meu coração disparou dentro do peito. As mãos gelaram. O estômago revirou. As pernas bambearam.

Ansiedade. Eu estava tendo uma crise aguda de ansiedade.

A primeira vez que eu ouvi falar sobre TAG, transtorno de ansiedade generalizada, eu tinha 20 anos e havia pesquisado "o que tem de errado comigo?" no YouTube, depois de mais de uma semana sem conseguir dormir direito.

Entre vídeos sobre bipolaridade, depressão e diabo no corpo, acabei caindo em um chamado "5 sinais de que você sofre de ansiedade". E conforme o meu coração batia rápido dentro do peito e eu marcava todas as caixinhas de sintomas, vi um filme passar diante da minha cabeça. A dificuldade que tive a vida toda de apenas parar de pensar, parar de imaginar os piores cenários possíveis. O rótulo prematuro de que eu era "preocupada demais". A necessidade de agradar, de me provar. O prazer em planejar tudo nos mínimos detalhes, e depois a tortura que era realizar essa atividade planejada, por menor que fosse. A forma como o meu estômago se embrulhava, as minhas mãos formigavam e eu sentia como se fosse morrer antes de qualquer evento, festa, reunião, consulta ou horário marcado. A ânsia de querer escapar para os meus livros, porque neles eu podia decidir o que acontecia no futuro dos personagens e estava no controle de tudo. Todos os monólogos que tinha dentro da minha cabeça e que ninguém nunca ouvia. O sentimento de fracasso por não estar onde acreditava que todos achavam que eu deveria estar. A obsessão pelo futuro, *sempre ele*, ignorando presente e passado. A eterna sensação de que nada nunca era o suficiente. A insônia. As palpitações. Os suores. As tremedeiras. As faltas de ar. O medo, constante, latejante, pungente. Tudo. Tudo estava relacionado com a ansiedade.

E o que eu fiz com isso?

Nada. Como a minha família fazia com tudo o que atrapalhava ou incomodava, varri aquela informação para debaixo do tapete e segui com a vida, fingindo que tinha tudo sob controle.

Mas os sintomas foram piorando e piorando, até que um dia eu peguei o carro do meu pai para ir até a faculdade e me vi no meio de um cruzamento, chorando no volante, enquanto diversos carros buzinavam atrás de mim. Depois disso, nunca mais ousei tentar dirigir.

Eu sabia que tinha um problema, estava bem óbvio. Um dos meus maiores medos na vida era enlouquecer sem ter noção disto, mas eu estava bem consciente de que a forma que eu agia não era normal; já havia ultrapassado a "personalidade peculiar" e se tornado um distúrbio. Mas uma parte de mim tinha medo de investigar e ouvir da boca de um profissional o que artigos na internet, o YouTube e o Google já haviam me dito, com todas as letras.

Eu queria me agarrar à minha "normalidade" o máximo de tempo possível. Queria fingir para mim, para os meus pais, irmã e amigos que eles não precisavam se preocupar comigo, que eu estava bem, que eu podia cuidar de mim mesma.

Fake it until you make it. Não era isso o que diziam?

Mas então para onde fingir que estava tudo bem me levou? Até um pátio do DETRAN no Tocantins, as mãos no volante, a chance de salvar o dia e nenhuma condição mental de fazer isto.

— Merda, merda, merda. — Saí do carro e fechei a porta.

Lúcia, que estava parada no portão, estranhou a movimentação.

— Menina, não consegue passar? Olha o tamanho do portão, passa um elefante!

— Eu não... consigo.

— O quê? Tá sem gasolina, é? — A mulher se aproximou de mim. Então me olhou de cima abaixo novamente. — Você sabe dirigir?

— Sei! Lógico que eu sei, eu só... não consigo.

— Óbvio que consegue, menina, o carro é automático, é só pisar no acelerador. — Dona Lúcia já começava a perder a paciência. — Pra onde você vai?

— Pro convento — expliquei.

— Mais fácil ainda, é uma linha reta!

— Você pode me levar então? — arrisquei, virando-me para ela e tentando fazer com que dona Lúcia percebesse o meu desespero e visse em mim a figura de uma filha, ou sobrinha, ou neta, o que fosse.

— Que levar o que, tá doida, é? Nem me pagar você pagou. Aliás — ela pareceu ter uma ideia brilhante e olhou no relógio de pulso —, se completar mais uma hora aqui, vira a diária. E aí não vai ter Felipe que te quebre galho nenhum.

— Quanto tempo eu tenho? — questionei, aflita.

— Dois minutos.

Foi o incentivo que eu precisava. *Se não aprende no amor, vai aprender pela dor*, minha mãe costumava dizer. Ou *tem gente que só aprende quando mexe na carteira* era o ditado mais apropriado para aquele momento?

Com as pernas trêmulas, entrei novamente no carro. Fechei a porta e o liguei, ouvindo o barulho do motor e sentindo como se fosse desmaiar.

Dona Lúcia já estava ao lado do portão novamente, sorrindo com a própria canalhice.

Eu respirei fundo, tentando acalmar o coração, que batia tão forte que era como se ele estivesse no meu ouvido. Quando eu tinha aquelas crises, tentava respirar, contar até dez diversas vezes e esperar passar, mas geralmente tinha mais tempo do que apenas dois minutos. Quantas vezes eu podia contar até dez em dois minutos? Não saberia dizer, matemática nunca havia sido o meu forte.

Talvez por isso eu não tivesse dinheiro para apenas pagar a maldita tarifa e esperar aquela crise passar.

Ou talvez por isso eu não tivesse dinheiro para procurar um psiquiatra, ou um psicólogo, evitando assim ter aquele tipo de crise.

Tudo se resumia a matemática.

Aquela filha da puta.

— Um minuto! — dona Lúcia gritou do portão, parecendo estar bastante animada com a minha angústia.

Mirei na Palmirinha, acertei a Rainha Elisabeth.

Tirei o câmbio do "P" e coloquei no "D". Envolvi o volante com a mão esquerda, e com a direita eu segurei o freio de mão. Era simples. Era só abaixar o freio de mão e acelerar. Se houvesse algum problema, o freio estava ali para isso. Diferentemente de quando parei no meio do cruzamento, eu não deixaria o carro morrer, porque carros automáticos não morriam — ao menos que eu fizesse algo absurdo.

Mas eu faria. Não faria? Algo absurdo. Causaria um acidente. Me mataria. Mataria um inocente. Ou alguém não tão inocente, como a dona Lúcia. Como naqueles vídeos virais de pessoas que iam apenas estacionar o carro e capotavam no meio-fio. E aí os meus pais teriam que pagar zilhões de indenização para a família do morto. E ainda pagar o meu velório!

Não. Não. Eu tinha que acalmar a mente.

— Trinta segundos!

O desespero estava tomando conta. Sem saber o que fazer com as minhas mãos, comecei a mexer em tudo. No retrovisor. Nos espelhos laterais. No tapete. Não conseguia pensar, era como se todos os meus divertidamentes estivessem correndo em círculo dentro do meu cérebro, em pane. Mayday! Mayday!

Abaixei o quebra-sol e um pedaço de papel caiu em cima de mim.

— Vinte segundos, menina.

Peguei-o. Não era um pedaço de papel; era uma foto de Bárbara. Gael devia levar com ele para os lugares. Na foto, ela sorria contra o sol, um olho aberto, outro meio fechado.

Bárbara, que estava no convento, achando que tudo pelo o que havíamos passado tinha sido em vão. Bárbara, que havia me ajudado a chegar até ali sem nem me conhecer direito. Bárbara, por quem eu era apaixonada sabe-se lá Deus há quanto tempo. Bárbara, a garota mais perfeita que eu conhecia, com a vida mais perfeita que eu conhecia, e que, surpreendentemente, precisava de mim naquele momento.

Respirei fundo.

Tinha noção do quão brega estava sendo aquele momento, observando aquela foto; eu não estava me curando da ansiedade com o poder do amor. Mas eu estava tentando tomar as rédeas da minha vida. Pelo menos um pouco. Pelo menos uma vez.

Respirei bem fundo.

— Dez segundos — dona Lúcia cantarolou.

Será que seria mesmo tão ruim assim passar com o carro por cima dela?

Sacudi a cabeça. Foco!

10. 9. 8. 7.

Fechei o quebra-sol. Coloquei a mão esquerda no volante. A direita no freio de mão. Soltei o ar aos pouquinhos.

Não era um bicho de sete cabeças. A minha mente é que havia transformado o simples ato de dirigir em um. Eu já havia dirigido muitas vezes. Eu havia passado na prova — sem pagar pelo "quebra"! E um carro automático ainda? Moleza.

6. 5. 4.

Soltei o freio de mão e coloquei o pé no freio. E, aos pouquinhos, fui tirando-o de lá. O carro começou a se mexer.

3. 2. 1.

Com as mãos esbranquiçadas de tanto apertar o volante, saí de dentro do pátio do DETRAN.

Eu queria ter dado um tchauzinho para dona Lúcia, que ficou parada no mesmo lugar, praguejando em voz alta, ou mesmo mostrado o dedo do meio, mas estava paralisada, com os braços duros e os olhos fixos na estrada.

Tudo bem. Uma coisa de cada vez. Primeiro, chegar sã e salva no convento. Depois, ofender senhoras que havia acabado de conhecer.

Passei motorizada pela rua à qual havia percorrido a pé mais cedo. Devagar, não devia estar nem a 30km/h, mas sentia como se fosse Hamilton ganhando uma corrida de Fórmula 1. No esforço físico, eu havia sentido como se tivesse caminhado uns dois quilômetros. No esforço mental, parecia estar percorrendo a Muralha da China.

Passei em frente à delegacia, mas não ousei olhar para dentro. As minhas mãos começavam a escorregar no volante de tão suadas que estavam, e eu queria ter a capacidade de ligar o ar-condicionado, mas não faria nada que pudesse prejudicar aquela missão, não até estar estacionada em frente ao convento.

Depois de dois anos dirigindo — que, na verdade, foram apenas três minutos —, cheguei em frente à construção simpática que nos abrigou naquela noite. E, para a minha surpresa, Bárbara estava parada na frente do portãozinho por onde eu havia escapado mais cedo.

Ela mexia no celular, compenetrada, e eu estacionei lentamente do outro lado da rua, um alívio avassalador tomando conta de mim quando fiz meu cérebro entender que havíamos chegado ali, vivos! Observei-a por alguns instantes, e percebi que o seu rosto estava um pouco inchado; não saberia dizer se era pela ressaca ou se ela havia chorado.

Quando percebi que Bárbara não havia me notado e não me notaria tão cedo, buzinei, o que fez com que ela jogasse o celular longe. Bárbara colocou a mão no peito e olhou em direção ao carro. Eu puxei o freio de mão e abri o vidro; estava suada, com as pernas trêmulas, as mãos duras e o rosto formigando, mas, apesar de tudo isso, consegui abrir a boca e falar a coisa mais absurda do mundo:

— Vamos logo, otária. Nós vamos fazer compras!

O que me levou a citar Meninas Malvadas naquele momento de intenso estresse? Só Jeová seria capaz de dizer.

Para a minha surpresa, ao invés de me mandar ir tomar naquele lugar, Bárbara abriu um grande sorriso e gritou:

— Não acredito!

Ela recolheu o celular do chão e correu em minha direção. Aliviada, saí do carro e fechei a porta, mas não esperava que fosse ser recebida por um abraço tão apertado. Bárbara se jogou nos meus braços e, apesar de ser um pouco menor que ela, a levantei do chão.

— Não acredito que você conseguiu o carro! Aaaaaah!

— Consegui! Eu consegui! E eu liguei no retiro, eles vão esperar por nós!

— Você salvou a nossa viagem!

Bárbara então tocou os pés no chão, mas não me soltou. Ao invés disto, continuou me abraçando apertado e falando com o queixo apoiado no meu ombro, a boca bem próxima do meu ouvido:

— Ainda bem que você está aqui. Eu pensei que você tivesse ido embora!

— Por que você sempre acha que eu tô indo embora?

Bárbara ficou em silêncio. Mas não me soltou. E eu não a soltei. Ao invés disto, respirei fundo, surpresa ao perceber que ela continuava cheirosa, um cheiro cítrico de algum perfume caro. Sem sua mala, sem roupas limpas, sem desodorante e de ressaca, Bárbara cheirava a flores do campo.

Eu encostei a cabeça em seu cabelo macio, passando os dedos por um pedaço de pele que estava exposta em sua barriga, uma vez que a sua blusa subiu quando ela me abraçou.

Bárbara então respirou fundo, e soltou de uma só vez:

— Talvez porque eu não queira que você vá embora.

Meu coração acelerou novamente. Desta vez, porém, de uma forma boa. Eu ainda sentia como se fosse morrer, mas não de desespero. Agora, de alegria.

— Eu não quero ir embora. — Afastei-me o suficiente apenas para olhar em seus olhos, mas não o suficiente para soltá-la.

Bárbara retribuiu o olhar, mas logo o fixou em minha boca, e então subiu para os meus olhos novamente. Eu fiz o mesmo. Exatamente como na noite anterior, mas agora, depois de ter enfrentado os meus medos e salvado o dia, eu não tinha o discernimento de pensar que Bárbara namorava, e que o namorado dela estava a poucos metros de nós; eu não conseguia pensar em nada que não aquele sentimento delicioso de felicidade, e a vontade de compartilhá-lo com Bárbara. Não me interessava se estávamos no meio da rua, na frente de um convento. Bárbara era o tipo de garota que quando você tinha nos braços era melhor aproveitar.

E eu deveria tê-la beijado. Deveria ter acabado com aquele sofrimento. Se ela me empurrasse para longe e dissesse que eu estava confundindo as coisas, pelo menos eu daria uma trégua para o meu coração, que insistia em se iludir. Se ela retribuísse, pelo menos eu poderia sair daquela angústia.

Mas nada disso aconteceu. Porque ouvimos a voz de Gael exclamar:
— Você conseguiu o carro!

E Bárbara me soltou rapidamente. E eu continuei no limbo do meu coração.

E foi como se aquele momento nunca tivesse acontecido.

Os minutos seguintes foram uma confusão de acordar Camila e Luís, comemorações sonolentas e de ressaca, broncas das freiras que nos ouviam gritando pelos corredores e uma despedida rápida daquela que se mostrou a hospedagem de uma noite memorável.

Estávamos caminhando em direção ao carro, mais uma vez correndo contra o tempo, quando a freira Juliana pareceu materializar-se atrás de nós.

— Puta... xa vida! Quase que a gente não consegue se despedir! — Luís exclamou, segurando-se no último instante para não soltar um palavrão.

— Vão com Deus. Nossas portas estarão sempre abertas para vocês. — A freira Juliana estava com os dois braços cruzados na frente do corpo, como estivera todo o tempo.

Atrás dela, todas as outras freiras nos observavam de dentro do portão, com expressões que mais pareciam incógnitas.

Elas queriam estar ali? Ou estavam pedindo ajuda?

— Obrigada. Desculpa se a gente causou algum problema — agradeci, sabendo muito bem que havíamos bebido quase o estoque inteiro de vinho das irmãs.

— Não vi se causaram, mas se isso aconteceu, o perdão virá apenas de Deus.

Ficamos em silêncio, torturados pela verdade que sabíamos e nos questionando se iríamos para o inferno pelo crime de porre e ressaca.

— Então tá bom, tchau! — Luís virou-se para o carro, remexendo sua mala em busca de algum maço de cigarros perdido.

A freira Juliana se afastou, e Gael se aproximou de mim.

Ele parecia não ter visto o abraço íntimo que troquei com Bárbara mais cedo, ou, se vira, estava agindo como se não se importasse. De ambas as formas, eu me sentia culpada. Não fazer com os outros o que eu não gostaria que fizessem comigo era a lei básica da boa convivência, mas então por que eu não me importaria nem um pouco em vê-lo triste, se isso significasse que Bárbara me escolheria no final do dia?

Gael não estava com a melhor das aparências, sem o sorriso fácil que lhe vinha aos lábios e ao qual eu começava a me acostumar. Era até estranho vê-lo sério, sem a personalidade de golden retriever que havia nos apresentado até então.

— Ana, você quer ir dirigindo? — ele questionou.

— Ah, não, não conheço muito bem o carro, é do seu pai, melhor não arriscar — respondi, mas o que eu realmente gostaria de ter dito é que eu não sabia se conseguiria dirigir qualquer carro pelo resto da vida, não depois do estresse que havia passado para recuperar o dele.

— Beleza. — Gael deu de ombros, abrindo a porta e se sentando no banco do motorista.

Do outro lado do carro, Bárbara abriu a porta do passageiro, mas, antes de entrar, olhou para mim. E, indo contra o meu *modus operandi* de ficar insegura com tudo, eu sustentei o olhar. Nós então trocamos um sorriso rápido, e ela se sentou.

Quando me aconcheguei ao lado de Camila, ela me cutucou e apontou para o celular.

— Tô sem crédito. E sem bateria — admiti, pois havia usado o resto de vida do aparelho para ligar para a organizadora do retiro.

— Eu tenho um carregador portátil aqui. Quando ligar, entra na minha rede.

Conectei o celular à bateria externa de Camila. Alguns segundos depois, a tela acendeu. Obedecendo a minha amiga, e esperando enquanto Luís terminava de fumar do lado de fora, me conectei ao seu 4G.

No WhatsApp, passei os olhos por algumas mensagens da minha mãe e um meme idiota que Alice havia mandado. Em seguida, entrei no grupo que tinha com Camila e Luís.

> **CAMILA:** Conta tudo! Como foi dormir de conchinha com a Bárbara?!

> **ANA:** Não foi de conchinha.

> **LUÍS FELIPE:** Mas você dormiu na mesma cama que ela então?

Olhei pela janela, através de Camila, e vi que Luís fumava o segundo cigarro, digitando no celular.

> **ANA:** Não foi nada de mais, gente.

> **LUÍS FELIPE:** Acho que o Gael não concorda muito com você. Ouvi os dois cochichando no corredor quando acordei e ele tá com essa cara de bunda desde então.

> **ANA:** É... A Bárbara tava com aspecto de que tinha chorado mais cedo.

> **CAMILA:** Será que é o fim de Gárgara? E o começo de... #Banana?!

> **LUÍS FELIPE:** Colocar o nome do ship de #banana para um casal de garotas cis é de um mau gosto tremendo. Adorei.

> **ANA:** Não somos um casal, parem com isso.

Luís então finalmente terminou de fumar e se sentou ao lado de Camila, impregnando o ar com cheiro de nicotina e tabaco, e Gael deu partida no carro. Ergui os olhos do celular, só para encontrar os de Bárbara no retrovisor, olhando diretamente para mim.

Senti meu peito esquentar, e as minhas pernas bambearem.

O que estava acontecendo ali?!

> **CAMILA:** Tô vendo...

— De acordo com o Waze, a gente deve chegar em umas quatro horas. Que horas eles devem sair, Ana? — Bárbara se virou para trás, e eu quase deixei o celular cair.

— No fim da tarde, entre 17 e 18h — respondi, sentindo a boca seca.

— Nem acredito que deu tudo certo! — ela exclamou, se voltando para a frente.

— É, deu tudo certo — Gael resmungou de forma amarga.

Bárbara olhou para ele rapidamente, mas logo voltou sua atenção para o celular, sem dizer nada. Nas minhas mãos, o celular vibrou novamente.

> **LUÍS FELIPE:** "Autora de livros LGBTQIA+ é pivô de separação entre YouTuber e Faria Limer. Entenda o caso!"

> **ANA:** Gente... Será que eu causei isso? Mas eu não represento ameaça alguma! Inclusive é isso que as pessoas mais gostam em mim, eu não sou ameaçadora! Eu sou invisível! Esquecível! E foi ele que não quis dormir com ela, eu não tenho nada a ver com isso!!!

> **CAMILA:** Isso, coloca a culpa na vítima.

> **ANA:** Puta merda... Mas não rolou nada! A gente só... Dormiu!

> **LUÍS FELIPE:** Mas e aí... foi bom?

Olhei discretamente para a frente. Bárbara já havia colocado o endereço no Waze e agora olhava a paisagem pela janela. Lentamente, saíamos de Gurupi e voltávamos para a Transbrasiliana, de onde nunca deveríamos ter saído.

O perfil dela era lindo. O nariz tinha uma curvinha charmosa, os lábios cheios ficavam mais bonitos e convidativos à luz do dia, e os cílios longos iam e voltavam a cada piscada.

Eu não conseguia apagar da mente a experiência de acordar com o braço dela ao redor da minha cintura. O cheiro dela quando nos abraçamos. O que ela disse baixinho, só no meu ouvido:

Talvez porque eu não queira que você vá embora.

Eu não sabia o que estava acontecendo. Se eu estava confundindo tudo, colocando intenções românticas onde só existia amizade, como pessoas apaixonadas tinham a tendência de fazer. Eu já estive do outro lado de mensagens insanas de Camila quando ela estava perdidamente apaixonada, como *Será que esse "kkkk" com um quatro k's que ele me mandou depois que eu mandei um poema sobre amor eterno significa que ele me ama???,* então será que agora estava fazendo a mesma coisa?!

Não sabia se estava colocando palavras na boca de Bárbara, palavras que nunca existiram, ou, se existiram, foram ditas em outra ordem, de outra forma, com outra intenção. Ela tinha namorado, e um bem-sucedido, bonito até, se eu fosse obrigada a admitir, gentil, simpático. Ela tinha a vida perfeita, o trabalho glamoroso, o futuro brilhante. E eu? Eu não tinha nada. Nada a oferecer. Nada além da minha escrita.

E naquele momento de caos, de confusão mental, de inseguranças e ilusões, eu queria... Escrever. Era isso o que eu queria. Escrever. E talvez assim eu conseguisse clarear a mente e colocar os meus pensamentos em ordem.

> **ANA:** Foi maravilhoso. Agora calados, que eu vou tentar escrever.

> **CAMILA:** Depois de seis meses sem completar uma linha sequer?! Caramba. A soneca com a Bárbara foi boa mesmo.

Abri o arquivo do livro e comecei a digitar — não era muito fã de escrever pelo celular, mas quando a inspiração aparecia de forma tão avassaladora, seria estupidez ignorar.

Porque era melhor isso do que tentar entender o que estava acontecendo na minha vida. Quem acha que escritores escrevem por fama, dinheiro ou glória nunca vai entender o delicioso sentimento de viver uma outra vida que não a sua. Pensar em problemas que não os seus. E saber como resolvê-los com artimanhas de enredo.

Se eu não conseguia resolver as minhas questões, se estava fora do meu alcance solucionar a bagunça na qual havia me metido, pelo menos os meus personagens fariam isto por mim. Se eu estava sofrendo por amor, Liliane conquistaria a mulher dos seus sonhos. Se eu estava sem perspectiva de futuro, Giovanni conseguiria o emprego pelo qual havia batalhado tanto. Se eu sentia que estava no fundo do poço, os meus personagens até poderiam sentir também, mas eu os tiraria de lá.

E, nas horas seguintes, me perdi em pensamentos sobre eles, minhas criações, seus conflitos, sonhos e aflições. Porque pelo menos ali eu tinha o controle. Pelo menos ali eu era feliz.

Foram as quatro horas mais caladas daquela viagem, o que era esquisito, porque depois de três dias e muitas aventuras juntos já havíamos passado da fase "sem assunto" e tínhamos muito o que conversar. Por outro lado, talvez por isso estivéssemos tão quietos — havíamos passado por muita coisa. Estávamos cansados. Cansados não, exaustos.

De tempos em tempos, Camila ainda tentava quebrar o silêncio constrangedor, mas Gael estava taciturno, Bárbara respondia de forma falsamente educada e Luís conversava com alguém pelo celular — que eu descobri ser o policial Felipe quando discretamente olhei por cima do ombro dele.

Pelo menos alguém viveria uma paixão naquela viagem.

E eu? Bom, eu estava mergulhada no meu livro, e aproveitei a quietude e o reverberar das palavras de Bárbara nas paredes da minha mente para reescrever algumas cenas e até terminar o capítulo onde havia parado, no qual as mocinhas têm a primeira vez delas.

E se eu disser que não me projetei naquela cena intensa e quente, imaginando Bárbara e eu, estaria mentindo.

Estava no meio de uma passagem particularmente delicada, retirando a calcinha de uma das personagens, quando Bárbara exclamou:

— Chegamos!

Desviei os olhos do arquivo e observei o lado de fora. O sol já começava a se pôr e algumas luzes começavam a acender nos postes e estabelecimentos. Já havíamos ultrapassado a divisa de Porto Nacional e Palmas havia alguns quilômetros, mas só agora víamos de fato a cidade, em toda sua glória.

Esperei por algum fato curioso sobre Palmas, como seu nome advir de alguém que batia palmas muito bem ou algo do tipo, mas Gael se manteve calado, com os olhos na estrada. Ele não havia dito nada desde que saímos do convento.

Eu não tinha nada a ver com aquilo, mas então por que me sentia tão culpada?

— Ih, olha lá, o ônibus tá na porta! Será que eles já estão saindo? — Bárbara exclamou, apontando para um hotel charmoso, ou o que se podia ver dele, já que o ônibus que havíamos perdido estava estacionado na frente.

— Não acredito que vou conseguir pegar esse ônibus, já estava começando a pensar que havia imaginado tudo isso — comentei.

— Eu não acredito é que a gente chegou aqui com vida! — Camila acrescentou. — Da próxima vez venho de avião, são só algumas horas pensando que vou morrer, não alguns *dias*.

Gael entrou no estacionamento do hotel e nós fomos recebidos por um manobrista; bem diferente da recepção de todos os lugares onde havíamos dormido até então.

— Boa noite — ele desejou. — Vieram para o retiro do Tony Diniz?

— Sim! — exclamei, entendendo finalmente o que "Deus escreve certo por linhas tortas" queria dizer, porque o quão tortas foram as linhas que nos levaram até ali?!

— Eles já estão saindo? Ainda dá tempo? — Bárbara perguntou, angustiada.

— Não sei, senhora, eles estão no saguão.

— Obrigada! — Ela tirou o cinto de segurança e abriu a porta, saltando do carro. — Vamos?! Eu vou lá ver se o pessoal da minha empresa está bem! — Ela exclamou para dentro do carro, mas não nos esperou, marchando para o hotel.

Saímos com um pouco mais de calma, mesmo porque Bárbara estava lá dentro representando os nossos interesses. O ônibus não sairia até uma das organizadoras dar o ok, não é mesmo?

Quando abrimos o porta-malas, um jovem de não mais que 20 anos veio correndo em nossa direção.

— Boa noite, pessoal. Deixa que eu levo! — ele exclamou, retirando as nossas malas com destreza e as colocando num carrinho.

Camila e Luís o observaram, os músculos trabalhando com eficiência, e eu não saberia dizer qual dos dois babava mais.

— Uau, você é forte, hein? — Camila comentou, se aproximando.

O jovem olhou para ela e sorriu daquele jeito esquisito que os homens sorriam quando estavam tentando flertar.

— Ah, faço isso o tempo todo.

— Dá pra ver — Luís completou.

Revirei os olhos e peguei a minha própria mala, me afastando dos três. Quando dei a volta no carro, encontrei Gael mexendo no celular, apoiado no capô. Ele estava com aquela expressão de irritação, e o meu lado racional imaginou que seria melhor deixá-lo em paz, mas quem era eu se não a pessoa que escolhia os piores momentos para conversar, não é mesmo?

— Tá tudo bem, Gael?

Ele subiu os olhos do aparelho para a minha direção.

— Por que não estaria?

Foi a primeira vez que ele havia sido grosseiro desde o dia em que eu o conheci, três dias atrás.

— Sei lá, você tá quieto — tentei, porque era brasileira e não desistia nunca.

— Eu tô cansado. Só queria que essa viagem acabasse. — Ele voltou a mexer no celular, dando a entender que aquela conversa estava encerrada.

Suspirei. E insisti mais uma vez:

— Você não tem nenhum *fun fact* sobre Palmas? Fiquei esperando por um.

Gael soltou ar pelo nariz, numa risadinha sem graça.

— Palmas é a capital mais jovem do Brasil. — Ele deu de ombros. — Foi fundada em 1989.

— Um baby! — gracejei.

— É... "A idade da Taylor Swift", a Bárbara diria.

Desta vez não insisti mais. Não quando ele havia dito "Bárbara" com tanta mágoa. Ao invés disto, peguei a minha mala e me dirigi para dentro do hotel. Porém, antes de passar pela porta, ouvi Gael me chamar:

— Ana!

Virei-me para trás.

— Tô com a cabeça em outro lugar, e descontei em você. Foi mal.

— Tudo bem. Desculpa se pareci insensível em algum momento...

— Não, nada a ver. Tá tudo certo. Obrigado por perguntar.

— Não foi nada. — Sorri para ele, que sorriu de volta.

Tudo o que estava acontecendo seria bem mais fácil se Gael fosse um arrombado insensível. Mas ele não era. Ele gostava de Bárbara. Era um cara genuinamente legal.

Mas mesmo assim eu ainda desejava que ele não existisse. Pelo menos não na vida dela.

Isso fazia de mim uma pessoa ruim?

Provavelmente.

Entrei no hotel com isso em mente, encontrando uma multidão de pessoas no saguão. Procurei por Bárbara, e a encontrei em frente à recepção. Fui até ela, arrastando a mala atrás de mim.

— E aí, vai dar tempo de tomar um banho? — perguntei, me aproximando.

— Mais do que isso, parece. — Bárbara suspirou. — Aparentemente o voo de Tony Diniz atrasou e só vamos amanhã para o parque.

— Espera... Ele não veio de ônibus com a excursão? — questionei, surpresa.

— Como que eu... — Bárbara começou, mas então se interrompeu na fala, adicionando rapidamente em seguida: — Conversei com outro organizador e ele disse que sim, que ele não anda de ônibus. É só isso que eu sei por enquanto.

— Uau... — Balancei a cabeça, incrédula, mas ao mesmo tempo não. Já era de esperar que uma subcelebridade fosse agir como se fosse melhor do que todo mundo. Querendo mudar de assunto, acrescentei: — Achou o pessoal da sua empresa?

— Sim, estão ali. — Bárbara apontou para um grupo em roda, de jovens usando a mesma camiseta com o nome da startup onde trabalhavam. Qual era a diferença entre um esquema de pirâmide e uma startup? Eu não saberia dizer.

— ... gay, tá na cara!

— Só se for nos seus sonhos! O cara é obviamente hétero.

Olhei para trás e encontrei Camila e Luís se juntando a nós no saguão. Aparentemente eles discutiam sobre a sexualidade do carregador de malas.

— Ele pode ser bi, né? — Bárbara se intrometeu no meio da conversa.

— O B de LGBT não é de "bolacha".

— Não, é de Brasil — Gael comentou, atrás dos dois. — Lula Governando o Brasil Todo.

Nós quatro caímos na risada, no exato momento em que uma garota com um headset apitou bem alto, o que nos fez colocar as mãos nos ouvidos.

Só de olhar para aquele headset eu senti todos os gatilhos no meu corpo se ativarem. Ela então subiu em uma cadeira e todos a olharam, aflitos.

— Atenção, pessoal, o voo do Tony teve um probleminha, mas ele deve estar entre nós em algumas horas, e partiremos para o Parque Estadual do Jalapão amanhã às 7h. Enquanto isso, ele nos pediu para que aproveitemos! O bar do hotel é por conta dele esta noite.

E então as pessoas comemoraram como se não estivessem pagando por aquele open bar.

Bom, se todos ali, assim como eu, estivessem no fundo do poço, uma noite de open bar inesperada seria realmente especial. E mais especial ainda seria uma noite inteira de descanso. Tomar um banho quente e demorado, em um chuveiro decente, num box limpo. Deitar em uma cama confortável, em um colchão firme, porém macio. Dormir sem medo, ou ansiedade, ou culpa.

Nós tínhamos conseguido. Tínhamos alcançado o retiro. Depois de uma noite em um hotel que pegou fogo, uma noite em um motel no meio da estrada e uma noite em um convento mal-assombrado, lá estávamos nós, prestes a embarcar naquela aventura.

Eu sentia todos os músculos do meu corpo relaxarem ao mesmo tempo. Finalmente.

— Aqui, Sra. Santos, quarto 302. — A recepcionista entregou uma chave para Bárbara.

Ela olhou para mim. E então para Gael. E estendeu a mão para ele. Gael a pegou.

— Vamos guardar as coisas no quarto, tá? Nos vemos daqui a pouco — ela ainda acrescentou, e os dois caminharam rumo aos elevadores de mãos dadas.

Senti o coração apertar no peito, mas o que eu esperava? O que eu achava que iria acontecer? Que ela diria ao namorado que dormiria comigo naquela noite?

— Camila Sakamoto, Luís Felipe de Almeida e Ana Menezes — Camila falou para a recepcionista quando percebeu que eu não tomaria iniciativa alguma depois da cena que havia acabado de presenciar. — Acho que estamos juntos no quarto?

— Isso mesmo, Sra. Sakamoto. Vou precisar de documento com foto, por favor.

Mexi na minha bolsa, feliz por ter algo para fazer e tirar a cabeça daquela desilusão. Encontrei meu documento e o entreguei para a recepcionista. Enquanto ela digitava nossos dados no computador, Luís me abraçou pelos ombros.

— Eu tô bem — comentei, mas não retirei seu braço.

— Eu sei. Eu disse que não estava? — Luís deu de ombros. — Só estou cansado. Você é pequenininha, é um bom apoio. Tipo um banquinho.

— Ah, vai se foder — comentei, rindo.

— Que tal um porre esta noite?! Para afogar as mágoas — Camila sugeriu.

— Porque não é isso que estamos fazendo desde que saímos de São Paulo, né? — questionei.

— Três vezes pra dar sorte! — ela acrescentou.

— A chave, Sra. Sakamoto. — A recepcionista chamou a nossa atenção. — Quarto 303.

— Que legal, bem do ladinho deles — resmunguei.

— Para de reclamar, nós temos que nos arrumar para a festa. Você vai se sentir melhor, você vai ver! *Você Só Será Foda Quando Se Sentir Foda*, lembra? — Camila exclamou, me puxando pela mão. — Por que não deixou sua mala com o Otávio?

— Ah, estão se chamando pelo primeiro nome já? Vai dar namoro? — provoquei, e recebi um empurrãozinho de ombro em resposta.

Subimos para o nosso andar e entramos no espaçoso quarto, com três camas de solteiro, uma escrivaninha, um armário, uma varanda — para a felicidade de Luís — e um banheiro bem convidativo para um banho quente.

Guardamos as nossas coisas e nos revezamos para tomar banho; deixei que Camila e Luís fossem primeiro, e aproveitei para tirar uma soneca de vinte minutinhos. Quando despertei, recebendo uma toalha molhada na cara, me sentia bem melhor.

Fisicamente. Emocionalmente era outra história...

Tomei o banho com o qual estava sonhando havia dias e saí. Coloquei a melhor roupa que havia levado, uma calça jeans que deixava a minha bunda bonita e uma camisa preta que me deixava elegante, completando com o único salto que eu tinha; afinal, equilíbrio era tudo. Um pouco de salada, um pouco de droga, etc.

Camila insistiu para me maquiar e eu deixei, e na empolgação ela ainda passou gel no meu cabelo e o puxou todo para trás, como eu já havia visto algumas celebridades usando. Enquanto tudo isso acontecia, Luís fumava na sacada, trocando mensagens e sorrisinhos pelo telefone.

Quando eu fiquei pronta, me olhei no espelho de corpo inteiro na porta do armário e fui obrigada a admitir: estava uma puta de uma gata.

Uma pena que não usaria toda aquela produção para nada.

— Para a sua autoestima — Camila respondeu, depois que me ouviu falar a última frase em voz alta. — A gente não se arruma pros outros. Se arruma para nós mesmos.

— Fale por você. — Luís entrou no quarto, fechando a porta-balcão atrás de si e impregnando o local com cheiro de cigarro. — Eu 100% me arrumo para os outros.

— Eu também. Eu não sou tão importante assim para me arrumar para mim mesma — acrescentou.

— Vocês dois precisam de terapia... — Camila suspirou. — Vamos então?

— Vamos! — exclamei, um pouco mais animada do que quando Camila decidiu que participaríamos da festa naquela noite.

Afinal, estávamos lá. Estávamos vivos. Emanaríamos ondas de felicidade no dia seguinte. Tudo poderia acontecer!

Saímos do quarto e demos de cara com Bárbara saindo do dela. Ela usava um vestido vermelho curto que deixava à mostra uma tatuagem de constelação que tinha na coxa e valorizava seu decote. Aquela visão fez com que eu ficasse com vontade de chorar.

Sério mesmo.

Como se não bastasse revelar todas as suas curvas para o mundo — e para mim —, ela ainda havia caprichado na maquiagem, e estava de tirar o fôlego com um batom também vermelho, os cachos bem definidos e volumosos e delineador gatinho.

E, para melhorar, Gael não estava com ela.

Bárbara olhou para nós e eu posso jurar que ela se demorou um pouquinho a mais em mim.

— Que bom que encontrei vocês! O Gael não tá muito legal, foi dormir. — Ela sorriu, e eu podia ver a mentira por trás daquele sorriso. — Mas eu não queria perder a noite. A gente merece, né?

— Sim! Merecemos! — concordei. — Vamos então?

— Vamos. — Ela sorriu para mim, e nós caminhamos em direção ao elevador. — Vocês estão todos lindos! Principalmente você, Ana, uma gata — ela acrescentou.

— Você também, Bárbara, uma puta de uma gostosa — Camila concordou.

Eu não disse nada, mas acho que o meu sorriso disse tudo.

Estávamos lá. Estávamos vivos. Emanaríamos ondas de felicidade no dia seguinte. Tudo poderia acontecer... Mesmo!

VOCÊ SÓ SERÁ F*DA QUANDO SE SENTIR F*DA
CAPÍTULO TRINTA E DOIS:
DESISTIR É PARA OS FRACOS

Vou contar uma história para vocês: eu já passei por muita coisa nesta vida, já tive que enfrentar muitos obstáculos, mas nunca, em nenhum deles, pensei em desistir.

Não venho de uma família rica. Meu pai herdou a modesta rede de farmácias do pai dele, meu avô, e a minha mãe vem de uma família de pequenos agricultores, exportadores de soja. Mesmo assim, eles conseguiram me matricular no colégio Bandeirantes, em São Paulo, e depois de muito estudo e dedicação, passei no Mackenzie em direito. Sem ajuda, sem ninguém, passei por mérito próprio!

Nem assim as coisas ficaram fáceis para mim. Consegui meu primeiro emprego no escritório de advocacia de um amigo do meu pai, mas entrei depois de muitas entrevistas, demonstrando ser a melhor escolha para a vaga. Porém fiquei anos nela, sem conseguir subir na carreira, imaginando que a minha vida não passaria daquilo, um emprego que não me preenchia, uma rotina que me entediava. Sim, eu já ganhava mais do que 95% da população brasileira, mas seria isso o suficiente? Sim, eu tinha uma esposa linda e um filho incrível, mas seria isso o suficiente? Sim, eu tinha acesso a saúde e educação de qualidade, mas seria isso o suficiente?

Qual era o meu *propósito*?

Mesmo nessa indecisão, nesse momento dificílimo da minha vida, eu não desisti. E fui atrás do que realmente fazia os meus olhos brilharem. E eu descobri, depois de tentar de tudo — paraquedismo, hipismo, meditação, mergulho —, que o que me movia no mundo era mover o outro. Era inspirar o outro com a minha linda e difícil história de superação. Era ver o sorriso no rosto de alguém que não sorria há muito tempo.

Era ser coach da felicidade.

E se eu tivesse desistido, será que seria o mais jovem empreendedor a ter um TED Talk sobre mindfulness no Brasil? E se eu tivesse desistido, será que seria o mais jovem advogado a ter um livro de autoajuda na lista de best-sellers da *Veja*?

E se eu tivesse desistido, será que você estaria aqui, no começo de uma mudança drástica de vida? E se eu tivesse desistido, será que a sua vida continuaria a mesma?

Então não desista. Não se deixe abalar por nenhum obstáculo, por maior que ele possa parecer, como os meus foram. Coisas ótimas o aguardam!

É só seguir em frente.

Quando chegamos no bar do hotel, um espaço meio rústico com bancos de madeira, paredes de tijolinhos e chão de cimento queimado, percebemos que os participantes do retiro levaram bem a sério a sugestão de Tony Diniz para que aproveitássemos o open bar; estavam todos segurando copos de drinks ou cervejas, e alguém havia improvisado uma mesa de DJ, com uma caixinha JBL potente e um celular conectado no Spotify.

— Cerveja ou gim-tônica? — Luís perguntou.

— Sim — Bárbara concordou, respondendo por nós três.

Luís se afastou, rindo e retirando o maço de cigarros do bolso.

— Ele vai fumar primeiro, né? — disse, mas esta era uma pergunta retórica.

— Bom, então eu vou dar um pulinho ali no bar — Camila comentou, apontando com a cabeça para Otávio, que estava apoiado no balcão, olhando em volta, nitidamente ainda em horário de trabalho.

— Um pulinho no bar, né? — brinquei, empurrando-a com os ombros.

— No bar, numa cama, no meu destino, quem sabe? — ela ainda disse, se afastando de nós duas.

E então estávamos eu e Bárbara, sozinhas, novamente.

Aquilo estava começando a ficar frequente.

— Quer pegar uma bebida? O Luís deve demorar — sugeri, porque não queria ficar em silêncio tempo o suficiente para que ficasse constrangedor.

— Pode ser! — Bárbara estava estalando os dedos, parecendo nervosa.

Fomos juntas até o bar, do outro lado do salão, deixando Camila flertar à vontade com Otávio. Lá, eu pedi um gim-tônica e Bárbara uma caipirinha.

Mãos ocupadas. Álcool entrando. E a minha mente fervilhando com todas as perguntas que eu queria fazer.

— Está animada para amanhã? Parece que o retiro é realmente incrível — Bárbara perguntou, com certa educação.

— Acho que eu tô... não sei. Eu nem terminei de ler o livro ainda, não sei muito bem no que acreditar.

Bárbara ficou em silêncio, observando o salão. Eu queria perguntar se estava tudo bem entre ela e Gael, o que ela quis dizer com "eu não quero que você vá embora", se eu estava errada em me iludir de que existia algo entre nós duas, algo delicado e intenso ao mesmo tempo, mas não disse nada.

Uma música pop que eu não conhecia terminou, e logo "Madness", do Muse, começou a tocar. Aquilo me animou, e eu comecei a bater os pés no ritmo da música.

— Que música é essa? — Bárbara perguntou, percebendo a minha rara saída de inércia.

— "Madness", do Muse. Não conhece?

— Não... Quer dançar? — ela sugeriu, apontando para um grupinho que se formava na pista de dança improvisada.

— Ah, eu não sou muito boa...

— E precisa ser boa? É só se mexer. Vai, vamos lá! — Bárbara segurou a minha mão e olhou bem no fundo dos meus olhos, e foi tudo o que ela precisou para me convencer.

Caminhei com Bárbara até a pista e começamos a nos mexer. Naturalmente ela era uma dançarina nata, se mexendo como se o seu corpo fosse feito de molas. Eu, ao contrário, ia de um lado para o outro, como um bonecão de posto.

Isso não impediu que ela segurasse ambas as minhas mãos e começasse a me girar. No começo eu estava bem travada, mas logo deixei com que ela me conduzisse, e então nós girávamos e ríamos e bebíamos, e todo o ruído da minha mente diminuía gradativamente.

"Shape Of You" começou a tocar em seguida, e Bárbara se aproximou, subindo e descendo na minha frente. *I'm in love with your body* nunca fez tanto sentido pra mim...

— Obrigada por oferecer uma carona pra gente. Eu não estaria aqui se não fosse por você — eu disse, porque senti que aquele era o melhor momento para demonstrar algum tipo de gratidão. — Você e o Gael, lógico.

Ao ouvir o nome do namorado, Bárbara perdeu um pouco o sorriso do rosto, mas me respondeu com delicadeza mesmo assim:

— Foi a melhor decisão que a gente tomou. Sei que foi uma viagem maluca, mas pelo menos a companhia era boa. E nenhuma boa história começa com tudo dando certo, né? Você mais do que ninguém sabe disso.

— Sim, mas na ficção a gente gosta de ver tudo dar errado antes de dar certo. Na vida real é bem difícil quando as coisas que queremos não acontecem, ou saem do controle — admiti. — Não valorizo a dificuldade. Gostaria de ter tudo fácil, sempre.

— Mas não é assim que a vida funciona, né? Se fosse, não existiria um retiro de emanação de ondas de felicidade. — Bárbara deu de ombros. — E nós não estaríamos aqui. No Tocantins. Dançando.

— Juntas — acrescentei.

Bárbara sorriu. Eu sorri.

O que eu estava fazendo? Por que estava me torturando daquela forma? Bárbara era comprometida. E o namorado dela estava no andar de cima, dormindo, esperando por ela na cama.

— Vou pegar mais um pra gente! — gritei por cima da música, apontando para os nossos copos vazios, sem conseguir passar mais um segundo ali sabendo que estávamos apenas dançando e aquilo não nos levaria a lugar nenhum.

Voltei até o bar e peguei nossos refis. Ao retornar para a pista, Camila e Otávio haviam se juntado a nós.

— Olha só quem terminou o expediente! — Camila gritou, apontando com a cabeça para Otávio, que segurava uma garrafa de cerveja e parecia um pouco deslocado.

— Cadê o Luís, hein? Já deve ter fumado um maço inteiro — perguntei, olhando em volta.

— Deixa, você sabe que ele se diverte mais no fumódromo! — Camila exclamou.

Entreguei a segunda caipirinha para Bárbara e nós quatro começamos a dançar. Agora tocava "Sex on Fire"; eu não sabia quem havia feito aquela playlist, mas a pessoa evidentemente estava com tesão quando a montou.

O que não era muito diferente do que eu estava sentindo enquanto observava Bárbara fechar os olhos e jogar a cabeça para trás, curtindo cada segundo. Ela estava diferente sem Gael por perto, menos contida, menos educada, mais... espontânea.

— Você não vai ficar com o pessoal da sua empresa, Babs? — Camila perguntou.

— Ah, eles estão bem sem mim. É chato a chefe ficar em cima, né? — Ela abriu os olhos e respondeu, parecendo já um pouco altinha. — Já organizei tudo pra eles, posso curtir um pouquinho também.

— Você tá certa! Ainda mais depois de tudo o que a gente passou, né? — Camila gritou por cima da música. Depois, se virou para Otávio. — A gente quase que não chega, sabe? Pelo menos não vivos!

Então ela se pôs a contar a nossa jornada para um Otávio interessadíssimo; só não saberia dizer se na sua boca, ou na narrativa.

"Dangerous Woman" começou a tocar em seguida, e àquela altura eu começava a suspeitar que tinha alguém brincando comigo naquela seleção de músicas.

— Eu amo essa! — Bárbara exclamou, fechando os olhos e se deixando levar pelo ritmo.

Eu precisei tomar um gole do meu gin, porque a minha garganta ficou seca na mesma hora. Observei-a erguer os dois braços no ar e jogar os quadris de um lado para o outro, descansando as mãos no topo da cabeça em seguida, ainda de olhos fechados.

Ela precisava ser tão... linda? Magnética? Incrível?

— *Something about you, makes me feel like a dangerous woman!** — Ela abriu os olhos no refrão, e cantarolou olhando para mim.

Something about you, makes me wanna do things that I shouldn't...†

— Achei vocês!

Salva pelo gongo, no caso Luís, desviei os olhos de Bárbara. O meu amigo havia retornado com as cervejas, e eu apoiei meu copo já vazio em uma mesa próxima e peguei uma delas, agradecida.

Precisava me refrescar.

Por que Bárbara estava me torturando daquele jeito? Ou se ela não estava, se estava apenas alheia aos meus sentimentos por ela, como era possível? Eu era assim tão... inexpressiva?

Porque na minha mente só faltava andar com um luminoso na cabeça de que estava perdida e completamente apaixonada por ela.

— Parece que o Tony Diniz chegou — Luís anunciou. — Eu estava lá fora fumando...

— ... não! Você? Jura? — Camila o interrompeu.

— ... e chegou um carrão blindado — Luís a ignorou. — Prontos para o retiro?

— Muito pronta! — Bárbara exclamou, e ela estava mesmo já ficando bêbada. — Vai ser o melhor fim de semana das nossas vidas!

— Ao melhor fim de semana das nossas vidas! — Camila exclamou, levantando a sua garrafinha de cerveja.

Nós encostamos as nossas na dela, gritando palavras desconexas de incentivo.

— Vamos emanar todas as ondas de felicidade do mundo! — eu gritei, e nós nos abraçamos, pulando em roda como um grupo de adolescentes que acabou de ganhar o interclasses.

Eu estava feliz, verdadeiramente feliz, como não ficava havia muito tempo. E é claro que quando o universo me viu daquele jeito ele pensou

---

* Tradução livre: *"Algo em você faz eu me sentir uma mulher perigosa..."* (N. A.)
† Tradução livre: *"Algo em você me faz querer fazer coisas que eu não deveria fazer..."* (N. A.)

"kkkk, tadinha". Porque Tony Diniz em toda sua glória e luzes no cabelo entrou no salão naquele exato momento, e ele não parecia feliz.

Era estranho vê-lo ao vivo depois de todos os vídeos e imagens que consumi dele na internet. Ele tinha um porte de celebridade, alguém que parecia meticulosamente montado em mesas de cirurgia e frases prontas. Mas, ainda assim, a sua presença parecia preencher o salão. Era um homem de estatura mediana, beleza mediana e uma confiança acima da média.

Ou melhor: era um homem branco.

Ele gesticulou para sua assistente desligar a música e caminhou entre nós, como um messias entre seus fiéis. Quando estava num local em que todos podiam vê-lo, ele pegou um microfone, sabe-se lá Deus de onde, e desejou:

— Boa noite, meus amigos.

"Boa noite", dissemos em uníssono, um pouco hipnotizados, um pouco desconfiados.

Camila me olhou com uma cara que dizia "é esse o cara que vai salvar a sua vida, Ana? Mesmo?"

— Sei que sou um agente da felicidade e do otimismo, mas às vezes há coisas que escapam da nossa alçada, e eu venho com o intuito de fazer o que eu menos gosto de fazer na vida: trazer más notícias.

Uma agitação começou a tomar conta dos participantes. Jovens adultos, adultos experientes, homens, mulheres, todos pareciam aflitos. Mais aflitos do que estavam quando chegaram ao Tocantins para participar do retiro de um coach quântico, se é que que fosse possível aguentar tamanha aflição.

— Infelizmente não recebemos autorização para acampar no Parque Estadual do Jalapão. Aparentemente foi proibido em algum momento do ano passado. Então nosso retiro não poderá acontecer no local mais energizado do Brasil, e se não pode acontecer no Jalapão, não acontecerá em lugar algum. Sou um homem metódico, de palavra, sem resoluções meia-boca. Mas não se preocupem, já estamos pensando em como resolver esse problema, provavelmente adiaremos para outro fim de semana, em outro lugar energizado. Amanhã retornaremos com alguma certeza, ok?

Por hora, aproveitem a noite e nunca se esqueçam: Você Só Será Foda Quando Se Sentir Foda!

O burburinho se espalhou pelo salão como fogo em pólvora, mas todos pareciam anestesiados demais para falar acima da linha do sussurro. Aquela notícia me pegou em cheio. Seria aquele o fim da linha?

E, naquele momento de desespero e decepção, só o que eu consegui fazer foi olhar para o lado, buscando um pouco de compreensão ou empatia nos olhos de Bárbara.

Mas, para a minha surpresa, ela não estava mais ali.

Depois que o choque inicial do anúncio passou, uma comoção bêbada de reclamações e lamentações se iniciou, e muitas pessoas começaram a exigir seu dinheiro de volta. E antes que Tony Diniz pudesse ser responsabilizado em praça pública, dois seguranças o escoltaram para fora do bar e ele desapareceu como fumaça.

— Isso só pode ser brincadeira! — exclamei, ainda olhando em volta, à procura de Bárbara. — A gente atravessou o país para ouvir que não vai rolar? Que organização é essa? Cadê a Bárbara? Como ela não sabia disso?!

— Calma, Ana, eles vão resolver isso, não é possível — Camila colocou a mão no meu ombro, mas eu me desvencilhei dela.

— Calma nada! Tô cansada de ficar calma! Não consegui nada ficando calma! Preciso achar a Bárbara!

Marchei para fora do bar, um pouco fora de mim. Eu estava muito decepcionada com tudo aquilo. Não era possível que havíamos de fato morrido na praia, depois de todo o esforço para chegar até ali. Só podia ser brincadeira! E uma de muito mal gosto!

Bárbara também não estava no saguão de entrada do hotel, então decidi procurá-la nos quartos. Atrás de mim, Camila e Luís tentavam me convencer a não fazer nada precipitado.

— O que a Bárbara pode fazer, amiga? Ela organizou o retiro pra empresa dela, não pra todo mundo. Não tinha como ela prever isso!

— Você vai fazer o quê? Fazer a Bárbara ligar para a administração do parque?

— Eu só quero entender o que está acontecendo, só isso! — exclamei, entrando no elevador; eles entraram atrás de mim. — Por que ela sumiu? Ela sabia de alguma coisa? Como eles não sabiam que era proibido acampar no parque? Isso é erro de principiante, ou de gente de má-fé!

— Tá bom, agora você só está sendo paranoica, Ana — Luís disparou. — Às vezes ela ficou muito chateada, assim como você, e quis se afastar.

— Por que vocês não querem que eu fale com ela? Vocês sabem de alguma coisa que eu não sei?! — questionei.

— Aí, não adianta falar com você quando você tá assim... — Camila abanou o ar com as mãos.

— Assim como? — O elevador chegou ao nosso andar e eu caminhei decidida pelo corredor.

— Assim! Tudo que a gente falar vai gerar suspeita em você. Por isso é que eu te disse pra fazer terapia, amiga, tá na hora de...

— Para de questionar a minha sanidade, que saco! — exclamei, a voz saindo bem mais alta e acusatória do que eu gostaria. — Eu só quero saber a verdade, só isso!

Parei em frente ao quarto de Bárbara e Gael e bati na porta com força. E, para a minha surpresa, Bárbara a abriu. Ela parecia ter chorado um pouco, rastros de rímel recém-limpados das bochechas.

Nós nos encaramos. Ela piscou algumas vezes. Eu esperei que ela falasse algo. Ela não disse nada. Então eu arrisquei:

— O que foi isso?

— Isso o quê? — Bárbara franziu o cenho.

— Você sumiu.

— Só voltei para o quarto.

— Por quê?

— Porque imaginei que se não teremos o retiro é melhor ter uma boa noite de sono para decidir o que faremos amanhã com a cabeça descansada. — Bárbara se apoiou no batente.

— Você só pode estar de sacanagem comigo! Você vai me dizer que não sabia de nada disso? — a minha voz subiu alguns decibéis.

— Shhh, o Gael tá dormindo. — Bárbara saiu do quarto e fechou a porta. — O que você tá querendo insinuar, Ana?

— Você não estava organizando o retiro? Como não sabia que isso ia acontecer?

— Do mesmo jeito que ninguém sabia que isso ia acontecer! — desta vez foi Bárbara quem levantou a voz. — Como a gente controla um coach celebridade? Ele já devia saber que era proibido acampar lá, mas tentou usar seus poderes para burlar as regras e se deu mal. Não teve um coach que quase matou todo mundo no Pico do Jaraguá? Então... Ou talvez ele só quisesse nos atrair até aqui para depois dizer que não pode devolver o dinheiro porque nós usamos o transporte e os hotéis.

— Isso tá muito estranho, Bárbara. Você mesma disse que ele era um cara legal, diferente da imagem da internet, que não era só mais um charlatão... Um cara legal faria isso? — questionei, baixando um pouco a guarda. — Como que esse cara tira dinheiro de todo mundo, faz a gente atravessar o país e aparece com essa bomba?

— Eu não sei, Ana! Eu não sei, e eu tô tão chocada quanto você! — O tom de voz de Bárbara me lembrava aquele que ela usou quando nos perdemos na BR-050. De desespero e descontrole. — Agora, se você me der licença, eu vou dormir, que é o melhor que eu posso fazer agora.

— Você não vai tentar resolver? — Agora a *minha* voz parecia desesperada.

— Cansei de resolver o problema de todo mundo.

Bárbara entrou no quarto e bateu a porta na minha cara. E eu fiquei a encarando, boquiaberta.

— Ouch — Luís murmurou.

Eu me virei pra eles. Eu estava vendo vermelho. De ódio.

— Ana, o que você...

Sem dizer nada, passei pelos dois e fui até as escadas. Desci os três lances correndo, imaginando que eles não viriam atrás de mim, pelo menos não de escada, pelo menos não com o pulmão prejudicado de Luís, então teria alguns minutos sozinha. No saguão, fui marchando até a recepção. Alguns participantes do retiro estavam ali, parecendo muito confusos.

Eu me enfiei entre eles e bati com as duas mãos no balcão.

— Qual o quarto dele?

— Pois não, senhora? — a recepcionista questionou, confusa.

— O quarto do Tony Diniz. Qual é?

— Eu não posso dar essa informação.

— Eu vou bater de porta em porta então. É isso o que você quer? Que eu incomode todos os hóspedes?

— Se fizer isso, eu vou chamar a polícia, senhora. — Ela sorriu com profissionalismo para mim.

Uau. Não se podia nem mais perturbar a ordem neste país?! Os bons e velhos tempos haviam ficado para trás mesmo...

Sai do meio da confusão, sentindo as mãos formigarem de raiva. Aquilo não se fazia. Não se brincava com a vida das pessoas daquela forma.

— Eu acho que é no último andar, viu? — Uma mulher na faixa dos 40 que também estava no balcão se aproximou de mim, falando baixinho: — Eu o vi apertar o número 8 no elevador.

Olhei para ela, nunca sentindo tanto amor e compaixão por uma desconhecida.

— Obrigada!

Sem pensar duas vezes, comecei a me dirigir até o elevador. Antes disso, porém, a mulher segurou o meu braço e disse:

— Fala pra ele que eu queria me sentir foda, não uma fodida!

Eu amava aquela mulher.

— Pode deixar.

Entrei no elevador e apertei o último botão, subindo oito andares enquanto soltava fumaça pelas orelhas. Eu geralmente era do time do "deixa pra lá", mas estava tão indignada que parecia estar sendo movida por uma força externa, alguém que estava me puxando para a resolução daquele problema.

Aparentemente a força do ódio era mesmo mais potente que a força do amor.

Quando o elevador fez *plim* e eu saí, encontrei o corredor vazio. E, ao final dele, os dois seguranças de Tony Diniz faziam tocaia em frente à porta que eu só podia imaginar ser a do quarto dele.

Caminhei até eles, desta vez com cautela — não queria tomar um "tiro acidental" —, e parei a alguns metros de distância.

— Oi, boa noite. — Acenei, e os dois me olharam com cara de poucos amigos. — Eu queria falar com o Tony Diniz.

— Negativo. Ele não está disponível — um deles, o mais alto, respondeu.

— Gente, mas isso é inacreditável! Ele deixou todo mundo na mão, tá todo mundo lá embaixo sem saber o que fazer! — exclamei. — O que a gente faz agora? Arruma a mala e vai embora?

— Não sei, senhorita, mas tenho certeza de que ele vai explicar tudo com mais calma quando for possível — o outro respondeu, aparentemente o "good cop".

— Eu quero falar com ele. Agora! — Bati o pé feito uma criança mimada, ciente de que deveria estar parecendo ridícula naquela situação.

— Negativo, senhorita.

Comecei a respirar fundo, pensando no que fazer. Eu não tinha força física o suficiente para encará-los, obviamente. Também não era a melhor pessoa para convencer no discurso — eu não falava bonito, só escrevia bonito. Será que eles esperariam até que eu escrevesse uma carta bonita? Porque isso eu poderia fazer... Mas será que os convenceria? Provavelmente não.

O que convenceria alguém a mudar de opinião?

O que convencia alguém a mudar de opinião... No século XXI?

Rapidamente, tirei meu celular do bolso e fingi que estava gravando.

— Boa noite pessoal, tudo bom? Estamos ao vivo! Opa... cinquenta pessoas. Cento e cinquenta. Quatrocentos! Boa noite pessoal, podem ir chegando que hoje o assunto é sério... Uau! Já estamos em mil! — Eu estava nitidamente mentindo, mas todo mundo podia ser uma celebridade digital no mundo tecnológico, e não tinha como eles saberem que eu era uma fodida que só a família seguia e nem internet no celular tinha. Gael havia me ensinado bem como fingir empolgação on-line.

— Eu estou aqui na porta do coach Tony Diniz, que acabou de aplicar um golpe em mais de quarenta pessoas! Estamos em Palmas, Tocantins, depois de atravessar o país para participar de um retiro pelo qual todos nós pagamos, e descobrimos agora que esse retiro não vai acontecer! E sabe o que é o pior? Ele não quer conversar com a gente. Se trancou no quarto e parece que não vai sair.

Os seguranças trocaram um olhar rápido, e um deles deu três toques discretos na porta de Tony Diniz.

Alguns segundos depois, o coach abriu uma fresta e eu pude ver só os seus olhos.

— O quê? Espero que seja importante.

— Ah, aí está ele, pessoal! O coach que enganou todo mundo! — exclamei, ainda fingindo estar gravando uma live. — Eu só quero conversar com você, Tony Diniz.

— A moça tá filmando — o segurança menor sussurrou.

— Boa noite, pessoal! — Tony acenou para a live falsa e sorriu, abrindo um pouco mais a porta ao perceber que estava encurralado. — Óbvio que eu vou conversar com você, querida, eu nunca disse que não iria. Mas sem telespectadores, por favor! Prezo muito pela minha intimidade.

— Vocês o ouviram, não é, pessoal? Sem celular. Mas se ele me enganar de novo, eu volto pra live! Fiquem de olho... AnaLovers! — inventei um nome para o meu fandom imaginário para deixar tudo mais crível e finalizei a gravação, colocando o celular no bolso. — Só assim, hein?!

— Pode entrar...?

— Ana. Ana Menezes — não estendi a mão para ele ao passar pela porta.

Também não fiquei surpresa quando descobri que o quarto dele dava uns três do meu, isso porque ele estava sozinho. É o que acontece quando a pessoa fica rica: está sempre sozinha em lugares espaçosos.

— No que eu posso te ajudar? — Tony perguntou, e agora, sem estar sob os holofotes, com roupas casuais e sem o sorriso no rosto, ele parecia mais normal e menos estrelar. Quase... medíocre.

— No que você acha? — questionei, me sentando na escrivaninha sem ser convidada.

— Amanhã irei explicar todos os trâmites do nosso próximo retiro, parte do valor pago neste aqui poderá ser revertido, a diferença de valor não vai ser muito grande, se essa for a sua preocupação. Agora, se quiser desistir, 20% do valor pago será estornado, como previsto em contrato.

— Mas a propaganda do retiro especificava que o Parque Estadual do Jalapão era essencial no processo de emanar ondas de felicidade! Agora serve em qualquer lugar? Por que no ano passado deu certo e este ano fomos proibidos?

— Ano passado o retiro não aconteceu no Parque Estadual do Jalapão — ele disse simplesmente.

— Então por que o marketing do retiro diz exatamente o contrário?! — exclamei, já começando a perder a paciência.

— Em nenhum momento os participantes disseram que o retiro foi no Parque Estadual do Jalapão. Eles só deram o depoimento deles. Ano passado nós fizemos em Santa Catarina.

— Então por que se focar tanto na importância de estarmos no Parque Estadual do Jalapão? Todo ano você engana um grupo de otários de que o lugar onde estão indo é essencial para o processo, é isto? — perguntei, me levantando e andando em círculos. — Meu Deus do céu, estava na minha cara esse tempo todo e eu não quis ver... É óbvio que você é um charlatão. Todos vocês são! Qual o próximo lugar "energizado" que você vai encontrar? O que te pagar uma boa comissão?

Tony Diniz sorriu, mas eu senti que ele queria mesmo era ter me dado um soco na cara.

— Nós precisamos nos adaptar perante as adversidades, menina, só isso — ele soltou, depois de pensar alguns instantes. — É assim que a gente acelera o processo de evolução continuada.

— Não. Na verdade, nós não devemos nunca aceitar o "não" como resposta. — Lembrei-me das palavras que havia lido em seu livro.

— Mas quando o "não" é inevitável, temos que ser fortes perante as adversidades — ele insistiu, parecendo uma fábrica de frases prontas.

— Capítulo 32, "Desistir é para os fracos", li este faz pouco tempo!

— Você precisa reprogramar os seus pensamentos negativos, Ana, senão tudo na vida parece que está contra...

— Ah, para com esse papinho de coach! — exclamei.

— E quem foi que você veio ver em Palmas, no Tocantins? — Tony Diniz me deu um cruzado de direita sem nem se mexer. De repente, ele havia perdido o tom jovial e conciliador. — Eu te saquei a hora que você entrou aqui, menina. Você acha que é superior porque tem faculdade e leu alguns livros, mas está tão perdida quanto todas aquelas pessoas lá embaixo. O problema é que você não vai sair de onde você está porque não pensa positivo. Porque não transforma desafios em possibilidades. Você quer reclamar e ficar estacionada onde está, num ciclo destrutivo.

— É esse o seu discurso motivacional? É isso o que você fala para as pessoas depois que elas percorrem quase dois mil quilômetros atrás de uma resposta para os próprios problemas, problemas como luto, dívidas, desespero?

— Não, o que eu falo é que elas serão fodas, e algumas acreditam e continuam me seguindo pelo resto da vida, esperando o dia em que serão mesmo fodas, e outras não, e vida que segue, não dá pra motivar todo mundo — ele rebateu, e a falta de importância que ele dava para todas aquelas pessoas que estavam ali como último recurso me fez ficar com um pouco de falta de ar.

— A Bárbara me disse que você era diferente, mas acho que foi um grave erro de julgamento dela. O que é bem estranho, já que ela ajudou a organizar esse esquema de tirar dinheiro de trouxa aqui — arfei.

— Que Bárbara? Não tem nenhuma Bárbara na minha equipe. — Tony Diniz parecia genuinamente confuso.

— Bárbara dos Santos? Organizou a excursão do pessoal da startup? — insisti, porque ele parecia ser o tipo de pessoa que não sabia o nome das pessoas que trabalhavam com ele, principalmente das mulheres.

— Ninguém organizou excursão com eles, o meu representante deixou formulários em algumas empresas e se inscreveu quem quis. O pessoal da startup veio sozinho, por conta.

Eu senti como se o chão embaixo de mim começasse a abrir. E Tony Diniz, como o rato que era, aproveitou a deixa para acrescentar:

— Parece que não sou eu quem está te enganando.

— Você é uma pessoa horrível. É por isso que ninguém acredita em coach — murmurei entre dentes.

— E mesmo assim eu estou rico, e você na merda — Tony Diniz mostrou quem realmente era e deu de ombros. Eu me virei, disposta a sair daquele quarto e nunca mais voltar. — Você nunca será foda! — ele ainda exclamou, antes que eu saísse.

— Foda-se! — eu berrei de volta, batendo a porta na cara dele.

Eu não sabia mais o que estava sentindo. Eram muitos sentimentos misturados. Irritação, raiva, ansiedade, tristeza, decepção, angústia, cansaço... Os meus olhos estavam pesados, mas, mesmo assim, eu tremia de energia.

Bárbara tinha mentido para mim. Para todos nós. Por quê? Qual o sentido de inventar que estava organizando o retiro? Ela era mitomaníaca? Ou só não confiava em nós o suficiente para contar a verdade? Mas que verdade era aquela que Bárbara queria tanto esconder?

Mal vi para onde os meus pés estavam me levando quando dei por mim, estava novamente no corredor dos quartos, e, para a minha surpresa — se é que eu poderia aguentar mais uma naquela noite —, encontrei Bárbara parada na frente da minha porta, com a cabeça encostada no tampo de madeira, prestes a bater.

Bárbara já havia cumprido muitos papéis na minha vida. Um divisor de águas na minha sexualidade e na certeza de que eu era lésbica. Uma paixão platônica que durou muito tempo. Um modelo de vida perfeita e tudo o que eu poderia ter conquistado se não tivesse insistido em um sonho infantil. Uma mão amiga quando eu precisei. Um ser humano admirável. Mas eu nunca imaginei que ela seria também alguém que trairia a minha confiança.

Com as mãos tremendo, pigarreei. Bárbara se voltou na minha direção; agora, ela usava um pijama de cetim rosa bem revelador, o que fazia com que fosse muito difícil raciocinar direito.

— Ana! Eu estava vindo te procurar! Olha, desculpa se eu fui rude com você, mas eu... — ela se pôs a falar, sem esperar pelo meu contato inicial e se aproximando de mim, mas eu não queria que ela falasse, porque tinha medo de que ouvir o som da sua voz fizesse com que a minha raiva por ela passasse, e eu precisava estar com raiva dela, porque só assim conseguiria ser honesta.

— Por que você mentiu pra gente? — disparei, interrompendo-a.

Por que você mentiu pra mim era o que eu realmente queria ter perguntado.

— Do que você está falando? — Bárbara foi pega de surpresa, estancando no mesmo lugar.

— Por que disse que estava organizando o retiro do Tony Diniz?

Ela ficou silenciosa na mesma hora. E eu soube ali, na sua não resposta, nos seus olhos que se arregalaram, que era verdade.

Eu me sentia uma estúpida. Uma trouxa. Uma imbecil que acreditava em qualquer coisa que me falavam. Primeiro Tony Diniz, agora Bárbara.

— Eu sou muito trouxa mesmo — falei em voz alta o que estava sentindo.

Para tudo tinha uma primeira vez.

— Claro que não, Ana. Eu que sou uma idiota, eu não deveria ter escondido isso de vocês... — Bárbara havia percebido que não adiantaria persistir na mentira e agora tentava organizar os pensamentos, mas estava nítido para mim que ela estava tendo dificuldade em encontrar uma justificativa para tudo aquilo.

— Por quê? O que você ganhou em me fazer de trouxa? — questionei.

— Você não tem nada a ver com isso! Por que você acha que é tudo sobre você? — Bárbara exclamou.

Aquelas palavras me machucaram. Mesmo. Parcialmente porque era verdade, e parcialmente porque eu odiava o fato de que as pessoas me viam daquela forma. Eu não queria que tudo fosse sobre mim, mas às vezes era muito difícil escapar da minha cabeça e ver as coisas com outra perspectiva. Sair da nuvem de pensamentos negativos e pessimistas e enxergar o macro da situação.

Nem tudo era *sobre* mim, mas a minha cabeça acreditava piamente que tudo conspirava *contra* mim.

— Porque eu atravessei a porra do país confiando em você, na sua palavra! Eu nem sabia que esse retiro existia até te encontrar naquela livraria... Você me fez confiar que esse tal de Tony Diniz era um cara sério, e não só mais um charlatão querendo ganhar dinheiro com a desgraça dos outros, mas ele é tudo isso e muito mais! — àquela altura, eu queria magoá-la como ela me magoou. — Mas você não entenderia, não é mesmo? A sua vida é perfeita, senhora coordenadora de marketing de *fintech*. Você não sabe o que é estar no fundo do poço!

— Meu Deus do céu, o que é que você conhece da minha vida pra fazer essa afirmação? — Bárbara levantou o tom de voz, e eu pude ouvir a voz de Gael vazar de dentro do quarto deles. Ela não deu importância. — Se você atravessou o país depois de confiar em alguém com quem não falava há anos, o problema é seu!

— Uau, que bela forma de se eximir de qualquer culpa, né? A senhora perfeição, a que nunca erra! — rebati, com bastante ironia na voz.

— Sabe qual é o seu problema, Ana? — Bárbara se aproximou, parecendo irada.

— Hã? Qual? Me diga, já que aparentemente você me conhece tão bem, mesmo depois de anos me ignorando!

— Você acredita piamente que só você tá na merda. Só você tem problemas. Só você não sabe o que fazer da vida. Mas eu tenho uma novidade pra você: tá todo mundo na merda!

— Bárbara, o que tá acontecendo aqui? — Gael abriu a porta do quarto, só de samba-canção, sonolento. — Por que vocês estão gritando?

— Eu grito com quem eu quiser, Gael, para de tentar controlar a minha vida! — Bárbara voltou sua raiva para o namorado, que pareceu despertar com aquele comentário.

— Eu dirigi por dois mil quilômetros pra fazer seu gostinho e eu que tô controlando a sua vida? Ah, essa é boa!

— Mais um que vai jogar na minha cara uma escolha que fez por conta própria? Entra pro clube da Ana, o "nós odiamos a Bárbara porque não temos vontade própria"!

— Você sabia? Sabia que a Bárbara não estava organizando retiro algum? — eu também voltei a minha raiva para Gael.

— Ela descobriu? — Gael perguntou para Bárbara, que concordou contrariada com a cabeça. Em seguida, ele olhou para mim, irritado. — Óbvio que eu sabia, eu sou o namorado dela. Mas acho que você optou por esquecer isso às vezes.

A acidez na voz dele me atingiu em cheio. Então ele estava mesmo incomodado. Então eu talvez fosse mesmo um dos muitos problemas daquele relacionamento.

Antes que eu pudesse responder, porém, a porta do meu quarto com Camila e Luís se abriu, e os dois saíram, também de pijama.

— Gente, que gritaria é essa aqui? — Camila quis saber.

— Devo fazer uma pipoquinha? — Luís adicionou.

— Nem tudo faz parte do seu eterno show de stand up, Luís, você não pode levar as coisas a sério por dois segundos? — questionei, porque quando estamos magoados, nós só queremos magoar os outros.

— Uau, de graça! — Ele levantou as mãos, como se estivesse se rendendo. — Eu não sei quem pisou no seu calo, mas não fui eu. Eu acabei de chegar...

— Credo, Ana, desnecessário — Camila acrescentou.

— Vocês sabiam que a Bárbara estava mentindo pra gente esse tempo todo? Ela não estava organizando retiro coisa nenhuma. E o Gael sabia de tudo e mentiu pra gente também — tentei tirar o foco de mim.

— Espera. Isso é verdade? — Luís questionou.

— Não sei nem o que ela está fazendo aqui, pra ser bem sincera — adicionei.

— O que você *acha* que eu estou fazendo aqui, Ana? — Bárbara falou baixinho, como se estivesse se segurando para não explodir.

— Não sei. O que uma garota com menos de 30 anos, emprego fixo, casa própria, carro do ano, viagens internacionais, potencial para ser CEO nos próximos anos, uma beleza que é até injusta e tudo da vida no lugar certo, na hora certa, veio fazer num retiro de emanação de ondas de felicidade?

— PORQUE EU TÔ INFELIZ! — ela berrou, e eu tomei um susto, dando um passo para trás. — Você acha que a minha vida é o meu Instagram? Porque pelo seu só o que eu consigo ver é uma escritora talentosa, que tem um sonho, um propósito, algo no qual se agarrar neste mundo de merda, mas e eu? Eu tenho o quê? Um trabalho que não me deixa viver, que não me dá paz nem nas minhas férias? Um script que eu segui à risca por medo de decepcionar os meus pais, por medo de que todo o investimento deles na minha vida fosse em vão? E uma culpa gigantesca por não ter tido coragem de ir atrás do que eu gosto? Você acha que o meu sonho era ser coordenadora de marketing enquanto tomo remédio pra dormir e trabalho oitenta horas por semana? Ninguém tem esse sonho! Eu pensei que você fosse mais inteligente que isso!

Ficamos todos em silêncio depois daquele desabafo. Eu já começava a me sentir mal; não devia ter forçado a barra. Era óbvio que Bárbara tinha suas próprias questões, mas eu estava tão chateada, tão puta, tão ansiosa que não medi as consequências dos meus atos, das minhas palavras.

— Bárbara, desculpa, eu não...

— Ela tá certa, Ana — Luís falou atrás de mim, e eu me voltei em sua direção. — Não é só você que tem problema.

— Eu sei que todo mundo tem problema, eu não sou tão insensível assim — meu coração começava a diminuir no peito, e eu me senti pessoalmente atacada por aquele comentário —, mas vocês pelo menos têm perspectiva. E eu? Tenho o quê? Só o que eu tinha era esse retiro idiota, e nem ele deu certo...

Eu não queria chorar, mas as lágrimas que se acumularam embaixo dos meus olhos ficaram tão pesadas que eu fui obrigada a piscar, e duas delas escorreram pelo meu rosto.

— Perspectiva? O que é isso? Qual a definição de perspectiva? Eu escrevo livros eróticos e absolutamente ninguém me leva a sério — foi a vez de Camila falar. — Meus pais provavelmente prefeririam que eu estivesse desempregada, morando com eles, do que ter a minha independência escrevendo sobre sexo. Nem vocês me respeitam!

— Claro que eu te respeito! — exclamei, ofendida por aquela acusação.
— Ah, é? Então você sabe do que se trata o meu último livro? Já falou sobre ele com outras pessoas?
Silêncio.
— E você, Luís? Sabe?
Mais silêncio. Luís olhou para baixo, constrangido.
— Pois é. Com certeza deve ser sobre um CEO que gosta de BDSM, né? — ela acrescentou, irônica. — Se eu estivesse na sua situação, Ana, eu teria perspectivas bem melhores lá em casa. Mas você não consegue enxergar as coisas por outro ângulo, né? É sempre o "Show da Ana"!
— Isso não é justo — murmurei.
— Justo? O que você acha que é justo? — Luís balançou a cabeça.
— Justo é poder ter crises existenciais. Justo é poder se dar ao luxo de questionar um "propósito de vida". Tem gente que não pode parar, Ana. Tem gente que ou sobrevive, ou sobrevive.
— Eu nunca diminuí nenhuma dor sua, Luís. Nunca. Nem as suas, Camila. Então por que é a minha que vocês estão relativizando agora, quando eu estou claramente mal? Vocês estão sempre tentando consertar os meus problemas, mas vocês nunca de fato acreditaram que esses problemas eram de verdade, e me faziam sofrer de verdade — desabafei, e foi a vez de os meus amigos não terem o que responder.
— Gente, tá todo mundo estressado, cansado, é melhor a gente descansar, amanhã a gente conversa melhor... — Gael tentou.
— Eu não tenho mais nada para conversar. — Bárbara olhou bem para mim, bem no fundo da minha alma, e adicionou: — Espero que esse show tenha valido a pena.
Ela entrou no quarto e bateu a porta atrás de si. Gael ficou parado no corredor, de samba-canção, constrangido.
— Ahn... Então, é... Boa noite — Ele abriu a porta novamente, e a fechou com mais delicadeza.
— Vocês não precisam se preocupar, eu não vou incomodá-los com os meus problemas banais. — Voltei a atenção para Camila e Luís, caminhando em direção ao quarto que dividíamos; nele, comecei a recolher as minhas coisas e enfiá-las na mala de qualquer jeito. Os dois vieram atrás de mim. — Vou pegar outro quarto.

— Não precisa dis... — Camila começou, mas Luís a interrompeu:
— Deixa ela. Ela é bem grandinha, não precisa de babá.

Fechei a minha mala e saí.

Conforme andava pelo corredor, secando as lágrimas com as costas da mão, sentindo que tudo o que poderia dar errado deu, compreendi que não tinha nenhuma verdade secreta, nenhuma conspiração, nenhuma revelação que o meu cérebro insistiu para mim que eu precisava desvendar. Bárbara só estava no fundo do poço, assim como eu. Assim como os meus amigos. Assim como todo mundo.

E eu havia acabado de me afundar mais um pouquinho.

Consegui outro quarto na recepção do hotel e fui obrigada a tirar mais um pouco de dinheiro da ridícula rescisão que havia recebido, e que eu estava guardando para tentar comprar um computador novo; tudo bem, àquela altura do campeonato eu pagaria para ter sossego. E não era como se eu fosse precisar de outro computador. Duvidava que algum dia eu voltaria a ter energia e inspiração para escrever, não depois de passar três dias me sentindo um lixo e chegar ao meu destino só para descobrir o óbvio: eu não estava apenas me sentindo um lixo, eu *era* um lixo.

Estava tão cansada que desabei na cama assim que cheguei no quarto novo, de roupa e tudo, e imaginei que dormiria até o dia seguinte tranquilamente. Não foi o que aconteceu — na verdade, nos primeiros raios de sol eu já estava de olhos bem abertos, completamente desperta, passando e repassando tudo o que havia dito e ouvido na noite anterior.

Se há três dias eu me sentia um fracasso, naquele momento eu me sentia um fracasso que havia tentado não ser um, o que, sinceramente, me parecia muito pior. Eu havia tentado embarcar na minha aventura, ouvi ao chamado, tive o meu incidente incitante, para o quê? Dar com a cara na porta e descobrir que todos me viam como uma mimada ingrata que não tinha problemas válidos o suficiente para agir da forma que agia.

Tony Diniz ser uma farsa eu podia aguentar — no fundo, era o que eu já imaginava de um coach quântico que havia me vendido um retiro de emanação de ondas de felicidade, só estava querendo me enganar mais um pouquinho —, mas ouvir as coisas que ouvi dos meus amigos e de Bárbara me parecia injusto demais.

Depois de rolar na cama por meia hora, decidi levantar, tomar o café da manhã pelo qual estava pagando e pensar no que faria com a minha vida. Iria embora? Ficaria para pelo menos usufruir do hotel pela qual havia pago? Imploraria pelo perdão dos meus amigos?

Arrumei as minhas coisas para que qualquer que fosse a decisão tudo já estivesse pronto, e desci. Não era nem seis da manhã e eu era a única alma viva no restaurante, tomando café puro e amargo, amargo como o meu humor.

Tentava parar de pensar na minha desgraça e olhava em volta, em busca de alguma distração, quando vi um pôster na parede. "Excursões Diárias para o Parque Estadual do Jalapão — falar na recepção."

Hm...

E se... E se eu precisasse ir ao Parque Estadual do Jalapão para que toda aquela loucura fizesse algum sentido? E se eu precisasse encerrar o ciclo de alguma forma?

Balancei a cabeça. Havia sido justamente um "sinal divino" que me enfiara naquela loucura, eu não podia continuar acreditando que existia uma força mágica que gostava de mim e que mudaria a minha vida — estava bem evidente que eu havia feito algo de muito grave para desagradá-la nas vidas passadas.

Eu devia apenas terminar o meu café e voltar para São Paulo. Acalmar a preocupação dos meus pais, que me mandavam mensagem de hora em hora. Quem sabe implorar pelo meu emprego de volta? "Alguém que não iria a lugar algum", eu provaria a Thiago que ele estava completamente certo a meu respeito.

De repente, um barulho de conversa alta e risadas interrompeu os meus pensamentos. Olhei para trás e encontrei Tony Diniz entrando no restaurante com a sua "comitiva", algumas mulheres bem mais novas que ele e os dois seguranças que tive o desprazer de conhecer na noite anterior.

Senti o meu estômago revirar. Aquele cara... aquele cara havia bagunçado a vida de mais de 40 pessoas e estava ali, rindo, contente, prestes a encher o estômago com comida pela qual nós havíamos pago. E algumas daquelas pessoas se contentariam com o "azar" e pagariam mais dinheiro pelo outro retiro proposto por ele, bem diferente daquilo que fora prometido, sem se dar conta de que azar tinha nome e sobrenome. Outras se revoltariam e voltariam para casa com apenas 20% daquilo que haviam pago. Mas nenhuma delas, nem uma única alma ali presente, ficaria feliz. Satisfeita. E era só aquilo que queríamos sentir. Felicidade. Plenitude. Esperança.

Talvez aquele fosse o meu sinal divino: ficar o mais longe possível de Tony Diniz.

Arrastei a minha cadeira, fazendo mais barulho do que o necessário, e o coach olhou na minha direção, desviando o olhar logo em seguida. Covarde.

Sem dizer nada, enfiei dois pães de queijo na boca e sai do restaurante.

Decidida, caminhei até a recepção. Felizmente a moça que ameaçou chamar a polícia na noite anterior não estava mais lá; no lugar dela, um senhor com cara de simpático ajeitava alguns papéis.

— Bom dia — desejei, me apoiando no balcão. — Ainda tem vaga nessa excursão? — apontei para o banner atrás dele, que dizia "Jalapão Express".

— Você deu sorte! Temos só mais uma, a próxima agora tem que montar um grupo com quatro pessoas. — Ele sorriu para mim.

Sorte. Aham, era o que eu mais tinha nesta vida.

— E como funciona? Quando sai? Qual o roteiro? Quanto custa? — Já tirei da frente todas as perguntas possíveis, tirando também a carteira de dentro da bolsa.

O que era um peido para quem já estava cagado, não é mesmo?

— Vai sair daqui a quinze minutinhos! É um grupo pequeno, porque é preciso andar em um 4x4 nessa região, os carros comuns não conseguem. Essa excursão express é uma especialidade do nosso hotel, porque a maioria dos passeios dura no mínimo quatro dias, mas nós sabemos que existem hóspedes com pouco tempo e muita vontade de conhecer o Parque Estadual do Jalapão! O grupo sai agora de manhã e retorna amanhã à noite. Claro que não dá para ver tudo! O Jalapão é imenso! Mas você vai conhecer pontos incríveis. No primeiro dia vocês vão até Ponte Alta do Tocantins, visitando a Pedra Furada e a Lagoa do Japonês. Aí vocês dormem em uma pousada em Ponte Alta mesmo e partem cedinho no dia seguinte para Mateiros, já dentro do Parque Estadual do Jalapão. Lá, vocês vão conhecer o Fervedouro Buritis, o Cânion Sussuapara e assistir ao pôr do sol nas dunas. Tem almoço e jantar inclusos no pacote. — Ele me entregou um papel com o que havia acabado de falar. — Seiscentos por pessoa.

Seiscentos reais. Era muita coisa. Mais do que eu podia me dar ao luxo de gastar.

— Quero — confirmei, abrindo a carteira. — Passa no crédito? Parcela?

A Ana do futuro que lidasse com aquilo.

Paguei a minha viagem no cartão e olhei em volta... Não era certo que eu fizesse aquilo e deixasse os meus amigos para trás, não depois de tudo o que passamos; depois de tudo o que eu os fiz passar. Por isso, numa decisão impulsiva, porém de coração, adicionei:

— Posso deixar mais quatro pré-pagos? Eu não sei se eles vão querer, mas queria deixar como presente.

— Claro, senhorita. Se algum deles não comparecer, a gente realiza o estorno.

Aquele era quase todo o meu dinheiro. De uma vida inteira. De anos de um trabalho que eu odiei a cada segundo. Se eu fizesse aquilo, limparia a minha poupança para todo o sempre e voltaria para casa com uma mão na frente e outra atrás, e muito provavelmente teria que pedir ajuda dos meus pais para continuar vivendo. Aos 24 anos. Formada. Sem perspectiva. De volta à estaca zero.

E, mesmo assim, eu queria fazer. E eu fiz.

Depois que paguei pelas viagens dos meus amigos, subi para o quarto, para trocar de roupa e colocar tênis, além de pegar a minha mala. Em seguida, escrevi dois bilhetes.

O primeiro, para Camila e Luís. Ele dizia:

Sinto muito por ontem. Decidi não fazer o próximo retiro e conhecer o Parque Estadual do Jalapão. Tony Diniz é uma farsa, como vocês tentaram me alertar de que seria todo esse tempo, e eu não quis ouvir — caso vocês queiram fazer o mesmo, a viagem está paga na recepção. Ana.

Para Bárbara e Gael, fui mais sucinta:

Sinto muito por ontem. Decidi não fazer o próximo retiro e conhecer o Parque Estadual do Jalapão — caso vocês queiram fazer o mesmo, a viagem está paga na recepção. Ana.

Enfiei os dois bilhetes por baixo das duas portas e desci. De volta ao saguão, os outros participantes da excursão já estavam lá: um casal na casa dos 60 anos e a filha deles.

Desejei bom dia e me sentei no sofá do hall; mal a minha bunda encostou no estofado, o nosso guia chegou, e eu me levantei novamente.

Não sabia muito bem o que eu estava fazendo, só sabia que queria fazer. Precisava de um tempo sozinha, longe de tudo e de todos. Precisava de algo que me fizesse pensar em qualquer coisa que não o meu fracasso. Algo que me energizasse, que me fizesse acreditar de novo.

Entramos no 4x4 enlameado e eu me sentei atrás do motorista.

— Vamos lá, pessoal! São quase 400 km até o nosso primeiro ponto, mas a previsão prometeu um dia lindo e teremos uma excursão incrível!

Pelo menos *alguém* estava animado.

O casal soltou gritinhos de empolgação, e a filha deles, uma moça bonita de cabelo escuro com cerca de 20 anos, apenas sorriu. Aquilo fez com que eu sentisse falta dos meus pais. Fez com que eu desejasse que eles estivessem ali comigo.

Eu não aguentava mais ficar dentro de um carro; por outro lado, não aguentaria dois minutos num hotel, olhando para a cara do Tony

Diniz e toda a sua charlatanice, nem para a cara dos meus amigos, todos extremamente decepcionados comigo, então aquela era, com certeza, a minha melhor opção. Fugir.

Conforme saíamos de uma paisagem urbana e nos embrenhávamos na natureza, nosso guia se apresentou como João Miguel e fez com que nos apresentássemos e disséssemos por que estávamos fazendo aquela viagem.

O pai da família se chamava Ademar, um homem branco, de rosto gentil e que parecia ter pelos em absolutamente todos os poros do corpo — menos na cabeça —, e aquela era a sua primeira viagem como um homem aposentado, depois de anos trabalhando em uma montadora de carros. Sua mulher, Rosângela, uma mulher negra, de sorriso fácil, havia se aposentado três anos antes como professora, e sempre havia sonhado em conhecer o Jalapão. A filha do casal, Mariana, estudava medicina veterinária e queria conhecer um pouco mais da fauna do Tocantins, como um estudo de caso.

Quando os três rostos se voltaram na minha direção, eu senti o meu esquentar. O que diabos eu poderia dizer para aqueles três sem pesar tanto o clima de suas merecidas férias?

— Ahn... Oi. Meu nome é Ana. Tenho 24 anos. Sou formada em Letras, mas atualmente estou desempregada. Bom, eu escrevo, na verdade, sou escritora — adicionei, com medo de que eles sentissem pena de mim. — Decidi fazer esta viagem para... me inspirar.

— Que legal! — o guia João Miguel exclamou, animado, mas ele parecia se animar com absolutamente qualquer coisa. *UAU, olha o tamanho daquela lombada! Não é incrível?*, ele dissera apenas alguns minutos antes.

— Tenho certeza de que o Jalapão vai te inspirar tanto que nós estaremos na fila do seu próximo lançamento.

— Amém — respondi, sem nem um pingo de ironia dentro de mim.

Felizmente o casal era muito falante, e eu pude apenas sorrir e acenar durante as horas que ficamos pulando como pipoca dentro daquele 4x4. Foi gostoso, não posso negar; o meu superpoder era ficar horas ouvindo os outros conversarem, travando diálogos internos comigo mesma, como se eu estivesse participando ativamente da conversa, e depois transformar tudo em diálogo nos meus livros. Era como terapia.

Perto do meio-dia, nós chegamos no primeiro ponto turístico, a Pedra Furada. Confesso que eu não estava assim tão animada para ver uma pedra, ainda mais uma furada, mas o que encontrei, ao invés das minhas baixas expectativas, foi uma muralha de arenito que se erguia no meio da planície, solitária e imponente, e quando o carro estacionou eu não pude evitar colar a testa no vidro sujo de barro, embasbacada; no meio da pedra, buracos naturais se formaram, parecendo portais para outra dimensão.

Nós fizemos uma trilha curta, de cerca de 100 metros, e logo alcançamos o primeiro portal, que se erguia imenso acima da minha cabeça — se atrás dele tivesse uma casa, com certeza seria uma casa de rico.

Quanto mais explorávamos a Pedra Furada, mais encantada eu ficava. Querendo aproveitar aquilo da melhor forma possível — sozinha —, subi para o que o guia havia nos indicado como "janela principal", deixando-os para trás. Ao chegar, me sentei no chão e observei através dela a paisagem do cerrado e o Morro do Chapéu, completamente arrebatada por aquela visão.

Conforme admirava e sentia uma leve brisa atingir o meu rosto, entendi finalmente que era aquilo. Aquilo que eu queria desde o início, quando comprei o ingresso para um retiro de emanação de ondas de felicidade. Aquela experiência, me sentir pequena e gigante ao mesmo tempo. Sentir que o mundo era imenso e as minhas possibilidades, infinitas. Sentir que os meus problemas não eram tão horríveis assim, que eles não precisavam tomar conta da minha cabeça toda, o tempo inteiro. Sentir paz, tranquilidade, mas inquietude também.

Eu só não sabia que não precisava de um coach quântico para sentir tudo aquilo. Eu só precisava... respirar. Longe de tudo. Longe de mim, ou pelo menos longe da minha versão ansiosa, que vivia trancada no quarto de um apartamento, sentindo pena de mim mesma.

Ali, sozinha, só eu e aquela vista deslumbrante, me senti em paz. Finalmente.

Por mais que eu quisesse ficar o dia inteiro na Pedra Furada, observando a imensidão do mundo e esvaziando a mente, logo a minha introspecção foi interrompida pelo guia, que chegou com Ademar, Rosângela e Mariana para mostrar a janela principal, e eu fiquei com a responsabilidade de tirar 453 fotos da família, em poses distintas e algumas bastante engraçadas. Quando enfim tirei uma que todos concordaram que estava "perfeita", tivemos que partir para o segundo e último ponto turístico daquele dia.

A Lagoa do Japonês ficava a cerca de 80km da Pedra Furada, mais uma hora dentro do 4x4. Mas, ao contrário do início daquela viagem impulsiva e muito fora do meu orçamento, agora eu já começava a ver que aquela talvez tivesse sido a melhor decisão que eu havia tomado desde que saíra de São Paulo.

Existia algo de sobrenatural no ato de se afastar tanto de tudo o que é conhecido e, no meio do caminho, se sentir em casa. E era exatamente daquela forma que eu estava me sentindo, no coração do país, sem nenhum conhecido por perto, longe de tudo e de todos, depois de perder tudo em que eu me agarrei por tanto tempo: em casa.

Um pouco antes de chegar ao nosso segundo destino, paramos para comer um lanche, já que só encontraríamos estrutura de restaurante na pousada em que dormiríamos naquela noite. Comemos de maneira descontraída, sentados na caçamba da picape, enquanto nos conhecíamos melhor.

Descobri entre uma mordida e outra que João Miguel era pai de duas garotinhas lindas e viúvo, já que sua esposa havia falecido devido a complicações da Covid no ano anterior. Mariana, por sua vez, havia terminado um longo namoro de 3 anos e estava usando aquela viagem para tentar superar. E Ademar e Rosângela estavam fazendo a última viagem antes de a mãe de Rosângela precisar ficar com eles em casa, já que ela não conseguia mais morar sozinha devido à idade.

Por mais que tentássemos mostrar ao mundo uma faceta positiva de nós mesmos, como havíamos feitos apenas algumas horas antes, os problemas e angústias sempre davam um jeito de aparecer entre as frestas. E talvez, justamente por isso, vivíamos bem em sociedade. Nos ajudávamos. Sentíamos compaixão. Empatia.

Uma sociedade que só mostrava suas conquistas e nunca suas fragilidades me parecia doente; me parecia aquela que eu acompanhava obsessivamente, dia e noite, nas redes sociais dos meus amigos e familiares, e fazia com que eu me sentisse a pessoa mais desajustada da face da Terra.

Mas a vida real era difícil, dolorosa, imprevisível e muito, muito agridoce. Não era uma linda foto de Instagram, ou um "vem aí" de Twitter; era a felicidade de ter passado na faculdade, e a tristeza de um pé na bunda ao mesmo tempo. Era a conquista de ter se aposentado depois de uma vida inteira trabalhando, e a ansiedade de saber que em breve seria você no lugar da mãe que precisava acolher, da mãe que cuidou de você e que agora precisava ser cuidada. Era a existência de duas garotinhas lindas, com a vida inteira pela frente, e a perda avassaladora daquela que nunca mais poderia ouvir "mamãe" sair da boca delas.

Era pedir demissão, e gastar todo o dinheiro da rescisão em um retiro que não deu certo, brigar com os amigos e perder a já pequena chance que tinha com o amor da sua vida, e, mesmo assim, partir para uma viagem que se mostrava exatamente aquilo que você precisava naquele momento. Era ver algo positivo em meio ao caos.

Era renascer toda vez que sentia como se fosse morrer.

Queria ver Tony Diniz escrever algo tão verdadeiro assim.

— Prontos para mais uma aventura? — João Miguel perguntou, conforme recolhia as embalagens dos nossos lanches para jogar fora.
— Sim — respondi, animada, e era verdade.
Partimos para a Lagoa do Japonês, e se a Pedra Furada me trouxe um sentimento de imensidão, a água cristalina desse novo local me invadiu de paz. Era surreal que a cor daquela água fosse criação da natureza, e não algo pintado num quadro, ou modificado no Photoshop. Eu nunca tinha visto um lugar tão lindo em toda a minha vida.
Eu não costumava ser a garota que caía na água quando ia à praia, ou quando estava perto de piscinas e cachoeiras; preferia ficar escondida do sol e completamente seca, a uma distância segura, cuidando dos pertences de todos e lendo um bom livro. A boa, velha, confiável e previsível Ana. Mas eu sabia que me arrependeria se não me jogasse naquele azul cristalino, se não vivesse a aventura que o meu coração queria viver desde que decidiu comprar um retiro de um coach quântico, logo, minutos depois de chegarmos, eu estava no deck de acesso, sentindo a água gelada passar pelo meu corpo e imaginando quantos outros corpos e histórias aquelas mesmas águas já havia envolvido.
Parada ali, batendo meus pés para me manter na superfície, eu senti falta dos meus amigos. Queria estar dividindo tudo aquilo com eles, a parte boa de uma viagem que dera muito errado, a hora que poderíamos finalmente aproveitar, depois de dias cansativos e estressantes — mas eles não estavam ali. E a ausência deles pesava dentro de mim; eu os havia arrastado para aquela loucura, a doce Camila, que provavelmente estaria jogando água para todos os lados se estivesse ali comigo, e o intrigante Luís, que com certeza estaria tentando dar caldos em nós duas. Eu os conhecia, sabia o que cada um iria amar e odiar naquela aventura, conhecia seus medos, sonhos, ambições e angústias, trazia os dois dentro do meu coração havia anos. E, mesmo assim, havia estragado as únicas amizades verdadeiras que tive na vida com meia dúzia de palavras.
E Bárbara...
Você acredita piamente que só você tá na merda. Só você tem problemas. Só você não sabe o que fazer da vida. Mas eu tenho uma novidade pra você: tá todo mundo na merda!

Como eu havia ignorado os sinais? Como eu pude ser tão egoísta? Conforme boiava na Lagoa do Japonês, lembrava das cobranças do chefe de Bárbara, dos pedidos de Gael para que ela parasse de trabalhar, do choro sentido no convento, da sua música favorita da Taylor Swift... É sobre uma garota que quer escapar de um relacionamento e logo embarca em outro, que ela sabia que era uma furada, mas precisava de um motivo para ir embora, sabe? Será que era da própria vida que Bárbara estava tentando escapar?

Mergulhei a cabeça, tentando parar um pouco de pensar em Bárbara e nos meus amigos, porque pensar neles só fazia com que eu sentisse arrependimento e culpa — se eles não estavam ali era porque não queriam estar. Não queriam mais ficar perto de mim. E eu compreendia, e merecia. Completamente.

Quando emergi, um barquinho que João Miguel guiava passou perto de mim, já com Ademar, Rosângela e Mariana acomodados em cima dele.

— Pronta para ver a parte mais legal da lagoa? — ele questionou.

— Tem mais?! — exclamei, me apoiando na beirada e subindo com um pouco de dificuldade; já acomodada, vesti uma camiseta, um pouco ciente demais da exposição do meu corpo para o mundo.

— Tem muito mais!

Conforme o nosso guia avançava, a água mudava de cor, de um azul-turquesa para um azul-celeste. Eu mal podia acreditar no que os meus olhos viam... E quando achei que não tinha como melhorar, chegamos nas grutas, que eu já avistara de longe, mas que de perto eram uma mistura de raízes longas de plantas e formações rochosas que transformavam toda a paisagem em algo saído diretamente de um conto de fada.

Aproveitei o restante do dia perto das grutas, curtindo a água azul e a companhia do pequeno grupo de pessoas que eu, de forma improvável, começava a me apegar; Ademar tinha uma risada poderosa, Rosângela estava sempre contando piadas ruins e Mariana explicava um pouco mais da riqueza da fauna e da flora local. Tudo isso enquanto João Miguel não deixava o clima cair e contava curiosidades sobre o local.

Perto de o sol se pôr, começamos a juntar as nossas coisas para ir para a pousada. Com o cabelo pingando nos ombros e muita fome, senti um cansaço diferente dos últimos três dias. Um cansaço gostoso, um formigamento nas panturrilhas, os olhos pesados e satisfeitos.

Chegamos na charmosa pousada, cerca de uma hora depois, e o dia já havia se transformado em noite. Pequenos chalezinhos coloridos se enfileiravam, um ao lado do outro, rodeados de mata nativa e luzinhas acesas entre eles. O estacionamento estava parcialmente cheio, com outros 4x4 enlameados estacionados, e um cheiro delicioso de comida caseira tomou conta do ar. Ademar, Rosângela e Mariana teriam um chalé para eles, e eu ficaria no chalezinho ao lado.

Exausta, caminhei com a chave na mão, querendo tomar um banho rápido e comer o maior prato possível de qualquer que fosse a comida que estava sendo feita no pequeno restaurante do local. Em seguida, dormiria o sono dos justos.

Quando girei a maçaneta e entrei, porém, todo o cansaço foi varrido do meu corpo e uma onda de choque percorreu todos os meus músculos.

Bárbara estava ali, sentada em uma das duas camas, mexendo na sua bolsa. Ela usava shorts jeans e seu cabelo estava parcialmente molhado. Quando ela ouviu o barulho da porta sendo aberta, levantou o rosto na minha direção e fez o improvável: sorriu.

— O quê...? — deixei a frase morrer, um pouco eufórica por ela estar ali, um pouco ansiosa por não saber o que aquilo significava.

— Você disse que eu podia vir. Eu vim — ela disse simplesmente.

— E os outros? — questionei, mesmo que o que eu realmente quisesse fazer era correr até ela e abraçá-la.

— Camila e Luís decidiram ficar em Palmas, curtir a cidade e os passeios.

Meu coração afundou um pouquinho; então eles não me perdoariam tão cedo.

— E o Gael? — quis saber, porque meu cérebro começava a imaginar que ele sairia pelado do banheiro em breve, e eu não queria ver aquela cena e ficar assombrada por anos a fio.

— Ahn... ele foi embora. Pegou o carro e foi para Anápolis, vai ficar com os tios um pouco. Como ele queria.

Silêncio. Um silêncio eletrizante, que percorreu o quarto. Expectativa. O silêncio da expectativa do que sairia da boca de Bárbara em seguida.

— A gente terminou — ela admitiu, mas, ao contrário do que eu imaginei que aconteceria se algum dia ouvisse aquelas lindas palavras saindo da sua boca, eu soltando fogos de artifício, apenas senti por ela. Muito.

— Você está bem? — perguntei, ainda paralisada na porta.

— Eu vou ficar. A gente já não estava bem há algum tempo, vocês devem ter percebido... Foi melhor para nós dois.

Para nós três, o pensamento cruzou a minha mente, mas eu não me apeguei muito a ele.

— Pedi para ficar com você no quarto, na minha excursão só vieram três caras, espero que não seja um problema — ela se explicou. — Se for, eu dou um jeito...

— Não tem problema nenhum! — apressei-me em afirmar. — Eu estou feliz que você está aqui.

— Eu queria pedir desculpas. — Bárbara se levantou, percebendo que eu provavelmente estava paralisada e não me aproximaria tão cedo. — Por ter mentido.

— Eu que tenho que pedir desculpas. Fui uma babaca insensível. — Era gostoso ser honesta. Falar sem pensar. Eu deveria tentar mais.

— Foi. Mas eu também fui. — Bárbara deu mais um passo para a frente. — O que eu posso fazer para resolver as coisas entre a gente?

Eu abri a boca, sem saber muito bem o que o meu coração queria responder, e o que o meu cérebro me convenceria de que era o certo a dizer. Mas quem falou mais alto foi o meu estômago, que roncou como um leão faminto.

Bárbara olhou para a minha barriga, e depois para mim. Eu senti o rosto esquentar, envergonhada.

— Te pagar um jantar?

Sorri, e o sorriso virou uma risada. Bárbara me acompanhou.

— Eu tô morrendo de fome — admiti.

— Então vamos comer. E a gente conversa. Pode ser?

— Pode — respondi, e tão logo aceitei deixar aquilo para depois, a ansiedade tomou conta de mim.

Mas eu precisava controlá-la. Por mim. E por Bárbara.

VOCÊ SÓ SERÁ F*DA QUANDO SE SENTIR F*DA
CAPÍTULO TRINTA E SEIS: COMECE A SENTIR

Está sentindo? Aí? Bem no fundinho do estômago? Na ponta dos dedos? No topo da cabeça? Esse sentimento... Esse formigamento. Essa ânsia. A vontade de persistir. A vontade de vencer. A vontade de provar a todos — e a si mesmo — que você conquistou tudo aquilo que sonhou.

Esse sentimento... Esse quentinho no peito. É ele que eu sempre busquei, é ele que eu encontrei, e agora é ele que eu estou tentando apresentar para vocês. Talvez as minhas palavras tenham surtido efeito, e você esteja começando a sentir bem no fundinho da alma. Está sentindo?

Ou talvez você precise reler este livro. Comprar de presente para os amigos e ler em grupo. Analisar, estudar, participar de algum dos meus retiros. Talvez você ainda não esteja pronto, ou talvez você esteja, mas não consiga admitir para si próprio. Talvez você tenha pulado algum dos meus exercícios, ou tenha lido de mente e coração fechados. Mas eu te peço para insistir, para tentar de novo, porque aí você vai sentir...

Vai senti-lo. Vai se olhar no espelho e vê-lo presente, te rodeando, guiando suas escolhas e decisões futuras. Te dando tudo aquilo que você um dia sonhou — independentemente de qual seja esse sonho.

Você quer sentir? Quer mesmo? Então tenha fé. Acredite. Ele existe, e ele está pronto para ser sentido.

Mas se você continua no mesmo mindset, se não quer reprogramar seus pensamentos, se quer continuar vibrando na mesma frequência pessimista na qual vibrou a vida inteira, não existe livro, palestra, TED Talk, exercício e retiro no mundo que te tire disso. E olha que eu tentei! Eu despejei todo o meu conhecimento neste livro, eu te dei todos os passos, eu te dei o caminho das pedras, eu mastiguei e coloquei na sua boca.

Se você não conseguiu sentir até agora, e se não está disposto a tentar de novo, então não jogue a culpa no universo. Não peça seu dinheiro de volta. Não coloque a culpa em mim. Porque foi *VOCÊ* que escolheu esse caminho.

Mas se você está sentindo... Se você sentiu uma pontada... Se você ainda não sentiu, mas sabe que vai acontecer mais cedo ou mais tarde... Seja bem-vindo! Essa é a sua nova vida.

É assim que é se sentir incrível e completamente...

Foda!

Entramos no pequeno restaurante da pousada, que cheirava muito bem, e fomos recebidas por uma música antiga e melódica que tocava nos autofalantes espalhados pela propriedade. A dona do local, que era também a cozinheira criadora daquele cheiro maravilhoso que fazia o meu estômago roncar, nos cumprimentou e nos guiou até a bancada onde podíamos pegar a comida. Enchemos os nossos pratos e nos sentamos a uma mesa mais afastada; meu grupo até me chamou para comer com eles, mas expliquei que havia encontrado uma amiga e que jantaria com ela.

Amiga. Era ao mesmo tempo incrível e desolador encaixar Bárbara nessa palavra. Passei anos da minha adolescência tentando reunir a coragem necessária para ao menos *falar* com ela — e agora onde estávamos? Jantando juntas no Jalapão, sob luzinhas e um luar cinematográfico, rodeadas de estrelas.

Mas ainda não era o suficiente. Nunca seria o suficiente.

— Por onde a gente começa? — Bárbara perguntou, ajeitando delicadamente arroz e feijão de um lado, frango frito e salada de tomate do outro.

— Pelo começo, eu diria — respondi, porque não sabia muito bem o que dizer.

Para a minha sorte, Bárbara entendeu o que nem eu havia compreendido com aquela frase vaga, e começou a falar:

— Sei lá... Eu vou ser sincera com você, tá? Como deveria ter sido desde o começo. — Concordei com a cabeça, incentivando que ela continuasse. — O que eu sinto é que eu deveria estar grata, sabe? Feliz. Sou uma mulher preta e bissexual que conquistou o mundo. Tenho uma boa formação, um bom cargo, um bom salário. Estabilidade... Foi isso que eu ouvi a minha vida inteira. Que eu tinha que ir atrás de estabilidade. Que não existia nada que me deixaria mais feliz do que saber que um bom dinheiro cairia na minha conta todos os meses.

Bárbara soltou uma risadinha sem humor pelo nariz e espetou um tomate, levou-o até a boca. Mastigou rapidamente e continuou:

— E por muito tempo eu concordei com esse mantra, sabe? Me formei em Administração, porque era um curso "estável", em uma faculdade pública, porque me traria "status". Ouvi tanto isso dos meus pais que absorvi e repliquei, sem nem pensar direito. Julguei quem não fez o mesmo, quem não "se esforçou o suficiente". E deixei de lado tudo aquilo que me atrapalharia de chegar aonde eu achava que queria chegar... Ou melhor, tudo aquilo que me deixava feliz. E aí, quando eu cheguei lá, eu só... Me senti vazia. Oca.

Concordei com a cabeça, não ousando falar nada que atrapalhasse o seu desabafo. Éramos faces da mesma moeda, eu e Bárbara. Seguir o coração, ou seguir a razão, qual desfecho de vida era melhor?

Spoiler: nenhum.

— Eu não os culpo. Meus pais. Por toda essa pressão, essa insistência de seguir algo tradicional, algo estável. Eles não tiveram os privilégios que eu tive. Não estudaram em colégio particular, não tinham uma rede de apoio, o luxo de poder sonhar. Tiveram que ralar muito, muito... Tiveram que sobreviver, para que eu pudesse viver. Como o Luís disse, tem gente nesta vida que ou sobrevive, ou sobrevive. Então como culpá-los? — Ela levantou os olhos do prato de comida, focando-os em mim. — Então eu *me* culpei. Todos os dias. Por não estar feliz no modelo de vida que eles idealizaram para mim. Por pensar todos os dias em desistir, em jogar fora todo o investimento deles, e querer apenas... Procurar por algo que fizesse sentido. Que me fizesse feliz. Algo como o que você tem! A escrita, seu propósito.

Bárbara parou um pouco de falar, comendo outra garfada. Aproveitei para fazer o mesmo; minha cabeça fervilhava, finalmente compreendendo o macro da situação. Nunca imaginei que era possível se sentir infeliz sendo bem-sucedida — e, com este pensamento, estava também diminuindo a dor de outra pessoa, ou nem a reconhecendo, atitude que tanto condenei nos meus amigos.

Bárbara engoliu a comida e continuou:

— Só que, ao contrário de você, eu não sei qual é o meu propósito. Eu não nasci com um dom, sabe? Não passei a infância e a adolescência me aprimorando em algo, ouvindo das pessoas "nossa, ela tem talento pra isso". Eu gosto de muitas coisas que deixei de lado... Gosto de cantar, gosto de aprender línguas, gosto de pessoas, gosto de ouvir seus problemas... Então qual outra carreira eu perseguiria que não a que eu já tenho, a que eu já consolidei e na qual eu sou boa, se eu nem sei exatamente o que vai preencher esse vazio? Entende a minha situação? Eu estou infeliz, exausta, irritada, e se eu soubesse como mudar tudo isso, com certeza já teria mudado, mas eu não sei! Não sei o que reverteria esse quadro. — Bárbara suspirou, pousando o garfo e a faca na beirada do prato e tomando um gole de suco. Em seguida, deu de ombros. — Por isso comprei o livro de Tony Diniz. Por isso quis vir para o retiro. Por isso a mentira de que estava organizando tudo... Não queria que me vissem como fraca, desesperada, quebrada, não quando eu também represento esperança para tantas garotas como eu. E mais do que isso... — Ela parou por um instante, engoliu em seco, e adicionou: — Não queria que *você* me visse assim.

— Eu nunca te veria assim — disparei, sem conseguir me conter.

— Como não? Você não sabe o que é viver a esmo, sentindo que a sua passagem pela Terra é em vão... Você tem um talento, um dom. Você move as pessoas... Você marcou a minha vida inteira com *um* texto. Sabe a potência disso? — Bárbara segurou a minha mão, e eu deixei que ela segurasse. — Eu queria que você me visse como eu te vejo. Uma força da natureza. Não alguém que não fica satisfeita com nada...

— Sabe o que eu vejo em você? O que eu sempre vi em você? — "O grande amor da minha vida." — Inteligência, beleza, empatia, carisma, talento, esforço, gentileza, força. Você é independente, vive a vida de queixo erguido e sempre em frente. Como você não consegue enxergar isso? Nós temos a mesma idade, olha onde você está, olha onde eu estou! Vinte e quatro anos. Desempregada. Sem dinheiro. Morando com os meus pais. Escrevendo sozinha dentro do meu quarto e rezando por um milagre. Como você vê em mim uma força da natureza e em você não?

— O que "estar em algum lugar" significa se eu estou infeliz? — Bárbara sorriu com uma melancolia assombrosa. — Como você se sente quando está escrevendo?

Pensei antes de responder. Eu poderia expor para ela o lado negativo do meu sonho. As horas de insônia, pensando na história, e depois a incapacidade de colocar tudo o que eu pensei no papel. As negativas, as frustrações, o tanto de escritores talentosos que existiam versus as poucas vagas em boas editoras. As falsas editoras querendo dar golpe em jovens sonhadores o tempo todo. A síndrome do impostor, de achar que tudo o que eu escrevia era um grande lixo fedido e que seria melhor apenas desistir, mas a ideia de desistir ser tão dilacerante quanto um alívio. E a angústia de saber que, mesmo se eu chegasse lá, mesmo se eu conseguisse ser publicada, não era certeza de que eu faria sucesso, que eu venderia bem, que eu conseguiria viver exclusivamente disso, porque eu era puramente uma escritora, e não uma influenciadora, como ultimamente todo escritor precisa ser.

Ao invés disso, porém, o que o meu coração quis responder foi:

— Viva.

Bárbara concordou com a cabeça, como se já esperasse por aquela resposta.

— É isso. É isso o que eu quero. Me sentir viva.

— E eu quero não me sentir um fracasso, alguém que persegue um sonho impossível sem nunca chegar em lugar nenhum, digna de pena dos outros — admiti, sentindo as lágrimas brotarem nos olhos, mas sem a intenção de engoli-las. — Quero ter dinheiro. Independência. Tomar as rédeas da minha vida. Viajar, comprar coisas, ter o meu canto. Queria voltar no tempo e ouvir os meus pais, fazer alguma faculdade segura e ter um emprego estável. Queria o que você tem.

— E eu queria voltar no tempo e permitir que a Bárbara de 17 anos descobrisse o que gosta de fazer, o que a realiza, antes de seguir sem pensar duas vezes um caminho traçado por outras pessoas... Parece que a grama do vizinho é mesmo sempre mais verde, não é? Porque eu queria o que você tem. E você queria o que eu tenho. — Bárbara afirmou, e eu concordei com a cabeça.

— Na verdade, pelo Instagram parece que a grama do vizinho é a floresta amazônica e a minha queimou até virar pó.

Bárbara riu baixinho.

— Pensei que encontraria algumas respostas nesse retiro. Estava esperançosa — ela disse simplesmente, e a verdade daquelas palavras me atingiu em cheio.

— Eu também. Me desculpa se eu não consegui enxergar que você também estava mal... Eu passo tanto tempo focada nas minhas dores, nos meus problemas, que às vezes esqueço que o mundo ao meu redor não para. Eu... — Respirei fundo. — Eu acho que a minha cabeça não anda muito boa.

Nem sei o que deu em mim para admitir aquilo, mas compartilhar o maior segredo da minha vida para Bárbara de forma despretensiosa me pareceu certo.

Para a minha surpresa, ela riu, mostrando as covinhas das bochechas, e negou com a cabeça.

— Pandemia, quatro anos de governo Bolsonaro, desemprego, inflação, estafa, pobreza, morte... Tem alguém com a cabeça boa, Ana?

— Mas acho que ela nunca esteve — murmurei aquela confissão, um pouco envergonhada, um pouco aliviada. — Eu só... Optei por ignorar. Mas acho que não dá mais. Eu preciso de ajuda. E ao invés de ir atrás de ajuda, gastei todo o meu dinheiro com um coach quântico.

— Eu sei que vou parecer muito hipócrita falando isso, mas não dá pra gente ficar se culpando pelo resto da vida por conta de uma escolha errada. Beleza, o retiro não deu certo, mas olha só onde a gente tá. — Bárbara olhou em volta. — Acho que eu nunca conheci um lugar mais lindo na vida. Há males que vêm para o bem, não é?

Bárbara fixou os olhos em mim, e eu senti que ela queria continuar aquela frase, dizer algo a mais, mas ela se segurou. Eu também queria dizer que estar ali com ela parecia um roteiro saído diretamente dos meus sonhos, e que a beleza daquele local não se comparava com a beleza dela, mas se somava à minha timidez o fato de que ela havia acabado de terminar um longo namoro; não queria ser insensível.

Bom, querer eu queria. Só não tinha coragem.

— Você tem razão. Só é... tão difícil. Se sentir perdida. Queria saber o que vai ser de mim em 5, 10 anos... Tatear no escuro e torcer pelo melhor é tão...

— ... a experiência humana na Terra? — Bárbara me interrompeu.

— Eu ia dizer "angustiante", mas a sua versão também é boa. — Sorri, e Bárbara sorriu de volta.

Logo a conversa se suavizou, e falamos sobre os desencontros daquele dia; quando eu estava na Pedra Furada, Bárbara estava a caminho, tendo que aguentar a longa viagem socada dentro de um 4x4 com três universitários héterotops que pareciam bem cuzões, e falavam alto a algumas mesas de distância. E o grupo dela chegou na Lagoa do Japonês quando eu estava nas grutas, e não nos cruzamos novamente.

Compartilhamos então as nossas experiências naquele dia, as impressões dos lugares que havíamos visitado e como o Jalapão era tudo o que estávamos esperando, e mais um pouco.

Em seguida, contei a ela como havia sido o meu encontro com Tony Diniz, e ela admitiu que tinha ouvido falar que ele era um babaca mesmo, mas que havia lido o livro quando estava no fundo do poço e achou que alguém que a fez se sentir mais positiva num momento tão ruim não podia ser péssimo como as pessoas diziam.

Bom, aparentemente podia.

Passamos algumas horas ali, conversando, rindo e comendo. Bárbara não mencionou Gael, e eu respeitei a sua decisão; quando ela estivesse pronta para falar, ela falaria. Se é que tivesse algo a ser dito.

Depois de algum tempo, decidimos voltar para o quarto, e por mais que aquela tivesse sido a conversa mais íntima e honesta que havíamos tido desde que nos conhecemos, eu comecei a me sentir ansiosa. Passar uma noite com ela em um convento, sabendo que Camila logo estaria roncando na cama ao lado, era uma coisa; passar uma noite com ela solteira e sem ninguém por perto, num lugar mágico e romântico, era outra completamente diferente.

Mas eu fui mesmo assim, porque o que mais eu faria? Dormiria na varandinha, como um cachorro?

Quando pegamos juntas a estradinha de pedras que nos levaria de volta aos chalés, ladeada de flores e envolta em um cheiro doce e delicado, as estrelas brilhavam mais forte que as luzinhas penduradas por todos os lados, e "At Last", de Etta James, começou a tocar nos autofalantes.

— Eu amo essa música — Bárbara admitiu, caminhando ao meu lado.
— Eu também — concordei com a cabeça.
— Então parece que temos um gosto em comum? — ela gracejou.
— *At last, my love has come along... My lonely days are over... And life is like a song!**

Bárbara não estava mentindo quando disse que gostava de cantar. Só não havia dito que a voz dela era linda.

Senti todos os pelos dos meus braços se arrepiarem.

— Etta James... Que diva... — ela adicionou.

Eu estava sentindo todo o meu corpo formigar. E, sem pensar direito — coisa que eu *nunca* fazia —, me aproximei de Bárbara e estendi a mão. E ela olhou dos meus dedos para o meu rosto, pensativa... E logo estendeu a sua na minha direção.

Peguei a sua mão e a puxei para mais perto; eu não sabia dançar, mas tê-la ao meu lado acalmou o meu coração e guiou as minhas pernas. Eu era só um pouco mais baixa que Bárbara, e o meu queixo encostou no seu ombro. Ela continuou a cantarolar, e eu fechei os olhos, querendo aproveitar aquele momento para sempre. Sentia o cabelo dela contra a minha bochecha, a base das costas dela contra as minhas mãos, e íamos de um lado para o outro, no ritmo da música.

Dançamos em silêncio. Em silêncio não, porque ela cantou a música em voz baixa o tempo todo, sua voz doce como o cheiro das flores ao nosso redor. Eu queria falar tanta coisa, queria tirar tudo do peito, dizer que Bárbara era a mulher mais extraordinária que eu havia conhecido na vida, e que ela merecia toda a felicidade do mundo, mas que eu gos-

---

* Tradução livre: *"Enfim, meu amor chegou... Meus dias solitários chegaram ao fim... E a vida é como uma canção!"* (N. A.)

taria tanto, mas *tanto* de fazer parte daquela felicidade... Mas não tinha coragem de estragar o momento com os meus pensamentos desconexos.

— *And here we are in heaven... For you are mine at last!** — ela sussurrou de forma melódica e linda, e nós nos afastamos um pouco quando a música enfim acabou, sem nos soltar.

— Sua voz é linda — murmurei, um pouco rouca.

— Você é linda — ela respondeu, de forma bastante espontânea, como se nem ela soubesse que diria aquilo.

Com a mão trêmula, tirei um pouco do cabelo de Bárbara do rosto, colocando-o atrás da orelha. Ela sorriu, e o meu coração explodiu dentro do peito. Sem conseguir me conter, me curvei para a frente e a beijei.

Foi um beijo lento, intenso, um beijo que queria explorar o terreno e se aprofundar. Bárbara estava com gosto do suco de caju que havíamos tomado e do chiclete de menta que havia mascado em seguida, um gosto doce e cítrico ao mesmo tempo.

Uma das minhas mãos permaneceu na sua cintura, enquanto a outra se entrelaçou no cabelo da sua nuca. Bárbara, por sua vez, me puxou para mais perto com ambas as mãos nas minhas costas, encostando nossas coxas, barriga e peitos.

Nem a brisa que bateu naquele momento foi capaz de esfriar o calor que percorria os nossos corpos juntos. Foi um beijo delicioso. Um beijo com o qual sonhei a vida toda. Um beijo certo... Mas que podia estar acontecendo na hora errada.

Eu não queria ser só um erro que ela cometia depois de um relacionamento que deu errado. Eu queria ser para Bárbara o que ela já era para mim: felicidade. Certeza. Porto seguro.

Juntando toda a força de vontade que existia em mim, separei as nossas bocas, mas não as nossas testas e narizes.

— Tem certeza disso? — ofeguei. — Eu não quero fazer você se sentir mal...

— Shhh — ela disse, e eu me calei. — Você não sabe há quanto tempo eu sonho com isso — ela ofegou de volta.

---

* Tradução livre: *"E aqui estamos nós no paraíso... Pois você é minha enfim!"* (N. A.)

Não precisei ouvir duas vezes. Sorrindo contra a sua boca, voltei a beijá-la. E entre beijos e risadas, andamos trôpegas até o chalé que dividiríamos, e entramos, caindo em uma das camas de solteiro.

Nos autofalantes, "Stand By Me", de Ben E. King, começou a tocar.

A cada novo lugar que eu explorava com as minhas mãos e língua, sentia o meu corpo esquentar mais e mais, como se fosse explodir. E quando Bárbara tirou a minha camiseta e trilhou seus beijos pelos meus peitos e barriga, descendo cada vez mais, a minha cabeça desligou, e eu vivi aquele momento intensamente.

Em um chalé em Ponte Alta do Tocantins, com a minha crush da vida inteira, eu tive a noite mais mágica da minha vida.

Acordei no dia seguinte ao sentir alguém se sentar na cama. Sonolenta, ainda sem entender quem eu era e por que eu era, abri os olhos, dando de cara com Bárbara segurando um prato e uma caneca.

Em questão de segundos, flashes da noite anterior invadiram a minha mente. Os beijos. Os gemidos. Os orgasmos. As risadas. Os abraços. Os sussurros contra o cabelo. As palavras ditas, e as não ditas também.

Meu coração errou uma batida.

— Bom dia — Bárbara desejou, colocando o prato em cima da mesa de cabeceira e me entregando a caneca. — Café puro, né?

Concordei com a cabeça, me sentando na cama; percebi que estava nua, então subi o lençol para cobrir os meus peitos, de repente muito consciente do meu corpo em plena luz do dia. Bárbara reparou, e com um movimento delicado, puxou o lençol para baixo novamente. Ela olhou para mim e sorriu, e foi o que bastou.

— Obrigada — agradeci, pois se dependesse do meu cansaço, aquele seria o primeiro café da manhã de hotel/pousada que eu perderia.

— Não foi nada, tentei te acordar, mas você só resmungou, virou para o outro lado e disse "sai, Berenice".

Engasguei com o café, mas Bárbara não percebeu, adicionando de forma tímida logo em seguida:

— Os carros vão sair em meia hora.

— Bom que estamos bem descansadas para curtir o dia — comentei, brincando com o fato de que havíamos feito muita coisa naquela cama, *menos* dormir.

Bárbara riu, abaixando um pouco o rosto. Eu tomei um gole de café, quase não acreditando que estava vivendo a manhã perfeita, a manhã dos meus sonhos. Eu, Bárbara, só uma cama, café.

Em seguida, tentando não ser a Ana de sempre, que pensa demais e fala de menos e acaba perdendo o que realmente quer, segurei a sua mão.

— Ontem foi incrível — admiti.

— Foi, não foi? — ela questionou, concordando com a cabeça, parecendo querer confirmar comigo o que já sentia.

— Você não tem ideia de quantas vezes eu imaginei isso. Nós duas. — Senti o meu rosto corar, mas não desviei os olhos.

— É bom ouvir isso, porque aí eu não me sinto extremamente *creepy* em admitir que sonho com isso desde que estudávamos juntas. — Ela sorriu, dando de ombros. — Mas eu achava que você era interessante demais para me notar.

— Meu Deus... Eu passava os intervalos escondida na biblioteca, Bá. O que tem de interessante nisso? — Ri pelo nariz.

— Tudo. — Bárbara tirou a caneca da minha mão e a colocou ao lado do prato, se aninhando no meu peito.

Ela olhou para mim, os olhos escuros, as covinhas nas bochechas, os cílios cheios. Eu beijei a ponta do seu nariz, e ela sorriu.

— Você vai criar uma personagem em minha homenagem? — ela questionou, sem tirar os olhos dos meus.

— Acho que todas elas são um pouco em sua homenagem. — Dei de ombros, sem medo de parecer brega ou intensa demais; era bom falar o que eu pensava. Libertador.

Bárbara se aproximou mais e me beijou. No meio do beijo, porém, ouvimos batidas na porta e a voz de João Miguel exclamar do outro lado:

— Saímos em quinze, Ana!

— Beleza! — gritei de volta. Em seguida, olhei para Bárbara. — Será que tem problema ficar aqui pra sempre?

— Tem — ela concordou com a cabeça, se afastando de mim e deixando um vazio incômodo entre nós. Ela parecia animada, quase infantil.

— Vamos lá, termina de comer e se troca, tenho certeza de que vamos ter um dia incrível!

E como ela estava certa!

Depois que terminei o café da manhã e nós nos vestimos, nos juntamos às nossas excursões que, para a nossa alegria, fariam o mesmo trajeto, no mesmo horário, naquele segundo dia de viagem.

Primeiro, fomos até o Cânion Sussuapara, e o guia nos explicou que o local funcionava quase como um portal para o Jalapão. Desci as escadas íngremes de madeira que davam acesso ao cânion com Bárbara ao meu lado, e juntas exploramos aquela formação fantástica da natureza, empolgadas com a água que caía em nossa cabeça, vinda das veredas e atravessando as raízes da vegetação. De mãos dadas, rindo e nos divertindo, bebemos a água que caía, fugimos alguns minutos para nos agarrar atrás de algumas plantas sem que ninguém visse, tiramos mil fotos e fizemos pedidos na Cachoeirinha dos Desejos.

Isso somado à visão de Bárbara de biquíni fazia o meu coração acelerar e parar de bater, tudo ao mesmo tempo. Sim, eu era apaixonada pela personalidade e inteligência dela, mas a curva da cintura e as covinhas nas costas não podiam ser ignoradas, muito menos os quadris largos e as coxas grossas, que haviam envolvido a minha cabeça na noite anterior como se tivessem sido feitas para aquilo.

Bárbara era perfeita, em todos os sentidos. E estar ali, com ela, havia valido todo o investimento e frustração. Parecia o pote de ouro no final do arco-íris, se o arco-íris tivesse sido uma viagem de três dias de São Paulo até o Tocantins onde absolutamente tudo que podia dar errado, deu.

Diferente do dia anterior, depois que saímos do cânion paramos para almoçar em uma comunidade quilombola, e não na caçamba do carro. A comida estava deliciosa, e a companhia melhor ainda; apresentei Bárbara para o meu grupo, e logo nós cinco estávamos entrosados. Ainda tentei fazer com que ela trocasse de carro, mas ninguém quis pegar o 4x4 com os universitários, e João Miguel era muito correto com a segurança da excursão para enfiá-la no banco traseiro conosco; assim, a próxima uma hora, maior trajeto daquele dia, eu fiz com a cabeça encostada no vidro do carro, relembrando e revivendo todos os momentos que tivera com Bárbara até então.

Uma hora separadas e eu já estava morrendo de saudade. O quão brega era se apaixonar e ser correspondida?

Eu mal podia acreditar que aquilo estava acontecendo. Aliás, não queria racionalizar muito aquela experiência, porque logo a minha mente me levava a lugares não tão legais, como o fato de que Bárbara havia acabado de terminar um longo namoro e provavelmente não iria querer nada comigo quando retornássemos para São Paulo, principalmente porque eu não tinha absolutamente nenhuma perspectiva de vida. Então eu não pensaria naquilo. Não! Eu me permitira apenas... viver.

A Ana do futuro lidaria com as consequências daquelas escolhas impulsivas. A Ana do presente só queria aproveitar aquelas horas ao lado de Bárbara no lugar mais lindo do mundo. A Ana do presente queria se perder nos cachos de Bárbara e fingir que tudo ficaria bem.

O segundo ponto que visitaríamos seria o Fervedouro Buritis. Antes disto, porém, João Miguel e as outras excursões pararam em um local especial, na Árvore dos Desejos, uma árvore toda retorcida e inteira enfeitada com pulseirinhas de desejos.

Eu e Ana paramos na frente da árvore, segurando nossas pulseiras.

— Já sabe o que vai pedir? — perguntei.

— Já — Bárbara respondeu, sem tirar os olhos de mim.

Prendemos juntas as nossas pulseiras, e diferente do que imaginei que desejaria, mentalizei apenas um pedido: ser feliz. Independentemente do que o futuro me reservava, da minha carreira, daquela história que se iniciava com Bárbara, eu só queria ser feliz. Aceitar os desafios que a vida colocaria na minha frente, lidar com as frustrações, que sim, aconteceriam, comemorar as vitórias intensamente e buscar sempre ver o lado positivo das situações. Depois da jornada que me levou até ali e me fizera quebrar a cara de forma magnífica, era só aquilo que eu desejava, do fundo do coração.

Eu não queria ser foda.

Eu queria ser feliz.

Partimos para o Fervedouro Buritis, que eu já havia visto em centenas de fotos de influencers famosos, mas nenhuma delas fazia jus à beleza e à paz daquele lugar.

Um fervedouro era a nascente de um rio subterrâneo, que geralmente não tinha vazão para água, e por isso formava uma espécie de piscina natural, que não te deixava afundar de jeito nenhum. E o Fervedouro Buritis, de água azul-clara e transparente, era também em formato de coração.

Era o universo me dizendo que seria impossível não me apaixonar. Não ali.

Os grupos podiam ficar apenas dez minutos no fervedouro, e não pudemos passar protetor solar ou qualquer creme que prejudicasse a água. Com jeitinho, convenci João Miguel a deixar Bárbara aproveitar com o nosso grupo, e ela mergulhou na água como uma sereia em seu hábitat natural.

Nadei até ela, sentindo as minhas pernas serem envolvidas por uma areia fina, que não me deixava afundar. Quando me aproximei, ela envolveu os meus braços, colando os nossos peitos. Nós sorrimos uma para a outra, e ela beijou a minha boca rapidamente.

— Vocês querem uma foto? — ouvimos a voz de Mariana atrás de nós. Nos separamos um pouco para olhar pra ela. — Quando eu estava planejando essa viagem com o meu namo... Meu *ex*-namorado, o que mais queríamos era tirar uma foto aqui. É muito lindo!

Olhei para Bárbara. Até aquele momento, havíamos tirado fotos uma da outra, mas nenhuma das duas juntas. Nem me passou pela cabeça... O que eu faria com aquela foto? Postaria na internet? De jeito nenhum, o pobre Gael não merecia passar por aquilo, não com o término tão recente.

Mas... por que eu precisaria postar nas redes sociais? Uma foto era apenas a recordação de um momento, não algo para ser mostrado ao mundo, pelo menos não todas elas. Eu não precisava que as pessoas soubessem que eu estava no Jalapão com o meu primeiro amor — *eu* sabia, e era o suficiente.

— Quero!
— Sim!

Dissemos ao mesmo tempo, e nos entreolhamos, sorridentes.

Mariana saiu do fervedouro e fez todo mundo sair para tirar a foto perfeita — ela havia mesmo planejado aquilo. Senti por ela, mas como alguém que não tinha uma foto romântica, primeiro porque eu estava no armário com as minhas primeiras namoradas, e depois porque Paula também não havia contado aos pais que namorava uma garota durante o nosso relacionamento, aquele momento era meu.

Era nosso.

Mariana tirou várias fotos, e nós fizemos várias poses, a última delas sendo um beijo. Quando ela entrou novamente no fervedouro, nos mostrou o ângulo que havia tirado, onde se podia ver o formato de coração perfeitamente, e nós duas nos beijando no centro, Bárbara rindo, eu com a mão cobrindo parcialmente o seu rosto.

Eu não postaria aquela foto nas redes sociais, pelo menos não por enquanto, mas com certeza enquadraria e deixaria do meu lado na cama.

Passou muito rápido, rápido demais; logo precisamos deixar o próximo grupo entrar, e partir para o último local que visitaríamos, e pelo qual eu estava mais empolgada para conhecer: as Dunas do Jalapão.

Por outro lado, eu não queria que aquela viagem acabasse. Nunca mais.

Acabei cochilando um pouco no trajeto até as dunas, e quando acordei, já era final do dia — o plano era mesmo ver o pôr do sol no local, mas fiquei surpresa com o *timing* perfeito. João Miguel era mesmo bom no que fazia.

Saí do carro e estiquei as pernas. Meu grupo subiu as dunas no mesmo instante, mas eu esperei por Bárbara, que chegou alguns minutos depois; queria viver aquilo com ela.

— Mais um "aulas, cria" e eu me jogo do carro — ela resmungou, e os três jovens da sua excursão passaram por ela rumo à subida das dunas, falando alto, marcando território.

— Tudo bem, tá acabando — comentei, mas ao invés de melhorar o astral de Bárbara, pareci jogar o clima lá embaixo. — Não que eu esteja feliz com isso! — corri para consertar, piorando mais um pouco a situação: — Por mim a gente morava aqui nessas dunas, que nem os Arrakis em Duna.

Bárbara riu do meu atrapalho, e aquilo tirou um peso do meu coração.

O que mais eu poderia dizer? Havíamos transado uma vez, eu não podia puxar uma DR e perguntar "o que a gente é agora?", era receita para o desastre.

Mesmo assim, era a resposta que eu mais queria obter.

Subimos juntas o paredão que nos levaria até as dunas, e quando botamos os nossos pés na areia, eu perdi o fôlego, não pela caminhada, mas sim pela vista. O sol já começava a dar sinais de que iria embora, e parecia que estávamos andando em cima de canela em pó. De um lado, a visão deslumbrante da Serra do Espírito Santo e toda a vegetação local; do outro, um riacho também de vereda que cortava as dunas. Entre os dois, Bárbara estava com o antebraço na frente do rosto, se protegendo dos raios solares, uma ruguinha enfeitando a sua testa enquanto ela observava o local, a luz fazendo a sua pele brilhar.

— Uau — sussurrei, e não saberia dizer se era para a visão dela ou das dunas.

— Uau — ela concordou com a cabeça, voltando o rosto em minha direção e sorrindo.

Nós caminhamos um pouco, explorando o local. Em determinado momento, quando o sol começou a se pôr, Bárbara estendeu uma canga na areia laranja e nós nos sentamos. Sem pedir autorização, abracei-a pelos ombros e ela aninhou a cabeça no meu coração.

— Eu disse que ia ser incrível — ela murmurou, um fundinho de sono em sua voz.

— Ainda bem que eu acreditei em você — concordei com a cabeça.

— Não em relação a hoje. Sobre tudo, esta viagem toda, inclusive Tony Diniz e o retiro. — Bárbara virou o rosto na minha direção e completou ao ver minha expressão de confusão: — Eu sei que deu tudo errado. Mas que bom que deu.

Eu concordei com a cabeça, e então trocamos um beijo lento e apaixonado. Quando abrimos os olhos, o sol já estava desaparecendo atrás da vegetação, deixando o tom alaranjado do céu combinar com o tom alaranjado da areia. Eu olhei para Bárbara.

— Você vai perder o pôr do sol — ela disse, também olhando para mim.

— Tenho uma vista mais bonita — murmurei, e conforme o dia virava noite no Parque Estadual do Jalapão e eu beijava a garota mais bonita do mundo, precisei agradecer a Tony Diniz mentalmente: ele prometeu que eu emanaria ondas de felicidade, e era exatamente aquilo o que eu estava fazendo.

O caminho de volta para Palmas foi silencioso. Já sentia no peito o gostinho do fim de uma experiência que não se repetiria tão cedo. Voltar para a capital do Tocantins significava encarar de frente todos os meus problemas e deixar cânions, fervedouros, dunas e sonhos de uma noite de inverno que mais parecia verão para trás.

Chegamos no hotel tarde da noite. Despedi-me de João Miguel, Ademar, Rosângela e Mariana depois de seguir todos no Instagram e aguardei no saguão, esperando pela excursão de Bárbara. No meio-tempo, acabei encontrando Luís e Camila. Na verdade, os dois voltavam aos risos de algum lugar, parecendo um pouco embriagados, mas pararam de rir ao me ver.

Suspirei de alívio. Eles estavam bem. Pareciam felizes. Eu não havia estragado as suas tão merecidas férias.

Nós nos olhamos, em silêncio.

— Gente. Eu... — comecei a falar, mas os meus olhos se encheram de lágrimas e a minha garganta fechou, impedindo que eu continuasse.

Antes que eu me fizesse de idiota na frente deles, Luís caminhou apressado na minha direção e me abraçou com força. Camila veio atrás, e nós fechamos um círculo.

Quem estava vendo aquilo de fora provavelmente estava achando tudo muito esquisito, mas eu não me importava; aquele era o meu jeito de pedir desculpas, e sabia que aquele também era o jeito dos meus amigos de dizer que me perdoavam.

— Desculpa, eu estraguei tudo — eu disse mesmo assim, porque estava aprendendo que viver dentro da minha cabeça só fazia com que as pessoas tivessem uma ideia errada de quem eu realmente era.

Eu não podia mais permitir que vivessem de impressões sobre mim. Eu queria que as pessoas gostassem ou deixassem de gostar de quem eu era, e não de quem eu queria ser.

— Não estragou nada, ontem mesmo eu peguei o Otávio! — Camila exclamou.

— E eu também. — Luís deu de ombros. — A Bárbara estava certa.

Eu ri, porque sabia que eles deviam estar loucos para me contar aquilo. E eu também estava louca para contar algo para eles...

— Ana — ouvi a voz de Bárbara atrás de mim.

Ela se aproximou, receosa, mas eu estendi a mão, e ela a pegou.

Camila e Luís me encararam, mas não disseram nada. Não precisavam; estava tudo em seus olhos.

— Meu voo sai em algumas horas — ela disse, e todo o encanto e felicidade que eu estava sentindo escorreu pelas minhas pernas.

Era o fim.

— Pensei que você ia voltar de ônibus — comentei, o coração batendo acelerado dentro do peito.

— Não. Depois que o Gael... — Bárbara se interrompeu; eu imaginava que devia ser difícil ela falar sobre o ex-namorado com a garota que havia acabado de passar dois dias muito românticos, mas a pausa me incomodou um pouco. — Eu comprei uma passagem ontem.

— Você não pode ir amanhã cedo? — perguntei, de forma débil.

— Amanhã cedo tenho que estar no trabalho. — Ela sorriu, como se quisesse me confortar, sendo que era ela que precisava voltar para o trabalho que odiava, para a vida que não a preenchia.

Eu pelo menos tinha mais alguns dias de viagem antes de encarar a minha realidade.

— Mas eu queria me despedir. — Ela tentou sorrir, mas seus olhos estavam tristes. — Tchau, Ca, tchau, Lu — ela se virou para os meus amigos primeiro —, amei conhecer vocês. Espero que a gente não perca contato.

Por que perderiam? Eles são os meus melhores amigos, e nós...

Nós o quê? O que aconteceria depois que voltássemos para São Paulo? Não queria pensar naquilo.

— Amei conhecer você também, Babs. — Camila abraçou Bárbara com carinho. Em seguida, Luís fez o mesmo.

— Não vamos perder contato — ele disse, sem nenhuma segunda intenção, sem nenhum brilho de sacanagem nos olhos —, tenho certeza disto.

Bárbara então olhou para mim. Entendendo a deixa, Luís anunciou:

— Vamos deixar nossas coisas no quarto. Podemos jantar depois?

Concordei com a cabeça, de repente não sabendo mais como se pronunciavam as palavras.

Os dois se afastaram, e eu fiquei sozinha com Bárbara.

— Desculpa te pegar de surpresa assim, mas eu não queria estragar o nosso passeio com essa informação — ela admitiu.

— Você fez bem, conseguimos aproveitar sem pensar muito. — Concordei com a cabeça. — Então... tchau?

— Tchau — ela assentiu.

Ficamos em silêncio. Eu queria dizer muitas coisas, mas nenhuma delas me parecia transmitir de forma perfeita o que eu estava sentindo. Ao invés disso, puxei-a para perto e a beijei.

Bárbara retribuiu, com vontade, e precisamos fazer muita força para nos afastarmos ao ouvir o celular dela apitar.

— Meu Uber chegou.

Bárbara ainda me olhou por alguns instantes, esperando que eu dissesse alguma coisa, mas eu não consegui formular nada decente, nada coerente. Antes de sair do saguão, porém, ela ainda acrescentou:

— Eu não sou boa com as palavras como você, mas sei alguém que é. Ouve essa depois.

Ela digitou algo no celular e saiu porta afora, sem olhar para trás.

Senti o meu celular vibrar. Quando o peguei, havia recebido uma mensagem de Bárbara pelo WhatsApp, uma música no Spotify de Taylor Swift chamada "Cruel Summer".

Derrotada, subi até o quarto e deixei as minhas coisas; estava fazendo muita força para não chorar, não queria parecer emocionada. Eu voltaria para São Paulo e nós conversaríamos sobre tudo, simples assim! Mas e se... e se "tudo" não passasse das recordações que teríamos daquela viagem?

Tentando não deixar os pensamentos catastróficos me dominarem, fui até o restaurante do hotel, encontrando Camila e Luís logo na entrada.

— Você tá bem? — Camila quis saber, observando a minha expressão de derrota.

Eu forcei um sorriso.

— Não. Mas eu tenho vocês, então eu sei que vou ficar.

Nós jantamos juntos e nos atualizamos de tudo o que havia acontecido naqueles dois dias separados. Eles me contaram um pouco mais sobre o término de Bárbara e Gael; aparentemente, o haviam encontrado no café da manhã do dia anterior, um pouco antes de ele ir embora, e Gael parecia aliviado de certa forma. Disse que seria difícil, mas que os dois estavam arrastando aquela decisão havia algum tempo, e, por mais que ele fosse o ex da garota por quem eu estava apaixonada, Gael era um cara legal, e eu ficava feliz em saber que ele estava ao menos conformado.

Camila e Luís também disseram que até pensaram em aceitar a viagem ao Jalapão, estavam se sentindo muito mal depois da nossa briga, mas acabaram fazendo amizade com alguns membros da excursão que não fariam mais o retiro de Tony Diniz e eles curtiram a capital do Tocantins como se não houvesse amanhã. "Eu pensei, meio do mato e bichos ou balada e bebida boa? Aí acabei decidindo ficar", foi o que Camila explicou. Luís ainda acrescentou que quando ficou sabendo que Bárbara iria para o Jalapão, achou melhor nos dar alguma privacidade.

Isso me deu a deixa para contar tudo o que havia acontecido entre eu e ela, e entre os gritinhos de animação de Camila e os "eu não acredito" de Luís, os atualizei de tudo. Admiti também que a conversa que havia tido com ela sobre a vida havia me feito perceber o quanto eu estava negligenciando a nossa amizade, e o quanto eu dependia deles para me ajudar com os meus problemas, mas nunca havia estendido o mesmo amparo de volta. Prometi que seria uma amiga melhor, se eles também se comprometessem a ser mais transparentes comigo e não me deixar entrar em uma espiral de autodepreciação que me impedia de enxergar o mundo à minha volta. Camila concordou, mas só se eu marcasse uma consulta com um psiquiatra e pegasse o encaminhamento para começar a terapia, coisa que eu aceitei sem nem pensar duas vezes.

Já passava da hora de procurar ajuda.

No final da noite, depois que as excursões ao Jalapão haviam sido estornadas, eu ainda pedi desculpas mais uma vez em formato de passagem aérea. Os dois tinham que trabalhar e não era justo que pegassem três dias de ônibus de volta. Nenhum de nós havia aprendido a ser foda, mas eu havia aprendido a não ser uma escrota, e pagar pela volta deles de forma rápida e em segurança, mesmo que significasse que eu teria que voltar de ônibus, era o mínimo que eu podia fazer. Tudo bem, aquele era praticamente o fim do meu dinheiro, mas os meus amigos valiam a pena.

Nos despedimos naquela noite mesmo, e eu disse que os encontraria em São Paulo, já que o ônibus de volta sairia muito cedo na manhã seguinte e eles poderiam dormir um pouquinho mais antes de pegar o voo.

— Você vai ficar bem mesmo? — Camila ainda perguntou, quando estávamos nos abraçando na porta do meu quarto.

— Vou! Nós dormimos em um hotel que pegou fogo, em um motel de beira de estrada e em um convento mal-assombrado. Uma viagem de ônibus é fichinha perto disso! — Sorri, e abracei os dois novamente. — Amo vocês.

— Meu Deus, a pessoa não pode nem transar que vira um ursinho carinhoso — Luís gracejou, mas me abraçou mesmo assim.

Naquela noite, na privacidade do meu quarto, dei play em "Cruel Summer" e ouvi a música enquanto lia a letra, a história de um verão onde era difícil demais se apaixonar, e mais difícil ainda fingir que não estava se apaixonando.

Tive vontade de chorar. Ao invés disso, porém, enviei uma mensagem para Bárbara:

And it's new, the shape of your body, it's blue, the feeling I've got...[*]

Bárbara não recebeu, provavelmente já no avião. Então eu bloqueei a tela e adormeci.

---

[*] Tradução livre: "E é nova, a forma do seu corpo, é triste, a sensação que eu tenho..."

Acordei um pouco atrasada no dia seguinte, e precisei sair correndo se quisesse tomar o café da manhã. Esbaforida, depois de fazer tudo em tempo recorde, me sentei no fundo do ônibus, agora sozinha e sentindo uma nostalgia indescritível.

A viagem de volta foi longa. Organizada, estruturada, dormindo em bons hotéis e sem nenhum perrengue, mas muito, *muito* longa... e ansiosa.

Bárbara me respondeu já no dia seguinte, com outro trecho da mesma música, *and I snuck in through the garden gate, every night that summer, just to seal my fate**. E eu passei dois dias pensando no que responder a ela, sem saber o que falar que não fosse muito desesperado ou indiferente. Precisava ser a resposta certa, a mensagem correta, para não a assustar, e ao mesmo tempo não fazer com que ela achasse que eu não estava interessada. Nunca havia sido tão difícil escrever alguma coisa, e olha que eu escrevia livros inteiros!

No terceiro dia, já em São Paulo, eu havia desistido de procurar a mensagem perfeita e estava digitando "estou chegando, quero ver você" quando o meu celular começou a tocar.

Tomei um susto, e atendi o número desconhecido no terceiro toque.

— Alô?

— Ana Menezes? — uma voz feminina falou do outro lado.

— Sim, é ela. Quem fala?

Eu imaginei que poderia ser tudo. A Claro me oferecendo novos pacotes, cobrança de algum boleto que eu não havia pago, o golpe do cartão de crédito, mas nunca as palavras que ouvi em seguida:

— Aqui quem fala é a Renata, da editora Brazuca.

Tudo o que eu havia comido aquela manhã voltou para a minha garganta. Eu respirei fundo e engoli de volta, sentindo os olhos lacrimejarem.

Será... será que eu de fato havia emanado ondas da felicidade o suficiente e aprendido a ser foda e agora o universo estava me recompensando? Ou será que eu só precisava transar para voltar a receber notícias boas?

Será que o meu sonho finalmente se realizaria?

---

* Tradução livre: *"E eu entrei sorrateiramente pelo portão do jardim, todas as noites daquele verão, só para selar meu destino."*

— Oi, Renata, tudo bom? — respondi, com a voz trêmula.
— Tudo certo! Queria saber se você vai conseguir comparecer amanhã.
— Ahn... amanhã?
— É! Você recebeu nosso e-mail, não recebeu?
— Recebi um e-mail onde vocês recusavam o meu original — balbuciei.
— Sim, mas você não leu tudo?
— Não — respondi, me sentindo a mulher mais idiota da face da Terra.
— Ah! No finalzinho do e-mail nós havíamos te convidado para participar do processo seletivo da vaga para editor júnior. Estamos contratando e vimos que você é formada em Letras e tem um texto muito bom. Infelizmente nossa grade de publicação para os próximos dois anos está cheia, por isso não pudemos receber o seu original, mas um talento como o seu não pode passar despercebido, ainda mais com o volume de coisas que vamos publicar este ano!

Fiquei em silêncio.

Eu havia sonhado a vida inteira com a ligação de uma editora. Mas nunca com a ligação de uma editora me oferecendo um trabalho.

O que aquilo significava? Que eu nunca realizaria o meu sonho, mas sim o sonho dos outros?

Não sabia o que pensar. A minha cabeça estava a mil.

— Ahn... amanhã que horas? — perguntei, mesmo sem saber se compareceria.

— Às 14h. Na Paulista. Vou te reenviar o endereço por e-mail, tá bom? Espero te conhecer pessoalmente!

— Obrigada — murmurei, e desliguei.

E passei as últimas horas do retorno para casa pensando obsessivamente naquela ligação. Estava tão confusa que até esqueci que estava prestes a responder à Bárbara.

O que eu deveria fazer? O que as pessoas esperavam que eu fizesse? O que o universo queria que eu fizesse?

O que *eu* queria fazer?

        e aí, agora, eu não sei o que faço — suspirei, me afundando no sofá de Camila. — Tento conseguir a vaga e vou trabalhar com outra coisa que não é o meu sonho, ou continuo insistindo em publicar o livro?

    Depois que cheguei na estação do Tietê, fui direto para casa e abracei os meus pais, não sem antes rolar no chão com Berenice. Em seguida, contei um pouco sobre a viagem, ocultando detalhes, como a noite no motel e no convento mal-assombrado, e o fato de que não havia feito retiro algum. Ou seja, menti sobre 90% do que havia vivido, e menti com orgulho.

    Eu não precisava deixá-los com preocupação póstuma. Já havia acabado e eu estava de volta, viva, bem, saudável e transformada. Os meus pais mereciam seguir a vida achando que eu era uma jovem responsável que havia apenas feito um curso de especialização, e não uma irresponsável que havia corrido risco de vida numa viagem insana para o Tocantins, atrás de um coach quântico.

    Minha mãe pediu para ver as fotos, e eu não tinha parado para pensar que se mostrasse as imagens do trajeto levantaria algumas perguntas suspeitas, como "cadê o ônibus da excursão" e "que hotel se chama Mãe Joana?", então optei por me concentrar nas fotos do Jalapão — o que não foi muito melhor, porque sem querer acabei mostrando uma das fotos abraçada a Bárbara no Fervedouro Buritis e tive que passar meia hora gritando que eu não estava namorando, que Bárbara era apenas uma amiga, enquanto a minha mãe me ignorava solenemente e mandava áudios de cinco minutos para as amigas da hidromassagem, anunciando que "finalmente a filha havia desencalhado".

Depois que matei a saudades e me estressei, tudo no espaço de algumas horas, peguei uma caneca de café recém-passado e me fechei no quarto, com Berenice no meu colo. Deitada na cama, acariciando as orelhinhas finas da minha cachorra, finalmente fui agraciada pelo sentimento de gente rica de que "viajar é bom, mas voltar para casa é melhor ainda", e tentei decidir o que faria com a minha vida.

Não consegui decidir nada, é lógico; sim, eu estava transformada da viagem, mas isto não significava que eu era uma nova pessoa em todos os sentidos. Ainda me sentia insegura. Ainda precisava dos meus amigos para desanuviar as ideias. Ainda tinha cicatrizes e traumas que uma excursão de alguns dias não curaria tão fácil assim — os filmes sempre me levaram a crer que a aventura transformava profundamente os personagens, mas começava a compreender que não era tão simples assim. A vida não era um roteiro. Um enredo de livro. Era no máximo um filme francês em preto e branco com pessoas fumando na sacada, e olhe lá.

Por isso, quando Berenice começou a ficar impaciente no meu colo e eu ainda não havia decidido se ia ou não na entrevista de emprego, entrei no grupo de WhatsApp que tinha com os meus amigos e combinei um encontro para mais tarde.

Luís aceitou de cara, mas Camila colocou uma condição: eu havia prometido buscar ajuda, logo, precisava marcar uma consulta com o coletivo de psicólogas onde ela fazia terapia. Antes que eu pudesse protestar, ela adicionou que a paciente decidia o quanto conseguia pagar, e se não conseguisse contribuir com nada, poderia ser atendida mesmo assim, contanto que iniciasse um tratamento e, assim que estivesse financeiramente mais estável, começasse a contribuir.

Eu sabia que Camila levaria muito a sério a promessa que eu havia feito a eles no Tocantins de procurar ajuda psicológica. E que bom que eu tinha uma amiga como ela para não me deixar desistir, e um amigo como Luís para mandar stickers de galinhas na frente do espelho dizendo "você é uma máquina de vencer". Marcar aquela consulta era um passo gigantesco para mim, que passei muitos anos escondendo o meu problema de ansiedade debaixo do tapete, mas saber que eles estavam do meu lado, independentemente do diagnóstico, fazia tudo parecer mais fácil.

E estar ali, afundada no sofá reformado de Camila, buscando os seus conselhos sobre o meu novo impasse de vida não fazia com que eu me sentisse na estaca zero. De volta ao ponto de partida. Sentindo que nada havia mudado.

Não... fazia com que eu me sentisse tranquila. Em paz. Segura.

Jornadas intensas eram transformadoras, sim, mas certas coisas nunca mudavam. E que bom que não mudavam.

— Mas não é meio óbvio? — Luís questionou, mexendo nas unhas ansiosamente e balançando as pernas; depois de retornar do Tocantins, ele havia decidido parar de fumar, e aquele era o terceiro dia sem nicotina. Ele tinha olheiras arroxeadas e parecia péssimo, mas estava decidido, e nós o apoiávamos 100%. — Você vai estar dentro de uma editora. Muito mais próxima do seu sonho, de bons contatos.

— Ou vai ser um grande conflito de interesses. Eu duvido que uma pessoa que trabalhe na editora possa publicar livros por ela — comentei. — E a Brazuca é a melhor do Brasil, né?

— Tenta outra editora, ué, ainda mais agora que você vai fazer amizades na área e conhecer várias pessoas. Dá pra fazer os dois, trabalhar na editora e terminar o livro, não dá? — Luís insistiu.

— Trabalhar muitas horas por dia e depois tentar escrever é tão desgastante — Camila veio em minha defesa. — Por que todo artista precisa ter dois empregos e estar exausto o tempo todo? Não deveria ser assim. Deveria ser uma profissão como outra qualquer.

— É, mas a gente vive no mundo que acreditamos ser o certo ou a gente vive nesse mundo aqui, todo cagado e injusto? Eu também queria ter as mesmas oportunidades que um editor branco, mas não tenho, e agarro com unhas e dentes as que me oferecem. — Luís deu de ombros.

— Ideologia é lindo no papel, mas na vida real só consegue agir de acordo com ela quem é herdeiro.

— Ah, Luís, sempre tão otimista... — gracejei.

— Não sou pessimista, sou realista — ele rebateu. — Você precisa admitir que não é todo dia que empregos incríveis caem no meu colo como caíram no seu. Agarra essa oportunidade!

Se fosse a Ana de uma semana atrás, esse comentário me ofenderia, e eu entraria na defensiva, achando que era algo pessoal contra mim. Agora, porém, ele só me fez refletir.

Luís tinha razão. Além de ter sido uma das poucas vezes que a sorte havia sorrido para mim, além de um privilégio imenso, era também um emprego bem melhor do que cobrança de dívidas, tinha muito mais a ver comigo e com o que eu amava. Para melhorar, ficava dentro de uma editora, CLT, com salário e férias remuneradas, e ainda por cima trabalhando com livros. Livros! O que eu mais amava nesta vida. Eu poderia aprender muito lá dentro, entender a lógica de mercado, juntar dinheiro para que no futuro, talvez, eu pudesse pedir demissão de forma confortável, e não suicida, como havia feito, e trabalhar no meu próprio lançamento quando estivesse pronta para isto.

— Quer fazer a roleta-russa do YouTube e deixar que algum vídeo responda por você? — Camila sugeriu.

— Não. Eu vou fazer a entrevista. Decidi sozinha.

— Sozinha não. Com a nossa ajuda, né? — Camila brincou.

— Que bom que não vamos fazer a roleta-russa. Vai que cai em outro vídeo do Tony Diniz, né? — Luís comentou. — Eu não tenho estrutura física nem emocional para embarcar em outra loucura dessa, Ana.

— Aliás, por falar nisso — abri o zíper da minha mochila e tirei meu exemplar de *Você Só Será Foda Quando Se Sentir Foda* de lá de dentro. — Aquela ideia de fogueira... Ainda tá de pé?

— Pensei que nunca ia sugerir! — Camila exclamou.

Então nós passamos aquela noite fria de inverno na varandinha de Camila, fazendo uma fogueira controlada dentro de um balde de ferro, e eu joguei o meu exemplar do livro de Tony Diniz lá dentro com muito prazer, vendo as páginas pegarem fogo e imaginando que elas fossem todo o dinheiro que ele ganhara às nossas custas. Luís aproveitou também para jogar o seu último maço de cigarros, decidido, e Camila não jogou nada, porque *não tenho nada que quero mudar em mim, sou perfeita*, de acordo com ela.

Nós ficamos observando as chamas e nos esquentando enquanto falávamos sobre as nossas vidas e os nossos futuros. Camila nos contou que seu último romance erótico havia feito mais de dez mil reais na primeira semana de vendas e que ela estava juntando dinheiro para fazer uma viagem pelo Japão e conhecer mais sobre suas origens. Disse também que nada havia mudado no relacionamento com os pais, que eles ainda fingiam que a profissão dela não existia, mas que seu irmão recentemente havia lido um de seus livros e mandado um longo e-mail sobre como ela era talentosa — não era o ideal, mas um começo.

Em seguida, Luís nos contou que pediu um aumento para os youtubers com quem trabalhava logo que chegou do Tocantins, inspirado por tudo o que havia vivido lá, e que, para sua surpresa, eles não só não o demitiram, como aceitaram a proposta — além disto, ele também iria começar a editar os vídeos de Gael, que, de acordo com ele, estava se recuperando bem do término e iria passar uma temporada com os tios em Anápolis. Com todo o dinheiro extra que faria, Luís iniciaria uma segunda faculdade, desta vez de audiovisual.

Quando chegou a minha vez de falar, eu admiti que ainda não havia respondido a Bárbara, não porque não queria, porque eu queria, e *muito*, mas porque precisava decidir a minha vida profissional e melhorar a minha saúde mental antes de investir em qualquer relacionamento.

Eu não queria começar com o pé esquerdo. Não com Bárbara. Não queria me sentir inferior o tempo todo, nem me questionar por que diabos ela escolheria ficar comigo, uma escritora fracassada e desempregada, quando podia ter qualquer pessoa do mundo. Aliás, eu não queria pensar em mim mesma como "fracassada e desempregada". Queria melhorar a minha situação e a minha autoestima antes de qualquer coisa — e eu sabia que Bárbara também tinha questões para trabalhar, ninguém saía de um relacionamento de muitos anos completamente novo para encarar outro.

Claro que eu corria o risco de perder o timing e, consequentemente, Bárbara, mas eu queria fazer as coisas da forma correta, sem decisões impensadas, sem loucuras febris, sem entrar em um relacionamento já certa de que faria alguma cagada para terminar tudo. Eu esperei mais de 10 anos para que aquilo acontecesse, não arriscaria tudo por um capricho.

Luís concordava com a minha decisão, mas Camila era adepta do "vai até a casa dela e faz uma serenata na porta". Num meio-termo entre os dois, eu primeiro faria a minha entrevista e passaria na minha consulta com a psicóloga, e só depois a procuraria.

E então terminamos aquela noite fazendo o que mais amávamos: comendo brigadeiro vegano e assistindo a qualquer porcaria na televisão.

No dia seguinte, acordei com Berenice lambendo a minha mão. Desta vez ela não tirou o meu celular da tomada, mesmo porque eu havia grudado o cabo com durex na parede. Eu não poderia me atrasar para aquela entrevista de emprego — nunca mais deixaria o universo (mais conhecido como Berenice) tomar decisões por mim. Por mais que tirar o meu celular da tomada tivesse sido a melhor coisa que aquela cachorra havia feito — além de existir e ser perfeita —, agora era eu quem estava no controle.

Passei a manhã toda lendo sobre a editora Brazuca, sua história e os projetos para o futuro — não que eu precisasse, era obcecada em fazer parte dela havia muitos anos, mas resolvi refrescar a memória por via das dúvidas.

Saí de casa duas horas antes do horário, com medo de que algo desse errado, um pouco traumatizada pela última experiência; não que tivesse "dado errado", afinal o meu atraso me levou até Bárbara, mas o raio não caía duas vezes no mesmo lugar. O meu pai ainda se ofereceu para me levar de carro, mas eu disse que preferia ir de metrô, porque sempre que ficava nervosa eu era uma péssima companhia, e ele não merecia ter que lidar com a minha ansiedade ainda não tratada.

Cheguei no saguão do prédio com uma hora de antecedência. Para não parecer tão desesperada, resolvi ir até a famosa Cultura do Conjunto Nacional e passeei entre os livros, imaginando, sonhando com o dia em que encontraria o meu nome em alguma capa exposta no local, ou, quem sabe, faria até um lançamento ali.

Sim, um trabalho como editora não era ideal, eu estaria realizando os sonhos de outras pessoas, o sonho mais ardente do meu coração, mas era um degrau em direção ao meu objetivo. Um degrau que poderia me ajudar muito, ou, quem sabe, me mostrar que sonhos, muitas vezes, podiam ser ressignificados.

Se Camila pudesse ouvir os meus pensamentos, estaria muito orgulhosa de mim. Mas ainda bem que ela não podia, senão saberia que eu simplesmente não conseguia meditar sem cair no sono.

Faltando quinze minutos para a entrevista, voltei para o prédio da editora, e estalei meus dedos com ansiedade na subida do elevador. Ao entrar na Brazuca, um andar inteiro cheio de som, vida e livros empilhados por todos os lados, tive a sensação de que estava no lugar certo, na hora certa.

Quem me recebeu foi Renata, editora-executiva, com quem havia falado ao telefone. Ela era uma mulher de cerca de 40 anos, alta e elegante, usando um conjunto monocromático de alguma loja que eu com certeza seria extremamente julgada se entrasse, e eu me arrependi instantaneamente de ter ido de tênis e calça jeans; pensei que, por ser um lugar onde sonhos eram impressos, seria também um ambiente mais despojado, mas aparentemente havia me enganado.

— Menina, eu tenho uns tênis iguaizinhos aos seus, é uma delícia, né? — Renata exclamou depois que nos cumprimentamos. — Tive que vir parecendo uma Barbie hoje porque tivemos reunião com uma agente gringa, mas logo eu vou arrancar esses saltos.

Sorri, agradecida por aquele comentário. Então aquele era *mesmo* um lugar onde os sonhos iam para respirar!

Renata me levou até uma salinha e nós nos sentamos.

— Mas então, Ana, me conta um pouco mais sobre você.

Eu odiava ter que falar sobre mim. Eu queria falar sobre qualquer assunto, menos sobre mim, a boa, velha e desinteressante Ana.

Mas naquele dia, naquelas circunstâncias, eu abri a boca e não a calei pelos próximos quinze minutos. Falei sobre a minha formação, sobre meu sonho de ser escritora, sobre meu amor pela editora Brazuca, sobre meu amor pelos livros, sobre minha falta de experiência profissional na área, mas muita experiência de vida, sobre meus medos e anseios em aceitar aquela vaga, mas também sobre como eu sentia que seria de extrema importância para mim. Falei sobre tudo, tudo mesmo, sem esconder nada, e quando terminei, Renata estava sorrindo.

— Muito legal conhecer um pouco mais da sua trajetória, Ana, e saber do seu amor pelos livros e pela literatura — ela concordou com a cabeça, anotando alguma coisa em um caderninho que tinha na sua frente. — Nós ficamos muito impressionados com a qualidade do seu texto.

Por que não publicam ele então, inferno, pensei em responder, mas me mantive quieta, profissional e plena.

— Mas eu fiquei curiosa com uma coisinha na sua história. — Renata levantou os olhos do caderninho, cravando-os em mim. — Se você acha que esse trabalho pode atrapalhar o seu sonho, por que aceitou vir conversar comigo?

Eu não estava esperando por aquela pergunta, e eu não sabia se conseguiria responder sem ou perder a vaga, ou mentir para mim mesma. Mas resolvi arriscar e ser honesta, de toda forma:

— Porque eu estou cansada de idealizar uma coisa e nunca sair do lugar. Acabei de voltar de uma viagem que abriu muito os meus olhos, e me fez entender que não tem ninguém plenamente feliz ou realizado, e que não existe modelo perfeito de vida, nem algo que vai me preencher para sempre. A condição humana é esta: um dia estamos comemorando uma vitória, no outro, sofrendo por uma derrota. Mas eu não vou conseguir fazer nada disso se continuar estancada no mesmo lugar, sonhando com um negócio que pode demorar muito para acontecer. E nada me garante que eu vou ser plenamente feliz se... *quando* eu conseguir publicar o meu livro por uma grande editora, né? Eu só acho que vou, mas todas as pessoas deprimidas em lugares que sempre sonharam em chegar são o quê? Então eu quero parar de sofrer um pouco, e quero buscar a felicidade e realização em outros lugares. Agora, neste momento, e não viver sempre pensando no depois, no amanhã, no futuro... Um sonho não deveria doer, não deveria estragar a nossa vida. Um sonho é algo pelo qual a gente batalha todos os dias, mas se ele te paralisa, se ele te impede de viver a vida, então não é um sonho, é um tormento — respirei fundo antes de continuar, talvez admitindo ali, para aquela estranha, a maior angústia do meu coração. — Sinto que passei 24 anos idealizando uma coisa que talvez nunca chegue. E eu não quero mais fazer isso. Eu quero olhar para trás daqui a 70 anos e ter plena certeza de que eu sonhei, sim, e lutei por isso, sim, mas que eu vivi também. Plenamente. E fiz o melhor com as condições que me foram dadas.

Renata concordou com a cabeça. Se havia odiado aquele monólogo La La Land e me riscado da vaga, não deixou transparecer. Ao invés disto, anotou mais alguma coisa em seu caderninho e sorriu.

— Muito bem. Vamos falar um pouco sobre a vaga então?

Passei a próxima meia hora ouvindo Renata falar sobre as minhas possíveis futuras tarefas e, em seguida, ela me levou para fazer um tour pelo local. Ao final de uma hora de entrevista, nos despedimos, e ela me garantiu que entraria em contato com uma resposta, fosse ela negativa ou positiva, até o dia seguinte.

Saí do prédio me sentindo renovada. Havia entregado tudo de mim, todas as minhas qualidades e defeitos, agora era aguardar e torcer para que o resultado fosse o melhor para a minha vida.

Do lado de fora, um pouco antes de entrar no metrô, o meu celular tocou. Era a minha mãe. Eu atendi, alegre:

— Oi mãe! A entrevista foi boa, eu...

— Ana, filha, você precisa vir para o hospital, sua irmã foi internada.

Quase deixei o celular cair no chão.

Nem sei como cheguei no hospital, só sei que cheguei. E quando entrei no saguão, encontrei meus pais perto da recepção, parecendo aflitos. Minha mãe usava uma calça de moletom cheia de bolinhas que ela só usava em casa, o que demonstrava que eles também haviam sido pegos de surpresa.

— O que aconteceu?! — aproximei-me questionando, pois havia desligado o celular depois de saber em qual hospital eles estavam e corrido até lá sem fazer mais perguntas. — O que ela tem? Ela tá bem?

— A gente não sabe, parece que ela deu entrada com arritmia, mas ninguém nos atualiza de nada! — minha mãe exclamou, enquanto meu pai argumentava com a recepcionista. — Ah, Ana, o tanto que eu a avisei... O tanto que eu falei...

— Do que você tá falando, mãe? Não tem como prever nada disso!

— A médica tá vindo aí. — Meu pai se virou para nós e me viu ali parada. — Ana, que bom que você chegou!

— O que está acontecendo? — questionei novamente.

— Não sei, só recebemos uma ligação de que a Alice veio de ambulância pra cá, e aí viemos e a sua mãe te ligou. Parece que tem algo a ver com o coração...

— Oi, oi, boa tarde — ouvimos uma voz feminina atrás de nós e nos viramos. — Vocês são a família da Alice?

— Sim! O que aconteceu, doutora? Como ela está? — Minha mãe perguntou, angústia jorrando da sua voz.

— Está tudo bem, a Alice está bem, ela deu entrada com um quadro de arritmia aguda, mas nós já controlamos. Já foram feitos diversos exames clínicos, mas não conseguimos reconhecer nada físico, me levando a crer que pode ser um episódio psicossomático.

— Aí... Eu disse, eu disse que isso ia acontecer... O tanto que o seu pai falou... — minha mãe se lamentou.

— Psicossomático? Como assim?

Eu estava aliviada em saber que Alice estava bem, mas não conseguia processar o que estava acontecendo. Alice era a garota perfeita, a menina modelo, nada a abalava, nada a tirava do eixo, ainda mais algo envolvendo a saúde mental. Problemas na cabeça? Pff, não para Alice! Ela era uma rocha, como gostava de dizer. O que fazia com que eu e meus problemas de ansiedade nos sentíssemos pior ainda.

— Muitas pessoas com síndrome do pânico, TAG ou *burnout*, por exemplo, dão entrada no hospital com sintomas físicos, como arritmia, dores de cabeça e desmaios, e pelos exames da Alice e pelo o que conversamos brevemente, acredito que possa ser o caso.

Fiquei sem palavras.

Alice, a perfeita Alice, sofrendo em silêncio. Por quanto tempo?

— Nós podemos vê-la, doutora? — meu pai perguntou, ansioso.

— Lógico. O noivo dela já está no quarto, mas ela está bem e acordada. É só fazer o cadastro na recepção. Eu preciso ver outros pacientes, mas logo encontro vocês novamente, tudo bem?

A doutora desapareceu atarefada para dentro do hospital, sem nem ao menos esperar pela nossa resposta, e nós fizemos o cadastro na recepção. Em seguida, subimos para o quarto de Alice, os três em silêncio dentro do elevador.

O que poderíamos falar? O quão culpados estávamos nos sentindo por ter negligenciado Alice ao imaginar que nada nunca a abalaria?

Quando entramos, o noivo dela, Luciano, estava sentado ao lado da cama, segurando sua mão. E a minha irmã estava deitada, tomando soro e parecendo muito abatida.

— Alice! Ah, Alice... — minha mãe saiu correndo e quase se jogou em cima dela, estancando no último instante e apenas segurando a sua mão livre. — O que aconteceu, meu amor?

— Oi, gente. Desculpa pelo susto — ela tentou sorrir, mas parecia fraca demais para isso. — Eu tô bem, tá tudo bem... Acho que eu só estou meio estressada, sabe?

— Meio? Eu quando tô meio estressada não sou internada, só como um pote de sorvete — comentei, tentando amenizar o clima.

Alice riu, e eu considerei aquilo como uma vitória.

— Claro que a gente sabe, Alice, estamos tentando te falar isso há quanto tempo? Mas você não escuta, é muito teim... — meu pai começou a dizer, mas logo se calou ao receber um olhar assassino da minha mãe em resposta. Ele disfarçou com uma tossida leve e adicionou: — Estamos felizes que você está bem, filha.

— Alguém pode me atualizar? — questionei. — Tô parecendo corna, a última a saber.

— Sua irmã está... Passando por alguns *probleminhas* — minha mãe disse, tentando camuflar a realidade.

— É muita coisa — Alice disse, e lágrimas brotaram de seus olhos.

— Não precisa falar, amor, descansa um pouco — Luciano aconselhou.

— O estresse do trabalho, pagar pelo apartamento, pela reforma, organizar o casamento, o voluntariado, a pós... — ela ignorou o noivo.

— Você tá fazendo pós? — perguntei, porque genuinamente não sabia. Era difícil acompanhar os passos de Alice.

— Comecei recentemente... — ela suspirou. — Acho que eu preciso descansar um pouco. Dormir por uma...

— ... semana? — tentei.

— ... noite inteira — ela adicionou.

— Amor, você ouviu a médica, se realmente estiver dando sinais de *burnout*, não vai ser dormir por uma noite que vai resolver o problema. — Luciano beijou as costas da mão da minha irmã, e eu fiquei feliz em saber que de todos os homens lixo que existiam no mundo, ela havia conquistado um dos poucos que não era. — Um passo de cada vez. Primeiro o diagnóstico, depois a recuperação.

Alice olhou com amor para Luciano e eu desmoronei no sofá do quarto, um pouco zonza por tudo o que havia acontecido antes mesmo de o dia acabar — a entrevista de emprego parecia agora há semanas de distância.

Na mesma hora, Luciano se levantou.

— Agora que vocês chegaram, vou ao banheiro. Estava esperando para a Alice não ficar sozinha — ele anunciou.

— Vou com você, quero procurar a médica, entender melhor que exames foram esses que eles fizeram, não é possível que não encontraram nada — meu pai e todo o seu nenhum conhecimento em medicina afirmou, acompanhando o genro até a saída, querendo ser eficiente para não ter que encarar os próprios sentimentos.

— Você fica com a sua irmã, Ana? Eu vou comprar alguma coisinha pra ela comer, tá tão abatida...

— ... não sei se pode, mãe — Alice interveio.

— Quero ver quem vai me impedir de alimentar a minha filha! — dona Lourdes exclamou, saindo atrás de Luciano e meu pai.

Então ficamos eu e Alice. Alice e eu.

— Vai, pode falar, qual piada você está pensando? — ela quis saber.

— Só estou pensando que estou aliviada por você estar bem, e também preocupada com a sua saúde mental — dei de ombros.

— Uau, o retiro de emanação de ondas de felicidade funcionou mesmo, hein? Tá até *good vibes* — ela brincou.

— Como você sabia...? — fiquei surpresa, pois não havia contado para os meus pais, nem para ela, exatamente para onde estava indo.

— Quando você disse que ia fazer um curso no Parque Estadual do Jalapão, eu fui procurar a verdade, porque não fazia o menor sentido, e achei esse retiro na internet, só podia ser ele — ela olhou bem no fundo dos meus olhos. — Achou mesmo que eu ia deixar a minha irmãzinha atravessar o país sem saber onde ela estava se metendo?

Ah, se ela soubesse...

— Com tudo isso na cabeça, você ainda estava preocupada comigo? Caramba, Alice... — Balancei a cabeça. — Por que você sente que precisa ser perfeita o tempo todo, resolver o problema de todo mundo?

— E por que você se sente um fracasso o tempo todo? Por que acha que não está onde deveria estar?

Fiquei em silêncio. Ali estava a minha resposta, direta e nítida. Apesar dos desfechos diferentes, nós fazíamos o que fazíamos, e sentíamos o que sentíamos pelo mesmo motivo: provar que éramos capazes.

Provar para quem? E por quê? Não saberíamos dizer.

Suspirei.

— Posso falar algo horrível? — perguntei, e Alice assentiu. — Parte de mim está feliz que você finalmente quebrou. É muito difícil ser irmã da garota mais perfeita do mundo.

— Posso falar algo mais horrível ainda? — Alice jogou de volta, e foi a minha vez de concordar com a cabeça. — Me ressenti de você por muito tempo. Você e a sua liberdade de errar. De se sentir perdida. Eu não tive esse privilégio. Eu fui a primeira filha de pais que ascenderam da pobreza para a classe média, e eles esperavam demais de mim. A primogênita. De você? Eles só esperavam que fosse feliz. E você pegou isso e transformou num grande problema.

Fiquei em silêncio, digerindo aquelas palavras.

— Mas acho que essa é a vantagem de ser você — Alice comentou, e eu fiz cara de quem não havia entendido. — Você transforma confusão em arte. Eu transformo confusão em problemas de saúde mental.

— Estou de consulta na psicóloga marcada, Alice. Eu não transformo confusão em arte, transformo em ansiedade. O que eu escrevo vem de muito estudo e dedicação, não sou uma artista torturada, nunca quis ser — respondi, não querendo parecer grossa, mas com firmeza sobre a minha profissão pela primeira vez na vida.

Estava cansada de ouvir aquelas coisas.

— Me desculpa. — Para a minha surpresa, foi isso que saiu da boca da minha irmã. — Não quis diminuir o que você faz. Só sempre admirei sua capacidade de sonhar.

Fiquei em silêncio alguns instantes, digerindo tudo aquilo. No curso de uma semana, todo mundo que eu pensei que tivesse a vida perfeita me provou exatamente o contrário. O que eu mais descobriria? Que os meus pais fumaram maconha em praias de nudismo nos anos 80?

— Por que você não falou isso antes? — perguntei, genuinamente curiosa. — Eu sempre imaginei você como essa figura quase sobrenatural, que nunca erra, que faz tudo certo e vai conquistar absolutamente tudo o que se propor a conquistar...

— Exatamente por isso. — Ela deu de ombros.

— Sinto muito que eu tenha negligenciado você assim — murmurei.

— E eu sinto muito que tenhamos nos afastado por conta de tudo o que não foi dito, e tudo o que guardamos uma da outra — ela respondeu. — Nunca quis te diminuir quando me oferecia para pagar as coisas, ou quando compartilhava as minhas conquistas, mesmo que todas elas viessem acompanhadas de muito sofrimento... eu só queria que vocês tivessem orgulho de mim.

— Eu sempre tive orgulho de você — disse, sincera.

— E eu sempre tive orgulho de você — ela respondeu, e aquilo foi o suficiente para que os meus olhos se enchessem de lágrimas.

— Vai dar tudo certo. Independentemente do que for, do diagnóstico, eu tô aqui do seu lado. Pra dividir a carga e comemorar as vitórias. — Fui até Alice e segurei a sua mão. — Mais do que sentir orgulho de você, eu te amo. Sei que falo isso muito pouco, mas eu te amo. Pode contar comigo. Menos pra te ajudar a pagar o apartamento, porque eu não tenho dinheiro.

Alice riu, mas eu vi que ela estava novamente com lágrimas nos olhos, e eu não queria que ela chorasse. Por sorte, ela nem teve tempo de responder; logo, todo o comboio estava de volta ao quarto, minha mãe com cinco coxinhas, meu pai quase segurando a médica pela orelha e Luciano parecendo aliviado depois de esvaziar a bexiga.

A médica nos explicou que Alice ficaria uma noite em observação e no dia seguinte faria uma consulta com o psiquiatra. Então nós passamos o dia com ela, tentando entender melhor tudo o que a minha irmã estava sentindo, e em determinado momento a deixamos descansar e tirar um cochilo. Luciano quis ficar ao lado dela mesmo enquanto dormia, mas eu e meus pais descemos para comer alguma coisa na lanchonete do hospital.

Quando sentamos à mesa com os nossos lanches, eu suspirei ruidosamente.

— O quê? O que foi, filha? Não vai me dizer que você também está passando mal! — minha mãe exclamou, colocando a mão na minha testa.

— Não, não é nada disso... só estou pensando que vocês já se preocupam tanto comigo, e agora isso da Alice...

— Quem se preocupa com você? Você tá bem. Só um pouquinho ansiosa, né? — meu pai disse, enfiando um pão de queijo na boca. Ele continuou, enquanto mastigava: — Puxou de mim.

— Eu ouvi vocês. Lá em casa. Falando sobre como eu estava esquisita, mas que eu já era mulher e tinha que aprender a me virar sozinha...

Meus pais se entreolharam, naquela conversa telepática silenciosa. Minha mãe pigarreou.

— Estávamos falando sobre a Alice, Ana. Não era sobre você.

— O quê? Como assim? E a minha demissão, o meu surto...?

— Filha, você tem 24 anos, é normal ficar confusa nessa fase da vida. Com isso nós podemos lidar, podemos te orientar, mas achar que tem tudo decidido aos 27 e querer abraçar o mundo com as pernas? Era óbvio que a sua irmã ia ficar doente... — minha mãe suspirou.

— Mas e todo aquele papo de concurso público? De querer que eu desista de ser escritora? — questionei, e aquele dia não parava de me surpreender.

— Quem quer que você desista de ser escritora? Sua mãe só te envia os concursos porque seria bom ter um emprego estável enquanto você se dedica aos livros, não é? É só uma sugestão, a vida é sua, você faz o que quiser com ela — meu pai respondeu. — Não é mais criança.

— Mas vocês não se sentem decepcionados? Tristes com o fato de que eu ainda estou em casa com 24 anos? — Eu não sabia se queria ouvir a resposta para aquele questionamento, mas fiz mesmo assim.

— Filha, sei que pode parecer que estamos pressionando com alguns comentários e sugestões, mas são só conselhos, não ordens! Só queremos ver vocês felizes, só isso — disse minha mãe, balançando a cabeça. — Já trilhamos essa jornada, já passamos da metade da vida, se aconselhamos é querendo o melhor, querendo que vocês não sofram determinadas coisas que já sofremos. Não cria toda essa paranoia na sua cabeça de que estamos decepcionados ou sei lá o quê! Sim, fizemos um pouco isso com a sua irmã, precisamos admitir, mas com você quisemos dar liberdade para sonhar, e viver a vida...

— E quem não está em casa com 24 anos, filha? Olha o preço das coisas! Não é mais comum comprar imóvel aos 20 e poucos como era na nossa época, assim como não é mais comum já ter 3 filhos antes de chegar aos 25 e não aproveitar nada da vida. Os 20 e poucos são os novos adolescentes! Quem me dera poder ter aproveitado a vida como eu quero que você e a sua irmã aproveitem — meu pai admitiu. — Não me arrependo de nada, vocês são a minha maior conquista, mas se eu tivesse 24 anos hoje, não estaria sofrendo porque não tenho casa própria, estaria me conhecendo e conhecendo o mundo! Por isso eu me preocupo com a sua irmã e toda essa pressão que ela coloca nela própria...

— Ou que aparentemente a gente colocou nela... Pelo que você está falando, pelo que ela falou, parece que é isso... A nossa falta de comunicação gerou tudo isso — minha mãe suspirou. — Mas os tempos mudam, filha, e a gente pode parecer bem ultrapassado para vocês duas, mas entendemos que a dinâmica não é mais a mesma de 40 anos atrás. E quer saber? Quando sua irmã saiu de casa, eu fiquei muito mal. Não estou contente com a possibilidade de você fazer o mesmo em tão pouco tempo... Nem me recuperei do baque ainda! Não quero o meu ninho vazio!

Minha mãe colocou a mão por cima da minha e eu precisei me segurar para não chorar. Talvez se tivéssemos tido aquela conversa antes, muita coisa poderia ter sido evitada.

Terminei de jantar com aquelas palavras na cabeça. Nada do que eu havia acreditado por anos era verdade; os meus pais não me viam como um fracasso, me viam como o que eu era, uma pessoa que acertava e errava, mas que estava dando o seu melhor.

Foi como se duzentas toneladas tivessem saído dos meus ombros.

E no caminho de volta ao quarto, decidi que haveria melhor hora do que aquela, e mandei uma mensagem para Bárbara. Contei que estava no hospital com a minha irmã, que estava tudo bem, mas que eu queria vê-la.

Bárbara respondeu antes mesmo que eu chegasse no quarto. "Onde é? Passo aí depois do trabalho."

Mandei o endereço e aguardei.

Luciano passaria a noite com Alice, mas eu e meus pais ficaríamos até o último horário de visitas, às 22h, então eu ainda tinha algumas horas. Quando enfim Bárbara chegou, eu avisei que estava indo na lanchonete novamente e minha mãe se dispôs a ir junto. Senti o meu rosto corar ao dizer:

— Eu tô indo encontrar a... Bárbara.

— Hmmm, a Bárbara, é? — ela perguntou, me cutucando com o cotovelo.

— Quem é Bárbara e por que ela te deixou toda vermelha? — minha irmã se juntou ao coro.

— Ah, cala a boca, você tá convalescida, nem devia estar fazendo piada — exclamei, saindo do quarto sob as risadas de todos os presentes.

Desci novamente pelo elevador e encontrei Bárbara sentada a uma das mesas da lanchonete, com roupa de trabalho, mais linda do que nunca. Quando ela me viu, acenou animadamente.

Aproximei-me e nós nos abraçamos; foi como se nada tivesse mudado, mas, ao mesmo tempo, um ano tivesse se passado desde o nosso último encontro. Quando nos soltamos, eu comentei:

— Não era aqui que eu queria te levar num primeiro encontro.

— Por quê? "Hospital" está no meu top 5 lugares mais românticos — ela brincou, e eu fiquei com vontade de lamber a sua cara pelo bom humor, pela empatia e porque eu estava com saudades.

— Desculpa a demora pra responder — pedi, e nós nos sentamos. — Eu estava tentando ajeitar algumas coisas...

— Não tem problema, eu também estava. — Bárbara sorriu. — Mas obrigada por mandar mensagem.

— Obrigada por aceitar me encontrar — concordei com a cabeça. — Minha irmã está bem, na medida do possível, mas ficamos o dia todo aqui, e eu queria te ver...

Ficamos em silêncio, um pouco constrangidas. E então falamos ao mesmo tempo:

— Fiz uma entrevista de emprego em uma editora...

— Me inscrevi num vestibular pra tentar Psicologia...

— O quê? — dissemos também juntas. — Você primeiro — fui mais rápida.

— Eu pensei muito naquilo que a gente conversou, e acho que você está certa, não tem como eu jogar pelo ralo tudo o que conquistei, mas eu também não preciso me conformar. Eu amo pessoas, seus conflitos, amo o cérebro humano, e acho que estudar um pouco sobre isso vai me fazer bem. Fazer algo por mim, porque eu gosto. Além disso, é uma justificativa para que eu não passe mais quinze horas no escritório, tenho hora pra entrar na faculdade! Eu tô animada, e até os meus pais me apoiaram, contanto que eu não saia do emprego... Mas primeiro preciso passar na prova, né?

— É claro que você vai passar — eu disse sem nenhuma demagogia.

— Agora, que história é essa de entrevista de emprego em editora? — ela quis saber.

— Ah, me ligaram quando eu estava voltando do Tocantins e eu resolvi arriscar... Não sei se é um tiro no pé ou se é a escolha certa, não sei nem se vou conseguir a vaga, mas resolvi tentar. É melhor do que ficar parada me lamentando, né?

— A Shonda Rhimes diz no livro dela, *O ano em que disse sim*, que enquanto ela sonhava com a vaga ideal, morava no porão da irmã e não conquistava nada. E aí ela decidiu que não ia mais esperar pela vaga ideal; ia criar ela mesma a vaga dos sonhos. Foi quando ela começou a trabalhar com roteiros, e o resto acho que você conhece, né? Eu acho que é isso o que você está fazendo, saindo da inércia. — Bárbara segurou a minha mão por cima da mesa. — Isso é muito corajoso. Requer muita coragem apostar em um sonho, e mais coragem ainda admitir desvios no meio do caminho.

— Eu amo que você citou a Shonda Rhimes. — Foi o mais perto que eu consegui falar de "eu amo você", que era o que eu realmente gostaria de dizer.

Para Bárbara, éramos história recente. Para mim, éramos história antiga. E eu não precisava assustá-la com isso; pelo menos não ainda.

Eu levaria tudo numa boa. Com calma. Sem pressa.

— Fiquei feliz que você veio. Eu andei pensando muito em nós duas... O que rolou no Tocantins pode significar o que... pra gente...?

É. Meu plano durou exatamente quarenta e cinco segundos.

— Você está querendo saber o que nós somos? — Bárbara perguntou, com um sorrisinho travesso nos lábios.

— Talvez — admiti.

Bárbara tirou o celular da bolsa, me deixando confusa.

— Depois que eu ouvi o seu texto, lá no ensino médio, fiquei tão inspirada que tentei arriscar um meu. Como eu não fazia ideia de por onde começar, resolvi que tentaria um poema. Eu era muito ruim, claro, ninguém nunca leu isso... Mas lembrei dele quando voltei do Tocantins, e achei em uma caixa de coisas antigas. Queria ler pra você. Posso?

Concordei com a cabeça, curiosa. Bárbara pigarreou e começou:

— *Tem uma garota na minha sala, que eu vejo todo dia. Ela não sabe que eu existo, mas era o que eu mais queria. Ela escreve coisas lindas, e é mais linda ainda. Se ela soubesse o que eu sinto, será que me notaria? Acho que não, ela é especial, eu sou só mais uma... Mas resolvi escrever este poema, antes que esse sentimento suma.*

Olhei para Bárbara, embasbacada. Não sabia o que dizer.

— Eu não sei o que somos. Só sei que você foi o meu passado. E eu tenho a leve impressão de que seremos futuro.

Eu sorri. Ela sorriu. E nós nos curvamos por cima da mesa e nos beijamos.

— Então vamos aproveitar o presente — murmurei, ainda com as nossas bocas coladas. — Juntas.

Bárbara concordou com a cabeça, e logo voltou a me beijar. Mas então o beijo foi interrompido pelo meu celular, que vibrou em cima do tampo de madeira e fez um barulho alto.

Achando que pudesse ser algo envolvendo a minha irmã, peguei-o correndo, e Bárbara fez sinal para que eu atendesse.

— Alô?

— Ana, oi! Renata aqui. Pode falar?

— Posso, posso sim — omiti todo o caos "irmã no hospital" e "juras de amor na lanchonete", ainda precisava parecer plena perto dela.

— Nós terminamos as entrevistas...

E você não passou, eu completei na minha cabeça.

— ... e você ficou com a vaga!

Meu coração acelerou no peito. Minhas mãos começaram a suar. E eu sorri involuntariamente. Não sabia o quanto eu queria aquilo, até conseguir.

— Sério? — exclamei.

— Sério! E a gente precisa de você aqui pra ontem, acabamos de fechar um contrato muito bom, o próximo livro do Tony Diniz vai ser nosso, *Todo Dia É Dia de Ser Foda*. Legal, né? Vai ser o nosso primeiro trabalho juntas.

E então eu comecei a rir.

Por que o que mais eu poderia fazer?

VOCÊ SÓ SERÁ F*DA QUANDO SE SENTIR F*DA
CAPÍTULO QUARENTA: VOCÊ JÁ É FODA?

Eu aposto que sim. Eu aposto que este livro iluminou o seu caminho e te deu uma direção. Aposto que os exercícios te ajudaram e que você já começou sua jornada rumo ao mindfulness e à emanação natural de ondas de felicidade — inclusive, tenho um retiro ótimo no Parque Estadual do Jalapão para você que quer se aprofundar melhor no tema. Mais informações no meu site.

Eu aposto que você já é foda. Aposto que você está com aquele papel que pedi para você escrever no começo deste livro, com o seu desejo mais valioso do coração, e pensando "eu consegui porque eu sou foda".

Mas se você ainda não é, pelo menos já começou a sentir.
Por que eu sei disso?
Porque você só será foda quando se sentir foda.
Entendeu?
Espero que sim.

Agradecimentos

Este livro não teria sido escrito sem o apoio de MUITA gente — toda história tem um processo diferente, mas *As vantagens de ser você* foi idealizado em um momento de muita incerteza, insegurança e autoconhecimento, e por muitas vezes eu acreditei que não conseguiria chegar até o final, por isso as pessoas que cito aqui foram fundamentais para que eu conseguisse escrever um FIM cheio de orgulho no final deste arquivo.

Primeiramente, quero agradecer a todos os profissionais incríveis da Galera Record, que transformam as minhas palavras em sonho e fazem com que eu me sinta em casa — já são 6 anos de parceria, e que mais 86 venham pela frente!

Rafa Machado, minha editora, minha musa inspiradora, minha maior incentivadora. Eu preciso te agradecer, mas também pedir desculpas — sei que te dei trabalho com este. Fiquei mal, pensei em desistir, não cumpri prazos e mandei não sei quantas vezes "tô quase acabando", quando, na realidade, a página em branco me encarava com certa psicopatia. Mas você ficou ao meu lado, entendeu minhas questões, me defendeu de ataques e não soltou a minha mão. E eu prometo nunca soltar a sua! Obrigada pelos insights, pelos surtos, pelas fofocas, pelos segredos e, principalmente, por acreditar em mim, quando eu mesma deixei de acreditar.

Aos meus amigos e familiares — vocês sabem quem são —, vocês estiveram ao meu lado na saúde e na doença, na riqueza e na pobreza, e este livro tem um pouquinho de cada um de vocês, e eu tenho certeza de que estaremos juntos até que a morte nos separe. Obrigada por tudo!

Aos PURS, em ordem alfabética, e não de amor: Agatha, Amanda, Ana Rosa, Clara Alves, Deko, Juan Jullian, Mariana, Maria Freitas, Marta, Paula Prata, Thati Machado e Vinicius Grossos: EU AMO VOCÊS. Esse grupo se tornou muito mais do que qualquer um de nós imaginou, se tornou amor quando estamos pra baixo, fofocas do mercado literário, incentivo ao talento de cada um de nós, presentes incríveis em todos os aniversários, ombros amigos para chorar e, eventualmente, quando os astros se alinham, encontros alcoólicos! Obrigada por me darem um grupo e uma família nesse mercado tão árido.

Ao Renato, meu MARIDO (meu Deus, como eu posso chamar alguém de "marido", eu tenho apenas 6 anos), e a pessoa que mais acredita em mim no mundo inteiro. Obrigada pelo incentivo, pelas broncas quando estou me desvalorizando, por me presentear com tudo o que eu preciso para "escrever o próximo best-seller", pelos almoços e jantas quando eu passei o dia inteiro na frente do computador, pelas melhores ideias quando eu estou bloqueada, e simplesmente por me amar nas vitórias, e, mais importante, nas derrotas também. Eu não seria nada sem você, e falo isto sem me menosprezar — você encontrou a luz em mim que eu não conseguia encontrar, e se eu cheguei onde cheguei e sonho em conquistar ainda mais objetivos, é porque você me fez acreditar que sou capaz. Eu te amo ontem, hoje, amanhã e para sempre!

Às Raynhes da Ray e as minhas betas também. São 16 anos de jornada agora, e muitas de vocês estão do meu lado desde o dia 1, desde as fanfics, me dando força e apoio e acreditando em mim (e me fazendo passar as madrugadas rindo com as loucuras daquele grupo). Eu amo vocês, faço tudo por vocês e vou continuar fazendo, até vocês não me aguentarem mais!

E, finalmente, quero agradecer a VOCÊ, meu leitor e minha leitora, que esperou com paciência e muito carinho que eu terminasse este livro. Durante a montanha-russa que foi escrever *As vantagens de ser você*, eu só tinha uma meta em mente: acalmar o coração daqueles que acham que nunca vão "chegar lá", daqueles que sentem que não estão onde deveriam estar, porque, por muitos anos, este foi o sentimento predominante na minha vida. Este talvez seja o meu livro mais pessoal, mas, ao mesmo tempo, é também o meu livro mais "do mundo", porque quando eu atravessei todas essas dúvidas e inseguranças vocês estiveram do meu lado, e eu espero que a história da Ana e da Bárbara possa ser para vocês o que vocês sempre foram para mim, ao longo destes 16 anos de estrada! Eu amo vocês, com todo o meu coração. <3

Este livro foi composto na tipografia Minion Pro,
em corpo 11,5/15,2, e impresso em papel off-white
no Sistema Cameron da Divisão Gráfica
da Distribuidora Record.